Küstenherz

SALIM GÜLER

Küstenherz

– Ostseekrimi –

BE
Belle Époque Verlag

Salim Güler

www.salim-gueler.de
https://www.facebook.com/salim.gueler.autor
https://www.instagram.com/salimgueler

Lizenzausgabe des Belle Époque Verlags, Inh. G. Pahlberg, Wiesenstr. 7, 72135 Dettenhausen, mit freundlicher Genehmigung des Autors.

Lektorat: Christiane Saathoff, *www.lektorat-saathoff.de*
Innenlayout und Schriftsatz: Hans-Jürgen Maurer
Covergestaltung: Holland Design

Herstellung: Custom Printing, Wał Miedzeszyński 217/1, 04-987 Warszawa, Polen

ISBN: 978-3-96357-298-2

1

Niendorf, 12. Januar

Kalt! Ein rauer Wind peitschte über die Ostsee. Alma störte das nicht, das gehörte bei einem Winter an der Ostsee einfach dazu. Auch ihre Tochter hatte keine Probleme mit dem Wetter. Sie standen auf der Seebrücke in Niendorf und schauten aufs Meer.

»Ich freue mich total auf Opa«, sagte Ella und sah zu ihrer Mutter auf.

»Nicht nur du.«

»Vor allem auf die Kekse, die wir noch backen wollen.« Ella grinste breit. Sie war Almas ganzer Stolz und einer der Gründe, warum sie weiterhin in Niendorf lebte und nicht zurück nach Kopenhagen gezogen war, obwohl ihr Vater ihr das immer wieder angeboten hatte.

Ella war an der Lübecker Bucht auf die Welt gekommen, sie hatte hier ihre Freunde und ging hier zur Schule. Alma wollte sie nicht aus dieser gewohnten Umgebung herausreißen und so schlecht war das Leben in Niendorf auch nicht. Sie hatte hier einen Job, den sie mochte und der ihr genug einbrachte, sodass sie nicht jeden Cent zweimal umdrehen musste. Dennoch waren als alleinerziehende Mutter große Sprünge natürlich nicht möglich. Finanzielle Unterstützung von ihrem Vater lehnte sie ab. Sie wollte auf eigenen Beinen stehen.

Eigentlich war sie zufrieden mit ihrem Leben.

Eigentlich!

Wenn nur diese Einsamkeit nicht wäre. Gerade an Tagen wie diesen, wenn es draußen kalt und windig war, fehlte ihr ein Partner an ihrer Seite, an den sie sich ankuscheln konnte und der ihr half, den Alltag zu überstehen.

Immer stark sein zu müssen, konnte manchmal sehr mühsam sein.

»Wollen wir zurück oder möchtest du noch ein bisschen spazieren gehen?«

»Meinetwegen können wir zurück. Ich glaube, es regnet gleich.« Ella schaute zum Himmel und Alma folgte ihrem Blick.

»Du hast recht. Komm, die Kekse warten.« Alma gab ihrer Tochter einen Kuss auf die Wange, was diese mit einer Umarmung erwiderte. Hand in Hand verließen sie die Brücke.

Die Promenade war verlassen, nur ein Mann saß auf einer Bank und warf Alma einen kurzen Blick zu. Sie schaute weg. Ein Windstoß ließ sie frösteln. Oder war es der Blick des Mannes? Sie sah hastig zurück und bemerkte, dass er ihnen hinterherzuschauen schien. Er lächelte.

Alma fasste die Hand ihrer Tochter fester und lief schneller. Der Blick des Mannes gefiel ihr nicht. Nachdem sie die Straße überquert hatten, wagte sie es, sich noch einmal nach ihm umzudrehen, aber zum Glück sah er nicht mehr in ihre Richtung, sondern aufs Meer. Alma atmete auf.

Sie wusste, dass es verrückt war, zu glauben, der Mann hätte sie absichtlich angestarrt. Dennoch hatte sie dieses beunruhigende Gefühl erfasst, das sie nicht hatte abschütteln können.

Wenige Minuten später betraten Mutter und Tochter ihr kleines Reihenendhaus und zogen Jacke und Schuhe aus. Ella marschierte sogleich in die Küche, während Alma ins Wohnzimmer ging und sich auf die Couch setzte. Ihr Handy klingelte. Sie nahm das Gespräch an.

»Moin«, meldete sich der Anrufende.

»Hallo, Timo«, antwortete Alma.

»Wie geht's euch? Was macht ihr Schönes?«

»Uns geht es gut. Wir wollen gleich Kekse backen. Opa kommt doch heute zu Besuch.«

»Stimmt, hatte ich ganz vergessen. Grüß ihn von mir.«

»Werde ich machen. Aber du hast bestimmt nicht angerufen, nur um zu fragen, wie es uns geht, oder?« Alma kannte ihren Exmann. Auch die Grüße an ihren Vater waren sicher nur eine Floskel, das Verhältnis zwischen den beiden war seit jeher ziemlich angespannt.

»Ich wollte nur nett sein. Sehe schon, du bist nicht gut gelaunt.«

»Doch, bin ich«, entgegnete Alma. Sie konnte sich gerade auch nicht erklären, warum sie so schnippisch war. Vermutlich, weil sie ahnte, weshalb Timo anrief.

»Wenn du meinst. Egal.« Kurze Pause. »Ich muss mit dir wegen Samstag reden.«

»Du meinst Ellas Geburtstag.«

»Genau.«

Wieder eine kurze Pause.

Ich wusste es, dachte Alma gereizt, schwieg aber weiter. Sie wollte, dass Timo es zuerst ansprach.

»Bist du noch dran?«, fragte Timo.

»Ja, bin ich. Sag schon, weswegen du anrufst.«

Hörbares Atmen. »Es tut mir echt total leid, aber ich kann Samstag nicht bei ihr sein.«

»Warum?«

»Mir ist was Berufliches dazwischengekommen.«

»Etwas Berufliches? An einem Samstag?«

»Ja, an einem Samstag. So ist es, wenn man im Vertrieb arbeitet«, ging Timo sofort in die Defensive.

»Wieso habe ich nichts anderes von dir erwartet? Du hast sie schon letztes Jahr hängen lassen. Selbst mein Papa kommt heute extra aus Kopenhagen, und du wohnst in Bad Schwartau!«

»Es tut mir leid. Ich komme eine Woche später, das Geschenk wird sie noch rechtzeitig erreichen. Und auf deinen Vater habe ich auch nicht wirklich Bock.«

»Als ob es Ella um das Geschenk geht. Sie möchte ihren Vater sehen!«

»Ich hole es nach. Möchtest du mir noch mehr Vorwürfe machen?«

»Leider ist der Lerneffekt bei dir null. Rechne nicht damit, dass ich es Ella beibringe, das musst du selbst machen.«

»Sei doch nicht so.«

»Doch, du drückst dich jedes Mal. Du wirst deine Tochter anrufen und ihr sagen, dass du sie wieder enttäuschen wirst.«

»Ist ja gut. Ich rufe sie morgen an. Bin gerade unterwegs. Ich muss jetzt Schluss machen.«

Alma antwortete nicht und Timo legte auf. Es fiel ihr schwer, ihre Enttäuschung zu verbergen. Dass Timo seine Tochter anrufen würde, glaubte sie nicht, das hatte er vergangenes Jahr schon nicht getan, als er sie ebenfalls an ihrem Geburtstag hatte sitzen lassen.

»War das eben Papa?«, fragte Ella, als sie das Wohnzimmer betrat.

»Das war er.«

»Wieso wollte er nicht mit mir sprechen?«

»Du kennst ihn doch, er ist immer beschäftigt und war kurz angebunden.«

Am liebsten hätte sie Ella gesteckt, dass sie Timo für einen Vollversager hielt, aber Ella liebte ihren Vater, obwohl er alles andere als ein guter Vater war. Sie wollte ihre Tochter einfach nicht traurig machen.

»Schade, aber wir sehen uns ja Samstag.« Auch wenn es wie eine Feststellung klang, wirkte Ellas Blick fragend, fast zweifelnd, und Alma war es unmöglich, ihrer Tochter zu erzählen, dass ihr Vater sie erneut im Stich lassen würde.

Ella kuschelte sich neben ihre Mutter auf die Couch. »Ich weiß, dass du Papa nicht so magst, weil er so verpeilt ist. Aber er ist kein schlechter Mensch.«

Alma überraschte dieser Satz, dabei bewies er nur, dass ihre Tochter mit ihren fast zwölf Jahren viel reifer war als Gleichaltrige.

»Vermutlich hast du recht«, sagte Alma und gab ihrer Tochter einen Kuss auf die Wange.

»Ich habe recht.« Ella strahlte übers ganze Gesicht.

Almas Handy vibrierte. Sie schaute aufs Display. Eine neue Nachricht, von ihrem Vater.

»Opa kommt dreißig Minuten später«, sagte sie. »Komm, lass uns Kekse backen, dann sind sie fertig, wenn er ankommt.«

»Glaubst du, Opa hat ein Geschenk für mich?«

»Du kennst ihn doch, er würde nie ohne ein Geschenk für seine Lieblingsenkeltochter kommen.«

»Ich bin seine einzige Enkeltochter«, korrigierte Ella lachend.

Die beiden standen auf und gingen in die Küche, wo sie die nächste Stunde mit Keksteig und Ausstechformen verbrachten.

»Das sollte reichen«, sagte Alma, als sie das letzte Blech in den Backofen schob.

»Von Keksen kann man nie genug haben.«

»Wenn du das sagst.«

»Darf ich morgen welche mit in die Schule nehmen?«

»Klar doch. Da werden sich deine Freunde sicherlich freuen.«

»Ganz bestimmt. Wer liebt keine Kekse?«

Alma nickte lächelnd und strich ihrer Tochter über den Kopf.

Ella schnappte sich zwei der bereits abgekühlten Kekse und steckte sie in den Mund.

»Nicht alle aufessen, sonst hast du keinen Hunger mehr, wenn ich das Abendbrot mache«, ermahnte Alma sie.

»Doch, habe ich. Waren ja nur sieben bisher.«

»Sicher, dass du dich nicht verzählt hast?«

»Na ja, vielleicht waren es neun.« Ellas Mundwinkel hoben sich und sie stibitzte einen weiteren Keks.

»Mensch, Ella, das reicht. Nach dem Abendessen gibt es einen Nachtisch und jetzt bitte keinen Keks mehr.«

»Gut, nur noch einen.«

So schnell, wie Ella nach dem Keks griff und ihn in ihrem Mund verschwinden ließ, konnte Alma gar nicht schauen.

Es klingelte an der Tür.

»Das ist bestimmt Opa«, rief Ella. »Ich mach ihm auf!«

Bevor Alma etwas erwidern konnte, war Ella auch schon aus der Küche gelaufen.

Alma schaute in den Backofen. Die Kekse brauchten noch ein paar Minuten, sodass sie Ella hinterherging, um ihren Vater willkommen zu heißen. Sie freute sich sehr auf ihn, denn sie hatten sich seit einigen Monaten nicht mehr gesehen.

Obwohl ihr Vater nicht mehr der Fitteste war und in Kopenhagen wohnte, vergaß er nie den Geburtstag seiner Enkeltochter. Jedes Mal kam er sie besuchen, was Alma ihm hoch anrechnete und auf keinen Fall erwartete. Dass Timo allerdings, der leibliche Vater, nun schon das zweite Jahr in Folge nicht zum Geburtstag seiner Tochter erscheinen würde, konnte sie nicht verzeihen.

Vergiss den Idioten, dachte sie, *freu dich lieber, gleich deinen Vater zu umarmen.*

»Mama, das ist gar nicht Opa«, hörte Alma in diesem Moment ihre Tochter sagen.

2

»Hey.«

»Hey«, antwortete Mads. Er war gerade aus der kalten Ostsee gestiegen und legte sein Surfbrett am Strand ab. »Was machst du hier?«

»Sollte ich das nicht eher dich fragen?«, entgegnete Emma. »Ist es nicht viel zu kalt zum Surfen?«

»Nicht, wenn man sich vorher gut aufgewärmt hat. Der Neoprenanzug hält einen warm, außerdem sind die Wellen heute perfekt. Mir war einfach danach.«

»Verstehe. Du musst dich nicht vor mir rechtfertigen.«

»Tue ich ja gar nicht. Ich kläre dich nur auf.« Mads grinste.

»Soso.« Emma sah ihn an, als suchte sie nach einer Antwort auf eine Frage, die sie nicht laut gestellt hatte.

»Hast du schon Feierabend oder was treibt dich bei der Kälte an den Strand?«, erkundigte sich Mads.

»Mich stört die Kälte nicht. Ich wollte nur ein bisschen spazieren gehen.«

»Hast du Hunger?«

»Hunger?«

»Ja, Hunger. Dem Körper Kalorien zukommen lassen, damit …«

»Witzig«, unterbrach Emma ihn. »Appetit hätte ich schon. Was ist mit dir?«

»Ich habe großen Hunger. Im Gegensatz zu dir war ich sportlich aktiv. Komm, ich lade dich ein.«

»Du musst mich nicht einladen«, erwiderte Emma.

»Möchte ich aber. Du musst endlich lernen, dir mal was ausgeben zu lassen.«

»Ich verdiene mein eigenes Geld …«, beharrte Emma.

»Und du bist emanzipiert. Ist angekommen. Trotzdem.« Mads schenkte ihr sein Sonntagslächeln.

»Du bist ein echter Dickschädel«, sagte Emma lächelnd. »Na gut, wenn du unbedingt darauf bestehst, lade mich ein. Wohin wollen wir?«

»Kennst du den Italiener *Da Antonio*?«

»Leider noch nicht.«

»Topp. Dann gehen wir dahin. Ich muss mich nur kurz umziehen. Magst du mitkommen?«

Emma schien für einen winzigen Moment zu zögern, ehe sie antwortete: »Wo wohnst du denn?«

»Nicht weit von hier.«

»Okay.«

Mads hob seine Schultertasche auf.

»Hast du keine Angst, dass dir jemand deine Tasche klaut, während du irgendwelchen Wellen nachjagst?«

»Nein, warum sollte das passieren? Wir haben Nebensaison und bei dem Wetter ist hier kein Mensch. Hier klaut niemand was.«

Emma nickte schweigend, während Mads seine Neoprenschuhe anzog, dann nahm er sein Surfbrett unter den Arm und gemeinsam verließen sie den Strand. Mads freute sich, dass er Emma begegnet war und dass sie zugesagt hatte, mit ihm zu Abend zu essen.

In den vergangenen Wochen hatte er sie nicht gesehen, dafür hatte er viel an sie gedacht. Sie war immer ein Teil seiner Gedanken. Dass es sich umgekehrt genauso verhielt, bezweifelte er.

»Wie geht's deiner Schwester?«

»Ganz gut. Schreibt ihr euch nicht?«, fragte Mads erstaunt.

»Seit zwei Wochen nicht. Ich hatte eine Menge um die Ohren und sie sicherlich auch.«

»Ja, stimmt«, log Mads, denn wirklich viel zu tun hatte seine

Schwester nicht, da es auf der Dienststelle seit ein paar Wochen glücklicherweise etwas ruhiger zuging und Lena noch immer nicht Vollzeit arbeitete. Allerdings hatte er eine Vermutung, warum Lena wenig Zeit gehabt hatte, mit Emma in Kontakt zu bleiben: ihr Exfreund, mit dem sie sich immer besser verstand. Ein Zustand, der Mads gar nicht behagte, auf den er aber keinen Einfluss hatte.

Vorhin beim Surfen waren die Gedanken daran wie weggeblasen gewesen, da hatte es nur ihn und die nächste Welle gegeben. Bei einer Welle hatte er sogar kurz das Gefühl gehabt, zu fliegen. Sie war hoch gewesen und er hatte sie perfekt erwischt. Das Brett hatte ihn hinaufgetragen und dieses unbeschreibliche Gefühl von Freiheit hatte ihn erfasst, nach dem er sich so sehr sehnte. Die Freiheit, die man erst dann spürte, wenn man sich von all dem irdischen Mist befreite, der einen sonst belastete. In diesem Moment hatte er sich leicht wie eine Feder gefühlt, doch jetzt, wo er mit Emma zurück zu seinem Apartment lief, fühlte er sich, als hätte ihm jemand zenterschwere Kugeln an die Beine gebunden. Die Realität hatte ihn zurück und zu dieser Realität gehörten die Sorgen um seine Schwester nach ihrer schweren Verletzung und all die anderen Probleme, die nicht von ihm lassen wollten, weil er glaubte, für alles Verantwortung übernehmen zu müssen.

»Wo bist du mit deinen Gedanken?«, fragte Emma.

»Ich?«

»Ja, du wirkst plötzlich sehr nachdenklich.«

»Nein, alles gut. Ich hoffe nur, dass wir vor dem Regen zu Hause sind.«

»Du bist ein ganz schlechter Lügner«, sagte sie und warf ihm einen strengen, aber gleichzeitig mitfühlenden Blick zu, als hätte sie seine Gedanken erraten und wollte ihm sagen, dass er einen Teil seiner Last auch auf ihren Schultern abladen könne. Dabei gehörte sie ebenfalls zu den Menschen, um die er sich sorgte, die er um jeden Preis beschützen wollte, doch als Journalistin zog sie die Gefahr leider immer wieder an.

»Na gut, wenn du nicht darüber sprechen möchtest ...«, sagte sie betont leichthin und musterte ihn aufmerksam von der Seite.

Mads seufzte. »Es geht um Lena«, gab er schließlich zu.

»Was ist mit ihr? Geht es ihr schlechter?«

»Nein, aber sie bändelt wieder mit ihrem Ex an.«

»Du magst den Ex nicht.«

»Diesen Idioten? Ganz sicher nicht.«

»Na ja, ich kenne diesen ...«, Emma malte Gänsefüßchen in die Luft, »Idioten nicht. Aber ich schätze Lena so vernünftig ein, dass sie weiß, auf wen sie sich einlässt.«

»Hat sie dir nichts über Christian erzählt?«

»Nein, muss sie auch nicht. Bestimmt wollte sie erst sicher sein, dass es etwas Ernstes ist. Gerade beim Ex ist man viel vorsichtiger. Ist schließlich nicht ohne Grund der Ex.«

Mads nickte nur, er wollte nicht über Christian sprechen und sich die Laune vermiesen lassen. Emma war bei ihm, das allein zählte, und er wollte einen schönen Abend mit ihr verbringen, obwohl er an sich mit einer anderen Frau verabredet war. Aber das musste Emma nicht wissen. Er würde Daniela, seinem eigentlichen Date, eine Ausrede schreiben, warum er heute nicht konnte.

»Dein Handy hat vibriert«, sagte Emma.

»Ich weiß.«

»Willst du nicht nachschauen?«

»Nein, ist bestimmt unwichtig. Ich hasse es eh, wenn man sofort rangeht, sobald das Handy sich meldet. Wir verbringen viel zu viel Zeit mit diesem Mist.« Die Wahrheit war allerdings, dass er fürchtete, es könnte eine Nachricht von Daniela sein, davon sollte Emma nichts mitbekommen.

»Hast ja recht, trotzdem könnte es wichtig sein«, beharrte Emma.

»Wenn es wirklich wichtig ist, wird die Person anrufen. Gib's zu, du bist auch so ein Handyjunkie.«

»Nein, bin ich nicht.«

»Wieso glaube ich das nicht.« Mads grinste.

»Bin ich wirklich nicht«, beharrte Emma, »aber als Journalistin muss man immer erreichbar sein.«

»Immer?«

»Ja, immer. Ist doch als Polizist nicht anders.«

»Doch, ist es.«

»Warum?«

»Bei mir geht es um Leben und Tod, bei dir nur um eine Story. Seine Freizeit deswegen dermaßen einzuschränken …«

»Was soll das heißen?«, unterbrach Emma ihn scharf. »Ist mein Job etwa weniger wert?«

»So habe ich das nicht gemeint.«

»Es kam aber so rüber.« Sie funkelte ihn wütend an.

»Ich habe es wirklich nicht so gemeint. Trotzdem kannst du nicht leugnen, dass es schon einen Unterschied zwischen unseren Berufen gibt.«

»Logisch gibt es den. Aber mach uns Journalisten nicht klein. Eine unabhängige Presse ist sehr wichtig für eine Gesellschaft, weil sie schonungslos aufzeigt, wenn etwas falsch läuft.«

»Mag sein, aber wäre es nicht besser, wenn weniger über schlimme Dinge berichtet würde? Ich muss nicht über jeden Mord und jeden Psychopathen informiert werden. Ein Blick in die Zeitung und meine Laune ist hinüber. Warum schreibt ihr nicht über positive Sachen? Stattdessen müssen es immer die schlechten Nachrichten sein, weil man sich dadurch höhere Auflagen und damit mehr Umsatz erhofft.«

»Wenn die Menschen mehr positive Nachrichten lesen würden, würde es vermutlich mehr davon geben, das kann schon sein. Leider bringen solche Artikel die niedrigsten Auflagen und weniger Klicks, da hast du recht. Trotzdem ist es nicht die Schuld der Medien, dass überwiegend über negative

Geschehnisse berichtet wird, es liegt am Verhalten der Menschen.«

»Du bist wirklich stur und rechthaberisch«, rutschte es Mads heraus.

»Bin ich nicht«, erwiderte Emma und schaute ihn mit ihrem eingeschnappten Dackelblick an, den Mads so süß fand und der ihn jedes Mal zum Schmunzeln brachte. »Wo wohnst du überhaupt? Ich dachte, es wäre um die Ecke?«, murrte sie.

»Nicht weit, noch fünf Minuten.« Mads konnte nicht anders, er musste plötzlich lachen.

»Lachst du mich aus?«, zischte Emma.

»Nein …« Mads sah sie an. »Na gut, ein bisschen vielleicht. Es ist irgendwie süß, wenn du dich aufregst.«

»Süß also.« Emma blieb stehen und funkelte ihn an.

Mads bemerkte wieder die Grübchen an ihren Wangen und am liebsten hätte er sie in den Arm genommen und geküsst. Dass das nicht möglich war, war ihm leider vollkommen klar. Er kam bei Emma gefühlt keinen Zentimeter voran, was allerdings nicht nur an ihr lag.

Jetzt klingelte sein Handy.

»Ein Anruf«, bemerkte Emma knapp.

»Ist ja gut. Ich geh schon ran«, antwortete Mads. Hoffentlich war es nicht Daniela, wobei die auch eher WhatsApp-Nachrichten schrieb und erst anrief, wenn er sich mit der Antwort sehr viel Zeit ließ.

»Moin, Gustav«, nahm er das Gespräch an. Sofort meldete sich ein ungutes Gefühl, weil sein Onkel sicherlich nicht ohne Grund anrief.

»Wo bist du?«

»In Niendorf, warum?«

»Gut, du musst sofort kommen.«

»Wohin?«

»Zum Meinsweg 24. Die Spurensicherung müsste auch gleich eintreffen.«

Mist, wäre es Mads fast herausgerutscht. »Ich bin in zehn Minuten da«, antwortete er stattdessen und beendete das Gespräch.

»Musst du los?«

»Leider. Es tut mir wirklich leid. Ich hoffe, wir können das auf ein andermal verschieben.«

»Job geht vor, alles gut. Soll ich mitkommen?«

»Warum?«

»Na ja, als Journalistin …«

»Vergiss das ganz schnell. Das ist keine Story für dich.«

»Woher willst du das wissen?«

»Ich weiß es. Ich muss jetzt los.« Mads verabschiedete sich, verfiel in einen Laufschritt und ließ Emma zurück. Zu gerne hätte er mehr Zeit mit ihr verbracht, aber es sollte wohl einfach nicht sein.

Zu Hause zog er sich um und schrieb Daniela, dass er an einen Tatort müsse und daher heute Abend nicht könne. Ihre Antwort ließ nicht lange auf sich warten. Natürlich war sie enttäuscht, aber sie hatte Verständnis dafür.

Kurz darauf verließ Mads seine Wohnung, nahm sein Fahrrad und fuhr los. Wenige Minuten später erreichte er den Tatort. Einige Polizeifahrzeuge parkten bereits vor der Anschrift, die Kollegen von der Kriminaltechnischen Untersuchung waren noch nicht vor Ort. Dass Gustav am Telefon so kurz angebunden gewesen war, konnte nichts Gutes bedeuten.

»Moin, Mads«, grüßte ihn ein Kollege. »Dein Onkel ist schon da.«

Mads nickte dem Streifenpolizisten dankend zu. »Ich weiß.« Er betrat das Reihenendhaus und traf im Flur sogleich auf Gustav.

»Was ist geschehen?«

»Was wohl? Ein Mord.« Gustav schüttelte den Kopf. »Komm mit, und nichts anfassen, bis die KTU kommt.« Gustav reichte ihm Einmalhandschuhe, die Mads überstreifte.

Nacheinander betraten sie das Wohnzimmer und Mads' Blick fiel sofort auf die Frauenleiche, die in der Mitte des Raumes lag. Um sie herum eine große Blutlache. Als er näher herangetreten war, schlug er die Hand vor den Mund. »Ich kenne sie.«

3

Das erste Mal ist immer etwas Besonderes, dachte er. So sagte man jedenfalls.

Er fuhr sich mit der Hand über die Haare, während ihm der kalte Wind ins Gesicht peitschte. Aber das störte ihn nicht, es gab ihm ein Gefühl von Leben. Er mochte den Winter. Sein Blick war auf die Ostsee gerichtet und verharrte irgendwo am unendlichen Horizont, doch er sah nichts Bestimmtes. Sein Blick war leer, er dachte an nichts. Hörte nur seinen Atem, als wäre sein Geist weit entfernt.

An nichts zu denken, das gefiel ihm. Meistens gelang ihm das nur am Meer. Ansonsten glich sein Kopf einem Gemischtwarenladen. Es gab Tage, da ertrug er all die vielen Gedanken nicht.

Heute allerdings war es ruhig in seinem Kopf, ein schöner Tag.

Ob sie sie schon entdeckt haben?, überlegte er und atmete durch die Nase aus.

Eine Möwe lenkte ihn mit ihrem lauten Geschrei kurz ab. Er schaute ihr nach. Sie flog dicht über ihn hinweg, um anschließend nach oben zu schießen und im Gleitflug Richtung Brücke zu segeln. Weitere Möwen folgten ihr.

Sein Blick wanderte wieder hinaus aufs Meer. Obwohl es furchtbar kalt und windig war, war die Ostsee nicht zugefroren. Vermutlich würde das dieses Jahr auch nichts mehr werden.

Soll ich?, überlegte er. Er zögerte kurz, dann gab er sich die Antwort: »Warum nicht?« Ein Schmunzeln zog sich über sein ansonsten stoisches Gesicht. Er schloss die Augen, atmete noch einmal kräftig die kalte Luft tief ein und wieder aus. Anschließend öffnete er die Augen, drehte sich beinahe mechanisch nach rechts und ging los.

Wenige Minuten später kam ein Radfahrer an ihm vorbei, er sah nicht nach rechts und links, fuhr ohne hinzusehen an ihm vorbei. Er war groß und sah sportlich aus. Vermutlich hatte der Kerl es eilig. Er wechselte die Straßenseite, um nicht aufzufallen, falls die Bullen schon da waren.

Gleich würde er an seinem Ziel sein. Eigentlich hatte er erwartet, dass sein Herz vor Nervosität anfangen würde zu rasen, das tat es aber nicht. Sein Herzschlag war normal, das jedenfalls sagte ihm die Apple Watch, die er am Handgelenk trug.

Er behielt recht. Vor der Anschrift parkten einige Fahrzeuge der Polizei, an der Haustür stand ein Mann von der Streife. Der Typ auf dem Fahrrad bremste vor dem Haus und stellte sein Fahrrad ab.

Ein Bulle also. Merkwürdigerweise weckte dieser große sportliche Mann seine Neugierde. Er näherte sich dem Hauseingang langsam und konnte nun das Gesicht des Radfahrers erkennen. Er war recht attraktiv, das gefiel ihm nicht. Der Kerl wirkte eingebildet.

»Moin, Mads«, hörte er den Streifenpolizisten sagen.

Mads heißt du also, dachte er und nickte kaum merklich. Er ging unauffällig weiter, während Mads das Haus betrat.

Keiner hatte ihn bemerkt, keiner wusste, dass er für das verantwortlich war, was Mads gleich sehen würde.

Ihm gefiel dieser Gedanke. Es fühlte sich unsagbar gut an, so übermächtig zu sein und zu wissen, dass man das Ganze jederzeit wiederholen konnte, denn von seinem ersten Mal hatte er sich mehr erhofft.

Sein Auto parkte nicht weit entfernt von der Anschrift. Es war ein unauffälliges Modell, ein Wagen, dem niemand Aufmerksamkeit schenkte. Somit das perfekte Auto für sein Unterfangen.

Er trat an den Kofferraum. Ob Mads nun sein Gegenspieler sein würde? Derjenige, der ihn jagte?

»Wenn er mir überhaupt würdig ist. Ich hatte mir ehrlich gesagt einen kernigeren Bullen gewünscht, keinen solchen Schönling. Aber warten wir's ab. Vielleicht steckt ja mehr in ihm, als die schöne Schale einen glauben lässt.«

Er öffnete den Kofferraum.

»So ist's brav«, sagte er, während er die Haare des Mädchens streichelte, das noch immer bewusstlos im Kofferraum lag.

4

Nicht nur Mads kannte das Opfer, auch Gustav kannte die Tote. Er konnte noch immer nicht fassen, dass Alma ermordet worden war. Sie war Dänin und gehörte wie Gustav, Mads und ihre ganze Familie zur dänischen Minderheit in Schleswig-Holstein. Die dänische Community an der Lübecker Bucht und insbesondere in Niendorf war überschaubar.

»Wer hat sie gefunden?«, fragte Mads.

»Ihr Vater. Er ist heute aus Kopenhagen angereist. Die Haustür stand offen, als er ankam.«

»Wo ist er?«

»Wo soll er wohl sein?« Gustav schüttelte verärgert den Kopf, manche Fragen von seinem Neffen waren einfach unpassend. »Er ist im Schlafzimmer und ruht sich aus. Der arme Kerl.«

»Sollten wir uns nicht mit ihm unterhalten?«

»Doch, gleich. Gib ihm noch fünf Minuten.«

Mads presste die Lippen zusammen, dann fragte er: »Wo ist Ella?«

»Das wissen wir nicht. Hoffentlich bei einer Freundin.« Gustavs Atem ging schwer, denn ihn plagte die Sorge, dass Ella in den Händen des Mörders war. So wie die Leiche aussah, hatten sie es mit einem Psychopathen zu tun, darauf wollte er sich bereits jetzt festlegen.

Oder ein Bekannter hat sie im Wahn ermordet, genauer gesagt übertötet, ermahnte er sich, keine voreiligen Schlüsse zu ziehen, nur weil er die Tote kannte.

»Hat Ella ein Handy, haben wir ihre Nummer?«

»Ja, sie besitzt eines und die Nummer hat mir der Vater gegeben. Sie geht aber nicht ans Telefon. Tim versucht das Handy zu lokalisieren. Er wird dich anrufen, sobald er etwas hat.«

»Okay«, antwortete sein Neffe und starrte ihn noch eine Weile schweigend an, als wagte er nicht, seinen Gedanken auszusprechen.

»Ich schau mich in der Wohnung um«, sagte Mads schließlich.

»Mach das, aber betritt bitte nicht das Schlafzimmer. Knud soll sich noch ausruhen.«

Ohne ein weiteres Wort entfernte sich Mads. Ein Geräusch an der Wohnungstür verriet Gustav, dass die Spurensicherung mittlerweile die Wohnung betreten hatte.

Ole, der Leiter der Spurensicherung in Lübeck, grüßte ihn. »Sieht nicht gut aus«, sagte er dann.

»Wem sagst du das. Erspar dir bitte heute deinen Sarkasmus. Ich kenne das Opfer, ihr Vater ist im Schlafzimmer, ich habe gerade nicht die Nerven dafür.«

»Entspann dich«, entgegnete Ole. »Ich hoffe, ihr habt keine Spuren verwischt.«

»Haben wir nicht, sei unbesorgt.« Gustav holte Luft. »Wo bleibt der verdammte Rettungswagen?«

»Soll ich noch mal anrufen?«, fragte einer seiner Mitarbeiter, die mit zum Tatort gekommen waren.

»Ja. Kann doch nicht sein, dass das so lange dauert.«

Gustav hatte auf dem Weg zum Tatort bereits einen Krankenwagen bestellt, noch bevor er Ole angerufen hatte.

Sein Blick wanderte zur Tür. Knud stand plötzlich auf der Türschwelle. Er starrte seine tote Tochter an, seine Unterlippe bewegte sich.

»Kom over, Knud«, sagte Gustav auf Dänisch, nahm Knud am Arm und ging mit ihm zurück ins Schlafzimmer.

»Hvorfor?«, schluchzte Knud und wischte seine Tränen weg.

»Wir finden es heraus. Wir finden den Mistkerl, der dafür verantwortlich ist«, antwortete Gustav auf Dänisch. Er beherrschte die Sprache fließend und sprach weiter Dänisch mit Knud.

»Alma hat doch niemandem was getan.« Wieder wischte sich Knud ein paar Tränen vom Gesicht. »Wo ist Ella?«

»Das wissen wir nicht. Meine Mitarbeiter versuchen das Handy zu orten. Vermutlich ist sie bei einer Freundin.«

Knud sah ihn hilflos an, sein Blick verriet Gustav, dass er ihm nicht glaubte.

Mads trat ein.

»Was gibt es?«, fragte Gustav und wechselte ins Deutsche.

»Wir haben das Handy lokalisiert. Tim hat mich gerade angerufen.«

5

»Was stehst du dann noch hier rum?«, reagierte Gustav deutlich harscher, als Mads es erwartet hatte.

»Du musst mich nicht so anpflaumen«, gab er ärgerlich zurück.

Gustav grummelte etwas vor sich hin und schnaubte leise. Dass er am Limit war, war nicht zu übersehen, und Mads war klar, warum. Erst bei ihrem letzten Fall hatte ein guter Freund von Gustav seine Tochter verloren und jetzt war eine weitere Person, die er kannte, ermordet worden. Dazu noch eine Dänin. Im Gegensatz zu ihm legte sein Onkel großen Wert auf seine dänischen Wurzeln und war deutlich stolzer auf sie.

»Wo ist das Handy?«

»Laut Tim keine hundert Meter von hier entfernt«, antwortete Mads.

»Verdammt Mads, was machst du dann noch hier? Raus mit dir und bring mir das Handy.«

Mads verdrehte die Augen und verließ die Wohnung.

»Sei nicht so grob zu ihm«, hörte er den Vater der Toten auf Dänisch sagen. Unwillkürlich bekam er eine Gänsehaut, immerhin hatte der Mann gerade seine Tochter auf äußerst brutale Weise verloren, und was mit seiner Enkelin war, war ebenfalls ungewiss.

Mads trat auf die Straße. Tim hatte ihm den Standort über eine sichere Handyverbindung geschickt, sodass Mads nur dem Signal folgen musste. Als er das Ziel erreichte, blieb er stehen und schaute sich um, fand aber weder ein Handy noch eine andere Spur von Ella. Er rief Tim an.

»Hier ist kein Handy«, sagte er.

»Es muss da sein. Schau dich in der Gegend um, das Signal könnte um bis zu zwanzig Meter daneben liegen.«

»Gut, mach ich«, antwortete Mads und ärgerte sich über sich selbst, weil Tim ihm genau das bereits bei ihrem ersten Gespräch gesagt hatte. Er stand eben kaum weniger unter Druck als sein Onkel.

Sein Blick wanderte zu einer Ligusterhecke. Er ging hin und suchte dort weiter.

»Was machen Sie da?«, wurde er schroff unterbrochen.

»Entspannen Sie sich. Ich bin von der Polizei«, antwortete Mads und blickte auf. Ein Mann ging ihm entgegen.

»Kann ja jeder sagen. Warum interessiert sich die Polizei für meine Hecke?«, blieb der Mann unbeeindruckt. »Vorsicht, Sie machen sie noch kaputt.«

»Ihre Hecke interessiert mich einen Dreck«, wurde Mads deutlich, zückte seinen Ausweis und zeigte ihn dem Mann. »Ich sagte Ihnen doch, dass ich von der Polizei bin. Ich suche nach einem Handy, das jemand in die Hecke geworfen haben könnte.«

»Warum sollte jemand sein Handy in meine Hecke werfen?« Die Stimme des Mannes hatte an Aggressivität verloren.

»Da ist es«, sagte Mads. Da er noch die Einmalhandschuhe trug, hob er das Handy auf.

»Was macht das Handy hier?«

Mads schüttelte nur den Kopf und wollte sich gerade entfernen, doch dann blieb er stehen und schaute die Straße entlang. Ob der Täter hier irgendwo geparkt hatte? Hatte er Ella entführt und das Handy dabei in die Hecke geworfen? Aber wie hatte er das Mädchen weggeschafft? Darauf gab es nur eine plausible Antwort: Er hatte sie betäubt. Dass er sie ermordet und mitgenommen hatte, ergab keinen Sinn.

Aber warum hat er die Mutter ermordet und Ella am Leben gelassen?, überlegte er. Dass sie es mit einem Pädophilen zu tun hatten, nahm er nicht an. Dennoch musste es einen Grund geben, dass die Tochter noch am Leben war.

Möglicherweise kennen sich Opfer und Täter. War es demzufolge Rache?

»Können Sie bitte Platz machen«, sagte der Mann und holte Mads damit aus seinen Gedanken.

»Nein, kann ich nicht. Ich habe noch ein paar Fragen an Sie«, erwiderte er.

»Darf ich wenigstens erfahren, was hier vor sich geht?«

»Kennen Sie Alma Jöhnck?«

»Ja, sie wohnt nicht weit von hier. Was ist mit ihr?«

»Sie wurde heute ermordet …«

»O mein Gott«, fiel der Mann Mads ins Wort. Die Farbe wich aus seinem Gesicht. Mads nahm ihm ab, dass ihn die Nachricht unerwartet traf. »Wie kann das sein?«

»Das wissen wir noch nicht. Der Mörder muss hier in der Nähe geparkt haben. Ist Ihnen irgendeine Person aufgefallen? Ein Auto, das hier parkte, aber nicht hergehörte, vielleicht ein Kennzeichen von auswärts.«

Der Mann schluckte und versuchte, sich zu fassen, ehe er antwortete: »Ich wünschte, ich könnte Ihnen helfen. Aber mir fällt nichts ein. Wirklich, ich kann gerade keinen klaren Gedanken fassen. Das tut mir so leid. Was ist mit Ella?«

»Sie wurde vom Täter entführt.«

»Nein! Wie kann man so grausam sein?«

Mads fischte eine Visitenkarte aus seiner Hosentasche und reichte sie dem Mann. »Wenn Ihnen doch noch etwas einfällt, rufen Sie mich bitte an.«

»Mach ich. Ich hoffe, Sie finden Ella lebend.«

Mads antwortete nicht. Er nickte dem Mann zu und ging zurück zum Tatort, begleitet von einem seltsamen Gefühl, das er nicht deuten konnte.

»Das ist das Handy. Es lag in einer Hecke«, sagte Mads, als er im Wohnzimmer auf seinen Onkel stieß.

Gleichzeitig sah er, wie Rettungssanitäter Almas Vater mitnahmen. Sie mussten gekommen sein, als er draußen nach dem Handy gesucht hatte.

»Das muss sofort von Tim untersucht werden«, sagte Gustav.

»Ich denke, die Spurensicherung sollte zuerst prüfen, ob wir Fingerabdrücke finden. Dann kann das Handy mit dem von der Mutter zu Tim«, schlug Ole vor, der zu ihnen getreten war. »Du hast es doch nicht …?« Sein Blick wanderte zu Mads.

»Nein, ich hatte Handschuhe an.«

»Gut, dann sichert die Spuren und anschließend sofort zu Tim damit. Ich möchte wissen, was auf dem Handy ist«, sagte Gustav.

»Glaubst du, der Täter hat damit telefoniert?«, konnte sich Ole offensichtlich einen trockenen Scherz nicht verkneifen. Gustav warf ihm einen missbilligenden Blick zu.

»Mads, ich möchte, dass du den Nachbarn befragst. Ich fahre zurück in die Dienststelle und sorge dafür, dass wir eine öffentliche Fahndung bekommen.«

»Wir haben aber keine Hinweise auf den Täter.«

»Das ist mir scheißegal. Wir wissen, wie Ella aussieht. Ganz Deutschland soll erfahren, dass sie vermisst wird. Vielleicht hat jemand gesehen, wie dieses Schwein sie in seinen Wagen gezerrt hat«, wurde Gustav deutlich.

»Alles klar. Ich suche den Nachbarn auf.«

»Danke.« Gustav klopfte ihm auf die Schulter. »Frag auch die Nachbarn in unmittelbarer Umgebung. Ich werde einige Mitarbeiter abstellen, damit sie die Anwohner der Straße befragen. Irgendjemand wird den Mistkerl gesehen haben. Danach komm bitte zur Dienststelle. Wir müssen mit den anderen das weitere Vorgehen besprechen.«

»Soll ich Lena mitbringen?«

»Nein, du kannst sie morgen informieren, oder möchtest du sie dabei haben?«

»Nein, das passt so, denke ich.«

Mads verabschiedete sich von seinem Onkel und Ole und ging erneut nach draußen, um bei dem direkten Nachbarn zu klingeln.

Niemand öffnete.
Er klingelte erneut.
Die Jalousien waren nicht heruntergezogen und es brannte kein Licht, augenscheinlich war der Nachbar nicht zu Hause. Mads überlegte, ob er gleich zum nächsten Nachbarn gehen sollte, da wurde er angesprochen.
»Was ist denn hier los?«
Mads drehte sich um. Vor ihm stand ein Mann Mitte vierzig.
»Sind Sie Herr Melahn?«, fragte er. Der Name stand jedenfalls auf dem Klingelschild.
»Der bin ich. Und Sie?« Melahn schaute Mads nur flüchtig an, ehe sein Blick zu den Dienstfahrzeugen wanderte.
»Mads Johannsen von der Ostseekriminalpolizei. Ich muss mit Ihnen sprechen. Am besten im Haus.«
»Einverstanden. Was ist denn passiert? Ist Alma etwas zugestoßen?«
»Sie wurde ermordet.«
»Ermordet?« Melahn wirkte deutlich weniger überrascht oder betroffen als der Mann, mit dem sich Mads vorhin unterhalten hatte.
»Ja, ermordet«, wiederholte Mads.
»Um Himmels willen, wie kann das sein?«
»Lassen Sie uns bitte im Haus weitersprechen.«
Melahn nickte und öffnete die Haustür. Beide traten ein.
»Von wo kommen Sie?«
»Ich war abendessen, mit Freunden.«
»Wie lange waren Sie außer Haus?«
»Warum?« Melahns Blick wirkte plötzlich vorsichtiger. »Sie verdächtigen mich doch nicht etwa?«
»Nein, wie kommen Sie auf so einen absurden Gedanken? Mir geht es darum, dass Sie vielleicht als Zeuge etwas gesehen haben.«
Melahns Gesichtszüge entspannten sich deutlich. »Ich habe

heute Morgen um 8 Uhr das Haus verlassen und bin jetzt erst heimgekommen. War beruflich unterwegs und vorhin wie gesagt zum Abendessen verabredet.«

»Haben Sie das Haus zwischendurch nicht betreten?«

»Nein, ich habe nur den Wagen abgestellt und bin dann direkt weitergezogen ins *Johanssens*, weil ich mich etwas verspätet habe.« Der Mann schmunzelte. »Sie sind nicht zufällig mit dem Restaurant hier verbandelt?«

»Nein, bin ich nicht. Wohnen Sie allein?«

»Glücklicher Single«, antwortete Melahn. Mads nahm ihm die Antwort nicht ab.

»Ist Ihnen in den letzten Tagen etwas aufgefallen? Eine Person, die nicht zur Nachbarschaft gehörte? Oder ein Auto, das von auswärts kam.«

»Glauben Sie, dass sie ausspioniert wurde?«

»Ich glaube gar nichts. Ich ermittle und versuche zu verstehen, warum sie sterben musste.«

»Ehrlich gesagt ist mir nichts aufgefallen. Ich verlasse morgens die Wohnung, da ist es dunkel, und ich komme erst nach Hause, wenn es wieder dunkel ist. Gerade im Winter fällt das auf.«

Mads hatte mit so einer Antwort gerechnet. Es war tragisch, dass eine Person zu dieser Stunde eine junge Mutter abschlachten konnte und niemand das mitbekam. Er war darauf gefasst, dass niemand den Täter gesehen hatte, auch wenn er die Hoffnung nicht grundsätzlich aufgeben wollte. Immerhin standen die Befragungen der anderen Nachbarn noch an.

»Wissen Sie, ob Alma Probleme mit jemandem hatte?«

»Nein, keine Ahnung. So gut war unser Verhältnis nicht, dass sie sich mir anvertraut hätte. Ich wohne auch erst seit einem Jahr hier.«

»Aber Sie wissen, dass sie alleinerziehend war?«

»Das ist mir nicht entgangen. Dieser Timo muss ein ganz schöner Loser sein.«

»Inwiefern?« Mads kannte Timo flüchtig und hatte mitbekommen, dass Alma sich vor ein paar Jahren von ihm getrennt hatte. Viel mehr wusste er über den Exmann jedoch nicht.

»Na ja, er kommt seinen Verpflichtungen nicht nach. Kümmert sich nicht um seine Tochter. Einmal habe ich mitbekommen, wie sich die beiden aufs Übelste in den Haaren hatten.«

»Worum ging es?«

»Um was wohl? Um Geld. Der Unterhalt kam unregelmäßig.«

»Wann war das?«

»Lassen Sie mich überlegen.« Melahn schaute nach oben, als suchte er die Antwort an der Decke.

Irgendwie fand Mads den Nachbarn seltsam. Er war größer als Mads, demzufolge über einsneunzig, dazu ausgesprochen dünn. Seine Wangenknochen waren deutlich zu sehen.

»Das muss im September gewesen sein«, sagte Melahn schließlich.

»Und danach? Gab es weiteren Kontakt zwischen den beiden?«

»Nicht, dass ich wüsste. Ich habe nur diesen einen Streit mitbekommen.«

»Haben Sie mit Alma über den Exmann gesprochen?«

»Nein, es würde mir im Traum nicht einfallen, mich in das Privatleben anderer einzumischen. Ich sagte Ihnen ja, dass wir keine Freunde waren.«

Mads zog seine Visitenkarte aus der Tasche und reichte sie dem schlaksigen Hünen. »Hier ist meine Karte, falls Ihnen doch noch etwas einfallen sollte.« Dann verabschiedete er sich.

Er würde sich dringend mit Timo Jöhnck unterhalten müssen. Unwillkürlich trat ihm der grausame Anblick der Leiche wieder vors geistige Auge. Alma war mit unzähligen Messerstichen ermordet worden, es handelte sich um ein sogenanntes Übertöten. Nicht selten geschah solch ein Mord im Affekt, weil der Täter seine Emotionen nicht im Griff hatte, und häufig fand sich der Täter im Bekanntenumfeld.

Konnte es sein, dass Timo der Mörder war? Dass er Streit mit Alma gehabt und sie dann vor lauter Zorn getötet hatte? Es war zumindest eine Möglichkeit, die erklärte, warum Ella noch am Leben sein könnte. Aber warum hatte er Alma den rechten Zeigefinger abgetrennt?

»Um von sich abzulenken«, gab sich Mads die Antwort.

Wenn dem so war, durfte er keine Zeit verschwenden. Er musste sich Timo schnappen. Leider hatte er seine Anschrift nicht, aber er war sicher, dass Tim sie schnell besorgen würde.

Er fischte sein Handy aus der Hosentasche, während sein Blick über die Straße wanderte. Eine ältere Frau winkte ihn zu sich.

6

Ich habe es getan,

schrieb er in den Chat. Er hatte sich unter dem Pseudonym IceMan13 eingeloggt.

Was hast du getan?,

fragte nur kurz darauf ein anderer User.

Was wohl, du Idiot? Ich hatte heute mein erstes Mal.

Echt?

Ja, warum sollte ich dich anlügen.

Vielleicht um zu prahlen.

Habe ich dir je den Eindruck vermittelt, dass ich prahlen würde?

Nein. Hast du Fotos?

Habe ich. Aber du kriegst keines. Glaubst du mir nicht?

Es ärgerte ihn, dass der Idiot, der sich Nutella8 nannte, ihm nicht glaubte.

Doch, klar glaube ich dir. Wie war es?

Ehrlich gesagt, ganz unspektakulär. Ich hatte es mir irgendwie erhabener vorgestellt, aber es war überhaupt nichts Besonderes. Sie hat sich einfach abschlachten lassen, keine Gegenwehr, nichts. Es war zu leicht.

Schade. Wenn ich an mein erstes Mal zurückdenke, kriege ich noch immer eine Gänsehaut.

Das kann man ja wohl nicht vergleichen.

Doch, kann man. Das erste Mal sollte immer etwas Besonderes sein.

War es aber nicht!

Er schlug mit der Hand auf den Schreibtisch. »Es war nichts Besonderes«, brüllte er. »Bin ich unfähig, zu fühlen?«

Sein Atem wurde schneller, denn er kannte die Antwort auf diese Frage. Sie lag in seiner Vergangenheit, aber die hatte er aus guten Gründen aus seinem Kopf verbannt. Er schaltete seinen Laptop aus, da er keine Lust mehr hatte, sich weiter mit Nutella8 zu schreiben.

Wütend stand er auf, trat an den Kühlschrank, holte eine Flasche Whiskey heraus und setzte sie an. Er musste diese Gedanken loswerden, die wie ein Presslufthammer in seinem Kopf hämmerten.

Erst nach einigen kräftigen Schlucken, die in der Kehle brannten, spürte er, dass die alten Erinnerungen von ihm abließen. Er starrte die Tür an, die zum Keller führte. Dort unten wartete ein besonderer Gast auf ihn. Dass er das Betäubungsmittel, das er im Rucksack bei sich gehabt hatte, nicht für die Mutter, sondern für das Mädchen brauchen würde, hätte er nicht erwartet. So hatte es wenigstens noch eine Bestimmung gefunden. Was jedoch nichts an der Tatsache änderte, dass da diese Leere war, statt der Freude, mit der er nach so einer Tat gerechnet hatte.

»Vater, Mutter, warum habt ihr mir das angetan?«, platzte er heraus.

7

Die ältere Frau hatte sich nur als neugierige Nachbarin entpuppt, sie hatte nichts zu dem Fall beisteuern können – sehr zum Ärger von Mads.

Mittlerweile war er wieder zurück in der Dienststelle und stand im Vorzimmer von Gustav, dem Leiter der Ostseekriminalpolizei 1.

»Schlimme Sache«, sagte Petra Wiese, Gustavs Sekretärin.

»Leider.«

»Ich hoffe, dass ihr wenigstens Ella lebend findet. Dein Onkel ist ziemlich angeschlagen. Aber das wundert mich nicht. So rau er nach außen hin wirken mag, er hat einen verdammt weichen Kern.«

»Stimmt. Kann ich zu ihm reingehen?«

»Warum nicht?«

»Hat er schon einen Espresso gehabt?«, fragte Mads mit einem Grinsen.

»Ein weiterer wird ihm nicht schaden, du kennst ihn doch.«

»Stimmt. Ich mache uns einen.«

»Nein, das übernehme ich. Du kannst die Tassen aber mit ins Büro nehmen.«

»Danke.«

Petra trat zu dem Kaffeevollautomaten, bereitete den Espresso zu, legte noch je einen Keks auf die Untertassen und gab Mads das Tablett, der es sogleich übernahm und zu seinem Onkel ging.

»Hast du Neuigkeiten?«, fragte Gustav, als Mads eintrat.

»Nicht wirklich.« Mads reichte ihm eine Espressotasse und nahm ihm gegenüber Platz.

»Danke«, sagte Gustav und trank einen Schluck.

Es klopfte an der Tür und Petra trat ein.

»Was gibt es?«

»Der Bürgermeister ist da. Er möchte sich …«

»Lass ihn eintreten«, fuhr Gustav dazwischen.

Petra schloss die Tür hinter sich und wenig später betrat Albert Lange, der Bürgermeister der Gemeinde Timmendorfer Strand, Gustavs Büro.

»Ich habe eben davon erfahren«, sagte Albert und gab beiden die Hand.

Mads stand auf.

»Bleib sitzen. Ich bin gleich wieder weg«, sagte Albert.

»Ist schon gut. Nimm dir meinen Stuhl, ich hole mir noch einen«, erwiderte Mads und zog sich einen Stuhl vom Besprechungstisch heran.

»Ihr beide kanntet Alma, oder irre ich mich?«

»Du irrst dich nicht. Sie ist Dänin und war mit einem Deutschen verheiratet. Seinetwegen ist sie an die Lübecker Bucht gezogen.«

»Glaubst du, dass wir deswegen eine internationale Fahndung kriegen?«

»Das weiß ich nicht, ist gerade auch völlig unerheblich. Aber wenn du mich fragst, ich begrüße jede weitere Unterstützung.« Gustav wandte sich an Mads. »Hast du dich mit dem Exmann unterhalten? Diesem Timo?«

»Nein, leider noch nicht. Ich warte darauf, dass Tim mir die Anschrift schickt.«

»Soll ich mich schlaumachen?«, bot Albert an. »Falls er in der Gemeinde oder in der Umgebung wohnt, kriege ich die Anschrift in den nächsten Minuten heraus.«

»Das wäre gut«, antwortete Gustav.

Die Tür wurde geöffnet und Petra trat ein. In der Hand hielt sie ein Tablett.

»Ich dachte, Sie würden jetzt gerne einen Espresso trinken.«

»Sie können Gedanken lesen. Besten Dank«, erwiderte Albert und nahm ihr das kleine silberne Tablett ab.

»Gerne.« Petra verließ das Büro.

»Wie heißt der Exmann?«, erkundigte sich Albert und verrührte den Zucker in seiner Tasse.

»Timo Jöhnck.«

Albert nahm sein Handy, das er auf den Tisch gelegt hatte, und begann zu telefonieren. »Ich bleibe in der Leitung. Es ist sehr dringend«, sagte er dann.

Keine fünf Minuten später hatten sie die Anschrift und ein paar weitere Daten über Jöhnck.

»Danke. Ich fahr sofort hin«, erklärte Mads.

»Es besteht immer noch ein kleines Restrisiko, dass es nicht Almas Exmann ist und die Herren nur den gleichen Namen haben«, wandte Albert ein.

»Bei dem Namen kann ich mir das schwer vorstellen, zumal dein Mitarbeiter gesagt hat, dass es nur eine Person dieses Namens gibt.«

»Stimmt, aber wäre es nicht sinnvoller, ihn erst einmal anzurufen?«

»Nein, wäre es nicht«, antwortete Gustav. »Wenn Jöhnck der Täter ist, dürfen wir das Überraschungsmoment nicht aus der Hand geben. Bei einem Anruf kann er sich bis vor Mads' Besuch auf die Fragen vorbereiten.«

»Verstehe. Dann wollen wir hoffen, dass er der Täter ist und du die Tochter lebend findest«, sagte Albert.

»Das wäre wirklich zu wünschen«, gab Mads zurück und verließ das Büro. Aus dem Augenwinkel sah er noch, wie sein Onkel sich den Keks von seiner Untertasse griff und ihn in seinem Mund verschwinden ließ. Sein Onkel war süchtig nach Keksen und Espresso. Mads schmunzelte.

»Wohin?«, fragte Petra.

»Zu einem Tatverdächtigen. Wenn was ist, du erreichst mich über das Handy.«

»Okay. Sei bitte vorsichtig.«

»Bin ich doch immer.«

Mads trat aus der Dienststelle, stieg in sein Cabrio und fuhr los.

Jöhnck wohnte in Bad Schwartau.

Sein Handy vibrierte. Er schaute aufs Display und sah, dass er eine Nachricht von Daniela bekommen hatte.

Ich vermisse dich!,

schrieb sie. Mads musste schlucken. Damit hatte er nicht gerechnet. Er mochte Daniela zwar, fühlte sich zu ihr hingezogen und genoss die Zeit mit ihr. Sie war so herrlich unverkrampft und alles andere als kompliziert. Aber wenn er ehrlich war, vermisste er sie nicht, wenn er sie nicht sah. Er war auch nicht verliebt in sie. Erst letzte Woche hatte er ihr zu verstehen gegeben, dass er sich derzeit keine feste Beziehung vorstellen und ihr nichts versprechen könne, aber dass er gerne Zeit mit ihr verbringe und sie schon gern habe. Anscheinend hatte sie aus diesen Worten das herausgehört, was sie heraushören wollte.

Einerseits wollte er ihr nicht das Herz brechen, andererseits: Warum sollte er die Verbindung zu ihr kappen, wenn sie ihm guttat und er ihr? Wegen Emma?

Wohl kaum, denn Emma gab ihm keine Signale, die darauf hindeuteten, dass zwischen ihnen einmal mehr als nur Freundschaft sein könnte. Emma war noch immer sehr reserviert, sodass er manchmal glaubte, dass sie überhaupt keine Gefühle für ihn hatte. Dass dies so war, lag sicher auch an Jule, seiner Ex, die mit Emma befreundet war und bestimmt jede Menge Giftpfeile in seine Richtung schoss.

»Warum musstest du in mein Leben treten?«, murmelte Mads und presste die Lippen zusammen.

Er überlegte, ob er Daniela etwas Nettes zurückschreiben sollte, stattdessen schickte er ihr nur ein Kuss-Emoji.

Als Antwort bekam er unzählige von ihr zurück.

»Die Kleine ist verrückt nach dir, ich hoffe, das ist dir klar«, sagte er zu sich.

Er erreichte das Ziel und parkte vor dem Einfamilienhaus am Ende der Straße. Es lag etwas abseits von den anderen. Ein Fahrzeug stand auf dem Grundstück, vermutlich gehörte es Jöhnck.

Mads trat vor die Haustür und klingelte.

»Ja, bitte«, sagte Jöhnck, als er die Tür öffnete. »Ich kenne Sie doch.«

»Ja, das stimmt. Ich bin Mads Johannsen, ein Kumpel Ihrer Exfrau.«

»Richtig, jetzt erinnere ich mich. Was treibt Sie her?«

»Darf ich eintreten?«

Jöhnck schaute zurück, er wirkte zögerlich. »Na gut, kommen Sie bitte rein. Ich bin aber nicht alleine.«

»Stört mich nicht.«

Mads folgte ihm ins Haus. Jöhnck war Mitte vierzig, wirkte aber für sein Alter noch recht jung. Keine einzige graue Strähne blitzte in seinem dunklen Haar auf, ein modischer Vollbart schmückte sein sympathisches Gesicht.

»Moin«, grüßte Mads die junge Frau, die im Wohnzimmer saß und sofort aufstand, als sie ihn eintreten sah.

Die Frau war höchstens Anfang zwanzig, groß, schlank und blond. Ob sie Jöhncks neue Freundin war, konnte Mads nicht einschätzen.

»Schatz, lässt du uns bitte kurz allein?«

»Klar, ich wollte eh mit einer Freundin telefonieren«, erwiderte sie und warf Mads einen raschen Blick zu. »Hat mich gefreut«, sagte sie, dann entfernte sie sich.

»Ich weiß, was Sie denken«, bemerkte Jöhnck.

»Was denke ich denn?«

»Dass sie zu jung ist.«

»Ehrlich gesagt nicht. Das ist eine Sache zwischen Ihnen beiden.«

»Gute Einstellung. Jana ist für ihre einundzwanzig Jahre verdammt reif. Meine Ex hat das nie verstehen wollen.«

»Wie lange sind Sie schon ein Paar?«

»Seit knapp zwei Jahren. Wir überlegen, zu heiraten.« Jöhncks Augen leuchteten und Mads sah ihm an, dass er über beide Ohren verliebt war. Konnte so jemand tatsächlich ein eiskalter Mörder sein?

»Wie lange sind Sie schon von Alma getrennt?«

»Wir haben uns vor vier Jahren getrennt. Es hat einfach nicht mehr gepasst.«

Jana kann also nicht der Grund für die Trennung sein, überlegte Mads, aber das war jetzt unwichtig. Er atmete tief durch, dann kam er ohne Umschweife auf den Grund seines Besuchs zu sprechen: »Ich muss Ihnen leider mitteilen, dass Alma ermordet wurde.«

Jöhncks Blick wurde starr, er schluckte mehrmals und blinzelte. »Wie bitte?«, würgte er schließlich heraus.

»Ihre Exfrau wurde heute Opfer eines Gewaltverbrechens.«

»Was ist mit Ella?«

Jöhnck schien noch immer unter Schock zu stehen. Ob er das nur vorspielte, war schwer einzuschätzen.

»Das wissen wir nicht. Sie ist nirgends zu finden. Wir vermuten, dass der Täter sie entführt hat.« Zwar hatten sie die Freunde von Ella noch nicht ausfindig machen können und Tim war dabei, Almas und Ellas Handy zu prüfen, aber Knud hatte versichert, dass beide ihn zu Hause erwartet hätten.

»Wie kann das sein? Wieso tötet jemand Alma?« Jöhnck schüttelte den Kopf.

»Das möchte ich herausfinden. Kennen Sie die Freunde von Ella? Dann würde ich dort gerne anrufen«, sagte Mads.

Jöhnck wirkte peinlich berührt und schaute zu Boden, ehe er antwortete: »Nicht wirklich.«

»Was heißt das? Haben Sie einen Namen für mich oder nicht?«

»Nein, habe ich nicht. Kinder in dem Alter haben doch jede Woche andere, neue beste Freunde.«

Eine feige Lüge!, dachte Mads sofort.

»Als Vater sollte man wissen, mit wem seine Tochter sich trifft«, konnte er sich daher einen Spruch nicht verkneifen.

»Alma wollte nicht, dass ich mich in die Erziehung einmische. Ich bin beruflich sehr eingespannt. Das Haus, dazu der Unterhalt – da habe ich nicht noch die Zeit, mich mit meiner Ex über die Erziehung von Ella zu streiten.«

»Das heißt, dass Sie und Alma sich nicht im Guten getrennt haben.«

»Meine Schuld war es nicht. Ich habe keine Lust auf Streit, aber Alma ist sehr dickköpfig, sie musste immer ihren Willen durchsetzen. Dass auch ich Probleme haben könnte, kam ihr nie in den Sinn. Wissen Sie, wie hoch meine Hypothek für dieses Haus ist?«

Offensichtlich versuchte Jöhnck zu vermitteln, dass er sich nur aufgrund finanzieller Verpflichtungen nicht um die Erziehung der eigenen Tochter kümmern konnte. Mads fand diese Einstellung unmöglich. Allerdings war Geld ein starkes Motiv für Mord.

»Leben Sie vielleicht über Ihre Verhältnisse?«, fragte er daher kühl.

»Nein, was soll diese Unterstellung?«

»Und warum zahlen Sie dann nicht regelmäßig Unterhalt?«

Diese Frage erwischte Jöhnck kalt. »Wer erzählt so eine Lüge über mich?«, blaffte er.

»Ich empfehle Ihnen, gar nicht erst mit so etwas anzufangen.«

»Womit?«

»Mit Lügen. Sie sollten wissen, dass wir diese Angabe verifiziert haben. Spätestens Almas Kontoauszüge werden diese Annahme bestätigen.«

»Das hat Ihnen sicherlich Knud erzählt. Der hat mich noch nie gemocht.«

»Warum?«

»Weil er lieber einen Dänen für seine Tochter gehabt hätte. Er hält mich für einen Versager und Alma hat sich von ihm beeinflussen lassen. Ohne ihn wären wir vielleicht nie geschieden. Er hat sie regelrecht dominiert und ihr vorgeschrieben, wie sie zu leben hatte. In die Erziehung von Ella hat er sich auch eingemischt.«

»Machen Sie jetzt Knud Larsen dafür verantwortlich, dass Sie Ihren Verpflichtungen als Vater nicht nachkommen?«

»Ja.« Jöhncks Blick wirkte aggressiv, seine Augen waren weit aufgerissen. »Sie haben doch keine Ahnung, wie das ist, wenn man sein Tun jedes Mal rechtfertigen muss. Knud ist ein böser Mann. Halten Sie es denn nicht für einen komischen Zufall?«

»Was?«

»Alma hat mir heute am Telefon erzählt, dass ihr Vater auf dem Weg zu ihr sei, und ausgerechnet heute wird sie ermordet und von Ella fehlt jede Spur. Was, wenn Knud Ella gekidnappt hat?«

»Überlassen Sie die Polizeiarbeit den Experten.«

»Ich meine das ernst. Knud wollte, dass Alma zurück nach Kopenhagen kommt, aber Alma wollte in Niendorf bleiben. Ich traue dem alten Mann einen Mord zu, schließlich wollte er auch mich killen.«

»Jetzt kommen Sie mal wieder runter. Almas Vater war am Tatort, er hat die Polizei gerufen. Wenn er Ella wirklich entführt hätte, warum sollte er am Tatort auf uns warten?«

Jöhnck lachte schrill. »Sind Sie so naiv? Das ist doch alles Tarnung, damit kein Verdacht auf ihn fällt. Sie sollten sich mal den Kofferraum von Knuds Wagen anschauen.«

Mads hielt diese Anschuldigung für sehr weit hergeholt, vielmehr nahm er an, dass Jöhnck auf diese Weise von sich ablenken wollte.

»Entspannen Sie sich. Warum haben Sie den Unterhalt nicht regelmäßig gezahlt?«, fragte Mads, um das Gespräch zurück auf Jöhnck zu lenken.

Der fuhr sich nervös durch die Haare. Mads hatte also einen wunden Punkt getroffen, Jöhncks Körpersprache verriet ihn.

»Ich war die letzten Monate etwas knapp bei Kasse, aber nur, weil mein Arbeitgeber mir meine Provision nicht ausgezahlt hat. Ich hätte den Unterhalt später überweisen können, nur wollte Alma nicht verstehen, dass ich ein bisschen Zeit brauchte. Ella ist meine Tochter und natürlich komme ich meinen Verpflichtungen als Vater nach. Ich bin kein Rabenvater, gegen diesen Eindruck werde ich mich mit allen Mitteln wehren.«

»Ihre Freundin scheint einen ausgesprochen exquisiten Modegeschmack zu haben«, entgegnete Mads. Die teure Designerkleidung, die Jana trug, hatte sie in ihrem jungen Alter bestimmt nicht selbst finanziert. Mads ging davon aus, dass Jöhnck den noblen Gönner spielte und sein Geld deswegen nicht ausreichte, um seinen Verpflichtungen als Vater nachzukommen. Liebe konnte blind machen.

»Halten Sie Jana da raus«, fuhr Jöhnck ihn an. »Sie hat mit all dem nichts zu tun. Statt mich zu nerven, sollten Sie lieber meine Tochter finden.«

»Wo waren Sie heute zwischen 15 und 18 Uhr?«

»Ich war hier mit Jana.«

Kaum hatte er das ausgesprochen, betrat Jana das großzügige Wohnzimmer. »Ich wollte mir nur was zu trinken holen«, entschuldigte sie ihr Erscheinen. An das Wohnzimmer grenzte eine offene Küche an.

»Dann sollten Sie das tun. Ich wollte eh gerade los«, sagte Mads und folgte ihr ein paar Schritte. »Darf ich Sie fragen, wann Sie heute das Haus betreten haben?«

»Kurz vor Ihnen, ich kam von der Arbeit, warum?«, antwortete sie spontan, während sie den Kühlschrank öffnete.

8

Bist du sauer?,

las er. Er hatte sich mittlerweile wieder beruhigt und saß an seinem Laptop.

»Trotzdem, du kannst ruhig noch etwas zappeln und …«, sagte er zu sich, ohne seinen Gedanken laut zu beenden. Er öffnete die Facebookseite der Polizei Lübeck und Ostholstein, um zu prüfen, ob es bereits Informationen zu seiner Tat gab.

»Nur eine Fahndung«, murmelte er enttäuscht, während er den Aufruf der Polizei, wegen der möglichen Entführung von Ella Jöhnck las. »Wieso ›mögliche Entführung‹?«

Er schüttelte den Kopf. »Dumme Bullen.« Kurz überlegte er, ob er nicht einen Kommentar unter der Meldung posten sollte. Dass die Polizei ihn darüber ausfindig machen könnte, befürchtete er nicht. Er benutzte anonyme Accounts und Anonymisierungssoftware, die es ihm ermöglichte, keine Spuren im Netz zu hinterlassen.

Das Bild von Mads, dem Polizisten, dem er begegnet war, huschte ihm durch den Kopf.

»Bist du der leitende Ermittler?«, fragte er sich und öffnete Google. »Gleich wissen wir es.«

Er gab »Mads Polizei Timmendorfer Strand« ein, da er wusste, dass Niendorf zur Gemeinde Timmendorfer Strand gehörte und somit die dortige Dienststelle dafür zuständig war. Google spuckte auch gleich ein paar Ergebnisse aus.

»Das ist er«, nickte er zufrieden. »Was Onkel Google doch alles über einen weiß.« Er öffnete einen Link und wurde auf die Seite der Lübecker Nachrichten weitergeleitet.

»Hört, hört, ein hochdekorierter Soldat«. Da der Artikel kostenpflichtig war und er kein Abo besaß, konnte er nur den Titel lesen:

Mads Johannsen, Bundeswehrsoldat aus Timmendorfer Strand, erhält Verdienstkreuz für seinen Einsatz in Afghanistan.

»Jetzt verstehe ich, warum ich dich interessant fand. Du könntest vielleicht ein würdiger Gegner sein.«

Er sah sich auch die anderen Links an und fand heraus, dass nicht nur er, sondern ebenso Mads' Onkel und die Schwester bei der Polizei arbeiteten. Die Schwester war bei einem Einsatz schwer verletzt worden.

»Eine Familie von Bullen. Das wird ja immer spannender.«

In dem Moment blinkte eine neue Chat-Nachricht auf:

Es tut mir wirklich sehr leid. Ich wollte dir nicht zu nahe treten. Ich hoffe, du nimmst meine Entschuldigung an.

»Das hört sich gleich viel besser an«, sagte er zufrieden. Nutella8 signalisierte ihm, dass er die Hackordnung augenscheinlich akzeptierte. Es war ein gutes Gefühl, Nutella8 deutlich überlegen zu sein.

Gut, das eine Mal. Du solltest deinen Platz kennen,

schrieb er zurück.

Das tue ich. Es tut mir wirklich leid. Ich habe mir nur Gedanken gemacht, warum du nichts gespürt hast.

Und warum?
Vielleicht musst du es wiederholen, damit du Freude daran empfindest.

Möglich,

antwortete er, denn genau diesen Eindruck hatte er auch.

Dann solltest du es tun.

Ich werde es tun, nur brauche ich ein würdiges Opfer.

Scheiß drauf. Such dir einfach eine junge Fotze und schneide ihr die Kehle durch. Warum so kompliziert?

Weil einfach langweilig ist, das ist nur was für Einfaltspinsel wie dich.

Die Idee, eine Frau zu töten, trieb ihn bereits seit Monaten um, allerdings hatte er keine gefunden, für die sich das Risiko gelohnt hätte. Seitdem lief er mit seinem Rucksack herum, in dem Betäubungsmittel, Messer und anderes Zeug darauf warteten, endlich gebraucht zu werden. Heute war es dann so weit gewesen, als er auf der Bank gesessen, auf die Ostsee geschaut und plötzlich die Frau mit ihrer Tochter bemerkt hatte. Mit einem Mal war dieses Verlangen da gewesen, das Wissen, dass er sie töten, nein, befreien musste, weil ihre Augen ihm verraten hatten, dass sie des Lebens müde war. Nein, nicht nur ihre Augen, auch ihr Duft, den der Wind zu ihm herübergeweht hatte, hatten ihn dermaßen in den Bann gezogen, dass er nur noch daran gedacht hatte, wie es wohl wäre, wenn er ihr das Messer immer wieder in ihr verdammtes Mutterherz rammen würde.

Es war ein unbeschreibliches Gefühl gewesen, daher hatte er angenommen, dass es nach der Tötung noch intensiver sein würde. Leider war das nicht eingetreten.

Vertrau mir, manchmal ist einfach die beste Lösung. Du bist zu anspruchsvoll und stehst dir damit selbst im Weg, meldete sich Nutella8.

Was weißt du schon über mich? Nichts! Glaubst du, es ist leicht, ich zu sein?

Verzeih, so habe ich das nicht gemeint, ich wollte dir nur helfen.

Du kannst mir nicht helfen. Ich frage mich, warum ich dir ein Geschenk machen wollte.

Was für ein Geschenk?

Vergiss es.

Komm, bitte. Du machst mich neugierig. Bitte.

Er spürte, wie seine Mundwinkel sich hoben. Er mochte es, wenn Nutella8 ihm aus der Hand fraß, also schrieb er:

Bin ich dann dein Gott?

Klar, ich würde mir nie anmaßen, mit dir auf einer Stufe zu stehen.

Gut, sehr gut. Ich habe nämlich die Tochter der Fotze bei mir.

Wie alt ist sie?

Sie ist elf,

antwortete er. Das Alter hatte er aus der öffentlichen Fahndung erfahren.

Zwar etwas alt, aber warum nicht. Danke, mein Gott

9

»Ich weiß, es ist spät und jeder von euch möchte in seinen verdienten Feierabend. Dennoch ist diese Besprechung sehr wichtig. Ella genießt nicht den Luxus, einfach nach Hause gehen zu können«, begann Gustav die Besprechung.

Keiner seiner Mitarbeiter sagte etwas, und er sah ihnen an, dass sie dachten wie er.

»Mads, hast du die Leitung zu Ole und Tim aufgebaut?«

»Die steht jetzt«, antwortete Mads und auf der Leinwand erschienen Ole und Tim, die zusammen in Tims Büro saßen.

»Moin«, sagte Gustav, die beiden grüßten zurück. »Danke, dass ihr euch die Zeit genommen habt, daher lasst uns gleich loslegen.«

»Sollen wir anfangen?«, fragte Ole.

»Nein, ich gebe zuerst einen kurzen Überblick. Auch für die Kollegen, die nicht am Tatort waren«, antwortete Gustav, dann holte er tief Luft und erzählte vom bisherigen Verlauf der Ermittlungen, bemüht, sich seine Anspannung nicht anmerken zu lassen.

»Bei der Toten handelt es sich um Alma Jöhnck, geborene Larsen. Sie wurde fünfunddreißig Jahre alt und besitzt die dänische Staatsbürgerschaft.« Gustav hielt kurz inne und schaute in die Runde. Der eine oder andere schien Alma zu kennen. Dann fuhr er fort: »Die öffentliche Fahndung hat leider noch keine verwertbaren Hinweise ergeben. Meine Mitarbeiter vom Streifendienst sind derzeit dabei, die verbliebenen Anwohner zu befragen, da nicht alle von uns angetroffen wurden.« Dann wandte er sich an seinen Neffen. »Mads, was hast du für uns?«

»Nicht viel. Die Nachbarn, die ich befragt habe, haben niemanden gesehen, der verdächtig sein könnte. Der Fundort von Ellas Handy und die Tatsache, dass der Mörder sie mitgenommen hat, sagen mir aber, dass er unweit des Tatortes geparkt haben muss. Das Gespräch mit Almas Exmann Timo Jöhnck war nicht zielführend. Er hat zwar kein Alibi für die Tatzeit und hat mich diesbezüglich angelogen, aber macht ihn das allein zum Mörder?«

»Warum nicht?«, fragte Nils Schüler. »Es würde doch passen. So wie ich die Unterlagen interpretiere, sprechen wir von Übertöten. Vielleicht hat er sich mit dem Opfer gestritten und sie im Affekt ermordet, anschließend hat er die Tochter verschleppt? Warum sollte ein fremder Mörder Ella am Leben lassen?«

»Guter Einwand«, antwortete Mads. »Aber ich glaube nicht, dass er bei Alma war. Es ist eher so, dass er ihr aus dem Weg ging. Außerdem wusste er, dass heute Almas Vater aus Kopenhagen angereist ist, und den kann er gar nicht leiden. Warum sollte er also ausgerechnet heute zu ihr fahren?«

»Wir behalten ihn weiter im Auge«, sagte Gustav. »Wenn er kein Alibi hat, bleibt er ein Verdächtiger. Hast du ihn gefragt, ob er eine Speichelprobe und Fingerabdrücke abgeben würde?« Dass sein Neffe den potenziell Hauptverdächtigen so früh von seiner Liste streichen wollte, passte Gustav gar nicht. Vor allem, weil Jöhnck kein Alibi hatte und Ella eben nicht ermordet worden war. Beides belastete Jöhnck mehr, als es ihn entlastete. Er erwischte sich sogar bei der Hoffnung, dass Timo Jöhnck der Mörder war, weil damit die Chancen stiegen, dass Ella am Leben bleiben würde.

»Nein, danach habe ich ihn nicht gefragt. Werde ich gleich morgen früh erledigen.«

»Gut.« Gustav hatte vor der Besprechung mit Knud telefoniert und dieser hatte Mads' Worte bestätigt. Der Exmann ging Alma und seiner Tochter aus dem Weg, so oft wie möglich. Dennoch war er der einzige Verdächtige, den sie hatten. »Hast du noch was?«

»Nein, das war's.«

»Gut. Tim, was hast du für uns? Hast du die Handys entschlüsselt?«

»Vor zwanzig Minuten habe ich die Zugangsdaten zu den Handys herausbekommen.«

»Und?«

»Leider nichts, was uns helfen könnte. Keine unbekannten Anrufe.«

»Was ist mit Facebook und Co?«, erkundigte sich Carsten, der Partner von Nils.

»Bin ich dran. Bisher sehr unauffällig. Keine Kontakte zu Fremden, auch keine Anfragen. Aber ich werte den Laptop von der Toten noch aus.«

»Ich kann mir schwer vorstellen, dass der Täter sie vorab kontaktiert hat«, überlegte Mads laut.

»Warum nicht? Wie oft passiert es, dass ein Unbekannter einen stalkt und dann seine kranken Fantasien in die Tat umsetzt?«, entgegnete Nils.

»Möglich. Aber soweit ich Alma kenne, war sie in der Hinsicht sehr vorsichtig. Sie war auch nicht aktiv im Netz. Würde mich nicht wundern, wenn ihr Profil auf privat geschaltet ist.«

»Das stimmt. Sie hatte alles, was man auf privat stellen und einschränken konnte, ausgewählt«, bestätigte Tim. »Sobald die finale Auswertung des Laptops vorliegt, melde ich mich bei euch. Wir müssen aber davon ausgehen, dass es keine Hinweise geben wird, die bisherigen Analysen deuten leider in diese Richtung.«

»Mach das bitte. Wir müssen nach jedem Strohhalm greifen, der sich uns bietet«, sagte Gustav.

Tim nickte. »Von meiner Seite war es das vorerst.«

»Ole, was hast du für uns?«, wandte sich Gustav an den Leiter der Spurensicherung.

»Noch nicht viel. Die ersten Ergebnisse aus dem Labor sollten morgen eintreffen, ebenso habe ich morgen einen Termin in der Rechtsmedizin. Wir können den Todeszeitpunkt aber bereits einkreisen. Ich gehe davon aus, dass sie zwischen 16 und 17 Uhr ermordet wurde. Der Vater hat das Haus kurz nach 17 Uhr erreicht. Die Haustür stand offen und niemand war in der Nähe, das hatte ihn gewundert. Im Wohnzimmer fand er dann die Leiche seiner Tochter. Er hat sofort die Polizei und den Rettungsdienst benachrichtigt.«

»Mir unbegreiflich. Wie kann jemand einfach so nachmittags eine Frau ermorden und ein Kind entführen, ohne dass die Nachbarn es mitbekommen?« Nils schüttelte verständnislos den Kopf. »Wir leben ja nicht in der Großstadt, wo Anonymität normal ist. Niendorf ist ein Kaff, da kennt jeder jeden.«

»Trotzdem spricht leider vieles dafür, dass der Täter nicht gesehen wurde. Außerdem ist es um 17 Uhr bereits recht dunkel«, wandte Gustav ein. Er machte sich wenig Hoffnung, dass einer der Nachbarn doch noch etwas gesehen hatte. Ebenso wenig, dass Ella bei einer Freundin war, da sie mittlerweile einige angerufen hatten. Es gab keinen Zweifel, das Mädchen war entführt worden.

Die Welt erschien ihm immer kälter und egoistischer zu werden, und das nicht erst seit gestern. In Sachen Dorfbekanntschaften nahm er sich da auch nicht aus, er kannte inzwischen nicht mehr jeden in Niendorf, obwohl er sein ganzes Leben hier verbracht hatte. Als junger Mann hatte das anders ausgesehen, allerdings war Niendorf damals auch noch nicht so groß gewesen. In den vergangenen zwanzig Jahren waren viele Menschen zugezogen.

Ole fuhr indes mit seinem Bericht fort: »Das Opfer wurde übertötet. Ihr wurde unzählige Male ein Messer, vermutlich ein Fleischermesser, in die linke Brust gestoßen. Mehr dazu nach der Obduktion. Ich gehe davon aus, dass wir es mit mindestens fünfzehn bis zwanzig Einstichen zu tun haben, vielleicht sogar mehr.«

»Wäre das dann nicht eher eine Affekthandlung? Eine Tat im Wahn?«, hakte Carsten nach.

»Möglich. Nicht selten finden solche Taten im Bekanntenumfeld statt. Oft geht dem ein Streit voraus, der plötzlich extrem eskaliert. Was aber nicht heißt, dass wir es nicht genauso gut mit einem Psychopathen zu tun haben könnten, dem es Freude bereitet, sein Opfer zu übertöten. Was zudem für diese vorsichtige Theorie sprechen könnte, ist, dass dem Opfer der rechte Zeigefinger abgetrennt wurde.«

»Und wenn das nur ein Ablenkungsmanöver ist? Als der Täter bemerkt, was er angerichtet hat, schneidet er ihr den Zeigefinger ab, damit wir glauben, wir haben es mit einem kranken Wichser zu tun«, gab Nils zu bedenken.

»Diese Frage kann ich dir nicht beantworten. Es ist eure Aufgabe, herauszufinden, warum der Täter so vorgegangen ist.«

»Du meinst wohl, Mads' Aufgabe«, korrigierte Nils und warf Mads einen kurzen Blick zu, den dieser mit einem schiefen Lächeln quittierte.

»Es ist unser aller Aufgabe. Wir ermitteln als Team und ich trage die Verantwortung als Chef dieser Dienststelle«, schaltete sich Gustav ein. »Am Ende ist das auch alles unerheblich. Mich interessiert nur, dass wir den Täter finden. Ole, hast du Hautpartikel gefunden oder Anzeichen dafür, dass sich Alma gewehrt hat?«

»Wir haben jede Menge Spuren gesichert, aber ob sie sich auch als belastende Beweise eignen, kann ich jetzt noch nicht sagen. Bezüglich der Hautpartikel müssen wir die Obduktion abwarten. Am Tatort konnten wir jedenfalls keine Hinweise auf einen Kampf finden. Vermutlich hat er sie überrascht.«

»Das wäre aber seltsam«, meldete sich Mads zu Wort. »Es war tagsüber. Alma war wach. Ella war wach. Wie kann der Täter sie da überraschen?«

»Gute Frage«, antwortete Ole. »Wie gesagt, wir müssen die Obduktion abwarten. Äußerlich haben wir am Tatort keine Hinweise auf einen Kampf gefunden.«

»Es sei denn, er hat erst Ella in seine Gewalt gebracht. Alma hätte sich dann aus Sorge um ihr Kind auf das kranke Spiel des Killers eingelassen«, überlegte Mads. »Was, wenn er an der Tür geklingelt und Ella ihm geöffnet hat. Das würde erklären, warum ihr am Tatort keine Spuren eines Kampfes gefunden habt.«

Gustav nickte anerkennend, er mochte es, wenn sein Neffe seinen scharfen Verstand einschaltete und seine Emotionen aus dem Spiel hielt, was ihm in letzter Zeit leider nicht immer gelang. Gustav führte das darauf zurück, dass Mads aus Sorge um seine Schwester, die lange im Koma gelegen hatte, mental nicht immer auf der Höhe war.

»Das könnte passen«, sagte er daher, um seinen Neffen zu motivieren.

»Denke ich auch«, antwortete Ole. »Ich hoffe, dass ich nach der Obduktion und aufgrund der Laborwerte weitere Hinweise und Erkenntnisse liefern kann. Von meiner Seite war's das vorerst.«

»Danke dir. Auch dich möchte ich bitten, dich sofort zu melden, sobald du einen nützlichen Hinweis hast.«

»Sollte klappen.«

Es klopfte an der Tür und ein Mitarbeiter vom Streifendienst trat ein.

»Marco, was gibt es?«, fragte Gustav.

»Ich habe die letzten zwei Anwohner der Straße befragen können.«

»Gut. Neuigkeiten?«

»Möglicherweise. Jemandem ist ein blauer Skoda mit Lübecker Kennzeichen aufgefallen.«

10

Niendorf, 13. Januar

Emma wurde aus Mads nicht schlau. Sie war sich ziemlich sicher, dass er am vergangenen Nachmittag eine Nachricht von Daniela bekommen hatte und deswegen nicht an sein Handy gegangen war, da er den Anruf kurz danach komischerweise angenommen hatte. Das konnte doch nur bedeuten, dass er gewusst hatte, dass Daniela ihm schreiben würde.

Es war kein Geheimnis, dass er und Daniela was am Laufen hatten. Jule behauptete sogar, dass sie ein Paar seien. Warum machte er dann in ihrer Gegenwart so ein Geheimnis daraus?

»Dein Cappuccino, Hase«, hörte sie Amir Kaya sagen.

»Oh, das ist sehr lieb von dir. Danke.«

»Wo bist du nur wieder mit deinen Gedanken?« Amir nahm neben ihr Platz. »Lass mich raten, bei irgendeinem Prince Charming, der dein Herz erobert hat?« Er grinste.

»Schön wäre es. Weit und breit kein Traummann in Sicht und das Wetter nervt mich. Ich mag keinen Regen«, antwortete Emma und nahm einen Schluck Kaffee.

»Auf Regen folgt Sonne. Hab nur Geduld, du findest noch deinen Deckel, irgendwo da draußen läuft er rum.«

»Ehrlich gesagt weiß ich nicht, ob ich das überhaupt möchte.«

»Sag doch so was Entsetzliches nicht«, tat Amir pikiert und bewegte seine Hände auf und ab. »Eine schöne Blume wie du braucht einen tollen Mann an ihrer Seite.«

»Du bist sehr lieb. Aber …«

»Nichts aber. Wir Menschen sind nicht dafür gemacht, allein zu bleiben. Unsere DNA kennt das nicht. Du solltest endlich die Vergangenheit abschütteln und nach vorn schauen.«

»Ja, du hast ja recht«, sagte Emma ein wenig gequält. Amir war inzwischen ihr bester Freund, sie vertraute ihm sehr viel an und er ihr. Er wusste, dass sie ihren Verlobten in Niendorf auf brutale Weise verloren hatte, und noch immer gab es Momente, in denen sie die Erinnerung an diese schrecklichen Ereignisse übermannte und sie eine Angst verspürte, die sie nicht in Worte fassen konnte. Sie seufzte. »Interessante Männer sind in Niendorf leider dünn gesät.«

»Stimmt. Es gibt schon den einen oder anderen, aber die wissen das und verhalten sich dementsprechend wie Arschlöcher. Mads zum Beispiel. Einem größeren Egoisten bin ich noch nicht über den Weg gelaufen, trotzdem würde ich alles für ein Date mit ihm geben.«

»Er ist aber nicht gay.«

»Leider. Immerhin könntest du ihn daten.«

»Ich?« Emma fühlte sich ertappt. Amir wusste nichts davon, dass sie Gefühle für Mads hatte. Gefühle, die sie selbst nicht so recht deuten konnte.

»Ja, du. Tu nicht so, ihr kennt euch doch und er würde perfekt zu dir passen.«

»Aber du hast gesagt, dass er ein Egoist ist. Ich suche einen Mann, der mich nicht wie eine Nummer behandelt.«

»Ihr sollt ja nicht gleich heiraten, auch wenn ich mir sicher bin, dass ihr wunderschöne Kinder hättet. Ein bisschen Spaß wäre doch für den Anfang was. Damit du wieder Freude am Leben hast.«

»Du meinst vögeln?«

Amir lachte. »Jetzt verstehen wir uns. Guter Sex vertreibt die dunklen Gedanken und ich höre nur Gutes über Mads' Qualitäten.«

»Das möchte ich mir gar nicht vorstellen, und nein, ich bin keine Frau, die nur vögeln möchte. Ich suche was fürs Herz.«

»Sag nicht gleich Nein. Denk über meinen Vorschlag nach.

Wenn du magst, begleite mich dieses Wochenende nach Hamburg.«

»Ich weiß nicht.«

»Sei nicht so spießig. Dann lernst du Pietro mal kennen.«

»Ich dachte, das wäre nur ein One-Night-Stand.«

»Dachte ich auch.« Amir grinste. »Pietro ist unglaublich sensibel und feinfühlig, traut man ihm gar nicht zu.«

»Also kannst du dir mehr vorstellen?«

»Ich kann mir so einiges mehr vorstellen.« Amir machte eine Kopfbewegung, die Emma zum Schmunzeln brachte. Dass Amir ihr Kollege war, war ein glücklicher Umstand, so machte die Arbeit gleich viel mehr Spaß.

»Moin«, wurde ihr Gespräch durch Tobias Wichmann unterbrochen, dem Chefredakteur der Ostseezeitung, für die Emma arbeitete.

Die Mitarbeiter im Großraumbüro grüßten zurück.

»Vielleicht habt ihr davon gehört: Gestern wurde Alma Jöhnck aus Niendorf brutal ermordet. Ihre elfjährige Tochter wurde entführt. Von ihr und dem Täter fehlt bisher jede Spur.«

Emma, die der Lübecker Polizei auf Facebook folgte, hatte die öffentliche Fahndung schon gesehen. »Ich habe darüber gestern bereits gelesen«, meldete sie sich daher zu Wort.

»Gut. Ich möchte, dass Amir sich der Sache annimmt. Ich weiß, dass der Vater der Toten noch im Krankenhaus ist. Er ist der einzige Zeuge. Es könnte nützlich sein, sich mit ihm zu unterhalten.«

Emma ärgerte sich, dass sie nicht sofort angeboten hatte, die Story zu übernehmen. Der Fall interessierte sie und sie glaubte, dass sie mit ihrer letzten Story, wo es um den Mord an einer jungen Frau gegangen war, bewiesen hatte, dass sie fähig war, solch anspruchsvolle Artikel zu schreiben. Dass Tobias nicht fragte, wer Interesse an dem Fall hatte und sofort Amir auswählte, wunderte sie und gab ihr das Gefühl, dass irgendetwas dahinterstecken musste.

Hat die Polizei ihm geraten, dass ich die Story nicht bekommen soll? Oder der Bürgermeister?, überlegte sie. Albert Lange hatte bereits bei der letzten Reportage versucht, sie loszuwerden.

Emma warf Amir einen flüchtigen, aber bittenden Blick zu in der Hoffnung, dass er verstehen würde, worauf sie aus war.

»Ich muss leider passen«, sagte Amir.

»Wie, passen?«

»Ich bin noch an der Story über die Tierquälerei im Glückshof dran. Morgen habe ich ein Gespräch mit einem Tierschützer, der belastendes Videomaterial hat. Emma sollte die Sache übernehmen, immerhin hat sie Erfahrung mit Polizeifällen.«

»Verstehe.« Tobias schien nachzudenken, was Emma nervös machte. Warum gab er ihr nicht einfach die Story? »Dann kann Emma sich für dich um den Hof kümmern und du übernimmst den Mordfall.«

»Das macht doch keinen Sinn. Ich müsste sie erst in die Geschichte einarbeiten, ich stecke da schon sehr tief drin.«

»Na und? Ich möchte das so. Als Chefredakteur gebe ich die Marschroute vor. Keine Diskussion.«

»Was soll das? Wieso darf ich die Story nicht haben? Wer macht solchen Druck, dass du Angst hast, mir die Story zu geben?«, entfuhr es Emma.

11

»Warum lachst du?«

»Weil es lustig ist«, antwortete sein Vater. »Außerdem heißt das Papa und nicht du.«

»Was ist daran lustig, dass ein Hase von einem Zug überfahren wird?«

»Es ist ein Zeichentrickfilm, was ist daran nicht zu kapieren?«

»Also ist es lustig, weil es ein Zeichentrickfilm ist?«, bohrte er weiter.

»Du nervst. Jetzt ist mir die Lust vergangen«, antwortete sein Vater, schüttelte verärgert den Kopf und schaltete den Fernseher aus. Dann stand er auf und ging in die Küche.

»Etwas stimmt mit ihm nicht. Wir müssen zum Arzt.«

Dieses Gespräch hatte sich wie viele andere in sein Gedächtnis eingebrannt. Es war der Beginn einer nie endenden Odyssee gewesen. Der Beginn einer unendlichen Reihe von Momenten, in denen ihm immer wieder klargemacht worden war, dass er anders war. Und dass dieses Anderssein weder gewünscht noch gut war. Gut war, wer normal war. Und was normal war, definierten die Erwachsenen.

Er war damals fünf Jahre alt gewesen, das wusste er ganz genau. Schnell wischte er die schreckliche Erinnerung weg.

»Fünf«, rutschte es ihm betrübt heraus. Er schluckte, hielt die Hände vors Kinn und schaute aus dem Fenster. »Fünf.«

Sein Atem ging schwer, er spürte, wie sich sein Brustkorb hob und senkte. Er schüttelte den Kopf und ließ seinen Blick wieder zum Bildschirm seines Laptops wandern. Er versuchte sich abzulenken, indem er sich über den Tor-Browser ins Darknet einloggte. Dort gab es einige Seiten, die er regelmäßig besuchte und wo er sich mit Gleichgesinnten über verschiedene

Themen austauschte. Gleichgesinnte, die nicht jedes Wort der Regierung oder anderer Behörden und Organisationen glaubten, sondern die Dinge kritisch hinterfragten.

Bereits in jungen Jahren war ihm klar geworden, dass sie alle manipuliert wurden. Dass die Oberen, die Mächtigen, versuchten, die Unteren, Menschen wie ihn, zu manipulieren, sie gefügig zu machen, damit sie ja nicht einen Gedanken daran verschwendeten, die Macht der Oberen infrage zu stellen. Nichts anderes als moderne Sklaven waren sie, die der irrigen Annahme erlegen waren, frei zu sein.

Aber wie konnte man frei sein, wenn man sein Leben lang arbeiten musste, um die Miete und das Essen, das der Körper zum Überleben benötigte, bezahlen zu können? Nein, ihn konnten die Oberen nicht manipulieren, auch wenn sie alles versucht hatten. Vor allem über seine Eltern, die der Obrigkeit hörig waren. Er hatte sich erfolgreich bis zum Ende geweigert, sich dem System anzupassen. Und warum? Weil er zu schlau war, jede Dummheit mitzumachen.

Er öffnete ein Forum und las sich die letzten Beiträge durch. Zu einem davon gab er einen Kommentar ab, aber er konnte sich nicht so recht motivieren, weitere zu schreiben.

Die Gedanken an seinen Vater wollten ihn nicht in Ruhe lassen. Er berührte seinen Kopf und klopfte dann gegen seine Wangen. »Lass mich in Frieden, ich habe gewonnen. Hau ab.«

Seine Gesichtsmuskeln waren angespannt, er spürte, wie seine Kieferknochen nach außen traten. Er verkrampfte sich, dann fühlte er einen plötzlichen Druck auf seiner Schulter und ein Schmerz schoss durch seinen Körper.

»Es reicht!«, brüllte er. »Ich habe gewonnen. ICH!«

Er schlug um sich und traf seinen Laptop, der fast vom Tisch gefallen wäre. Durch einen schnellen Reflex konnte er es verhindern. Fahrig klappte er den Bildschirm wieder auf.

»Eine neue Nachricht«, sagte er zu sich und öffnete sie. Sie war von Nutella8, von wem sonst. Freunde hatte er nicht, das wollte er auch nicht. Freundschaften waren anstrengend, außerdem hatte er keine Lust, sich ständig erklären zu müssen. Nutella8 war die einzige Person, mit der er regelmäßig schrieb, aber nicht, weil er sich ihm aufdrängte, sondern weil Nutella8 schnell akzeptiert hatte, wer das Sagen bei ihnen hatte. Das gefiel ihm.

Moin.

Was ist los?,

antwortete er. Auf Smalltalk hatte er eigentlich keine Lust, aber er hoffte, dass die Kommunikation mit Nutella8 ihm helfen würde, seinen Vater aus dem Kopf zu bekommen.

Nichts Besonderes, wollte nur mal wegen dem Geschenk nachhorchen.

Geschenk?

Du hattest doch gestern geschrieben, dass du ein Geschenk für mich hast. Ich habe die ganze Nacht kein Auge zugetan vor Aufregung. Ich denke, elf Jahre passt sehr gut.

Er antwortete nicht sofort. Auch wenn Nutella8 es verstand, seine Worte wie eine Bitte klingen zu lassen, spürte er, dass es mehr als eine Bitte war. Als würde er fest davon ausgehen, dass er das Geschenk bekommen würde.

Ich habe mich noch nicht entschieden.

Wie meinst du das?

Ob du das Geschenk verdienst.

Bitte. Ich tue alles, was du verlangst, es wäre schade, das Geschenk unbenutzt zu zerstören.

Zu zerstören?

Du wirst es doch töten, oder nicht? Was schadet es dann, wenn ich vorher ein bisschen Spaß habe.

Diese Worte musste er erst einmal sacken lassen, er fühlte sich kalt erwischt. Darüber, ob er seinen Gast töten würde, hatte er noch gar nicht nachgedacht, weil er ihn eigentlich Nutella8 schenken wollte. Was der anschließend mit dem Gast anstellen würde, war nicht sein Problem.

»Du hast das Ganze nicht gründlich durchdacht. Möchtest du sie wirklich Nutella8 schenken? Wäre es nicht eine pure Verschwendung dieses wertvollen Pfands?«

Er kannte Nutella8 nicht persönlich, sie hatten sich noch nie getroffen. Sein Plan war, das Geschenk gefesselt in einem Waldstück auszusetzen, wo Nutella8 es sich abholen könnte.

»Vielleicht wäre es aber gar nicht dumm, das Geschenk zurückzuhalten. Möglicherweise brauche ich die Dienste von Nutella8 noch, ein Druckmittel zu haben, ist nie verkehrt«, überlegte er. Dann hatte er plötzlich eine Idee. »Oder ich brauche es noch für Mads?« Er lächelte hinterhältig. »Andererseits, sie am Leben zu lassen, ist auch gefährlich.«

12

»Du hättest mich ruhig informieren können«, warf Lena ihrem Bruder vor.

»Es war spät. Gustav und ich wollten dir nicht den Abend ruinieren.«

»Ich bin deine Partnerin. Warum sollte ich mir was rausnehmen, was andere Kollegen nicht können? Wir sind doch ein Team.«

»Entspann dich, ich wäre froh gewesen, wenn Gustav mich nicht kontaktiert hätte.«

»Das glaubst du ja wohl selbst nicht«, entgegnete Lena. Sie glaubte ihrem Bruder kein Wort, dafür kannte sie ihn zu gut. »So langsam müsst ihr beiden endlich begreifen, dass ich keine Sonderbehandlung möchte.«

»Ist angekommen.«

»Sicher?«

»Ja, Schwesterherz. Versprochen.« Mads sah sie über den Schreibtisch hinweg mit seinem treuherzigen Blick an.

»Ich wollte nicht so schroff rüberkommen, es belastet mich halt sehr …«, lenkte Lena ein und strich über den Henkel ihres Kaffeebechers.

»Du warst nicht schroff. Du und Alma, ihr habt euch ganz gut verstanden, oder?«

»Ja, wir haben uns ab und an zum Kaffee getroffen. Es war schön, sich mit jemandem auf Dänisch zu unterhalten. Alma war eine richtig liebevolle und aufopfernde Mutter.«

Ebenso wie Mads sprach Lena sehr gut Dänisch, darauf hatten ihre Eltern und vor allem ihre Großmutter immer großen Wert gelegt.

»Ich möchte mir gar nicht vorstellen, was die kleine Ella gerade durchmacht.« Lena versuchte, die Bilder, die sich unwillkürlich in ihrem Kopf einstellten, nicht zu nah an sich heranzulassen. »Sie ist so ein lebenslustiges und kluges Mädchen.«

»Wir finden das Schwein«, antwortete Mads und presste die Kiefer aufeinander. Lena sah ihm an, dass er nicht weniger angespannt war als sie.

»Mit jedem Tag stehen die Chancen schlechter, dass wir Ella lebend finden.«

»Ich weiß. Trotzdem müssen wir uns an jedem kleinen Strohhalm festhalten. Es muss doch einen Grund geben, warum er sie nicht am Tatort ermordet hat.«

»Was ist mit Timo?«, erkundigte sich Lena.

»Ich habe gestern mit ihm gesprochen.«

»Dann klär mich doch bitte auf«, bat sie. Beide waren eben erst ins Büro gekommen und bislang wusste sie nicht viel über die laufenden Ermittlungen.

»Genau das wollte ich gerade machen«, antwortete Mads. Er stand auf, trat an das große Whiteboard, das in ihrem Büro hing, und heftete nach und nach Zettel und Fotos dort an, um Lena einen Überblick über den aktuellen Ermittlungsstand zu geben.

Lena hörte aufmerksam zu und stellte immer wieder Fragen.

»Timo hätte ein Motiv«, sagte sie schließlich. »Ich sehe das wie Gustav, es wäre fahrlässig, ihn von der Liste der Verdächtigen zu streichen.«

»Das habe ich ja auch gar nicht vor. Aber Jöhnck hat eine junge, ziemlich heiße Freundin …«

»Reicht es nicht, wenn du sagst, dass sie jung ist?«, unterbrach Lena ihren Bruder.

»Sie ist aber heiß und das ist entscheidend«, sagte Mads lachend. »Also, warum sollte er Alma töten, wenn er doch in einer vielversprechenden Beziehung und längst von Alma getrennt ist? Und auch wenn Ella seine Tochter ist – sie passt derzeit nicht in sein Leben mit dieser …«

»… jungen heißen Schnitte«, beendete Lena Mads' Gedanken. »Ist angekommen. Aber im Affekt kann so einiges passieren. Was ist mit dem Vater?«

»Den sollten wir gemeinsam aufsuchen. Er stand gestern ziemlich neben sich. Vielleicht hat er etwas gesehen. Und was den blauen Skoda anbelangt, ist das wie die Suche nach der Nadel im Heuhaufen.«

»Leider. Das können wir unmöglich allein durchziehen.«

Es klopfte an der Bürotür und Gustav trat ein.

»Ich hatte eben ein Gespräch mit Tim«, sagte er nach der Begrüßung. »Wie befürchtet, gibt es unzählige blaue Skodas mit Lübecker Kennzeichen. Sie alle ausfindig zu machen, wird Wochen dauern. Die Direktion in Lübeck übernimmt die Aufgabe und informiert uns, sobald sie einen Treffer haben.«

»Verstehe. Wir sollen uns also nicht darauf verlassen«, antwortete Mads.

»Genau. Ihr solltet zeitnah mit dem Vater sprechen. Er ist noch in der Schön-Klinik in Neustadt.«

»Das stand auf dem Plan«, bestätigte Mads.

»Lena, du hattest doch am meisten mit Alma zu tun«, wandte sich Gustav an seine Nichte.

»Stimmt. Wir haben uns in unregelmäßigen Abständen getroffen.«

»Gut. Weißt du, wer ihre beste Freundin ist?«

»Das weiß ich nicht, aber ich weiß, dass sie mit Jule sehr gut befreundet war.«

»Mads' Jule?«

»Genau.«

Mads verzog das Gesicht. »Sie ist meine Ex«, korrigierte er seinen Onkel.

»Bei deinem Frauenverschleiß kommt doch keiner mit.«

»So hoch ist der nicht mehr.«

»Die Betonung liegt auf mehr«, zog Lena ihren Bruder auf.

»Witzig.« Mads zog eine Grimasse.

»Stattet auch Jule einen Besuch ab«, fuhr Gustav fort. »Albert hat mich vorhin informiert, dass die Ostseezeitung eine Story über den Mord veröffentlichen wird. Glücklicherweise wird Emma Falk sie nicht schreiben.«

»Warum nicht? Hat Albert was damit zu tun?«, fragte Mads.

»Wer sonst? Er hat Tobias unmissverständlich klargemacht, dass er das gerade nicht brauchen kann. Das sollte uns ja nur gelegen kommen, sie ist wie eine Klette.«

»So schlimm ist sie auch wieder nicht«, entgegnete Mads.

»Aus dir werd einer schlau. Du wolltest doch schon beim letzten Fall nicht, dass sie recherchiert, warum verteidigst du sie jetzt?«

»Das tue ich gar nicht. Ich sage nur, dass sie eine gute Journalistin ist. Mehr nicht.«

»Ich glaube, Mads hat ein sexuelles Interesse an ihr. Seinem Beuteschema entspricht sie ja. Aber sie hat ihn abblitzen lassen«, konnte sich Lena einen kleinen Spaß auf Mads' Kosten nicht verkneifen.

»Das stimmt doch gar nicht«, reagierte ihr Bruder unwirsch.

»Mir egal. Und jetzt sage ich dir mal was als dein Onkel: Du bist keine zwanzig mehr. Such dir eine anständige Frau, mit der man eine Familie gründen kann.«

»Woher weißt du, dass Emma nicht anständig ist?«, gab Mads zurück.

»Das habe ich nicht gesagt. Sie ist auf jeden Fall zu ehrgeizig und risikofreudig. Kannst du dir so eine Frau am Herd vorstellen? Oder dass sie Kinder großzieht?«

»Du bist echt oldschool, Gustav.«

»Es kann nie verkehrt sein, Werte zu haben.« Gustav brummelte noch etwas vor sich hin, was Lena nicht verstand, dann sagte er: »Meldet euch bitte nach den Gesprächen. Vielleicht schaffen wir es gemeinsam zu Mittag. Albert ist auch dabei.«

»Wir versuchen es«, antwortete Mads und Gustav verließ das Büro.

»Ich würde vorschlagen, dass wir zuerst Jule aufsuchen. Das könnten wir mit einem Frühstück verbinden.«

»Hast du nicht gefrühstückt?«

»Habe es heute Morgen nicht geschafft.«

»Verstehe. War Daniela noch bei dir?«

»Sie vermisst ihren Traummann halt.« Mads zeigte seine strahlend weißen Zähne.

»Hoffentlich brichst du ihr nicht das Herz.«

»Keine Sorge, sie ist recht reif für ihr Alter. Wir spielen mit offenen Karten.«

»Gib wenigstens zu, dass sie diejenige ist, die mehr liebt.«

»Das mag stimmen. In der Liebe ist es immer so, dass der eine mehr liebt als der andere. Genug über mein Liebesleben geschwafelt. Was ist mit deinem?«

»Ich glaube nicht, dass du das hören willst. Du wirst eh nur sauer.«

»Christian.« Mads verdrehte die Augen.

»Ja, Christian. Du hast ihn noch nie gemocht, und ich weiß, dass er viele Fehler gemacht hat. Das kann ich auch nicht so schnell vergessen. Aber wir kennen uns, seit wir Kinder sind, und er hat sich verändert. Er hat eine Therapie gemacht, er ist trocken und irgendwie ist alles fast wie früher. Vor der Zeit, als er sich an den Alkohol gewöhnte«, erklärte Lena, die sich nichts mehr wünschte, als dass sich Mads und Christian endlich verstanden. »Ist es zu viel verlangt, wenn du etwas Nachsicht hast? Wenn schon nicht für ihn, dann mir zuliebe?«

Mads antwortete nicht sofort. Er schaute seine Schwester an, bis er unwillkürlich lächeln musste. »Für dich würde ich durchs Feuer gehen, Schwesterherz. Ich möchte nur nicht, dass er dir ein weiteres Mal das Herz bricht.«

»Das wird er nicht.«

»Gut. Ich halte mich zurück.«

»Danke, das bedeutet mir sehr viel.« Lena stand auf. Mads tat es ihr gleich, dann reichte er ihr die Jacke und half ihr, sie anzuziehen, anschließend zog er seine an.

Lena konnte inzwischen einige Meter ohne Gehhilfe gehen, hatte sie aber immer dabei. Längere Strecken musste sie auch weiterhin mit dem Rollstuhl zurücklegen. Seit ihrer schlimmen Verletzung war sie leider noch nicht die Alte.

Zwanzig Minuten später betraten sie die *Seaside Lounge* in Niendorf, um sich mit Jule zu treffen, die hier gerade Schicht hatte.

Sie setzten sich mit ihr zusammen an einen Tisch und gaben ihre Bestellung bei einer Kollegin von Jule auf.

»Was ist los? Ich kann mir nicht vorstellen, dass ihr nur zum Frühstück kommt, und das auch noch an einem Arbeitstag«, eröffnete Jule das Gespräch. Mads hatte Lena gebeten, den Grund ihres Besuches am Telefon nicht zu verraten.

»Weißt du es also noch nicht?«

»Was?« Jule wirkte plötzlich nervöser.

»Alma wurde gestern ermordet.«

Jule schlug sich die Hand vor den Mund, ihre Augen waren weit aufgerissen, dann schluckte sie und ihre Augen wurden feucht.

»Das …«, stammelte sie. Lena nahm ein Taschentuch und reichte es ihr. »Das kann doch nicht sein. Ich habe sie erst am Sonntag getroffen.«

»Leider ist es so. Sie wurde gestern gegen 17 Uhr ermordet.« Auf welch grausame Weise Alma getötet worden war, musste Jule nicht wissen.

»Schrecklich. Was ist mit Ella?« Jules Augen weiteten sich

noch einmal. »Sie wurde doch nicht …« Sie sprach den Gedanken nicht aus.

»Nein, wurde sie nicht. Wir gehen davon aus, dass sie entführt wurde. Von ihr fehlt jede Spur.«

»Ist sie vielleicht bei einer Freundin?«

»Sehr unwahrscheinlich. Wir haben ihr Handy in einer Hecke unweit der Wohnung gefunden«, antwortete Mads. »Außerdem haben wir ihre besten Freunde angerufen und eine öffentliche Fahndung angestoßen. Darauf hätte sich bestimmt jemand gemeldet.«

»Von einer solchen Fahndung habe ich zumindest nichts gehört. Warum sollte sie nicht bei einer Freundin sein?«, giftete Jule zurück.

»Hast du vielleicht Kontaktdaten von ihnen?«, fragte Lena. »Unsere Kollegen versuchen sich gerade einen Überblick über alle Freunde von Ella zu verschaffen. Aber wie Mads andeutete, wir glauben nicht, dass sie dort ist. Es ist unwahrscheinlich, dass ein Kind in ihrem Alter so lange von zu Hause weg ist.«

»Ich kenne nur die Maja. Mit der hängt sie viel rum.«

»Wie heißt die Mutter?«

»Nicole Haase. Sie wohnt auch in Niendorf. Ist die beste Freundin von Alma. Ich kann dir ihre Handynummer geben.«

»Das wäre super.« Lena notierte sich die Nummer.

Die Kellnerin kam und reichte ihnen die Getränke sowie das Frühstück, das Mads sich bestellt hatte.

»Wie gut kennst du Timo?«, erkundigte sich Mads.

»Den Exmann?«

»Genau.«

»Geht so. Ein Trottel vor dem Herrn.«

»Inwiefern?«, fragte Lena.

»Weil er seinen Schwanz nicht im Griff hat. Ich möchte nicht wissen, wie oft er Alma betrogen und sie ihm verziehen hat, wegen Ella. Mir ein Rätsel, was Männer wie Timo und Mads an so jungen Dingern finden.«

»Halt mich da bitte raus«, reagierte Mads gereizt.

»Warum? Daniela ist doch auch erst zwanzig.«

Mads schüttelte nur den Kopf und Lena nahm wohlwollend zur Kenntnis, dass er nicht zurückschoss, sondern schweigend sein Müsli aß.

»Wie war das Verhältnis zwischen Timo und Ella?«, fragte Lena.

»Er ist ein Rabenvater.«

»Wie meinst du das?«

»Der interessiert sich null für ihre Erziehung. Alma musste immer wieder hinterher sein und ihn drängen, dass er sich Zeit für Ella nimmt.«

Das bestätigte Mads' Einschätzung, dass Jöhnck kein Interesse daran hatte, Ella bei sich aufzunehmen, und dass Ella nicht in sein Leben passte. Aber reichte das aus, um ihn zu entlasten?

»Gab es öfter Streit zwischen Alma und ihm?«

»Eigentlich ständig. Vor allem wegen Ella. Er hat die Kleine unzählige Male sitzen lassen, weil er lieber mit seiner jungen Schlampe abhing. Unterhalt hat er auch nur unregelmäßig gezahlt. Diese jungen Dinger kosten halt Geld.« Jule schaute Mads an.

»Ich habe meine Freundinnen nie gekauft und ihnen erst recht nicht teure Geschenke gemacht, das solltest du als meine Ex doch wissen«, konnte sich Mads eine Spitze gegen Jule nicht verkneifen, was diese kurz erstarren ließ.

»Weißt du, ob sie in den letzten Tagen Streit hatten?«, fragte Lena.

»Klar hatten sie das. Ella hat am Samstag Geburtstag und Alma rechnete fest damit, dass Timo wieder absagen würde. Glaubt ihr, dass er es war?«

»Traust du es ihm zu?«

»Ja.«

»Hatte Alma einen Freund?«, fragte Lena weiter, ohne auf

Jules Verdacht einzugehen. Auch Mads machte keine Anstalten, daran anzuknüpfen. Er beschäftigte sich mit seinem Müsli.

»Nein, derzeit nicht.«

»Gibt es jemanden, der an ihr interessiert war?«

»Ja, den Alex. Aber der ist total harmlos.«

»Inwiefern?«

»Er ist eher so ein Schüchterner. Für Alma etwas zu langweilig, aber er bemüht sich sehr um sie. Trotzdem lässt sie ihn zappeln.«

»Hast du seine Kontaktdaten?«

»Ich bin nur über Instagram mit ihm connected«, antwortete Jule und nannte Lena den Profilnamen, diese schrieb mit.

»Gibt es noch irgendetwas anderes, was dir in letzter Zeit merkwürdig erschien oder seltsam vorkam? Gab es jemanden, der Alma möglicherweise stalkte?«

»Ehrlich gesagt, weiß ich das nicht, aber ich glaube nicht. Sie war wie immer. Nur Timo hat sie aufgeregt und sie hat sich auf ihren Vater gefreut, der sie besuchen wollte.«

»Danke dir.«

»Ich hoffe, ihr findet Ella. Möchte mir gar nicht vorstellen, was die Maus gerade durchmacht.« Jule schluckte.

»Wir finden sie«, sagte Lena und versuchte dabei, positiv zu klingen, aber sie wusste, dass die Zeit gegen sie spielte. »Hast du noch eine Frage?«, wandte sie sich an Mads.

»Nein, ich denke, wir haben alles. Und falls Jule noch etwas einfallen sollte, soll sie sich bei uns melden.«

»Sie sich? Wieso sprichst du, als wäre ich nicht am Tisch?«, regte sich Jule auf.

»Entspann dich, das war nur so dahergesagt«, antwortete Mads. »Wir würden gerne zahlen«, sagte er dann zur Kellnerin, die gerade an ihrem Tisch vorbeiging.

Jule rümpfte die Nase, gab aber keinen Konter.

Einige Minuten später saßen Lena und Mads wieder in ihrem Dienstwagen, Mads steuerte Richtung Neustadt in Holstein.

»Jule tut sich noch immer schwer damit«, sagte Lena.

»Womit?«

»Dich mit anderen Frauen zu sehen.«

»Quatsch. Es wurmt sie, dass sie älter wird und mit den jüngeren Frauen nicht mithalten kann.«

»Das glaube ich nicht. Sie ist sechsundzwanzig und hat einen Traumkörper. Sie mag dich noch immer.«

»Ich sie aber nicht. Weiß echt nicht, warum ich sie eine Zeit lang so interessant fand.«

»Du bist gemein. Sie ist eigentlich eine ganz Liebe.«

»Eigentlich.« Mads schien nicht überzeugt.

»Sei nicht so streng mit ihr. Ihr habt einfach nicht zusammengepasst.«

Mads nickte nur. Lena sah ihm an, dass er über etwas nachdachte, aber augenscheinlich wollte er ihr das nicht erzählen. Sie vermutete, dass es etwas mit Jule zu tun hatte.

Nach einer Weile erreichten sie das Krankenhaus, parkten und betraten das Gebäude.

»Moin. Wir sind von der Kriminalpolizei in Timmendorfer Strand und müssen uns mit Ihrem Patienten Knud Larsen unterhalten.«

»Moin. Darf ich Ihre Ausweise sehen?«, fragte die Frau am Empfang.

Beide zeigten ihre Ausweise und die Frau tippte etwas in ihren Rechner. »Den Besucherausweis brauchen Sie vermutlich nicht.«

»Nein, ist dienstlich«, erwiderte Mads. »Auf welcher Station ist er?«

Die Frau nannte sie ihnen und warf Lena einen mitfühlenden Blick zu, was Lena damit erklärte, dass sie im Rollstuhl saß.

»Danke«, sagte sie.

Als sie die Station erreichten, wurden sie gleich von einer Krankenschwester angesprochen.

»Wohin wollen Sie?«

»Wir sind von der Kripo und möchten zu Knud Larsen«, antwortete Mads. Bevor sie eine weitere Frage stellen konnte, zeigte er ihr seinen Dienstausweis.

Sie nickte und nannte ihnen die Zimmernummer.

Vor dem Zimmer stand Lena aus ihrem Rollstuhl auf.

»Sicher?«, fragte Mads.

»Ja, ganz sicher. Meine Beine sollen sich daran gewöhnen, dass sie wieder richtig funktionieren müssen«, gab Lena zurück. Mads klopfte an die Tür, dann traten beide ein.

Knud Larsen zog sich gerade an.

»Hej«, grüßte Mads auf Dänisch.

»Hej«, antwortete Knud, um das Gespräch auf Dänisch fortzuführen: »Du bist doch Mads, und du Lena?«

Beide nickten. Sie kannten Almas Vater, sie waren ihm zuvor schon das ein oder andere Mal begegnet. Lena hatte ihn allerdings zwei Jahre lang nicht mehr gesehen, Gustav traf sich öfter mit ihm.

»Verlässt du heute die Klinik?«, fragte Lena.

»Ja. Ich ertrage es hier nicht mehr. Alles erinnert mich an den Tod.«

»Wohin gehst du?«

»Ich werde zunächst ins Hotel ziehen, und sobald das Haus von Alma freigegeben wird, dorthin. Ich muss mich um ihre Überführung kümmern und …« Knuds Stimme brach. Tränen glänzten in seinen Augen, aber er weinte nicht. »Habt ihr Ella gefunden?«

»Leider noch nicht. Deswegen wollten wir uns mit dir unterhalten«, antwortete Mads.

»Meine arme Enkelin.« Seine rechte Hand zitterte, er schaffte es nicht, den Reißverschluss der Jacke hochzuziehen. Mads trat zu ihm und half ihm. »Danke.«

»Es tut uns sehr leid, aber wir müssen dir leider ein paar Fragen stellen.«

»Stellt eure Fragen, wenn ich damit helfen kann, den Mörder zu fassen und Ella lebendig zu finden.«

»Du bist kurz nach 17 Uhr im Haus gewesen, richtig?«

»Ja, das stimmt.«

»Du hast doch sicherlich auf der Straße geparkt.«

»Habe ich.«

»Ist dir da irgendetwas aufgefallen? Wir nehmen an, dass der Täter kurz vor dir im Haus war.«

»Nein, leider …« Larsen hielt inne. »Warte, doch, ich glaube schon.«

13

»Dein Papa meinte, du tust dich schwer mit dem Lachen«, sagte der Arzt und beugte sich zu ihm herunter.
»Papa sagt so einiges, was nicht stimmt.«
Der Arzt lachte. »Wie alt bist du?«
»Fünf.«
»Für einen Fünfjährigen bist du ganz schön aufgeweckt.«
»Ist das schlimm?«
»Nein.«
»Gut, dann kann das andere auch nicht schlimm sein.«
»Was?«
»Dass ich nicht so kindisch bin wie mein Vater.«

»Was glotzt du?«, schnauzte ihn jemand an.

Erschrocken sah er sein Gegenüber an. »Verzeihen Sie, ich war gerade mit meinen Gedanken woanders. Ich glotze Sie sicherlich nicht an. Wüsste nicht, was mir das bringen sollte.«

»Sie glauben wohl, dass Sie lustig sind.« Der Mann richtete sich bedrohlich vor ihm auf, aber trotz seiner stattlichen Größe und seiner Muskeln machte das keinen Eindruck auf ihn.

»Keinesfalls. Ich muss eh los.« Er stand auf, nahm seinen Rucksack und sah auf den Mann hinunter, der ihm im Bus gegenüber gesessen hatte. »Leben Sie wohl.«

Der Mann fluchte etwas auf Türkisch.

»Sie haben recht, mein Vater war ein Esel, aber ich bin keiner«, antwortete er und ließ den Mann verdutzt zurück. Der Aggro konnte nicht wissen, dass er neben anderen Sprachen, die er sich über die Jahre angeeignet hatte, auch Türkisch beherrschte.

Der überrascht erschrockene Blick versüßte ihm den Tag.

Natürlich hätte er genauso gut mit dem Auto fahren können, aber er wollte den Bus nehmen, aus verschiedenen Gründen. Möglicherweise würde die Polizei schon nach seinem Wagen suchen, obwohl er ein unauffälliges Fahrzeug fuhr. Deshalb ging er an sich davon aus, dass sie ihn niemals finden würden, auch wenn er sein Auto nutzte, dennoch fuhr er gerne mit dem Bus.

Vielleicht lasse ich ihn trotzdem besser lackieren, überlegte er.

Er folgte der Straße und erreichte die Promenade in Timmendorfer Strand. Es war kalt, die Passanten hatten sich dick eingepackt und trugen Handschuhe. Er trug ebenfalls eine Winterjacke, aber keine Handschuhe, das fand er albern und ihm war nicht kalt. Er hatte immer eine innere Wärme in sich, die weder er noch seine Eltern, geschweige denn die Ärzte sich hatten erklären können. Immer wieder wurde ihm plötzlich warm, wie jemandem, der vor einer großen Prüfung stand und Prüfungsangst hatte.

Er erreichte den Strandbrückenvorplatz, wo hoffentlich bald eine neue schöne Seebrücke stehen würde. Sein Blick wanderte zur Ostsee und verharrte dort einen Augenblick. Dann schaute er nach rechts über den Strand. Er hatte einen klaren Blick bis rüber nach Niendorf, wo er ihr begegnet war, seinem ersten Opfer. Der ersten Auserwählten.

»Was für ein glücklicher Moment.«

Wann finde ich wohl die nächste Frau?, überlegte er und musste an Nutella8 denken, der ihm geraten hatte, sich willkürlich Frauen zu suchen, schließlich ging es hier um sein Vergnügen, warum sollte er sich da einschränken und auf eine bestimmte Person warten?

»Weil es nicht dasselbe ist«, gab er sich die Antwort. »Es muss klick machen. Wenn ich schon bei meinem ersten Mal nichts gespürt habe, wie soll das dann mit einer x-beliebigen Frau sein? Nein, es muss passen.«

Aber heute war er nicht nach Timmendorfer Strand gereist, um das nächste Opfer zu finden. Nein, heute war er hier, weil er Mads Johannsen einen Besuch abstatten wollte.

Er wusste, dass es ein gefährlicher Plan war, doch genau deswegen fand er ihn genial und er spürte etwas wie Vorfreude. Ein Gefühl, das er immer wieder herbeisehnte und das ihm viel zu selten vergönnt war.

14

»Larsen hat also auch einen blauen Skoda Kombi gesehen, er ist ihm wegen des Lübecker Kennzeichens aufgefallen«, sagte Mads und befestigte ein Post-it an dem Whiteboard in ihrem Büro. Er drehte sich zu Lena um.

»Wenn der Skoda das Täterfahrzeug ist, würde das bedeuten, dass der Täter noch vor Ort war, als Knud die Anschrift seiner Tochter erreichte«, resümierte Lena. »Das wäre allerdings sehr seltsam.«

»Warum?«

»Na ja, er hat Ella in seiner Gewalt, vermutlich in seinem Wagen, im Kofferraum. Würde der Täter da nicht eher das Weite suchen, statt sein Fahrzeug in der Nähe des Tatortes zu parken?«

»Das ist ein guter Einwand. Vielleicht hat er Ella betäubt und nur wenige Minuten vor Knud die Wohnung verlassen. Das würde zumindest erklären, warum Knud, als er einen Parkplatz suchte, auf den Skoda gestoßen ist.«

»Das wäre möglich. Dass der Täter Ella im Kofferraum lässt und an der Promenade einen Kaffee trinkt, kann ich mir beim besten Willen nicht vorstellen.«

»Ich auch nicht. Es sei denn, er ist sich seiner Sache absolut sicher.«

»Was bedeuten würde, dass wir es mit einem rücksichts- und empathielosen Psychopathen zu tun haben.«

»Du weißt, dass wir nichts ausschließen können. Immerhin würde das den Exmann entlasten. Die Frage, die ich mir stelle, ist: Wie kommen wir an den Halter des Skodas?«

»Du meinst, den Fahrer«, korrigierte Lena.

»Mir Wurst. Wenn wir den Halter haben, finden wir auch den Fahrer.« Es war ein glücklicher Umstand, dass Knud der Skoda wegen des auswärtigen Kennzeichens ebenfalls ins Auge gefallen war. Es war das einzige Fahrzeug auf der Straße gewesen, das kein OH-Kennzeichen hatte.

»Leider hat er sich nur das HL gemerkt«, seufzte Lena.

Mads nickte. »Vielleicht erinnert er sich noch an das restliche Kennzeichen. Wir müssen abwarten. Er steht mächtig unter Stress, das Ganze macht ihm sehr zu schaffen. Möglich, dass einige Erinnerungen zurückkehren, wenn er das alles ein bisschen besser verarbeitet hat.«

»Wollen wir hoffen. Soll ich Nicole Haase anrufen?«

»Wäre gut.«

Lena griff zum Hörer ihres Bürotelefons, wählte die Nummer von Haase und schaltete auf Lautsprecher.

»Haase«, meldete sich eine weibliche Stimme.

»Guten Tag, Frau Haase. Ich bin Lena Johannsen von der Ostseekriminalpolizei. Neben mir ist mein Kollege Mads Johannsen. Wir rufen Sie wegen Alma Jöhnck an.«

»Was ist mit Alma?« Wie es schien, hatte sie wie Jule noch nichts von der öffentlichen Fahndung mitbekommen, was Mads gar nicht behagte, denn das sagte ihm, dass sie längst nicht genügend Personen erreicht hatten.

»Sie wurde gestern Abend ermordet.«

»O mein Gott. Alma, sicher?«

»Leider.«

Es entstand eine kurze Pause, die Freundin schien sich erst einmal sammeln zu müssen. »Wie kann das sein? Was ist mit Ella?«, fragte sie dann.

Lena klärte sie in groben Zügen auf. Die Stimme von Nicole Haase klang überaus betroffen und Mads war erleichtert, dass Lena das Gespräch führte. Er hielt sich noch zurück.

»Das ist wie ein schrecklicher Albtraum. Und Sie glauben wirklich, dass Ella in den Händen dieses Psychopathen ist?«

»Wir gehen davon aus. Allerdings arbeiten wir gerade auch ihre Freundesliste durch. Wir wissen, dass Sie sehr gut mit Alma befreundet waren und dass Ihre Tochter mit Ella spielte. Ist Ihnen in den letzten Tagen oder Wochen etwas merkwürdig vorgekommen?«

Für einen Moment trat Stille ein.

»Nein, nein, nicht dass ich wüsste. Alles war wie immer. Ella hat sich riesig auf ihren Geburtstag gefreut, weil ihr Opa kommen würde, und sie hoffte, dass auch ihr Papa zu ihrem Geburtstag erscheinen würde.«

»Es gab also niemanden, der Alma bedroht hat?«

»Nein, mir ist jedenfalls nichts dergleichen zu Ohren gekommen.«

»Wissen Sie, mit wem Ella sonst noch befreundet war?«

Haase gab ihr die Handynummern von zwei weiteren Müttern. Lena notierte sich die Nummern.

»Sagt Ihnen der Name Alex etwas?«, fragte Lena weiter.

»Alexander Hacker?«

»Er soll Alma Avancen gemacht haben.«

»Ja, das stimmt. Aber Alma wollte nichts von ihm. Er war nicht so ihr Typ.«

»Haben Sie seine Kontaktdaten?«

»Seine Handynummer habe ich nicht. Nur seinen Namen bei Instagram und ich weiß, wo er wohnt.«

Lena zog die Brauen hoch. »Woher wissen Sie das?«

»Alma und ich waren ein-, zweimal bei ihm.«

»Verstehe. Und wo wohnt er?«

Haase nannte ihr die Anschrift.

»Wissen Sie, ob es noch andere Verehrer gab?«

»Nein. Alma war nicht so der Typ zum Daten. Sie verbrachte ihre Freizeit lieber mit ihrer Tochter. Manchmal hatte ich das Gefühl, dass sie noch immer an Timo hing. Möglicherweise hat sie sich Hoffnungen gemacht, dass er irgendwann zu ihr zurückkehren würde. Diese Affären mit den jungen Mädels konnten doch einen Mann wie Timo nicht erfüllen.«

Während dieser Worte wanderte Lenas Blick zu Mads, der die Botschaft verstand, weil Daniela auch deutlich jünger war als er.

»Falls Ihnen doch noch irgendetwas einfallen sollte, melden Sie sich bitte. Haben Sie etwas zu schreiben?«

»Ja.«

»Gut, dann gebe ich Ihnen jetzt meine Nummer durch. Sie erreichen mich zu jeder Tages- und Nachtzeit.«

Lena nannte ihre Nummer, dann verabschiedete sie sich von Haase und legte auf.

»Vielleicht ist das mit ein Grund, warum Alma Timos Nachnamen behalten hat«, kommentierte Mads das eben Gehörte.

»Nein, das ist es nicht. Ich hatte sie mal danach gefragt. Sie hat es wegen Ella getan. Ella hat den Namen des Vaters und den kann ein Kind nach einer Scheidung nicht einfach ablegen.«

»Verstehe. Was hältst du davon, wenn wir diesem Alex einen Besuch abstatten?«

»Gute Idee. Was ist mit Timo?«

»Was meinst du?«

»Du hast mir doch erzählt, dass du ihn fragen wolltest, ob er sich Fingerabdrücke abnehmen lassen und uns eine Speichelprobe geben würde.«

»Wir rufen ihn von unterwegs an. Falls er zusagt, erledigen wir das auf dem Rückweg.«

Lena nickte und stand von ihrem Bürostuhl auf. Mads stand bereits und reichte ihr die Jacke, damit sie leicht hineinschlüpfen konnte.

Wenige Minuten später waren sie auf dem Weg nach Haffkrug, wo Hacker wohnte. Wie verabredet, versuchte Mads zweimal, Jöhnck telefonisch zu erreichen, aber beide Male landete er nur beim Anrufbeantworter.

»Wahrscheinlich ist er auf der Arbeit«, sagte Lena.

»Kann sein. Wir versuchen es später noch mal.«

Mads bog in den Waldweg ein und ließ den REWE-Supermarkt hinter sich. Einige hundert Meter weiter erreichte er die Zielanschrift. Hacker wohnte in einem Einfamilienhaus, das etwas einsamer lag, jedenfalls gab es keine direkten Nachbarn. Für den kurzen Fußweg zum Haus entschied sich Lena für Krücken. Mads kommentierte das nicht, auch wenn er persönlich es lieber mochte, wenn sie den Rollstuhl nahm. Auf eigenen Beinen sah es immer noch so aus, als würde sie schnell stürzen oder umkippen.

Mads betätigte die Klingel rechts neben der Haustür.

Wenig später wurde ihnen geöffnet.

»Moin«, grüßte sie Hacker. Er war einen Kopf kleiner als Mads, etwas korpulent, machte aber einen freundlichen Eindruck.

»Moin. Sind Sie Alexander Hacker?«, fragte Mads.

»Der bin ich. Wie kann ich Ihnen helfen?«

»Wir sind von der Ostseekriminalpolizei. Es geht um Alma Jöhnck.«

»Um Alma? Ich verstehe nicht«, erwiderte Hacker, fragte aber nicht nach einem Dienstausweis. »Möchten Sie nicht eintreten?«

»Danke«, antwortete Mads und beide Beamten folgten ihm ins Wohnzimmer.

»Was ist mit Alma?«, erkundigte sich Hacker.

»Sie wurde gestern gegen 17 Uhr ermordet«, erklärte Mads und ließ Hacker nicht aus den Augen. Er wollte seine Reaktion genau beobachten.

Hacker war zunächst zu keiner Regung fähig. Sein rechtes Auge zuckte.

»Sie verarschen mich doch, oder? Ist das hier irgendein dummer Scherz? Sollte das so sein, finde ich das alles andere als lustig«, sagte er giftig.

Mit so einer Reaktion hatte Mads überhaupt nicht gerechnet. Wie es schien, war Hacker ziemlich aus der Fassung.

»Wir erlauben uns keinen Scherz mit Ihnen. Es tut uns sehr leid. Alma wurde wirklich gestern ermordet«, antwortete Lena.

»Das kann nicht sein. Wir haben uns doch für morgen verabredet. Sie kann nicht tot sein.« Hacker schüttelte den Kopf, seine Augenlider begannen wieder heftig zu zucken, dann stürzte er zu Boden. Mads bückte sich und fühlte Hackers Puls, der Mann war ohnmächtig geworden.

»Ich hole ein Glas Wasser«, sagte Lena und lehnte eine Krücke gegen das Sofa, um eine Hand frei zu haben.

Mads wollte gerade eine Wiederbelebungsmaßnahme durchführen, da öffnete Hacker schon wieder die Augen.

»Was ist passiert?«, stammelte er.

»Sie sind kurz ohnmächtig geworden. Vermutlich der Schreck.«

»Mir wurde schwarz vor Augen, daran erinnere ich mich.« Hacker wollte aufstehen.

»Warten Sie kurz, bis sich Ihr Kreislauf stabilisiert hat. Haben Sie das öfter?«

»Ich neige zu Schwindel, ja. Aber dass ich ohnmächtig werde, ist doch eher selten.«

Lena kam mit einem Glas Wasser zurück und gab es Mads, der es Hacker reichte.

»Langsam trinken«, sagte Mads. Hacker nickte nur und tat wie geheißen. Allmählich kehrte Farbe in sein Gesicht zurück und er stand vorsichtig auf.

»Nehmen Sie auf der Couch Platz«, sagte Lena.

»Was ist mit Ihrem Bein?«, fragte Hacker.

»Ein Arbeitsunfall.«

»Sie sollten sich auch setzen.«

»Wollte ich gerade. Danke.«

Mads war nicht sicher, ob Hackers überfreundliche Art echt war oder ob er ihnen nur etwas vorspielte.

»Weswegen sind Sie hier?«, fragte Hacker.

Mads bemühte sich, sein Erstaunen über die Frage zu verbergen. Dass Hacker aufgrund der Ohnmacht vergessen hatte, weshalb die Beamten hier waren, erschien ihm unwahrscheinlich.

»Alma wurde ermordet«, wiederholte Lena.

»Stimmt, ja, das hatten Sie gesagt. Ich bin gerade komplett durcheinander. Ich möchte es irgendwie noch immer nicht glauben. Alma ist so eine tolle und liebenswürdige Frau. Wer kann ihr nur so was Böses antun?«

»Das möchten wir herausfinden.«

»Haben Sie mit Timo gesprochen, dem Ex?«

»Was soll mit ihm sein?«, fragte Mads.

Hacker sah Mads an, schaute schweigend zur Seite und dann wieder zu Mads. »Tja, er war nicht so, wie man sich einen liebenden Ehemann vorstellt.«

»Deswegen war er der Ex«, entgegnete Mads. »Können Sie bitte etwas genauer sein, was war mit ihm?«

»Ich möchte niemanden in die Pfanne hauen«, blieb Hacker vage.

»Das tun Sie nicht. Aber Sie sind sicherlich wie wir daran interessiert, dass wir den Mörder finden, oder nicht?«

»Ja, das Schwein soll bluten«, platzte Hacker heraus und riss seine Augen auf. Diese Grimasse sah etwas merkwürdig aus, weil er ein recht rundes Gesicht und schmale Augen hatte.

Mads wunderte sich, dass Hacker kein Wort über Ella verlor. Interessierte es ihn gar nicht, was aus ihr geworden war, oder stand er noch immer so unter Schock, dass er keinen Gedanken an Almas Tochter verschwendete?

»Sie hauen niemanden in die Pfanne. Was wissen Sie über Timo Jöhnck?«, fragte Lena. Sie saß neben Hacker, Mads stand noch immer.

»Dass er nicht gut zu Alma war.«

»Und das heißt?«, fragte Mads wieder.

»Er hat sie schlecht behandelt, sie mit der Erziehung von Ella allein gelassen, kaum Unterhalt gezahlt. Und er hat …« Hacker unterbrach sich, als würde er sich nicht trauen, weiterzusprechen.

»Was hat er?«, blieb Mads hartnäckig.

»Er hat sie auch geschlagen.«

»Wann?«

»In der Ehe, deswegen hat sich Alma getrennt. Er ist ein gefährlicher Mensch, der seine Nerven nicht im Griff hat.«

»Sie wissen, dass Sie nicht lügen dürfen, damit tun Sie sich keinen Gefallen.«

»Ich lüge nicht, das hat mir Alma selbst erzählt«, beharrte Hacker, doch Mads glaubte ihm nicht. Knud hatte nichts in der Richtung angedeutet. Natürlich war es möglich, dass Alma ihrem Vater nicht alles beichtete, aber selbst Almas beste Freundin hatte nicht erwähnt, dass Timo gewalttätig war, und der besten Freundin würde man das doch anvertrauen.

»Sind Sie ganz sicher?«, hakte er daher nach.

»Ja!«

»Wie war Ihr Verhältnis zu Alma?«, fragte er, um das Thema zu wechseln. Er würde später Nicole Haase anrufen, um die Aussage zu überprüfen.

»Gut, sehr gut. Wir hatten eine besondere Bindung. Ich wäre fast geneigt, zu behaupten, dass wir Seelenverwandte waren.«

»Hatten Sie Gefühle für sie?«

»Gefühle?«

»Ja, Gefühle. Haben Sie sich mehr erhofft? Wollten Sie mit Alma zusammenkommen«, wurde Mads deutlicher. Dass Hacker so begriffsstutzig war, konnte er nicht glauben. Irgendetwas schmeckte ihm an diesem Kerl nicht. Er konnte nur nicht genau sagen, was es war.

»Das wäre zu viel gesagt. Wir waren ja gerade erst dabei, uns näherzukommen. Das muss sich entwickeln, ich bin niemand, der sich gleich in einen Menschen verliebt.«

»Und Alma?«

»Ich denke, sie war wie ich, deswegen haben wir uns ja so gut verstanden und waren Seelenverwandte.«

»Interessiert es Sie gar nicht, was mit Ella ist?«, stellte Mads unvermittelt eine Frage. Hacker wirkte überrascht und plötzlich angespannt.

»Ja, stimmt. Ella ist ja auch noch da. Ist sie wie Alma …?«

»Nein, ist sie nicht. Wir gehen davon aus, dass sie entführt wurde«, antwortete Lena.

»Schlimm, sehr schlimm. So ein liebes Mädchen. Ich hoffe, dass Sie sie finden. Aber dass der Vater sie zu sich nimmt, wage ich zu bezweifeln.«

»Wissen Sie, ob es noch andere Verehrer gab?«, erkundigte sich Mads und erreichte mit dieser Frage genau das, was er vermutet hatte. Hackers Augen funkelten gefährlich auf und wurden noch schmaler, als sie es ohnehin waren.

»Alma war kein Flittchen«, entfuhr es ihm.

»Wo waren Sie gestern zwischen 15 und 18 Uhr?«, fragte Mads weiter.

»Wie bitte?«

»Ist doch nicht schwer. Wo waren Sie gestern zwischen 15 und 18 Uhr?«

»Auf Arbeit.«

»Wo arbeiten Sie? Wir müssen das verifizieren.«

Hackers Augenlider bewegten sich schnell, er befeuchtete seine Lippen. »Verzeihen Sie, wann genau meinten Sie noch mal?«

»Gestern!«, wurde Mads deutlicher.

»Ich Dummkopf«, Hacker schlug sich mit der Hand gegen die Stirn. »Gestern hatte ich Homeoffice.«

»Haben Sie die Logdateien dafür?«

»Nein, ich arbeite für eine kleine Firma. Wir loggen uns in kein System ein.«

Mads sah ihn prüfend an, dann gab er ihm seine Karte.

»Wenn Ihnen noch etwas einfallen sollte, rufen Sie mich bitte an.« Anschließend gab er Lena ein Zeichen. Sie stand auf, verabschiedete sich von Hacker und beide gingen zurück zu ihrem Dienstwagen.

»Komischer Vogel«, sagte Mads, als er das Fahrzeug Richtung Timmendorfer Strand lenkte.

»Stimmt. Glaubst du ihm?«

»Kein Wort. Warum sollten uns Nicole Haase und Jule anlügen? Ruf die Freundin bitte mal an und frag nach, ob Jöhnck gewalttätig wurde.«

Lena fischte ihr Handy aus der Handtasche und stellte die Verbindung her. Nachdem Haase abgenommen hatte, switchte sie auf die Freisprecheinrichtung um und erklärte, dass Mads ab jetzt mithörte.

»Frau Haase, wir hatten eben ein Gespräch mit Alexander Hacker«, begann Lena.

»Hat er was gesehen?«

»Leider nicht. Aber wir hätten noch ein paar Fragen an Sie.«

»Wenn ich helfen kann, gerne.«

»Hacker behauptet, dass er und Alma sich nähergekommen seien. Er sprach von Seelenverwandtschaft«, erklärte Lena.

Haase schnaubte leise, es klang wie ein Lachen.

»Alex träumt«, sagte sie dann. »Alma war nur nett zu ihm, aber da war nichts. Der hat sich da in was verrannt, was nicht war.«

»Verstehe.« Lena nickte und warf Mads einen Blick zu. »Er behauptet, dass Timo Alma gegenüber gewalttätig geworden sei, was der Grund für die Trennung gewesen sein soll.«

»So ein Quatsch. Alex spinnt. Ich habe eh nie verstanden, warum Alma so nett zu diesem sonderbaren Vogel war. Aber so war sie halt, immer bemüht, es allen irgendwie recht zu machen.«

»Sie sind sich also ganz sicher, dass es nie zu Handgreiflichkeiten gekommen ist?«, hakte Mads nach.

»Ja, absolut sicher. Timo hat seine Macken, aber er hat nie die Hand gegen sie erhoben. Ausgeschlossen.«

»Hat Hacker jemals versucht, Alma unter Druck zu setzen oder Gefühle von ihr einzufordern? Ist er ihr nachgestiegen?«, erkundigte sich Lena.

»Nein, nicht dass ich wüsste. Alex ist sehr introvertiert und zurückhaltend. Eigentlich ein Eigenbrötler. Er hat nicht wirklich in unsere Clique gepasst, wobei er auch nie ein echter Teil der Clique war. Alma hat ihn nur ab und zu mitgebracht.«

»Vielen Dank für Ihre Zeit«, antwortete Lena und beendete das Gespräch.

»Siehste. Hätte mich gewundert, wenn Jöhnck ein Schläger wäre. Hacker hat also gelogen«, sagte Mads.

»Stellt sich die Frage, warum.«

»Das ist doch offensichtlich. So naiv, wie er tut, ist er nicht. Er hat kein Alibi und er hat Angst, dass wir ihn verdächtigen.«

»Traust du ihm den Mord denn zu?«

»Ganz gewiss. Hast du seine entgleisten Gesichtszüge nicht gesehen? Genau so sehen Psychopathen aus.«

»Du übertreibst. Vielleicht war ihm das alles einfach zu viel, weil er sie geliebt hat und weiß, dass seine Liebe nicht erwidert wurde.«

»Mein naives Schwesterchen«, sagte Mads grinsend. »Allein, dass er kein Wort über Ella verschwendet hat, sagt mir, dass mit dem was nicht stimmt. Wir behalten ihn im Auge.«

»Mag alles sein. Trotzdem hat auch Timo ein Motiv.«

»Nicht, wenn er die Speichelprobe abgibt.«

»Dann ruf ihn doch an.«

»Das war der Plan.« Mads rief Jöhnck über die Freisprechanlage an. Nach dem dritten Klingeln nahm Almas Exmann ab.

»Ich habe schon gesehen, dass Sie versucht haben, mich zu

erreichen. Ich war leider in einem Meeting und konnte daher nicht ans Telefon.«

»Ist schon gut«, antwortete Mads.

»Wie kann ich Ihnen helfen? Haben Sie Hinweise auf den Täter? Und was ist mit Ella? Lebt sie noch?«

»Nein, leider haben wir nichts Neues. Wir sind gerade dabei, routinemäßig Speichelproben aus Almas Umfeld zu nehmen. Wann hätten Sie Zeit für eine Abnahme?« Das war zwar gelogen, aber das musste Jöhnck nicht wissen. Auch dass sie seine Fingerabdrücke benötigten, erwähnte Mads nicht, er wollte testen, ob Jöhnck auf seine Frage überhaupt eingehen würde.

»Speichelprobe? Dürfen Sie das überhaupt? Gibt es dafür einen richterlichen Beschluss?«

»Nein, den gibt es nicht. Wir sind da auf Ihre Zusammenarbeit angewiesen. Aber Sie müssen sich keine Sorgen machen, das alles unterliegt strengen Datenschutzrichtlinien.«

»Das mag sein, aber ich sehe nicht ein, hier ohne richterlichen Beschluss irgendwelche Proben abzugeben. Ich habe mir nichts zuschulden kommen lassen.«

»Genau deswegen sollten Sie die Probe abgeben«, entgegnete Mads.

»Nein, ohne richterlichen Beschluss gibt es nichts. Wo kommen wir denn hin, wenn man aus Prinzip verdächtigt wird und seine Unschuld erst beweisen muss? Ich glaube, es hackt«, wurde Jöhnck emotional. »Ich muss jetzt auflegen, ich habe gleich einen weiteren Termin.« Ohne eine Antwort abzuwarten, beendete Jöhnck das Gespräch. Sicher ahnte er nicht, dass er sich damit keinen Gefallen tat.

15

Anders als geplant, betrat er das Polizeigebäude nicht. Nicht weil er feige war, sondern weil ihn plötzlich etwas ablenkte. Es war die junge Frau, die aus der Dienstelle kam. Sie wirkte verärgert und verletzlich zugleich. Etwas faszinierte ihn an ihr und bald wusste er auch, was es war: Es war ihr Duft, der zu ihm herüberschwebte und dafür sorgte, dass er keinen klaren Gedanken mehr fassen konnte und blind für alles um sich war. Er sah nur noch sie, als wäre sie allein auf dieser Welt und wartete nur darauf, dass er sich ihr offenbarte. So fiel es ihm auch nicht schwer, seinen Plan aufzugeben und ihr zu folgen. Natürlich in sicherem Abstand.

Die Frau war wohl so sehr mit ihren eigenen Gedanken beschäftigt, dass sie gar nicht bemerkte, dass ihr jemand folgte. Vermutlich half ihm aber auch sein Aussehen dabei, nicht aufzufallen, schließlich war er recht unscheinbar. Kein Mensch, den man in Erinnerung behielt. Das hatte ihm schon immer gefallen. Er mochte die Aufmerksamkeit von Fremden nicht, das hatte er bereits als Kind gehasst.

Die Frau war bestimmt keine dreißig Jahre alt. Jetzt erreichte sie die Promenade und er war gespannt, wohin sie gehen würde. Insgeheim hoffte er, dass sie auf dem Weg nach Hause war, er hatte große Lust, sie zu überraschen.

»Wie gut, dass ich alles in meinem Rucksack dabei habe«, murmelte er in der Vorfreude auf das, was da kommen könnte. Doch zu seinem Ärger betrat die Frau die *Junge Bäckerei*. Er wartete kurz, bis noch eine weitere Person eintrat, dann ging er ebenfalls hinein.

Die Frau bestellte einen Kaffee und ein Stück Gebäck.

Mist, fluchte er in Gedanken, versuchte jedoch, sich seinen Ärger nicht anmerken zu lassen. Als er an der Reihe war, bestellte er nur einen Kaffee, zahlte und schaute, wo die Frau saß. Sie hatte sich einen Platz recht weit hinten ausgesucht. Er setzte sich ein paar Tische weiter weg, sodass er nur ihren Rücken sah, sie aber gut beobachten konnte.

Sie aß etwas von ihrem Gebäck, trank einen Schluck Kaffee und fischte dann ihr Handy aus der Handtasche, um jemanden anzurufen.

»Die Polizei kann nichts machen«, hörte er sie sagen. »Mein Ex muss erst handgreiflich werden, bevor sie mir helfen können. Das ist Deutschland. Mein dämlicher Ex muss mich erst ins Krankenhaus prügeln, ehe man mir glaubt.«

Was die andere Person antwortete, konnte er natürlich nicht hören, doch er ahnte, dass sie in ihre Jammerei einstimmte oder sie sogar befeuerte.

»Nein, ich haue nicht ab, ich werde auch nicht zu meinen Eltern ziehen. Ich werde mir einen Anwalt nehmen. Das lasse ich mir nicht gefallen, der soll sich mir nicht mehr nähern.«

Eine Weile sagte sie nichts, sondern hörte nur zu.

»Mag sein«, setzte sie schließlich wieder an, »dass er sich nicht daran hält, dass er sich mir nicht nähern darf. Aber wenn doch, habe ich ihn am Arsch. Dann geht er in den Knast.«

Vermutlich hatte ihr Gesprächspartner sie ermahnt, dass es ihren Exfreund nicht interessieren würde, wenn sie ein Annäherungsverbot gegen ihn erwirkte.

Er fragte sich, ob der Ex wirklich so eine schlimme Person war oder ob nicht die Frau ihm genug Gründe dafür gegeben hatte, dass er ihr den Kopf einschlagen wollte. Sein Gefühl sagte ihm, dass die Frau nicht ganz unschuldig sein konnte, sie kam alles andere als sympathisch rüber. Wie es aussah, hatte das Schicksal entschieden, dass sie sterben musste. Nur wollte sie das nicht akzeptieren.

Zum Glück war er ja nun da, er würde das zu Ende bringen, was der Ex vermutlich nicht vermocht hatte. Manchmal spielte das Schicksal schon verrückt, auch wenn er als Rationalist nicht an Schicksal glaubte. Dennoch gab er sich diesem Gedanken hin, denn er war zu verlockend. Hätte er nicht die Absicht gehabt, diesem Mads einen Besuch abzustatten, hätte er diese Frau gar nicht erst kennengelernt.

Von wegen, töte einfach irgendeine Frau, dachte er und schüttelte den Kopf. Wieder einmal wurde ihm klar, warum er Nutella8 für eine Flasche hielt.

Es musste halt passen, wie bei vielen anderen Dingen auch. Wenn es passte, fühlte es sich richtig und gut an. Man verliebte sich schließlich nicht ohne Grund in eine x-beliebige Person, sondern in eine, bei der es passte.

Ebenso war es hier. Er konnte nicht irgendeinen Menschen töten, es musste schon dieses Gefühl da sein, das ihm sagte, dass genau diese Person es wert war, sie zu töten. Und dieses Gefühl überkam ihn gerade in einer solchen Intensität, dass er es kaum abwarten konnte, dass die Frau die Bäckerei verließ.

Ob ich dann endlich etwas spüren werde?, überlegte er. Bei seinem ersten Opfer waren diese großen Emotionen, die er erwartet hatte, leider ausgeblieben.

Noch immer ließ er die Frau nicht aus den Augen. Sie hatte mittlerweile ihr Handy zur Seite gelegt und bemerkte nicht, dass er sie beobachtete. Alles lief nach Plan.

Dabei hast du gar keinen. Weil du ein Genie bist. Genies brauchen keine Pläne, dachte er. Da betraten zwei Personen die Bäckerei. Er konnte es kaum glauben: Mads Johannsen! Neben ihm war eine Frau, bildschön und verletzlich zugleich. Sie sah zu ihm herüber und sofort war es wie ein Feuerwerk. Ihre Blicke trafen sich nur kurz, und doch war es, als würde eine unglaubliche Energie durch seinen Körper jagen. Eine Energie, die voller Magie war. So etwas hatte er noch nie zuvor gefühlt. Er glaubte, dass er sie riechen konnte. Dieser Duft war ebenso betörend wie der Duft der Frau, die er bis jetzt beobachtet hatte.

Was geschah gerade mit ihm? Er wusste es nicht, aber er war vom Glück übermannt. Das musste etwas heißen, denn das Wort Glück kam nur äußerst selten in seinem Wortschatz vor.

Dann lächelte sie. Es war ein Lächeln, das sein Herz zum Rasen brachte. Am liebsten wäre er aufgestanden und hätte sich zu erkennen gegeben. Hätte ihre Hand genommen, während von irgendwoher Musik spielen würde. Nein, nicht irgendeine Musik, ein Walzer. Er hätte sie zum Tanz aufgefordert und ihr gezeigt, was ein wahrer Gentleman ist.

Doch dann winkte die Frau, die er die ganze Zeit beobachtet hatte, der anderen Frau zu und sein schöner Traum platzte wie eine Seifenblase. Die Schönheit hatte nicht ihn, sondern die dämliche Fotze, die eh bald tot sein würde, angelächelt.

Er zwang sich, sich davon nicht die Laune verderben zu lassen, denn was hier gerade geschah, war wie im Schlaraffenland. Mads war hier und dazu diese Frau, die vermutlich seine Schwester war. Er hatte einiges über Mads recherchiert und wusste, dass seine Schwester Lena wie er bei der Polizei arbeitete und dass sie bei einem Einsatz eine schwere Verletzung erlitten hatte.

Zwei Fliegen mit einer Klappe, dachte er zufrieden, da er eigentlich geplant hatte, Mads in der Dienststelle zu besuchen. Aber jetzt bekam er nicht nur Mads wie auf dem Silbertablett serviert, sondern auch noch diese Frau und Mads' Schwester. Konnte ein Tag besser laufen?

Mads und seine Schwester gingen zu der Frau. Mads trug das Tablett mit den Getränken und zwei Brötchen, er schien sich in der Rolle des Gentlemans zu gefallen. Sie begrüßten sich. Die beiden Frauen umarmten sich etwas länger, dann nahmen die Bullen am Tisch Platz.

Er wusste jetzt, dass die junge Frau Yeliz hieß und die andere tatsächlich Mads' Schwester war.

Yeliz war perfekt. Er musste sie töten, das stand außer Frage. Und wegen Lena würde er sich noch Gedanken machen. Gerade waren es ein paar Eindrücke zu viel und er hatte Mühe, sich zu beherrschen. Er fühlte sich wie ein dicker Junge, dem man ein All-you-can-Eat in einer Eisdiele angeboten hatte.

Die drei tauschten sich kurz über ihr Wohlbefinden aus. Mads ließ seinen Blick durch die Bäckerei schweifen, deshalb drehte er sich schnell weg und hoffte, dass dieser Schönling von Bulle nicht mitbekam, dass er ein ungebetener Zuhörer war.

Glücklicherweise widmete sich Mads rasch wieder dem Gespräch, also hatte er nichts bemerkt.

»Ich war vorhin bei euch auf der Dienststelle und habe meinen Exfreund angezeigt, aber eure dämlichen Kollegen meinten, sie könnten nichts tun, bevor er nicht handgreiflich wird«, motzte Yeliz.

»Das stimmt leider. Du könntest ein Annäherungsverbot gegen ihn erwirken«, antwortete Lena.

»Genau das werde ich tun. Auch wenn ihr als Polizisten das anders sehen mögt, kann es doch nicht sein, dass ich erst zusammengeschlagen werden muss, bevor man da was machen kann.«

»Soll ich mit Ivo sprechen?«, schlug Mads vor.

»Würdest du das?«

»Klar, ein Gespräch kann manchmal Wunder wirken.«

»Das wäre super. Ich weiß auch nicht, was in dem Kopf dieses Idioten vor sich geht. Wir sind kein Paar mehr und trotzdem versucht er, mir alles zu verbieten. Das muss ich mir doch nicht gefallen lassen.«

»Das musst du auch nicht. Mads wird ihm klarmachen, dass er dich in Ruhe lassen soll.«

»Das ist superlieb von euch. Aber sagt mir doch mal, wie es euch geht. Ich habe euch ja ewig nicht gesehen. Was ist mit deinem Beim passiert?«

Und so ging es immer weiter, er konnte es kaum mehr ertragen, diesem Gesülze länger zuzuhören. Dieser Mads wurde ihm mit jedem Satz unsympathischer. Jetzt bot er sich sogar an, als weißer Ritter die Ehre dieser Yeliz zu verteidigen.

Du Depp, sie ist eh dem Tod geweiht, hätte er Mads am liebsten zugerufen, denn diese Selbstlosigkeit nahm er ihm nicht ab. Sicherlich wollte er sie bloß ficken und war deswegen so nett.

Wie gerne hätte er sich jetzt mit Mads unterhalten, um die Wahrheit zu erfahren, aber das würde nur ein naiver Wunsch bleiben.

Irgendwann werde ich mit ihm sprechen und ihm zeigen, dass er mir unterlegen ist, dachte er, doch da kam ihm eine weitere, viel bessere Idee: *Und ich werde ihm beweisen, dass er die, die er liebt, nicht schützen kann.* Seine Mundwinkel hoben sich, dieser Einfall war einfach hervorragend. Und bei Yeliz würde er anfangen. Lena würde etwas ganz Besonderes sein, die würde er nicht so abschlachten wie diese Alma.

Die Runde unterhielt sich weiter über Belanglosigkeiten, dann verabschiedeten sich die beiden Beamten von Yeliz und verließen die Bäckerei. Kurz darauf ging auch Yeliz und er folgte ihr unauffällig.

Seine Nervosität stieg ein wenig, hoffte er doch, dass sie endlich nach Hause ginge und er ihr einen Überraschungsbesuch abstatten könnte. Da blieb sie plötzlich stehen, öffnete die Fahrertür eines roten Golfs, stieg ein und fuhr los.

»Scheiße!«, entfuhr es ihm. Das durfte doch nicht wahr sein. »Verdammte Schlampe!«

»Geht's Ihnen noch gut?«, sprach ihn ein älterer Mann an.

»Halt die Fresse!«, brüllte er den Mann an und lief weg.

Doch so sehr er sich ärgerte, ganz verloren war die Sache nicht, denn er hatte sich das Kennzeichen gemerkt, und schon bald würde er wissen, auf wen das Auto zugelassen war.

»Wir sehen uns wieder, du kleine, dreckige Fotze«, sagte er in der Gewissheit, dass sich Yeliz ihrem Schicksal nicht würde entziehen können.

16

»Yeliz hatte schon immer ein Händchen für Problemtypen. Jeder weiß, dass Ivo eine kurze Zündschnur hat. Diese ganzen Anabolika machen einen aggressiv.«

»Das stimmt. Aber ich kenne Ivo. So eifersüchtig er ist – wenn er weiß, dass er richtig Ärger kriegt, wird er sich beruhigen. Ich gehe heute Abend eh ins Gym, da trainiert er auch. Ich werde mich mit ihm unterhalten.«

»Gut. Wollen wir hoffen, dass er sie in Ruhe lässt.«

»Das wird er. Mach dir keine Sorgen.«

»Manche ziehen immer wieder die falschen Kerle an. Dabei ist sie so eine Liebe.«

Mads nickte nur, er musste an Christian denken. Von Lenas Exfreund hielt er ebenso wenig, aber er hatte seiner Schwester versprochen, sich in dieser Hinsicht zurückzuhalten.

Zurück an der Dienststelle öffnete Mads Lena die Tür und beide betraten das Gebäude der Polizei in Timmendorfer Strand.

»Guten Tag, ich bin von der Presse und möchte mit einem verantwortlichen Polizisten sprechen«, hörte Mads eine Frau am Empfang sagen.

»Hallo, Emma. Was machst du denn hier?«, fragte Lena. Mads hatte sofort ein komisches Bauchgefühl.

»Hallo, Lena.« Emma strahlte, beugte sich vor und umarmte Lena, die noch in ihrem Rollstuhl saß.

»Moin«, blieb Mads kurz angebunden.

»Moin«, antwortete Emma und warf ihm einen seltsamen Blick zu. Sie wirkte nicht gerade gut gelaunt.

Lenas Handy klingelte. »Da muss ich leider kurz ran.«

»Nicht schlimm.«

Lena entfernte sich.

»Zu wem möchtest du?«, fragte Mads.

»Zu dem Verantwortlichen im Mordfall Alma Jöhnck.«

»Warum das? Ich dachte, ein anderer Kollege hat die Story«, entgegnete Mads.

»Hab mir schon gedacht, dass du der Grund bist.«

»Wofür?«

»Tobias wollte Amir die Story geben und mich raushalten. Mir war sofort klar, dass nur der Bürgermeister oder du dahinter stecken können.« Emmas Augen wurden schmal, Mads sah ihre Wut darin funkeln.

»Entspann dich. Ich habe nichts damit zu tun«, stellte er trocken fest.

»Und wieso sagst du mir dann, dass eigentlich jemand anderer die Story schreiben sollte?«

»Weil mir das so gesagt wurde. Noch mal: Ich habe nichts damit zu tun.«

»Interessant. Wird hier also über mich gesprochen. Wer war das?« Emma musterte ihn genau.

»Das ist doch unwichtig.«

»Nein, ist es nicht. Nicht für mich. Ich schaue meinen Feinden gerne in die Augen. Angriffe von hinten finde ich sehr feige.«

»Jetzt übertreib nicht. Du hast mit deiner letzten Story mächtig Staub aufgewirbelt.«

»Verrätst du mir nun, wer nicht will, dass ich die Story schreibe?«

»Du kennst meine Einstellung. Übrigens heißt das überhaupt nicht, dass ich dich nicht für eine fähige Journalistin halte. Du bist sehr talentiert. Ich lese deine Artikel gerne.«

»Echt?« Emmas Lippen umspielte für einen Moment ein Lächeln, die Antwort schien sie zu überraschen.

»Ja, echt. Du bist gut. Aber so kleine Mordfälle bringen

dich auf der Karriereleiter nicht voran, das ist eine Verschwendung deines Talents. Warum schreibst du nicht über den Bestechungsskandal in der Kieler Landesregierung? Da geht es um mehrere hundert Millionen Euro. Ich kann dir ein paar Kontakte vermitteln. Das würde dir deutlich mehr Anerkennung verschaffen als ein Mord in der Provinz.«

»Mir geht es nicht um Anerkennung, sondern um die Wahrheit«, gab Emma zurück und nahm wieder ihre defensive Haltung ein. »Aber jetzt weiß ich zumindest, woran ich bei dir bin.«

»Woran bist du denn bei mir?« Mads wollte nicht mit ihr streiten und er bewunderte sie dafür, dass sie für ihre moralischen Werte einstand. Etwas, wovon sich manch einer eine Scheibe abschneiden konnte.

»Du, du …«, mehr sagte Emma nicht. Sie presste die Lippen zusammen, denn Lena trat nun zu ihnen.

»Störe ich?«, fragte sie.

»Nein, endlich ein umgängliches und ehrliches Mitglied der Familie Johannsen.«

»Was hat Mads wieder angestellt?«

»Er hat Tobias Druck gemacht, dass ich nicht über den Mordfall Alma schreiben darf«, erklärte Emma schlicht.

»Habe ich gar nicht«, entgegnete Mads.

»Wer dann? Nur du und dieser dämlich grinsende Bürgermeister haben ein Interesse daran, dass ich an die kurze Leine gelegt werde.«

»Wenn Mads sagt, dass er es nicht war, kann es nur Albert gewesen sein. Mads hat eh keinen großen Einfluss auf Tobias, Albert dagegen schon, und der ist überaus vorsichtig, wenn es um seine Gemeinde geht.«

»Danke dir. Auf dich kann ich mich verlassen. Weißt du, wer der leitende Ermittler in diesem Fall ist? Ich möchte ihm ein paar Fragen stellen.«

»Er steht vor dir«, antwortete Lena und Mads musste sich beherrschen, nicht zu lachen.

Emmas Blick hingegen verfinsterte sich, sie verzog den Mund und schaute Mads an. »Hast du fünf Minuten für mich?«, brachte sie schließlich hervor.

»Ich hatte das Gefühl, dass du mir lieber aus dem Weg gehen möchtest.«

»Keine Sorge, ich bin Profi genug, um meine Emotionen aus dem Beruflichen herauszuhalten.«

»Lena, geh bitte vor. Ich versuche so lange, Frau Falks Fragen zu beantworten.«

Lena verabschiedete sich von Emma und schaute dann hoch zu ihrem Bruder. »Sei nett zu ihr. Sie möchte nur ihren Job machen.« Mit diesen Worten entfernte sie sich.

»Komm.«

»Wohin?«

»Zum Sitzbereich. Hier zu stehen, ist etwas unpraktisch.«

Emma folgte ihm.

»Na, dann schieß mal los, welche Fragen hast du?«

»Wie ist der aktuelle Stand der Ermittlungen? Gibt es Hinweise, wo Ella steckt und was mit ihr ist?«

»Leider haben wir noch keine Idee, wo Ella sich befinden könnte. Es wäre gut, wenn du in der Ostseezeitung einen Aufruf startest. Ich mache mir große Sorgen um sie, weil mit jeder Stunde, die wir verlieren, die Wahrscheinlichkeit steigt, dass wir sie nicht mehr lebend finden. Das ist der aktuelle Stand, wir haben noch niemanden verhaftet.«

»Gut, mache ich. Kannst du mir ein Foto von ihr schicken? Für den Artikel.«

»Lasse ich dir zukommen.«

»Was ist mit dem Exmann? Könnte er Ella nicht entführt haben?«

»Dazu kann ich dir nichts sagen. Über laufende Ermittlungen spreche ich grundsätzlich nicht, erst recht nicht, wenn wir nichts Handfestes haben.«

»Geht denn die Polizei davon aus, dass der Täter im Umfeld des Opfers zu suchen ist? Soweit ich informiert bin, wurde nichts geklaut. Somit kommt ein Raubüberfall nicht infrage.«

»Das stimmt, und ja, wir vermuten den Täter im Umfeld des Opfers.«

»Gibt es noch andere Verdächtige außer dem Vater des Kindes?«

»Dazu kann ich nichts sagen. Ich habe auch nie behauptet, dass der Vater verdächtigt wird.«

»Wie dem auch sei«, antwortete Emma und Mads sah ihr an, dass sie mit der Antwort nicht zufrieden war. »Laut meinen Unterlagen handelt es sich bei der Toten um eine Dänin.«

»Das stimmt. Sie ist dänische Staatsbürgerin.«

»Heißt das, die dänische Polizei könnte in die Ermittlungen einbezogen werden?«

»Das wäre sehr gut möglich. Wir von der Ostseekriminalpolizei 1 arbeiten in der Verbrechensbekämpfung eng mit den skandinavischen Ländern zusammen. Kollegen aus Skandinavien stoßen immer wieder zu unserem Team dazu, ebenso wie wir nach Kopenhagen, Malmö oder woanders hin gerufen werden, wenn ein Deutscher Opfer wird oder die Kollegen Verstärkung anfordern.«

»Also wird ein dänischer Kollege nach Timmendorfer Strand kommen?«

»Das weiß ich nicht. Ich denke aber eher nicht, da Alma schon sehr viele Jahre in Niendorf lebt. Außerdem sprechen Lena und ich perfekt Dänisch, falls es Anfragen aus Dänemark geben sollte, daher muss nicht unbedingt jemand hier vor Ort sein.«

»Okay.« Emma machte sich die ganze Zeit Notizen. Jetzt schaute sie zu ihm auf und ihre schlechte Laune schien verflogen. Zum ersten Mal wirkte sie entspannt, was Mads gefiel. Er wollte nicht, dass sie sich aufregte oder gar Sorgen machte.

»Hast du noch weitere Fragen?«

»Erst mal nicht. Danke.« Sie klappte ihren Notizblock zu.

»Ich hoffe, ihr findet Ella lebend. Möchte mir gar nicht vorstellen, was die Kleine gerade durchmacht.« Emmas Blick bekam einen leeren Ausdruck, sie schien in Gedanken weit weg zu sein. Ob sie sich an ihre eigene Entführung hier in Niendorf erinnerte?

»Ich auch nicht. Ich tue alles, damit wir dieses Schwein finden«, erwiderte Mads.

Emma nickte und lächelte. »Wenn nicht du, wer dann?«

»Danke für die Blumen.« Mads hatte leider nicht so große Hoffnung wie Emma. Die Zeit arbeitete gegen sie.

»Ich muss zurück ins Büro«, sagte Emma und machte Anstalten, aufzustehen.

»Wenn du möchtest, fahre ich dich nach Niendorf. Wir könnten noch einen Kaffee bei Jule trinken.« Mads wollte die Gelegenheit nicht ungenutzt lassen. Obwohl Emma wie er in Niendorf wohnte, sahen sie sich viel zu selten und er genoss es ungemein, Zeit mit ihr zu verbringen. Selbst wenn sie sauer auf ihn war. Irgendwie konnte er ihr nicht wirklich böse sein.

»Das hört sich echt gut an. Aber ich bin mit dem Auto hier und habe gleich eine Besprechung mit Tobias.«

»Kein Thema. Job geht immer vor«, antwortete Mads und versuchte, sich seine Enttäuschung nicht anmerken zu lassen, aber weiter nachbohren wollte er auch nicht.

»Vielleicht beim nächsten Mal.«

»Vielleicht.«

Emmas Blick wanderte zum Eingang. Mads folgte ihrem Blick und sah, warum Emmas Miene sich plötzlich verfinsterte. Albert Lange betrat mit Gustav die Dienststelle.

»Er ist verdammt feige.«

»Albert?«

»Ja, weil er so viel Angst vor einer kleinen Journalistin wie mir hat, dass er nur hintenrum gegen mich intrigiert.«

»Da irrst du dich. Albert ist alles andere als feige. Er hat kein Problem damit, Leuten in die Augen zu schauen und ihnen zu sagen, dass er nichts von ihnen hält. Es ist eher so, dass er dich nicht für ehrenhaft hält. Für ihn bist du nicht auf Augenhöhe.«

»Trotzdem tut er alles dafür, mich aus dem Weg zu räumen. Und das nur, weil ich herausgefunden habe, dass er vor Jahren seine Praktikantin gevögelt hat.«

»Albert ist ein Machtmensch. Ich bin auch kein großer Fan von ihm. Aber so schlimm, wie du glaubst, ist er gar nicht. Mein Onkel kann sehr gut mit ihm. Und wenn es darauf ankommt, kann man sich auf ihn verlassen.«

»Ich kenne diese Sorte von Machtmenschen. Sie kleben an ihren Stühlen und glauben, die Welt würde ihnen gehören, niemand könnte sie kritisieren. Genau wegen solcher Leute bin ich Journalistin geworden, ich will diesen Arschlöchern ihre Grenzen aufzeigen. Dein Albert wird sich die Zähne an mir ausbeißen.«

»Er ist nicht mein Albert«, korrigierte Mads und schaute zu den beiden Männern, die tief ins Gespräch versunken den Empfangsbereich verließen. Vermutlich waren sie auf dem Weg in Gustavs Büro, um über den aktuellen Stand der Ermittlungen zu sprechen.

»Würdest du mir die Kontaktdaten von Almas Exmann schicken?«

»Warum?«

»Weil ich ihn gerne befragen möchte. Oder ist das verboten?«

Mads verdrehte die Augen und seufzte, dann antwortete er: »Gut, warum nicht. Du findest sie ja eh heraus.« Mads nannte ihr die Daten und Emma machte sich Notizen. »Das bleibt aber unter uns«, fügte er hinzu.

»Das musst du mir nicht sagen. Ich bin eine seriöse Journalistin. Ich gebe niemals meine Quellen preis.«

»Ist angekommen. Hast du sonst noch Wünsche, die ich dir erfüllen kann?«

»Jede Menge, aber ich bezweifle, dass du sie wirklich erfüllen würdest.« Emma lächelte, dabei zeigten sich ihre Grübchen und mehr reflexhaft als absichtlich berührte sie ihn am Oberarm. »Du machst wohl viel Sport.«

»Ist ein guter Ausgleich bei meinem Beruf.«

»Steht dir.« Sie schaute etwas verlegen zur Seite.

»Danke.«

»Okay, ich muss jetzt wirklich los. Sonst komme ich zu spät.«

»Ich halte dich nicht auf.« Mads grinste. Beide standen auf und Mads begleitete sie nach draußen.

»Habt ihr eigentlich im Darknet nach Ella gesucht?«, fragte sie.

»Im Darknet? Nein. Wir gehen nicht davon aus, dass ein Pädophiler dahintersteckt.«

»Na ja, wenn der Exmann nicht der Täter ist, wäre es möglich, dass ihr es doch mit einem Pädophilen zu tun habt. In meinen Augen ist es seltsam, dass Alma ermordet wurde, Ella aber nicht. Ein Einbrecher, Mörder oder was auch immer würde sicher beide töten. Und du hast gesagt, dass nichts geklaut wurde.«

Was Emma sagte, war nicht von der Hand zu weisen. Mads musste unbedingt mit Tim sprechen.

17

14. Januar

»Wann ist es mir jemals passiert, dass mich zwei Frauen in meinen Gedanken begleitet haben?«, fragte er sich, als er vor dem Badezimmerspiegel stand und sich rasierte.

Yeliz und Lena gingen ihm nicht mehr aus dem Kopf. Über Lena Johannsen hatte er gerade so viel wie möglich recherchiert, im Internet gab es einige interessante Artikel über sie.

»Mads, Sie haben eine äußerst faszinierende Schwester. Wie gerne würde ich ihr die Kehle durchschneiden.« Er grinste sein Spiegelbild an. »Nein, das wäre nicht richtig. Sie ist etwas Besonderes, ein Kehlenschnitt würde ihr nicht gerecht. Lena ist pure Magie, wie ein Parfüm, die Königin der Düfte.«

Wieder lachte er sein Spiegelbild an und strich sich Rasierschaum auf Wangen und Kinn. Er hatte keinen starken Bartwuchs, aber er hasste Haare im Gesicht. Er würde nie verstehen, warum sich Männer einen Bart wachsen ließen.

Als er erneut in den Spiegel schaute, sah er sich plötzlich als Kind. Er war beim Arzt.

»Du musst dir keine Sorgen machen, wir beide kriegen das hin«, sagte der Arzt, als er sich zu ihm herunterbeugte und ihn an der Schulter berührte.

»Ich mache mir keine Sorgen.«

»Das ist gut. Es dauert nicht mehr lange, dann wirst du noch viel mehr Freude haben, ein Kind zu sein. Du wirst lernen, wie schön es ist, wenn man lacht und sich über kleine Dinge freut. Ich verspreche dir, du wirst bald ein ganz normales Kind sein.«

Wut stieg in ihm auf und er wischte mit der Hand über den

Spiegel, die jüngere Version seiner selbst verschwand. »Ich war ein normales Kind. Nur ihr seid schuld, dass ich es am Ende nicht mehr war. Ihr habt in meinem Kopf dieses schreckliche Durcheinander verursacht.« Sein Atem ging schwer, sein Brustkorb hob und senkte sich sichtbar. Er ballte die Hand zur Faust und hätte am liebsten den Spiegel zerschlagen.

Noch eine ganze Weile starrte er ins Leere, dann setzte er den Rasierer wieder an und hätte sich fast ins Gesicht geschnitten. Nachdem er sich fertig rasiert hatte, ging er ins Wohnzimmer und setzte sich an seinen Laptop.

Jemand hatte ihm eine Nachricht geschrieben.

Verzeih, dass ich mich gestern nicht gemeldet habe,

stand da, es war Nutella8.

»Endlich!«, sagte er und tippte die Antwort.

Das war nicht in Ordnung. Wenn ich dir schreibe, will ich nicht ewig auf eine Antwort warten. Ich dachte, ich wäre dein Gott.

Das bist du auch. Aber wir hatten einen Todesfall. Der Onkel meiner Frau ist gestorben.

Und, ist das mein Problem?

Nein, tut mir leid. Bist du jetzt sauer?

Bin ich nicht, aber ich hätte jeden Grund dafür. Ich brauche deine Hilfe.

Wie kann ich dir helfen?

Du musst mir die Anschrift eines KFZ-Halters besorgen.

Ich weiß nicht. Das darf ich eigentlich nicht.

Ärger mich nicht.

Ist ja gut. Um welches Kennzeichen handelt es sich? Kriege ich dann auch mein Geschenk?

Du und dein verficktes Geschenk. Du bist erst mal in der Bringschuld. Wenn ich mich beruhigt habe, sehen wir weiter. Besorg mir die Anschrift,

antwortete er und schrieb Nutella8 das Kennzeichen mit der Frage, wie lange er brauche, um die Anschrift zu ermitteln.

In einer Stunde müsste ich sie haben.

Sehr gut.

Wäre es ok, wenn du mir ein Foto von dem Geschenk schickst?

»Du dämlicher Kinderficker, du gehst mir mit deiner kranken Geilheit echt auf den Sack«, rief er. Aber er wusste, dass er Nutella8 brauchte und es daher nicht übertreiben durfte.

Du hast doch ein anderes Kind für dein Vergnügen, reicht dir das nicht mehr?

Die Quelle ist leider versiegt.

Warum?

Der Vater hat Sorge, dass die Frau etwas herausgefunden hat. Er muss eine Pause einlegen.

Verstehe. Was ist mit deiner Tochter?
Niemals! Sie ist meine Tochter. Das wäre viel zu gefährlich. Ich möchte

weder meine Frau noch meinen Job oder mein Leben verlieren. Auch, wenn du es nicht glaubst, ich weiß, dass das, was ich tue, sehr schlimm ist.

Und warum machst du es dann?

Weil ich gegen dieses Verlangen nicht ankomme. Das ist doch bei dir nicht anders. Du kommst gegen das Verlangen, töten zu müssen, auch nicht an.

Da irrst du dich. Ich liebe es, Menschen leiden zu sehen, und mich hat kein schlechtes Gewissen geplagt, als ich die Mutter ermordet habe. Ich würde und werde es wieder tun, weil ich kein Mitleid für Menschen habe, erst recht keine Sympathien. Sie sind mir egal. Aber ich wünsche mir sehr, dass ich endlich was spüre, ein Gefühl, das mir sagt: Es ist schön, jemanden zu töten.

Du bist echt krank.

Da hast du recht. Das haben mir einige Therapeuten längst bestätigt. Aber besser, man steht zu sich, als sich zu verstellen.

Gute Einstellung. Lass mich raten, der Fahrzeughalter ist weiblich?

Richtig! Welchen Grund sollte ich sonst haben, dich um diesen Gefallen zu bitten? Manchmal bist du echt dämlich! Sie wird die Nummer zwei auf meiner Liste sein.

Also bist du meinem Rat gefolgt?

Nein, dann hätte ich mir sicherlich nicht eine ausgesucht, von der ich nicht weiß, wo sie wohnt. Diese Yeliz hat ein Kribbeln in mir ausgelöst, das mir klar signalisiert, dass es sich lohnen wird, sie zu töten. Dass ich endlich spüren werde, wie geil es ist, jemandem das Lebenslicht auszupusten. Genug geschrieben. Besorg mir die Anschrift und stell keine weiteren dummen Fragen. Wir sind keine Frauen, die ewig chatten müssen.

Verzeih. Ich melde mich in einer Stunde. Schickst du mir ein Foto von dem Geschenk?

Wenn ich die Anschrift habe,

antwortete er und bereute fast, dass er sich dazu hatte überreden lassen. Immerhin waren auf seinem Handy einige Fotos von dem Geschenk, somit war es kein Aufwand, Nutella8 eines davon zu schicken.

Bisher hatte er sich noch nicht entschieden, was mit dem Mädchen passieren sollte. Eins hielt er jedoch für ausgeschlossen: Er würde sie Nutella8 nicht zum Geschenk machen. Jemand, der nicht zu seiner Perversion stand, war für ihn nicht ebenbürtig. Sollte der Idiot sich doch ein anderes Opfer suchen.

Er stand auf, trat an sein Bücherregal und fischte einen Thriller heraus. Dann setzte er sich auf die Couch und begann zu lesen. Es war ein skandinavischer Thriller. Er mochte die Skandinavier, weil sie düster und melancholisch waren. Vermutlich lag das daran, dass die Tage da oben so kurz und die Nächte so lang waren. Er hatte sogar einmal gelesen, dass vor allem aus diesem Grund die Selbstmordrate dort so hoch war. Die Dunkelheit machte die Menschen depressiv, das schlug sich auch in den Büchern nieder, die in dieser Gegend spielten.

Depressiv wie ich, dachte er. Allerdings hatte er nie mit dem Gedanken gespielt, sich das Leben zu nehmen.

Er tauchte rasch in die Geschichte ein. Irgendwann schaute er auf das Display seines Laptops und sah, dass Nutella8 ihm eine Nachricht geschrieben hatte. Er las sie:

Ich habe die Anschrift.

Seine Mundwinkel hoben sich. »Das wird ein schöner Tag. Heute werde ich die Schlampe abstechen.«

18

»Worüber schreibst du gerade?«, fragte Jule, als sie Emma den bestellen Salat reichte.

»Über den Mord an Alma Jöhnck. Danke.« Emma griff nach der Gabel und Jule nahm neben ihr Platz.

»Hast du mir nicht erzählt, dass Amir die Story hat?«

»Hatte er auch. Aber Amir hat sich für mich starkgemacht und gemeinsam haben wir Tobias dazu bewegt, mir die Story zu geben. Amir ist ein echter Schatz.«

»Du sagst es. Ein toller Mann, wäre er doch bloß nicht schwul. Tja, so ist es leider. Die tollen Männer sind vergeben oder eben schwul«, seufzte Jule.

»Ich glaube, du suchst nicht richtig, du möchtest gar keine Beziehung.«

»Vielleicht hast du recht. Aber einen ehrlichen, aufrichtigen Mann, der zu einem steht, bei dem man sich keine Sorgen machen muss, dass er mit der Nächstbesten abhaut oder dem es nur ums Vögeln geht, das wäre schön.« Jule nahm einen Schluck aus ihrem Kaffeebecher. »Aber was sind das schon für Probleme. Alma ist tot und ich möchte mir gar nicht vorstellen, was Ella gerade durchmacht.«

»Ich auch nicht. Ich hoffe, sie lebt noch.«

»Ob das besser ist …« Jule sah nachdenklich auf ihre Hände.

»Wie meinst du das?«

»Was, wenn der Täter seine perversen Fantasien an ihr auslebt?«

»Ich hoffe nicht.«

»Warum sonst sollte er sie entführen?«

»Das weiß ich nicht«, erwiderte Emma. »Vielleicht war es jemand aus dem näheren Umfeld und die Tat geschah im Affekt.«

»Da käme doch nur Timo infrage.«

»Nein, ich hatte vorhin ein Gespräch mit ihm. Irgendwie kann ich mir das nicht vorstellen.«

»Ich auch nicht. Und dieser Alex ist viel zu schüchtern und unterwürfig, als dass er ein eiskalter Mörder sein könnte«, ergänzte Jule.

»Wer ist Alex?«

»Ein Bekannter von Alma. Etwas seltsam, vermutlich eben weil er so schüchtern ist. Er steht auf sie, das ist offensichtlich, aber Alma war nur nett zu ihm.«

»Hast du seine Kontaktdaten?«

»Leider nicht. Ich kann dir stattdessen Nicoles Nummer geben.«

»Wer ist Nicole?«

»Almas beste Freundin.«

»Das wäre super. Wie ich sehe, kanntest du Alma recht gut.«

»Wir waren befreundet, aber wenn eine alles über sie weiß, dann Nicole.«

»Ich rufe sie direkt nach dem Lunch an. Darf ich dich erwähnen?«, fragte Emma.

»Na klar, Süße. Warum nicht?«

»Danke.« Das Gespräch mit Jule hatte sich schon jetzt als Glücksfall erwiesen. Emma hatte nicht gewusst, dass sie so gut mit Alma befreundet gewesen war.

»Hast du mit der Polizei gesprochen? Die müssten doch einige Hinweise haben.«

»Habe ich. Aber solange Mads der leitende Ermittler ist, rechne ich nicht mit viel Unterstützung.«

»Tja, Mads. Halt dich lieber an Lena.«

»Tue ich. Sie möchte ihrem Bruder nur verständlicherweise nicht in den Rücken fallen.«

»So war sie schon immer. Viel zu lieb, wenn es um ihren Bruder ging, und der hatte noch nie ein Problem damit, das für sich auszunutzen. Also stehst du bei null?«

»Fast. Zumindest den Exmann kann ich als Täter abhaken.«

»Ist das nicht etwas zu früh?«

»Möglich, aber der Typ hat eine junge Freundin, ein neues Leben. Warum sollte er da Alma ermorden? Und vor allem, wo soll er seine Tochter gefangen halten? Kann ein Vater so unmenschlich sein?«

»Das solltest du als Journalistin besser wissen als ich. Hast du nicht gestern die Bild-Zeitung gelesen?«

»Zu meiner Schande nicht. Was stand denn da drin?«

»So ein kranker Fall aus England. Eine junge Mutter und ihre lesbische Freundin haben ihr sechzehn Monate altes Kind totgeschlagen. Das Martyrium ging ganz schön lange. Fünfmal waren die Behörden bei denen zu Hause, weil es deutliche Anzeichen für Kindesmissbrauch gab, und fünfmal sind sie wieder abgezogen. Wie gestört ist das bitte? Wenn du so was liest, wünschst du dir eine Knarre und das verdammte Pärchen vor der Flinte.«

»Das ist wirklich richtig schlimm. Auch das behördliche Versagen und das ausgetragen auf dem Rücken der Schwächsten in unserer Gesellschaft. Ich hoffe, dass man die verantwortlichen Mitarbeiter im Jugendamt ebenfalls zur Rechenschaft zieht.«

»Die kriegen sicher nur eine Verwarnung. Lächerlich.« Jule schnaubte und leerte ihren Kaffeebecher. »Ich hoffe, dass die Polizei den Mörder ganz schnell findet und Ella noch lebt.«

»Das hoffe ich auch. Leider hat sich noch niemand auf meinen Artikel von gestern gemeldet. Da wird ein Kind in Niendorf entführt und keiner möchte etwas gesehen haben.«

»Willkommen im Zeitalter der Egoisten.«

»So negativ sehe ich das nicht. Es war zur Tatzeit bereits

dunkel. Trotzdem ist es sehr traurig, dass die Menschen ihre Umgebung nicht mehr so wahrnehmen, wie es nötig wäre.«

»Die Leute sitzen doch alle nur noch an ihren Handys.«

»Wenn wir ehrlich sind, sind wir da nicht viel besser.«

»Magst recht haben«, seufzte Jule. »Soll ich mit Mads sprechen?«

»Warum?«

»Damit er dir ein paar Infos gibt, wegen deiner Story.«

»Danke, das ist nicht nötig. Ich kriege das schon selbst hin. Und so, wie ich Mads einschätze, wird er erst recht blocken, weil ich dich mit reingezogen habe.«

»Stimmt. Vielleicht wirklich keine gute Idee.« Jule stand auf. »Ich muss wieder ranklotzen.«

»Alles gut. Ich esse auf und dann bin ich auch schon weg.«

»Sehen wir uns heute Abend?«

»Bin schon verabredet.«

»Ach? Und mit wem? Ein Date?«

»Nein, nur mit Tobias …«, erwiderte Emma.

»Also doch ein Date«, fiel Jule ihr ins Wort.

»Nein, kein Date. Er ist mein Chef.«

»Na und? Das Thema hatten wir doch schon. Was glaubst du, wie viele Chefs ihre Angestellten heiraten?«

»Es ist kein Date. Amir und ein anderer Kollege kommen auch mit. Wir wollen beim Abendessen einige Themen besprechen.«

»Es ist ein Date. Tobias möchte es nur nicht so offensichtlich machen.«

In dem Moment betrat Mads das Restaurant.

»Wie kommen wir denn zu der Ehre?«, bemerkte Jule, als Mads auf sie zusteuerte.

»Kannst du mir einen Espresso machen? Lena ist beim Arzt. Ich hole sie gleich ab.«

»Klar. Setz dich zu Emma.«

»Das hatte ich vor.«

»Möchtest du auch noch was?«, fragte Jule an Emma gerichtet.

»Dann nehme ich einen Espresso. Vielen lieben Dank.«

»Bitteschön. Ich lasse dich kurz mit dem Ego allein.«

»Lass das bitte«, ermahnte Mads sie.

»Sie hat doch nur einen Scherz gemacht«, entgegnete Emma.

»Ich finde das aber nicht lustig. Ich bin kein Ego, ich bin nur selbstbewusst. Das ist ein himmelweiter Unterschied.«

»Ist ja gut.« Mit einem Lächeln versuchte sie, Mads etwas milder zu stimmen. »Ich kann mir gut vorstellen, dass du ziemlich unter Druck stehst wegen der Ermittlungen.«

»Leider. Nicht zu wissen, wo Ella ist, macht mich wahnsinnig. Hat dein Artikel etwas gebracht?«

»Es hat sich leider niemand gemeldet.«

Mads presste die Lippen zusammen, er wirkte bedrückt. »Danke für den Tipp mit dem Darknet«, sagte er dann.

»Hat es was gebracht?«

»Das weiß ich noch nicht. Lena und ich wollen gleich zu Tim nach Lübeck. Er ist unser IT-Spezialist.«

»Dann drücke ich die Daumen.«

»Euer Espresso«, machte sich Jule bemerkbar. Sie trug drei Espressotassen auf dem Tablett, reichte beiden je einen und nahm anschließend mit der dritten Tasse neben Emma Platz, was diese erstaunt zur Kenntnis nahm, denn Jule wollte doch eigentlich wieder arbeiten.

»Gibt es Neuigkeiten?«, erkundigte sich Jule.

»Noch nicht. Von Ella und dem Täter fehlt jede Spur«, antwortete Mads. »Aber wir finden das Schwein.«

»Wenn nicht du, wer sonst«, erklärte Jule, während Emma ihren Salatteller leerte.

»Ein kleines Dessert würde gut zum Espresso passen«, stellte Emma fest und gönnte sich einen Schluck aus der Espressotasse.

»Stopf dich nicht so voll. Dessert gibt es doch bestimmt heute Abend«, bemerkte Jule augenzwinkernd.

»Gehst du Essen?«, wollte Mads wissen.

»Tobias hat sie zu einem Date eingeladen«, erwiderte Jule vielsagend.

»Wie auch immer. Ich muss los. Lena wartet. Was schulde ich dir?«, fragte er an Jule gerichtet und ließ Emma damit nicht einmal die Gelegenheit, zu erklären, dass es kein Date war.

»Geht heute aufs Haus.«

Mads fischte einen Fünfeuroschein aus der Hosentasche und legte ihn auf den Tisch. »Passt so«, sagte er und verließ das Restaurant.

»Der hat ja wieder eine Laune.« Jule schüttelte den Kopf und steckte den Fünfeuroschein in die Geldbörse.

»Er steht mächtig unter Druck«, antwortete Emma. »Kannst du mir bitte die Rechnung bringen? Ich muss leider auch los.«

»Klar doch.«

Jule stand auf und kam kurz darauf mit der Rechnung zurück. Emma bezahlte und verabschiedete sich von ihr.

»Viel Erfolg bei deinem Date«, sagte Jule.

»Es ist wirklich kein Date. Du kennst doch meine Einstellung: Never fuck the company.«

Jule lachte, dann umarmte sie Emma zum Abschied. »Tobias ist eine sehr gute Partie.«

Emma ließ die Bemerkung unkommentiert und verließ das Restaurant. Ihre Gedanken wanderten zu Mads und seiner Reaktion. Hatte er vielleicht wegen ihres angeblichen Dates so gereizt reagiert?

Du spinnst. Dem ist das völlig egal. Der steht wegen Ella unter Druck, ermahnte sie sich, nichts Falsches in Mads' Verhalten hineinzuinterpretieren.

Sie schaute auf die Uhr, sie hatte noch zehn Minuten bis zu ihrem Treffen. Da sie in einem Hotel verabredet waren, das in der Nähe der *Seaside Lounge* lag, würde sie nicht zu spät kommen.

Fünf Minuten später betrat sie die Lobby und sah dort auch schon Knud Larsen in einem der Sessel sitzen. Sie hatte seinen Namen gegoogelt, da Almas Profile in den sozialen Netzwerken alle auf privat gestellt waren und sie so nicht an ein Bild von ihm herankam. In Dänemark war Larsen offensichtlich kein Unbekannter. Er war Bauunternehmer, sodass es nicht schwierig war, herauszufinden, wie er aussah.

»Guten Tag, Herr Larsen«, machte sie sich bemerkbar.

Larsen stand von seinem Sitz auf und reichte ihr die Hand zur Begrüßung.

»Mein Deutsch sehr schlecht, let's speak English, please.«

»Das sollte kein Problem sein«, antwortete Emma auf Englisch und beide nahmen Platz. »Vielen Dank, dass Sie sich Zeit für mich genommen haben. Mein herzliches Beileid. Ich kann mitfühlen, wie es Ihnen gerade geht.«

»Danke. Ich glaube Ihnen sogar und ich möchte ehrlich zu Ihnen sein: Mit einem anderen Journalisten hätte ich nicht gesprochen.«

»Und warum ausgerechnet mit mir?« Emma erstaunte die Antwort, gleichzeitig beschlich sie das ungute Gefühl, dass das Gespräch möglicherweise doch nicht so informativ werden könnte, wie sie es sich erhofft hatte.

»Weil ich mich über Sie informiert habe. Sie wurden ebenfalls entführt, nicht wahr?«, antwortete Larsen.

Jetzt verstand Emma, warum Larsen sich etwas Bedenkzeit erbeten hatte und nicht sofort auf ihre Bitte um ein Gespräch eingegangen war.

»Das stimmt. Nicht weit entfernt von hier.«

»Das tut mir sehr leid für Sie. Sie wissen deshalb, wie sich Ella jetzt fühlen muss. Ich habe schon meine geliebte Tochter verloren, aber Ella werde ich nicht verlieren.«

»Ich verstehe Sie und ich möchte Ihnen gerne helfen. Ein

Artikel in meiner Zeitung kann dazu beitragen, dass sich Zeugen melden.«

»Nicht nur der Artikel. Ich habe auch anderweitig Sorge dafür getragen, dass wir den Mistkerl in die Enge treiben und finden.«

»Was genau haben Sie getan?«

»Ich habe Söldner angeheuert, die das Schwein jagen und töten werden.«

Emma konnte nicht glauben, was sie da gerade hörte, und versuchte, sich ihre Empörung nicht anmerken zu lassen. »Das sollten Sie nicht tun«, sagte sie bewusst beherrscht.

»Warum?«

»Weil das die Aufgabe der Polizei ist.«

»Die Polizei? Was hat die denn bisher erreicht? Ich werde nicht warten, bis sie die Leiche meiner Enkelin finden. Sie ist das Einzige, was mir von Alma noch geblieben ist. Dass ich Ihnen davon erzähle, ist von großem Vorteil für Sie.«

»Warum?«

»Weil ich der Polizei nicht alles gesagt habe. Sie können dabei sein, wenn wir diesen Dreckskerl schnappen. Mehr kann sich eine Journalistin doch nicht wünschen.«

19

»Wo bist du mit deinen Gedanken?«, fragte Lena.

»Bei dem Fall«, log Mads, dabei dachte er an Emmas Date mit Tobias.

»Sicher?«

»Ja.«

»Ich kenne meinen Bruder schon ein paar Jährchen, und so siehst du nur aus, wenn dich etwas nervt.«

»Mich nervt, dass wir keinen Schritt vorankommen.« Mads hatte wenig Geheimnisse vor seiner Schwester, aber was seine Gefühle für Emma anbelangte, wollte er sich ihr nicht anvertrauen. Erst recht nicht, weil Lena und Emma befreundet waren. Er wollte nicht wie ein Liebeskasper dastehen.

Ich bin nicht verliebt, korrigierte er sich sogleich, dennoch ging ihm Emma nicht aus dem Kopf. Und dass ausgerechnet dieser Schnösel Tobias sie anbaggerte und sie offensichtlich auch noch darauf einging, passte ihm überhaupt nicht.

Geld!, war für ihn die einzige plausible Antwort, warum Emma sich auf jemanden wie Tobias einlassen könnte, obwohl er ihr Chef war. *Aber sich über Albert aufregen, dass er was mit seiner Praktikantin hatte. Du bist doch kein bisschen besser.*

»Geht es um Daniela?«, bohrte Lena weiter.

»Wieso?«

»Hast du Beef mit ihr?«

Mads musste lachen. »Nein, Beef mit Daniela ist unmöglich. Die ist so was von gutherzig, die übertrifft sogar dich.«

»Dann werde ich sie bestimmt mögen. Wann stellst du sie mir denn vor?«

»Wenn es so weit ist.«

»Also nie.«

»Wir haben gerade Wichtigeres zu tun, als ein Kennenlernen mit Daniela, Schwesterherz.«

»Das sagt mir, dass du dir entweder nicht sicher bist, was sie anbelangt, oder dass es noch eine andere gibt.«

»Können wir aufhören, über mein Liebesleben zu sprechen? Es ist gerade etwas kompliziert.«

»Wie du magst. Aber du weißt, dass du dich mir immer anvertrauen kannst. Ich bin deine Schwester und als Frau weiß ich, wie unsereins tickt. Wenn es bei dir doch einen heimlichen Schwarm gibt, helfe ich dir gerne, ihr Herz zu erobern.«

»Habe ich je Schützenhilfe benötigt, um das Herz einer Frau zu erobern?«

Lena sah ihn prüfend an. »Nein, eigentlich nicht. Aber irgendwann ist immer das erste Mal.«

Mads schluckte. Sie konnte nicht wissen, dass sie mit diesem Satz ins Schwarze getroffen hatte, denn genau das war es, was Mads nervte. Bisher hatte er immer die Frau bekommen, die er mochte. Dafür hatte er sich auch nie wirklich anstrengen müssen. Sein Aussehen und sein Charme hatten diese Arbeit für ihn übernommen. Aber bei Emma war alles anders, und das nervte ihn. Gleichzeitig forderte es ihn heraus, und es reizte ihn noch mehr, sie für sich zu gewinnen. Manchmal ertappte er sich deshalb bei dem Gedanken, ob es am Ende nur ein Spiel für ihn war, und fragte sich, ob er Emma auch weiter lieben würde, wenn er ihr Herz erobert hätte, oder ob dieser Reiz ebenso schnell verfliegen würde. Dieser Gedanke machte ihm Angst, weil er sie nicht verletzen wollte. Zudem fürchtete er sich davor, sich selbst zu enttäuschen, denn in letzter Zeit wünschte er sich nichts mehr, als endlich die Frau zu finden, mit der er alt werden und eine eigene Familie gründen könnte.

Mads sah seine Schwester kurz von der Seite an. »Mach dir keine Sorgen. Keine Frau der Welt wird mir je das Herz brechen«, sagte er und zwinkerte ihr zu.

Lena lächelte und legte ihre Hand auf seine, die er locker auf der Gangschaltung abgelegt hatte.

»Erzähl mir lieber, wie dein Arzttermin war«, forderte Mads sie auf.

»Nichts Neues. Er hat ja nur Blut abgenommen.«

»Verstehe. Sag mir Bescheid, sobald die Werte vorliegen.«

»Mach ich.« Lenas Blick wanderte zu ihren Beinen, die auch Monate nach ihrer schweren Verletzung nicht auf sie hören wollten. »Ich hatte letztens einen schönen Traum …«

»Welchen?«

»Du und ich in Australien. Es war gutes, aber windiges Wetter. Wir standen beide auf unseren Brettern und dann war sie da, diese eine Welle, auf die du den ganzen Tag gewartet hast, und wir ritten diese Welle.«

»Ein schöner Traum. Irgendwann fliegen wir nach Australien und werden diese Welle reiten.«

»Meinst du?« Wieder schweifte ihr Blick zu ihren Beinen. »Ich weiß nicht, ob sie mir tatsächlich jemals so gehorchen werden wie früher.«

»Das werden sie, Schwesterherz. Du darfst nie deinen Mut und deine Hoffnung verlieren.«

»Ich wünschte, das wäre so einfach.«

Mads spürte, dass dieser Umstand seine Schwester schwer belastete, aber mehr als aufmunternde Worte hatte er nicht für sie, so leid es ihm tat.

Sie erreichten die Polizeidirektion in Lübeck und Mads fuhr auf den Mitarbeiterparkplatz. Er stieg aus, öffnete den Kofferraum des Kombis und hob den Rollstuhl heraus. Lena setzte sich hinein und rollte neben ihm in das Gebäude.

Die Zentrale in Lübeck war im Vergleich zur Dienststelle in Timmendorfer Strand riesig, doch da sie ihren Weg kannten, waren sie schon bald an Tims Büro angelangt. Mads klopfte kurz an und öffnete die Tür.

»Wenn das mal keine Überraschung ist«, hörten sie Arndt

Schumacher, Kriminalpolizist in der Lübecker Zentrale und ein guter Freund der Familie, sagen.

Mads und Lena begrüßten Arndt und Tim.

»Gut siehst du aus«, sagte Arndt an Lena gerichtet. »Schön, dass wir uns wieder persönlich sehen.«

»Danke, das finde ich auch. Leider wollen die Beine noch nicht so recht.«

»Das wird schon. Ein Schädel-Hirn-Trauma ist kein Klacks. Dafür hast du dich auffallend gut erholt. Und vergiss nicht, in dir stecken das Herz und der Ehrgeiz einer Johannsen. Du wirst die Krankheit besiegen. Hab nur etwas Geduld.«

»Ich versuche es.« Lena lächelte.

»Tim hat mir kurz von eurem Fall erzählt«, sagte Arndt. »Schlimme Sache. Die Kollegen sind dabei, den Skoda für euch ausfindig zu machen.«

»Wäre gut, wenn das gelingt. Davon könnte einiges abhängen. Habt ihr denn schon etwas?«, erkundigte sich Mads.

»Leider nicht. Aber ich schätze mal, Tim ist da der richtige Ansprechpartner. Ich muss leider zu Ole, wegen eines Falles, in dem ich gerade ermittle.«

»Ist schon gut.«

Arndt verabschiedete sich und Mads zog sich einen Stuhl an Tims Schreibtisch. »Gibt es was Neues?«, fragte er dann.

»Was das Lübecker Kennzeichen anbelangt, leider noch nichts. Es gibt einfach zu viele Skoda-Halter, die ein Kennzeichen mit HL haben. Die alle abzuklappern und einzukreisen, ist sehr aufwändig.«

»Ich weiß. Wir müssen trotzdem dranbleiben«, antwortete Mads, der wusste, wie mühsam und teils frustrierend diese Recherchearbeit war. Die Kollegen waren nicht zu beneiden. »Was ist mit dem Laptop von Alma und den Handys?«

»Ich fürchte, das ist eine Sackgasse. Vielleicht gibt es aber einen interessanten Hinweis.«

»Und der wäre?«, fragte Lena.

»Das Opfer hat sich zwei Wochen vor dem Mord auf einer Singlebörse angemeldet.«

»Hast du Zugang zu dem Profil?«

»Leider noch nicht, das ist nämlich etwas merkwürdig. Auf allen anderen Seiten hat sie Cookies aktiviert, sodass sie automatisch eingeloggt wird, sobald sie die Webseite aufruft. Nur auf dieser Seite nicht.«

»Und wenn du dir ein neues Passwort an ihre E-Mail-Adresse schicken lässt?«

»Das wird nicht gehen. Sie hat dafür ihre Firmen-E-Mail-Adresse benutzt. Ich habe bereits den Arbeitgeber kontaktiert, ob er mir die Zugangsdaten zukommen lassen kann, aber noch keine Bestätigung erhalten.«

»Das kann dauern«, sagte Lena.

»Genau, deswegen versuche ich einen Workaround.« Tims Augen funkelten und Mads wusste sofort, warum. Vermutlich hatte das etwas mit Tims Fähigkeiten als Hacker zu tun.

»Wäre gut, wenn wir den Zugang schnell haben. Es ist nicht auszuschließen, dass sich Alma und der Täter doch kannten.« Es war ein winziger Hoffnungsschimmer. Schließlich wäre es nicht das erste Mal, dass sich Opfer und Täter im Netz kennengelernt hatten und die Sache mit einem brutalen Mord endete.

»Gib mir noch einen oder zwei Tage, dann haben wir den Zugang.«

»Die hast du, mein Lieber. Was ist mit dem Darknet?«

»Das ist viel komplizierter. Das Darknet ist ein großes schwarzes Loch. Leider gibt es dort unzählige Foren, Seiten und was weiß ich, wo Fotos von Kindern und Schlimmeres angeboten werden oder wo User diese austauschen. Ich habe einige Fotos von Ella vom Handy der Mutter heruntergeladen, sie bearbeitet und durch ein Programm gejagt. Nun suche ich mit diesen gewonnenen Daten im Darknet nach einem Foto, das Ella zeigen könnte. Das ist unglaublich komplex, es hat was von der Nadel im Heuhaufen und der Erfolg ist alles andere als gewiss. Was im Umkehrschluss natürlich bedeuten könnte, dass es kein Foto von ihr im Darknet gibt.«

»Egal, wir müssen dranbleiben. Falls der Psycho ein Foto gepostet hat, spielt uns das in die Hände«, antwortete Mads, aber er verstand, worauf Tim hinauswollte. Wirklich große Hoffnung hatte er in diese Aktion ohnehin nicht gesetzt, da sie derzeit jedoch überhaupt keine heiße Spur hatten, war das besser als nichts. »Zurück zum Skoda. Gibt es irgendwelche Informationen, mit denen wir arbeiten können?«

»Keine. Sobald mir was vorliegt, bist du der Erste, den ich informiere.«

»Wir haben keine Zeit. Soll ich Gustav bitten, dass mehr Kollegen für die Suche abgestellt werden?«

»Jede helfende Hand ist willkommen. Aber du weißt wie ich, dass wir unterbesetzt sind und es noch andere ähnlich gelagerte Fälle mit hoher Prio gibt.«

»Ich kümmere mich darum«, sagte Mads trotzdem.

»Vielleicht hat Ole neue Hinweise, geht mal zu ihm«, schlug Tim vor. »Er ist vor zehn Minuten von der Rechtsmedizin zurückgekommen.«

»Dann werden wir das gleich tun. Und denk dran …«

»Sobald ich was habe, erfährst du es, klar«, beendete Tim den Satz. »Übrigens wäre es auch möglich, dass wir es mit jemandem zu tun haben, der sich nicht in der digitalen Welt aufhält.«

»Stimmt«, antwortete Lena, während Mads nur die Nase hochzog und seine Kiefer aufeinanderpresste. Er fühlte sich hilflos, fast gelähmt, weil er wusste, dass sie die einzige Hoffnung für Ella waren, lebendig dieser Hölle zu entkommen.

Unwillkürlich wanderten Mads' Gedanken nach Afghanistan, wo sein Team der Bundeswehrspezialeinheit bei einem Einsatz in einen Hinterhalt geraten war und vier von ihnen von den Taliban als Geisel genommen worden waren. Seine

Jungs hatten sich auf ihn und einen anderen Kameraden verlassen, dass sie alles tun würden, um die vier zu retten. Er und sein Kamerad hatten ihr Leben riskiert, um die anderen zu befreien. Am Ende hatten sie sie herausgeholt und acht Terroristen und Fanatiker in die Hölle gejagt. Mads hatte damals keine Sekunde gezögert und sein Leben für seine Truppe aufs Spiel gesetzt, so war es auch jetzt. Er war bereit, sein Leben zu riskieren, um Ella zu befreien, nur kannte er den Feind nicht und genau das zermürbte ihn. Aber er würde diese Emotionen nicht zu sehr an sich heranlassen, nur mit einem klaren Verstand konnte er den Wahnsinnigen schnappen.

Lena und er verabschiedeten sich von Tim und machten sich auf den Weg zum Büro von Ole.

»Wohin?«, hörten sie da Oles Stimme, als Lena gerade an der Küche vorbeigerollt war.

Lena bremste ihren Rollstuhl ab und fuhr zurück, Mads folgte ihr.

»Siehst richtig schnittig aus in dem Schlitten«, kommentierte Ole, als Lena lässig in die Küche rollte.

»Danke für die Blumen«, erwiderte sie.

»Wollt ihr einen Kaffee?«

»Ich nehme einen Espresso«, antwortete Mads.

»Wie der Onkel. Und du?«

»Einen Kaffee, diesmal schwarz.«

»Das kriegen wir hin.« Ole wandte sich der Kaffeemaschine zu. »Wart ihr bei Tim?«, fragte er.

»Genau«, antwortete Lena.

»Ladys First«, sagte Ole und reichte ihr den Becher mit Kaffee. »Die Suche nach dem Skoda läuft wohl nicht so, wie erhofft.«

»Danke.« Lena nahm den Becher entgegen. »Kein bisschen. Momentan wirkt es geradezu hoffnungslos.«

»Wir sind einfach zu wenig Leute«, stellte Ole fest.

»Mads kümmert sich darum, er wird mit Gustav sprechen.«

Ole nickte, dann drehte er sich mit einem breiten Lächeln um. »Und hier der Espresso für die norddeutsche Kopie des Thor.«

Mads wurde häufig mit Chris Hemsworth, der in den Avengers-Filmen den Thor spielte, verglichen, dabei fand er nicht, dass er ihm so ähnlich sah. Er fand, dass er besser aussah.

»Tim meinte, dass du gerade von der Rechtsmedizin kommst«, sagte er.

»Da hat der Kollege nicht unrecht. Und bevor du fragst: Ja, ich denke, ich habe was für euch. Die Ergebnisse der Obduktion sind da.«

20

»Colt ist ja schon menschlicher als du«, schimpfte der Vater, und als verstünde der Hund seine Worte, sprang dieser sofort auf die Couch zu seinem Herrchen, schaute ihn mit seinen Murmelaugen an und ließ sich streicheln. »Wieso strengst du dich nicht mehr an? Möchtest du ein Leben lang ein Außenseiter sein und erreichen, dass die Leute immer mit dem Finger auf dich zeigen?«

»Ich hasse aber dieses dämliche Lernen nach Karten. Warum kann ich nicht einfach sein, wie ich bin?«

»Weil das nicht normal ist. Weil du ein Freak bist«, entfuhr es dem Vater.

»Schatz, schimpf' doch nicht so mit ihm.« Seine Mutter kam aus der Küche. »Und zieh dich endlich an. Sonst kommen wir zu spät.«

»Ist ja gut. Ich ziehe mich an. Außerdem würde ich nicht mit ihm schimpfen, wenn er sich wie ein normaler Junge verhalten würde. Die Therapie dauert jetzt zwei Jahre, und lacht er mal?«

Er schaute seinen Vater an und fing laut an zu lachen.

»Halt den Mund«, brüllte der Vater.

»Ich lache doch«, gab er zurück und verstummte. »Du wolltest, dass ich lache.«

Der Vater schüttelte den Kopf. »Mach keinen Ärger. Wir sind nur zum Kaffee weg.«

»Lass doch den Jungen in Ruhe. Er wird schon keinen Unfug anstellen, oder?«, sagte seine Mutter und schaute zu ihm herunter.

»Ich werde lesen«, antwortete er.

»Siehst du.«

»Ein Kind, das nur liest, ist auch nicht normal.«

Weder er noch seine Mutter erwiderten etwas. Er beobachtete, wie sich seine Eltern anzogen.

»Der wird doch nie eine Freundin finden«, hörte er seinen Vater schimpfen, als er aus der Wohnungstür trat.

»Er ist viel zu jung für eine Freundin«, entgegnete seine Mutter. Dann fiel die Tür ins Schloss und er war mit Colt allein.

Sein Vater hatte den Dackel nach seiner Lieblingsserie benannt: Ein Colt für alle Fälle.

Er hasste den Hund abgrundtief, weil er nicht ertragen konnte, dass Colt mehr Aufmerksamkeit bekam als er.

Vergangene Woche war er elf geworden und hatte kein Geschenk von seinem Vater bekommen mit der Begründung, dass er sich über Geschenke ohnehin nicht freue. Wie sollte er da jemals lernen, was es bedeutete, Emotionen zu haben, wenn sein Vater ihm jedes Mal Steine in den Weg legte?

Er selbst hielt sich für absolut normal und verstand oft die Ärzte, Therapeuten und seinen Vater nicht, warum sie so viel an ihm zu kritisieren hatten.

Seine Mutter hielt sich aus all dem raus, sie ergriff auch nicht Partei für ihn, sie wirkte wie eine lächerliche Statistin. Mit seinen elf Jahren hatte er sich noch nie geliebt gefühlt.

»Vielleicht lache ich genau deshalb nicht, weil ihr mein Herz verdunkelt«, sagte er zu sich, stand auf und ging in die Küche. Colt dackelte ihm hinterher, vermutlich hoffte er, ein paar Leckerlis zu bekommen.

In der Küche schmiegte Colt sich an sein Bein.

»Verpiss dich«, wurde er laut und kickte Colt weg. Der Hund rutschte gegen die Wand und jaulte, was ihm ein Lachen entlockte.

»Von wegen ich kann nicht lachen«, sagte er und griff sich den Hund. Diesmal warf er ihn an die Wand.

Der Hund gab einen Schmerzenslaut von sich und winselte. Was für ein herrliches Gefühl! Er wollte ein zweites Mal nach ihm greifen, aber der Hund war schneller und entwischte ihm.

»Dreckiger Köter. Ich bin mächtig, ich bestimme über dich.« Er nahm eine Packung Milch aus dem Kühlschrank und einen Joghurt und ging zurück ins Wohnzimmer.

Colt hatte sich in die Ecke verkrochen und wagte es nicht, ihn anzusehen.

»Furcht. Das liebe ich«, sagte der Junge, schaltete den Fernseher ein und schaute sich eine Doku an. Es war eine Tierdoku. Nach knapp zwanzig Minuten wurde der Kampf zwischen einem Krokodil und einem Zebra gezeigt. Das Zebra war etwas zu lange am Wasser gewesen, diese Situation hatte das Krokodil genutzt und blitzschnell zugeschnappt, um das Zebra tiefer ins Wasser zu ziehen. Der Überlebenskampf des Zebras dauerte mehrere Minuten und er konnte seine Augen nicht vom Bildschirm abwenden, so sehr fesselte ihn die Szene.

Irgendwann gewann das Krokodil.

Sein Blick wanderte zu Colt und wie automatisch hoben sich seine Mundwinkel. Er hatte eine Idee. Er stand auf, ging ins Bad und füllte die Badewanne mit Wasser.

Danach ging er zurück ins Wohnzimmer. Colt schlief, was ihm sehr gelegen kam. Er packte den Dackel, der erwachte und sich zu wehren versuchte, aber keine Chance hatte. Dann schleppte er ihn ins Badezimmer und drückte ihn in die Badewanne. Colt wehrte sich, doch er hatte den Hund gut im Griff. Mit knapp zwei Jahren war Colt auch nicht der Stärkste. Er drückte den Kopf des Hundes unter Wasser und hielt ihn dort.

Colt zappelte, aber das Zappeln wurde immer weniger, bis er sich gar nicht mehr bewegte.

»Das hast du davon, du dummer, einfältiger Hund.« Er spürte, wie etwas wohlig Warmes durch seinen Körper jagte. Es fühlte sich gut an.

»Habe ich vielleicht Freude am Töten?«, fragte er sich.

Die Antwort darauf war ihm sofort klar.

»Wie die Zeit vergeht«, sagte er zu sich. Er dachte gerne an diese Zeit zurück. Es war das erste, aber nicht das letzte Mal gewesen, dass er ein Tier getötet hatte. Doch dieses erste Mal würde er nie vergessen. Es war etwas Besonderes gewesen und das warme, wohlige Gefühl, das die Tat begleitet hatte, hatte sich unbeschreiblich gut angefühlt, als würde positive Energie durch seinen Körper strömen.

Auf genau dieses Gefühl hatte er gehofft, als er diese Niendorferin getötet hatte, aber es war ihm versagt geblieben. Also musste er es erneut tun in der Hoffnung, dass er es wieder fühlen würde.

»So gesehen warst du schon etwas ganz Besonderes, Colt. Dein Tod war nicht vergebens«, seufzte er und erinnerte sich daran, dass er den Dackel noch am selben Tag im Wald verbuddelt hatte. Sein Vater war außer sich vor Sorge gewesen, als er ihm erzählt hatte, dass Colt durch die Terrassentür entwischt wäre, als er kurz auf der Terrasse hatte spielen wollen.

Erst am Sterbebett hatte er seinem Vater mitgeteilt, dass er Colts Mörder war. Sein Vater hatte ihn mit entgeisterten Augen angeschaut, aber da er in seinem Zustand auf der Intensivstation zu schwach gewesen war, hatte er nicht mehr reagieren können. Nur seine Augen hatten all seine Wut und seinen Hass offenbart. Das hatte ihn sehr gefreut, denn er hatte seinen Vater auch nur gehasst.

»Heute wird alles anders. Heute wirst du dieses Gefühl haben, ich spüre es. Sie ist etwas Einzigartiges«, sagte er zu sich und schaltete noch einmal kurz seinen Laptop ein, bevor er sich auf den Weg machen wollte.

Nutella8 hatte ihm geschrieben.

Das Geschenk ist wunderschön.

Ich weiß. Komm aber nicht auf die Idee, noch ein Foto zu wollen,

antwortete er.

Ich würde alles für ein Foto in Unterwäsche geben, alles.

Sag nichts, was du nicht halten wirst.

Doch. Du kannst mir vertrauen.

Wir werden sehen. Vielleicht kriegen wir noch einen Deal. Aber jetzt muss ich los, jemanden töten.

Wie gerne würde ich Mäuschen spielen.

Warum? Du bist ein Kinderficker, kein Sadist. Wie kannst du Gefallen daran finden, zuzusehen, wie ich jemanden töte?

Irgendwie reizt es mich trotzdem. Ich glaube, ich bin echt krank.

Ach wirklich? Ich muss los. Schreib mir nicht mehr. Ich melde mich.

Gut.

Dass Nutella8 eine kranke Persönlichkeit war, stand für ihn außer Frage. Es wunderte ihn, wie so jemand Frau und Kind haben konnte. Wie konnte die Frau nicht bemerken, mit was für einer gestörten und abartigen Person sie zusammenlebte?

»Vermutlich ist sie fett und hässlich und freut sich, dass überhaupt jemand sie fickt. Jede Wette, ihre Muschi stinkt nach Fisch.« Er grinste und schüttelte sich bei der Vorstellung des Fischgeruchs, dann tat er so, als müsste er sich übergeben. Egal, das war das Problem von Nutella8.

»Du musst los«, ermahnte er sich, sich zu konzentrieren.

Er packte ein paar Sachen zusammen, verstaute sie in den großzügigen Taschen seiner Winterjacke und verließ die Wohnung. Draußen stieg er in seinen Wagen und fuhr nach Groß Timmendorf, einem kleinen Vorort von Timmendorfer Strand.

Hundert Meter vor seinem Ziel parkte er und stieg aus. Die restlichen Meter legte er zu Fuß zurück.

Als er vor der Anschrift stand, holte er einmal tief Luft, ging seinen Plan im Kopf noch einmal durch, trat an die Haustür und klingelte. Der elektrische Türöffner summte, er ging hinein ein und stieg die Treppe hoch.

»Ja, bitte«, sagte Yeliz, als sie die Tür öffnete.

»Guten Tag, Frau Kara. Mein Name ist Otto Schreiner, ich komme von der Timmendorfer Kriminalpolizei. Mads Johannsen hat gestern mit Ihnen über Ihren gewalttätigen Exfreund gesprochen.«

»Genau. Er wollte meinen Ex kontaktieren. Haben Sie was erreicht?«

»Können wir das drinnen besprechen? Muss ja nicht jeder mithören.«

»Klar, kommen Sie doch bitte rein.« Er folgte ihr. Sein Plan schien zu funktionieren, sie hatte bis jetzt keinen Verdacht geschöpft und ihn nicht wiedererkannt.

So ist es, wenn man ein langweiliges Gesicht hat, freute er sich im Stillen.

»Hatte Mads keine Zeit, selbst vorbeizukommen?«

»Leider nicht. Er musste mit Lena nach Lübeck, wegen der laufenden Ermittlungen zu der Toten in Niendorf.«

»Schlimme Sache. Weiß man schon, was mit Ella ist?«

»Keine Hinweise bisher. Wir hoffen aber, dass es ihr gut geht.«

»Glauben Sie das wirklich?« Yeliz sah ihn zweifelnd an. »Warum sollte es ihr gut gehen, wenn sie in den Händen eines Psychopathen ist?«

»Wir wissen noch nicht, ob der Täter ein Psychopath ist.«

Yeliz lachte auf. »Darauf können Sie aber wetten. Ich habe den Artikel von dieser Emma Falk gelesen. Alma wurde mit unzähligen Messerstichen brutal ermordet. Welcher normale Kerl macht so was bitte?«

»Sie glauben gar nicht, wie viele normale Menschen zu Mördern werden, weil sie sich plötzlich in die Ecke gedrängt fühlen. Sie schauen zu viele Krimis«, entgegnete er und seine Stimme gewann an Schärfe. Es missfiel ihm, wie Yeliz über ihn sprach. Es nervte ihn ungemein, dass er sich noch zurückhalten musste.

»Mag sein. Was hat Ivo gesagt?«

»Er ist sich keiner Schuld bewusst. Er behauptet, dass Sie sich diese Lüge aus purer Gehässigkeit ausdenken würden, er sei kein gewalttätiger Mensch«, erklärte er, um sie zu provozieren. Seinen Plan, ihr sofort das Messer in die Brust zu jagen, sobald er in der Wohnung war, hatte er verworfen. Das aktuelle Spiel mit dem Feuer gefiel ihm viel mehr. Außerdem war er klar im Vorteil. Er trug ein Messer in der Jackentasche, und wenn sie ihm blöd kommen würde, könnte er es ihr jederzeit ins Herz rammen.

»Dieser Spast. Mads weiß doch, was für ein Idiot er ist«, platzte Yeliz heraus.

»Unter uns«, er senkte die Stimme. »Mads glaubt, dass Sie nicht ganz unschuldig an der Sache sind.«

»Ich?«

»Ja, Sie«, wurde er deutlicher. »Sie seien launisch und auf Krawall gebürstet. Kein Wunder, dass Ivo mal die Hand ausrutscht, wenn Sie ihn immer provozieren.« Er war voll in seinem Element, er sah ihr an, dass sie kurz vor der Explosion stand, weil sie nicht fassen konnte, was er sagte. Am liebsten hätte er laut losgelacht und ihr einen Spiegel vorgehalten, damit sie sah, wie dumm sie war, weil sie nicht wusste, dass sie gerade mit ihrem Henker sprach.

»Wie bitte? Das soll Mads gesagt haben? Es fällt mir schwer, das zu glauben. Mads ist niemand, der hinter dem Rücken von anderen redet.«

»Sie haben recht, vergessen Sie das lieber ganz schnell, ich hätte das nicht sagen sollen. Ich glaube, Sie beide sind befreundet. Rechnen Sie sich gute Chancen bei Mads aus?«, provozierte er weiter, weil es ihm einfach Spaß machte. Ein wirkliches Ziel verfolgte er nicht. Er wollte sie zappeln lassen, bevor er sich zu erkennen gab.

Yeliz schaute ihn an und verengte die Augen zu Schlitzen. »Warum ruft mich Mads nicht selbst an und schickt stattdessen Sie?«

»Ich sagte ja, er musste nach Lübeck. Die Suche nach Ella erweist sich als kompliziert.«

»Sie haben sich gar nicht ausgewiesen.«

»Doch, vor der Tür.«

»Nein, haben Sie nicht.«

»Muss mir entgangen sein.«

Jetzt ärgerte er sich. Bei seinem Plan hatte er an alles gedacht, nur an den Dienstausweis nicht. Hatte er es eben übertrieben?

Nein. Er spürte, wie das Adrenalin durch seine Adern schoss. *Gefahr ist sexy!*

Er steckte seine Hand in die Jackentasche und machte einen Schritt auf sie zu. »Mein Dienstausweis«, sagte er und Yeliz verfolgte stumm seine Bewegung.

Dann ging alles ganz schnell. Er zog das Messer aus der Tasche, Yeliz riss die Augen auf, der Mund stand ihr offen, doch ehe sie schreien konnte, hatte er das Messer schon in ihr Herz gerammt. Jetzt schrie Yeliz, sie stürzte zu Boden. Er beugte sich vor und rammte das Messer immer wieder in ihre Brust.

Ihr Schreien erstarb sehr schnell, am Ende war es mehr ein Quicken, dabei bäumte sie sich auf wie ein Fisch, der an Land gespült worden war, bis sie sich nicht mehr bewegte.

»Schachmatt. Du dämliche Fotze.« Er atmete tief ein und aus. Er fühlte sich gut. Viel besser als nach seiner ersten Tat. Das hier roch nach dem Duft von Freiheit und Überlegenheit. So musste es sich anfühlen, wenn man einen Menschen, eine Frau tötete. Es war wunderschön.

Er schloss die Augen und ihm war, als würde er die Töne eines Klaviers hören. In seinem Kopf erschien das Bild eines Bühnenstrahlers, der auf ein Piano gerichtet war. Jemand im Smoking spielte eine weiche, langsame Melodie. Zum Dahinschmelzen.

Dann erkannte er, wer dieses Genie war, das am Klavier saß: er!

Er bewegte seinen Kopf hin und her, die Augen noch immer geschlossen, um die Melodie intensiver genießen zu können.

»Was für ein Klang«, sagte er, öffnete die Augen und stach erneut mit dem Messer auf die Leiche ein. Wieder und wieder. Dann stoppte er, bückte sich und schnitt ihr den rechten Zeigefinger ab. Seine Augen waren weit aufgerissen, er bekam sein Umfeld nur noch schemenhaft mit, er war ganz in seiner Welt versunken.

»Zeit, Lebewohl zu sagen«, sagte er und ging ins Badezimmer, um das Messer, seine Hände und sein Gesicht abzuwaschen, für den Fall, dass ihm auf der Straße jemand über den Weg liefe. Dass seine Jacke Blutflecken hatte, störte ihn nicht. Da sie dunkel war, würde das bestimmt niemandem auffallen, wenn er mit schnellen Schritten zum Auto ging.

Nachdem er sich gesäubert hatte, nahm er sein Handy und machte ein paar Fotos, erledigte noch ein paar andere Dinge und schaute sich sein Werk ausgiebig an. Er fand, dass er gute Arbeit geleistet hatte, und beschloss, das Haus zu verlassen.

Gerade als er die Wohnungstür öffnen wollte, klingelte es.

»Scheiße«, rief er, weil er nicht wusste, wer geklingelt hatte und was er tun sollte.

21

»Manchmal, in letzter Zeit immer öfter, frage ich mich, was wir aus unserer Welt gemacht haben«, sagte Albert. Gustav und er saßen im Restaurant Wolkenlos, das ans Ende der Seeschlösschen-Seebrücke in Timmendorfer Strand gebaut war. Albert schaute nachdenklich auf die See. Der Blick aus den großzügigen, bodentiefen Fenstern des Gebäudes machte das Restaurant einzigartig in der Region, denn es stand ganz am Ende der Brücke und bot einen fantastischen Ausblick auf die Ostsee und die Lübecker Bucht.

»So sensibel kenne ich dich gar nicht«, bemerkte Gustav. Er hatte sich mit Albert zum Abendessen getroffen.

»Das ist eine Seite, die ich selten zeige, auch meinem besten Jugendfreund nicht.«

»Wo drückt denn der Schuh?«

»Hast du von dem Mord an dem kleinen Arthur gehört?«

»Habe ich. Du meinst den Sechsjährigen, der monatelang von seinem Vater und seiner Stiefmutter, dieser Sadistin, gefoltert und gequält wurde und schließlich an einem Schädel-Hirn-Trauma gestorben ist«, antwortete Gustav. Noch während er das sagte, bekam er eine Gänsehaut. Auch Lena hatte ein Schädel-Hirn-Trauma erlitten und er wollte sich gar nicht ausmalen, was wäre, wenn sie daran gestorben wäre.

»So ist es. Dabei wollte der Kleine nur geliebt werden. Die englischen Fußballfans und die Mannschaften haben ihm eine Schweigeminute gewidmet mit einem Banner, dass sie Artur lieben. Als ich das Video gesehen habe, hat es mir Tränen in die Augen getrieben, weil ich an Ella denken musste. Auch sie macht gerade die Hölle durch und ich bin der Bürgermeister dieser Gemeinde, also fühle ich mich verantwortlich. Selten habe ich mich machtloser und unfähiger gefühlt als in diesem Moment.«

»Ella zu finden, ist die Aufgabe der Polizei«, entgegnete Gustav. »Wir haben jeden Mann auf den Fall angesetzt, und ich habe den Druck auf die Lübecker Zentrale erhöht, damit noch mehr Beamte für die Suche freigestellt werden. Wir müssen unbedingt den Halter des Skodas ausfindig machen«, erklärte Gustav. Er konnte Alberts Gedankengang verstehen, aber er war nur der Bürgermeister, Gustav dagegen der Polizeichef, somit trug er die Verantwortung.

Bevor er sich mit Albert getroffen hatte, hatte er ein Gespräch mit Lena und Mads gehabt, die ihn auf den aktuellen Stand gebracht hatten. Danach hatte er sofort in der Direktion angerufen und dort ordentlich Dampf gemacht.

»Glaubst du, es geht hier bei uns nur um deinen Fall?«, hatte der Führungsstab gesagt. »Wir sind überall unterbesetzt. Wir können nicht einfach so Kollegen abstellen.«

»Doch, das könnt ihr. Derzeit gibt es keinen Fall mit höherer Prio. Kein weiteres Kind wurde entführt«, hatte Gustav dagegengehalten. »Wenn ich das zusätzliche Personal nicht bekomme, werde ich es Albert Lange, dem Bürgermeister, berichten. Ihr kennt ihn. Er hat kein Problem, die Presse zu informieren und euch schlecht dastehen zu lassen.«

Keine fünf Minuten später hatte das Sekretariat angerufen und weiteres Personal für die Suche zur Verfügung gestellt.

Albert schaute Gustav intensiv an. »Nein, es ist nicht nur deine Aufgabe, Ella zu finden. Das Telefon im Gemeindezentrum steht seit dem Mord nicht mehr still, weil Eltern Angst um ihre Kinder haben. Wir sollten wenigstens kommunizieren, dass der Täter im Umfeld des Opfers zu suchen ist und dass wir nicht davon ausgehen, es mit einem Psychopathen, Sadisten oder was weiß ich zu tun haben. Das würde der Gemeinde viel Druck von den Schultern nehmen.«

»Das kann ich nicht, weil wir keine Hinweise in diese Richtung haben.«

»Verdammt, Gustav«, wurde Albert etwas lauter. »Ihr könnt doch trotzdem weiter in alle Richtungen ermitteln, aber hier geht es darum, die Bevölkerung nicht zu verunsichern.«

»Interessiert mich nicht«, blieb Gustav hart. »Ich werde keine Lügen verbreiten.«

»Du bist doch sonst nicht so festgefahren«, Albert schüttelte den Kopf. »Na gut, dann lass mich das machen, so kannst du am Ende immer noch sagen, dass du von all dem nichts gewusst hast. Über Tobias lasse ich einen kleinen Artikel direkt in der Ostseezeitung veröffentlichen, mit ein, zwei Zitaten von mir.«

Gustav seufzte. »Und was, wenn sich herausstellt, dass wir es doch mit einem Kindesentführer oder Pädophilen zu tun haben?«

»Du hast selbst gesagt, dass das wenig Sinn ergibt. Ein Pädophiler tötet keine Mutter, um an das Kind zu kommen, der entführt die Kinder so unbemerkt wie möglich.«

»Ich bin mir trotzdem nicht sicher. Wir sollten noch ein paar Tage abwarten, bevor wir uns festlegen.«

»Du wirst weich. So kenne ich dich gar nicht. Wir haben die Dinge doch schon immer gemeinsam so geregelt, wie es am besten für die Gemeinde ist. Diese ganzen Vorschriften, diese politische Sauberkeit, wo man selbst beim Furzen noch überlegen muss, ob das korrekt gegendert ist, das sind wir nicht. Unser Weg hat doch bisher immer funktioniert.«

Gustav seufzte. »Meinetwegen. Dieses eine Mal noch. Du solltest aber darauf achten, dass wirklich Tobias den Artikel schreibt und nicht Frau Falk.«

»Danke dir.« Albert trank einen Schluck von seinem Weißwein, dann verengte er die Augen. »Und hör mir bloß mit dieser Falk auf. Dass Tobias eingeknickt ist und ihr die Story gegeben hat, macht mich sprachlos. Immerhin ist er mir deswegen einen Gefallen schuldig, daher mache ich mir über meine kleine Bitte keinen Kopf.«

»Wollen wir hoffen, dass Ellas Entführer das Mädchen kennt, dann haben wir eine Chance, dass sie noch am Leben ist.«

»Was ist mit dem Großvater? Er muss den Täter doch nur knapp verpasst haben. Hat er wirklich nichts gesehen?«

»Ich habe mich mit ihm unterhalten. Bis auf den Skoda, der da am Straßenrand stand, als er noch einen Parkplatz suchte, hat er nichts Auffälliges bemerkt. Wir können es drehen und wenden, wie wir wollen, der Skoda ist der Schlüssel.«

Albert nickte. »Wusstest du, dass Knud Larsen eine ganz große Nummer in Kopenhagen ist?«

»Ja, er hat eine Baufirma.«

»Warum wohnt seine Tochter dann in einer kleinen Wohnung in Niendorf und ist nicht zurück nach Kopenhagen?«

»Sie wollte immer finanziell unabhängig sein, obwohl Knud ihr den Umzug angeboten hatte.«

»Wenn wir Ella gefunden haben, muss ich Knud unbedingt einen Besuch abstatten.«

»Warum?«

»Na ja, er könnte in unsere Gemeinde investieren«, sagte Albert und ließ seine weißen Zähne aufblitzen. »Er kennt sich mit dem Bau von Hotels und Freizeiteinrichtungen hervorragend aus. Vielleicht gibt es Synergien mit Frank Tackenberg und seinem Hotelvorhaben.«

»Dir geht's immer nur ums Geschäft.«

»Tut es nicht. Mir geht es um das Wohl meiner Gemeinde. Möchtest du noch ein Glas Wein?«

»Gerne.«

Albert nahm die Flasche und schenkte zuerst Gustav ein, dann sich selbst. Als er die Flasche wegstellte, wanderte sein Blick zum Eingang. Gustav folgte seinem Blick und sah, wie Tobias mit Emma das Restaurant betrat.

»Ich dachte, die bandelt mit deinem Neffen an«, bemerkte Albert.

»Laut Mads sind sie nur Freunde.«

»Wie es ausschaut, fährt sie mehrgleisig. Ganz schön durchtrieben. Sie scheint sehr weit zu gehen für ihre Karriere und Tobias scheint wie Mads auf sie hereinzufallen.«

»Woher weißt du, dass die beiden ein Date haben?«

»Darum.«

Tobias schaute zu ihnen rüber und grüßte kurz, ging dann aber weiter.

»Er würde sonst an unseren Tisch kommen«, erklärte Albert vielsagend.

»Sie sind allesamt erwachsene Menschen, sollen sie doch machen, was sie wollen«, entgegnete Gustav, der seinem Neffen so viel Grips zutraute, dass er sich von einer Frau wie Emma nicht ausnutzen ließ. Außerdem hatte er gerade ganz andere Sorgen. Von Ella und dem Täter fehlte nach wie vor jede Spur.

»Das wird ja immer interessanter«, sagte Albert jetzt und seine Augen funkelten.

»Warum?«

»Mads betritt mit einer hübschen jungen Frau das Restaurant.«

»Mads?« Gustav drehte sich um. »Bei dessen Frauenverschleiß blickt doch keiner mehr durch.« Er schüttelte den Kopf.

Mads und die junge Frau traten zu ihnen.

»Hallo, Albert, hallo, Onkel«, grüßte Mads.

»Moin. Möchtest du uns nicht deine reizende Freundin vorstellen?«, fragte Albert.

»Ich heiße Daniela«, antwortete sie und wurde leicht verlegen. »Ich hoffe, Mads ist nett zu Ihnen?«

»Er ist ein wahrer Gentleman. Ich wüsste nicht, was ich an ihm kritisieren könnte.«

»Hat mich gefreut«, sagte Albert und reichte ihr die Hand.

»Mich auch.« Daniela erwiderte den Händedruck des Bürgermeisters.

»Emma Falk ist übrigens hier, mit Tobias«, sagte Albert.

Gustav sah ihm an, dass er das mit purer Absicht erwähnte, um zu schauen, wie Mads reagierte, aber das Gesicht seines Neffen verriet nichts.

»Warum nicht? Ist eine nette Location. Tobias und ihr steht es frei, zu essen, wo sie wollen. Ihr entschuldigt uns bitte.«

Mads gab Daniela ein Zeichen, ihr zu folgen. Gustav entgingen zwei Dinge nicht: Zum einen, dass Emma immer wieder zu ihnen, oder besser gesagt zu Mads rübergeschaut hatte und dass sein Neffe Blickkontakt mit Emma gesucht hatte.

»Ich kenne Mads, den lässt es nicht kalt, dass Tobias und Emma ein Date haben«, stellte Albert fest. »Das hier ist ja interessanter als jede Soap.«

»Lass doch die jungen Leute in Ruhe. Wir haben genug Baustellen.«

»Etwas Ablenkung in diesen kalten Tagen tut gut, sei doch nicht so …«

»Ich bin nicht so«, entgegnete Gustav. »Aber ich wiederhole mich gerne: Mich interessiert weder das Liebesleben von Mads noch das dieser Emma. Ich möchte ein kleines Mädchen lebendig finden, das ist das Einzige, was mich gerade umtreibt.«

»Ist ja gut.« Albert hob die Hände, als wollte er einen wildgewordenen Stier beruhigen.

»Nichts ist gut«, brummte Gustav und wäre am liebsten aufgestanden und gegangen. Es fühlte sich nicht richtig an, dass er hier saß, einen guten Wein trank und ein leckeres Essen genoss, während Ella durch die Hölle ging.

»Was will der denn hier?«, fragte Albert da.

»Wer?«

»Knud Larsen.«

Gustav schaute hin und war alarmiert. Nicht die Tatsache, dass Larsen das Restaurant betrat, weckte sein Interesse, sondern vielmehr die Person, die Knud begleitete.

22

Wenn er geahnt hätte, dass Emma und Tobias hier waren, hätte er das Restaurant *Wolkenlos* nie betreten. Sie hier mit ihm allein zu sehen, versetzte ihm einen Stich, auch wenn er Daniela gegenüber versuchte, sich nichts davon anmerken zu lassen.

»Ich liebe diese Location«, sagte Daniela und folgte Mads' Blick. »Das dahinten ist doch diese Emma, die mit Jule befreundet ist, richtig?«

»Wie bitte?« Mads fühlte sich etwas überrumpelt.

»Na, die Emma, von der der Bürgermeister eben sprach. Wir haben sie doch mal kennengelernt. Ich habe schon den einen oder anderen Artikel von ihr in der Ostseezeitung gelesen. Sie schreibt echt gut.«

»Ja, die ist es. Was soll mit ihr sein?«

»Nichts, ich wollte nur sichergehen. Fand es irgendwie komisch, dass ausgerechnet der Bürgermeister sie erwähnt hat.«

»Das liegt daran, dass sie über den aktuellen Fall schreibt, sehr zum Missfallen von meinem Onkel und mir«, erklärte Mads.

»Warum?«

»Weil sie riskiert, dass unsere Ermittlungen dadurch behindert werden.«

»Verstehe. Hast du mal mit ihr gesprochen?«

»Bringt nichts, die ist stur wie ein Esel.«

»Und dieser Tobias ist der Chef von ihr?«

»Genau.«

»Glaubst du, da läuft was zwischen den beiden?«, Daniela schaute erneut unauffällig zu dem Tisch, wo die beiden saßen.

»Woher soll ich das wissen?«, erwiderte Mads schärfer als beabsichtigt. »Ehrlich, Daniela, mich interessiert dieser Gossip nicht. Das ist mehr ein Ding für euch Frauen.«

»Oder für den Bürgermeister«, schmunzelte sie. »Der ist auch ganz schön neugierig. Glaubst du, der ist schwul?«

»Albert?«

»Na ja, ich habe da so Gerüchte gehört …«, blieb Daniela vage.

»Schlag dir das sofort aus dem Kopf. Albert ist ganz klar hetero, aber so was von. Man darf nicht jedem Gerücht Glauben schenken.«

»Wie du meinst.«

Mads verfolgte mit Unbehagen, dass Daniela schon wieder zu dem Tisch rüberschaute, wo Emma und Tobias saßen. Plötzlich winkte sie, weil Emma in ihre Richtung sah. Emma winkte zurück.

Mads zeigte keine Reaktion.

Der Kellner kam und reichte ihnen die Speisekarte. Mads vertiefte sich in die Auswahl, er wusste nicht recht, worauf er Appetit hatte.

»Hallo«, hörte er da eine weibliche Stimme und sah auf. Emma stand an ihrem Tisch.

»Hallo. Wir kennen uns doch«, antwortete Daniela.

»Genau, über Jule. Wie haben uns mal am Strand getroffen, wo du mit Mads spazieren gegangen bist.«

»Moin«, presste Mads heraus. Dass sich Emma und Daniela unterhielten, passte ihm gar nicht.

»Eine schöne Location habt ihr euch für euer Date ausgesucht«, sagte Emma und schaute dabei Mads an.

»Ihr aber auch«, antwortete Daniela und blinzelte Mads verliebt zu, dann berührte sie seine Hand, die auf dem Tisch lag. Mads ließ es geschehen.

»Bei mir sitzt Tobias Wichmann, mein Chef. Wir haben kein Date«, stellte Emma klar.

»Na ja, wenn man sich abends allein in einem Restaurant trifft, könnte man schon von einem Date sprechen«, erwiderte Mads. Was Emma mit ihrer Feststellung bezweckte, wollte ihm nicht einleuchten.

»Da irrst du dich. Amir und ein weiterer Kollege stoßen gleich zu uns. Tobias war nur so freundlich, uns für die Besprechung hierher einzuladen.« Kaum hatte sie das ausgesprochen, kam auch schon Amir mit einem Kollegen zu Emma.

»Verzeih, Süße, dass wir uns verspätet haben«, sagte Amir mit leicht aufgedrehter Stimme. »Ach, wenn das nicht unser schöner Niendorfer ist.« Er reichte Mads die Hand zum Gruß. Mads erhob sich und erwiderte den Handschlag. »Und das ist deine schöne Freundin?«

»Ich heiße Daniela.« Sie reichte ihm die Hand.

»Tobias sitzt da drüben«, erklärte Emma an ihre Kollegen gewandt. »Ich muss nur kurz austreten.« Dann sah sie Mads und Daniela an. »Lasst es euch schmecken«, sagte sie und ging weiter.

»Wenn dieser Amir nicht schwul ist, fresse ich einen Besen«, bemerkte Daniela, nachdem sich die Gruppe entfernt hatte.

»Aber so was von«, lachte Mads, der sich wieder deutlich entspannte, weil er Emma glaubte. Jetzt ärgerte er sich über sich selbst, dass er so voreilig über sie geurteilt hatte.

»Ich glaube, der steht auf dich«, sagte Daniela kichernd.

»Kann er gerne machen, aber das wird auf ewig Wunschdenken bleiben. Stolzer Hetero.« Mads grinste.

»Das will ich doch hoffen«, antwortete Daniela, beugte sich vor und gab ihm zu seiner Überraschung einen Kuss auf die Lippen.

Zum Glück war Emma noch nicht wieder aufgetaucht, sodass sie das nicht sehen konnte. Mads' Blick wanderte kurz zu seinem Onkel, der einen Mann zu beobachten schien. Den einen kannte Mads, er war der Vater von Alma, aber die andere Person sagte ihm nichts.

»Der Amir macht einen richtig lieben Eindruck und er hat echt einen guten Modegeschmack«, plauderte Daniela weiter.

»Guter Modegeschmack? Ich weiß nicht, bei Amir muss es nur teuer sein.«

»Sag doch nicht so was. Das ist alles aufeinander abgestimmt.«

»Wenn du meinst.«

Der Kellner kam und nahm ihre Bestellung auf.

Mads' Handy klingelte. Er schaute aufs Display. Es war Ivo.

Am vergangenen Abend hatte er sich im Fitnessstudio mit ihm wegen Yeliz unterhalten und Ivo hatte geschworen, dass er Wort halten und Yeliz in Ruhe lassen werde. Dass er jetzt anrief, war merkwürdig.

Mads nahm das Gespräch an. Sofort hörte er, dass Ivo weinte. Mads war überrascht und erschrocken zugleich. Bis zu diesem Tag hatte er nie erlebt, dass Ivo weinte. Es passte überhaupt nicht zu dem muskelbepackten Macho.

»Was ist los?«, fragte er besorgt.

»Du musst zu Yeliz kommen. Sie ist tot.«

»Yeliz ist tot? Willst du mich verarschen?«

»Nein, sie ist tot. Komm bitte«, schluchzte Ivo.

»Mist. Bist du bei ihr?«

»Ja.«

»Beweg dich nicht von der Stelle. Ich bin gleich da«, antwortete Mads und beendete das Gespräch, dann wandte er sich an Daniela: »Schatz, es tut mir schrecklich leid, aber eine Bekannte von mir ist offensichtlich eben von ihrem eifersüchtigen Ex ermordet worden.«

»Was?« Daniela riss die Augen auf. »Wie furchtbar ist das denn?« Sie wurde blass.

»Ich muss leider los.« Mads zückte seine Geldbörse und fischte fünfzig Euro heraus.

»Kommt gar nicht infrage. Ich mache das«, sagte Daniela.

»Nein, ich habe dir den Abend ruiniert, da möchte ich wenigstens zahlen«, antwortete Mads und legte das Geld auf den Tisch.

»Meldest du dich nachher?«, fragte sie und sah ihn warmherzig an.

»Ich weiß nicht, wie spät es wird.«

»Das ist egal. Ich habe mein Handy die ganze Zeit an, melde dich bitte.«

»Gut, mach ich«, willigte Mads ein und eilte zu Gustavs Tisch.

»Was ist los?«, fragte Gustav.

»Wie es ausschaut, wurde Yeliz Kara gerade von ihrem Exfreund ermordet.«

»Mist.« Gustav schüttelte verärgert den Kopf und stand auf.

»Noch eine Tote in meiner Gemeinde? Das fehlte mir gerade«, jammerte Albert. »Soll ich mitkommen?«

»Nein, aber du kannst die Rechnung übernehmen.«

»Geht klar.«

Gustav folgte Mads. Auf dem Weg kam ihnen der Kellner entgegen und Mads bat ihn, sein Essen zu stornieren, was kein Problem war. Im Hinausgehen sah Mads, dass Emma ihnen nachschaute.

»Bist du sicher, dass es der Exfreund war?«, fragte Gustav draußen.

»Ja, er hat eben angerufen. Er ist in ihrer Wohnung.«

»Wo wohnt sie?«

»In Groß Timmendorf.«

Sie fuhren mit Gustavs Dienstfahrzeug. Während der Fahrt rief Gustav die Kollegen von der KTU und der Streife an. Mads hatte auf dem Weg zum Fahrzeug bereits den Rettungswagen benachrichtigt.

Keine zehn Minuten später erreichten sie die Anschrift. Mads wusste, wo Yeliz wohnte. Sie traten an die Klingelanlage, doch da öffnete sich die Tür zu dem Mehrfamilienhaus und ein Mann trat heraus.

»Zu wem wollen Sie?«, fragte er.

»Wir sind von der Polizei«, antwortete Mads und ging mit seinem Onkel an ihm vorbei ins Treppenhaus. »Sie wohnt im ersten Stock.«

Oben angekommen, sahen sie, dass die Wohnungstür offen stand. Mads ging vor und wollte seinen Augen nicht trauen. Im Flur lag eine junge Frau, die er nicht kannte, neben ihr hatte sich Blut ausgebreitet. Er bückte sich, um ihren Puls zu fühlen, aber da war keiner.

Verdammt, Ivo, was hast du getan?, dachte Mads und versuchte, ruhig zu bleiben, doch die aufkommende Wut machte es ihm schwer.

Sie betraten das Wohnzimmer und nun sahen sie Yeliz, die auch auf dem Boden lag. Um sie herum eine riesige Blutlache.

Ivo saß auf der Couch und weinte wie ein Kind. Mads hätte den Idioten am liebsten gepackt und gegen die Wand geschleudert. Wie konnte man gleich zwei junge Frauen ermorden?

»Was ist hier passiert?«, fragte Gustav.

»Ich weiß es nicht«, antwortete Ivo und sah mit tränenverschleiertem Blick zu den beiden Beamten auf.

»Wie, du weißt es nicht? Willst du mich verarschen?«, wurde Mads deutlich.

»Ich weiß es wirklich nicht. Als ich die Tür aufgeschlossen habe, waren beide schon tot.«

Mads glaubte ihm kein Wort. »Woher hast du den Schlüssel für die Wohnung?« Dass Yeliz ihm einen Schlüssel gegeben hatte, obwohl sie getrennt waren und sie Anzeige gegen ihn erstatten wollte, konnte sich Mads beim besten Willen nicht vorstellen. »Lüg mich jetzt nicht an. Du hast deine verdammte Eifersucht nicht im Griff und hast beide abgeschlachtet.«

»Nein, Bruder, wirklich. Ich schwöre dir, ich habe nichts damit zu tun«, beteuerte Ivo und wischte sich die Tränen vom Gesicht.

»Und woher hast du dann den Schlüssel?«

»Den habe ich mir machen lassen, ohne dass Yeliz es wusste. Ich weiß, das war dumm, aber …« Ivo brach ab. Seine Augen waren weit aufgerissen und rot unterlaufen. »Ich habe sie geliebt, warum sollte ich sie töten?«

»Er hat recht«, sagte Gustav.

»Wie kommst du darauf?«, fragte Mads. Gustav hatte sich zu der Toten gebückt.

»Ihr wurde der rechte Zeigefinger abgeschnitten, wie bei Alma.«

Mads schluckte. Hatten sie es etwa mit demselben Täter zu tun? Diese Erkenntnis war noch schlimmer als die Annahme, dass Ivo der Täter war, denn so mussten sie davon ausgehen, dass sie mit weiteren Toten zu rechnen hatten.

»Ich habe sie wirklich nicht getötet.«

Mads beugte sich zu der Leiche herunter und sah einen Zettel unter Yeliz' Kopf.

»Nicht ohne Handschuhe«, ermahnte Gustav ihn, griff in seine Jackentasche und reichte Mads ein Paar Einmalhandschuhe. Mads streifte sie über und zog den Zettel hervor, dann entfaltete er ihn. Ein Text erschien, vermutlich am Computer erstellt und ausgedruckt.

Im selben Moment klingelte es an der Tür.

»Das sind die Kollegen. Ich mach auf«, sagte Gustav.

Mads nickte nur und begann den Text auf dem Zettel zu lesen:

Lieber Mads,

Ich habe Ihnen aufs Höflichste zu danken. Ohne Sie wäre das hier nicht möglich gewesen. Zu gerne würde ich mich mit Ihnen unterhalten.

Vielleicht bietet sich in naher Zukunft ja die Gelegenheit. Denn ich muss gestehen, Sie haben mein Interesse geweckt und so langsam finde ich Gefallen an dem, was ich tue.

Freundlichst

Ihr Mr. X

PS: Als Zeichen meines guten Willens sollen Sie wissen, dass Ella noch lebt. Ob das so bleibt, hängt auch von Ihren Fähigkeiten ab.

23

15. Januar

Er hatte gut geschlafen, ganz ausgezeichnet sogar. Was für ihn nicht selbstverständlich war. Eine Nacht, ohne dass ihn die Vergangenheit heimgesucht oder ihn unzählige Fragen gequält hatten, war eine gute Nacht. Deswegen hatte er beschlossen, diesen Tag mit Schwung zu beginnen und außerhalb frühstücken zu gehen.

»Was Mads wohl zu meinem Liebesbrief sagt?«, fragte er sich, während er vor dem Badezimmerspiegel seine Haare in Form brachte. Er fand die Idee mit dem Brief einfach genial, denn er hatte lange überlegt, wie er sich zu erkennen geben könnte. Seinen ersten Einfall, den er vor der Dienststelle gehabt hatte, hatte er zunächst vertagt. Vielleicht würde er ihn irgendwann umsetzen.

Die Idee mit dem Brief war dagegen leicht umzusetzen gewesen und das ganz ohne Risiko. Nicht, dass er etwa die Gefahr scheute. Im Gegenteil, seit gestern wusste er, dass es das Adrenalin war, das ihm diese Glücksgefühle bescherte.

»Gepaart mit dem Gefühl, über Leben und Tod zu entscheiden«, korrigierte er sich. Das war nämlich der Grund, warum er bei der Ersten nicht dieses wunderbar erhabene Gefühl gehabt hatte. Es war zu einfach gewesen, als würde man einen Fisch ausnehmen. Aber diese Türkin hatte bemerkt, dass etwas nicht stimmte, und er hatte sie zappeln lassen. Das hatte ihm einen ordentlichen Adrenalinkick beschert und deswegen hatte es sich so unglaublich gut angefühlt. Richtig geil.

Er lachte und richtete sich auf, dann sah er sich ein wenig verträumt im Spiegel an. In diesem Moment empfand er sich als unbesiegbar, ein atemberaubender Mann. Das war nicht immer der Fall. Meistens fand er sich optisch eher langweilig, was ihn jedoch nicht störte.

»Das mit Yeliz war fast wie bei Colt.« Ihn zu töten, war keine große Herausforderung gewesen, aber die Sorge, dass sein dämlicher Vater dahinterkommen könnte, verbunden mit den Adrenalinschüben, hatte sich einfach nur unglaublich angefühlt.

Unwillkürlich trällerte er ein Lied vor sich hin, das er sich selbst ausgedacht hatte:

Wer Liebe sucht, ist dumm.
Wer an Liebe glaubt, ist dumm.
Wer dumm ist, hat es nicht verdient, zu leben.

Dann lachte er, er lachte immer lauter. Seine Augen waren weit aufgerissen, er starrte sein Spiegelbild an.

»Und dumme Menschen töte ich«, schrie er.

Es dauerte eine Weile, bis er seine Nerven wieder im Griff hatte. Dann fuhr er sich über die Haare, schob die Unterlippe nach vorn und überlegte, ob Mads auf seinen Liebesbrief reagieren würde. Vor allem, wie.

»Wir werden sehen, ob Sie nur eine billige Kopie von Thor sind oder ob Sie auch was im Kopf haben. Bitte enttäuschen Sie mich nicht. Ich möchte einen ebenbürtigen Gegner, einen, der mich fordert und inspiriert, damit ich weitere Frauen töten kann. So langsam finde ich nämlich richtig Gefallen an der Sache.« Es war ihm ein Rätsel, warum er nicht viel früher damit angefangen hatte.

Während er sein Spiegelbild so bewunderte, änderte sich, was er sah. Plötzlich erkannte er, dass sich sein Kindergesicht im Spiegel zeigte.

»Was willst du denn schon wieder? Siehst du nicht, dass ich glücklich bin?«

Das Kind antwortete nicht.

»Hat es dir die Stimme verschlagen?«

Das Kind schwieg noch immer und starrte ihn nur an.

»Dann verpiss' dich.«

Doch das Kind rührte sich nicht. Stattdessen geschah etwas, was für dieses Kind vollkommen untypisch war. Das Kind weinte.

»Lass das!«, brüllte er, denn seit er denken konnte, hatte er noch nie geweint. Weinen war eine Emotion, die er niemals an sich herangelassen hatte. »Du bist nicht ich!«

»Lügner«, flüsterte das Kind und verschwand.

Er schnaufte und verließ das Bad. Natürlich wusste er, dass das Kind im Spiegel nicht echt war, eine Halluzination, und er erinnerte sich sehr gut an Dr. Lotze, der immer wieder gesagt hatte. *»Das ist nicht echt, Kleiner. Dein Verstand gaukelt dir das vor. Wenn du lernst, ein glücklicher, normaler Junge zu sein, verschwinden auch diese Bilder.«*

Obwohl er noch ein Kind gewesen war, hatte er gewusst, dass der Arzt keine Ahnung hatte, und von dem Tag an hatte er ihm nichts mehr von seinen Halluzinationen erzählt. Er hatte lieber so getan, als hätte er diese Begegnungen nicht gehabt, damit der Arzt glaubte, dass er ein normaler Junge war. Vor allem damit sein Vater das glaubte. Dabei hatte er sich selbst nie als unnormal empfunden und keine Veranlassung gesehen, warum man ihn als Kind von Therapie zu Therapie geschleppt hatte. Ganz zu schweigen von den zahlreichen Tabletten, die man ihm ohne sein Einverständnis gegeben hatte.

»Du machst mir den Tag nicht kaputt«, zischte er.

Er zog sich an und setzte sich an den Laptop, um zu schauen, ob er neue Nachrichten hatte. Vor allem wollte er prüfen, ob bereits jemand über den Doppelmord berichtet hatte, wobei es für ihn gar kein Doppelmord war. Yeliz' Tod war ein Ausdruck seiner Persönlichkeit, die zweite Tote nur ein unglücklicher Zufall.

Eine neue Nachricht erschien auf dem Bildschirm.

Warst du es?

hatte Nutella8 geschrieben.

Was?,

Na, die zwei Toten.

Woher weißt du das?

Stand auf der Facebookseite der Polizei. Hinweise zum Täter werden mit 10.000 Euro belohnt.

Nur 10.000? Das ist ja lächerlich wenig, diese knausrigen norddeutschen Bullen.

Das habe ich mir auch gedacht. Also warst du es?

Natürlich war ich das. Ist doch offensichtlich.

Ja, eigentlich schon, außer, jemand möchte von deinem Erfolg etwas abhaben.

Das soll sich einer trauen …

Dass man ihn nach seinen Taten als erfolgreich bezeichnen könnte, war ihm noch nicht in den Sinn gekommen. Er tat doch nur das, wonach es ihn verlangte. Der Gedanke an Erfolg oder Bestätigung hatte natürlich etwas, wobei ihm Bestätigung wichtiger war als Erfolg. Er fiel nicht gerne auf. Andererseits konnte man auch erfolgreich sein, ohne aufzufallen.

Wie geht es dem Geschenk?,

fragte Nutella8.

Was geht dich das an?

Ich frage doch nur.

Du fragst nie ohne Grund, kleiner notgeiler Kinderficker,

antwortete er etwas angesäuert.

Schreib so was nicht. Ich weiß selbst, dass es nicht gut ist, was ich tue, aber ich komme gegen dieses Verlangen nicht an. Der Gedanke, dass diese süße kleine Maus bei dir auf mich warten könnte, bringt mich um den Verstand. Was hast du denn mit ihr vor?

Das geht dich nichts an. Ihr geht es gut bei mir. Und wenn ich sie dir zum Geschenk machen möchte, erfährst du es rechtzeitig. Aber das wird nicht umsonst sein.

Ich sagte doch, dass ich alles dafür tun würde.

Ich weiß. Aber wehe, du tust es dann nicht.

Das würde ich nie wagen. Ich begehre das Geschenk. Ich kriege kaum noch ein Auge zu, ohne an das Geschenk zu denken. Magst du mir nicht ein zweites Foto schicken?

Nein, mag ich nicht. Frag mich nicht immer wieder, du Depp!

Verzeih, ich wollte dich nicht wütend machen.

Genug geschnackt, ich muss los.

Okay, bis später, mein Gott und Vorbild.

Er antwortete nicht, sondern klappte den Laptop zu.

Kurz überlegte er, ob er sich nicht auf der Facebookseite der Polizei umschauen sollte, um zu lesen, was sie über ihn geschrieben hatten, verschob es jedoch auf später.

»Was Mads wohl gerade anstellt?«

Zu gerne wäre er in der Dienststelle gewesen, um Mäuschen zu spielen, aber das war leider unmöglich.

»Es sei denn, du setzt deine erste Idee in die Tat um«, sagte er zu sich.

Sollte er dieses Risiko wirklich eingehen?

Er wusste es nicht, doch da kam ihm ein anderer Gedanke, der ihm ein Lächeln auf die Lippen zauberte. »Damit wärst du nicht nur Mads näher, sondern auch Lena. Sie könnte die Nächste sein. Sie geht dir nicht mehr aus dem Kopf, oder?«

24

»Das ist der Super-GAU«, motzte Albert. Er saß in Gustavs Büro.

»Entspann dich.«

»Wie soll ich mich entspannen? Zwei weitere Tote in meiner Gemeinde und die Polizei eiert nur rum.«

»Ich bitte dich. Ich bin die Polizei und sicherlich eiert hier keiner rum.«

»Du weißt, wie ich das meine.«

»Nein, weiß ich nicht. Deine Nerven liegen blank, aber das ist kein Grund, mich oder die Kollegen anzugreifen. Wir müssen an einem Strang ziehen, Albert, sonst fliegt uns das um die Ohren«, stellte Gustav klar, der Alberts Wut zwar verstand, sie jedoch als alles andere als zielführend empfand.

»Diese insgesamt drei Morde sind jetzt landesweit bekannt. Ganz Deutschland schaut nach Timmendorfer Strand. Ich möchte mir gar nicht vorstellen, was wäre, wenn wir Hauptsaison hätten, und von Ella fehlt immer noch jede Spur.«

»Leider. Aber der Mörder hat eine Nachricht am Tatort hinterlassen. Ella soll am Leben sein.«

»Wenn es denn stimmt.«

»Ich denke schon. Es verschafft uns zumindest etwas Luft. Meine höchste Priorität ist, Ella lebendig zu finden.«

»Dass die gesamte Republik über uns berichtet, hat auch einen glücklichen Nebeneffekt.«

»Welchen?« Gustav fand es absolut unpassend, in diesem Zusammenhang von »Glück« zu sprechen. Drei tote Frauen und ein vermisstes Kind – das war von Glück weit entfernt.

»Der Druck auf die Landesregierung ist gewaltig. Du wirst

jede Unterstützung bekommen, nach der du fragst. Mit dieser neuen Manpower sollte sich Ella finden lassen.«

Das war in der Tat der einzige Vorteil, aber diese Tatsache machte Gustav gleichzeitig wütend, denn es sagte ihm, dass die Landesregierung respektive das Innenministerium nur dann Ressourcen zur Verfügung stellte, wenn genügend Medien über einen Fall berichteten.

Gustav schaute auf seine Armbanduhr. »Ich muss gleich in die Besprechung.«

»Ich würde gerne mitkommen.«

»Das wird nichts, das ist eine Besprechung mit meinem Team, ein Politiker hat da nichts verloren.«

»Verdammt, Gustav. Es geht um meine Gemeinde, ich bin der Bürgermeister.«

»Trotzdem. Ich kann jetzt keine Störfeuer gebrauchen. Ich informiere dich gerne im Anschluss«, blieb Gustav hart.

»Wollen wir zusammen mittagessen?«

»Das wird nichts. Ich habe drei Tote und ein vermisstes Kind, wie kann ich da gemütlich Mittagspause machen?«, erwiderte Gustav ungehalten.

»Wenn du hungerst, wird das nichts ändern.«

»Mag sein, trotzdem habe ich heute keinen Kopf dafür. Hast du dich mit Rüdiger unterhalten?«

»Habe ich. Knud Larsen möchte, dass er sich umhört.«

»Das hat mir noch gefehlt.« Gustav schüttelte den Kopf.

»Wieso? Vielleicht kommt er an Informationen, an die ihr bisher …«

»So ein Quatsch. Rüdiger ist wie eine Dampfwalze, der wirbelt nur Staub auf«, entgegnete Gustav, der den Privatdetektiv Rüdiger Schnor sehr gut kannte. Er war von dessen Fähigkeiten nicht gerade überzeugt, vor allem dann nicht, wenn der Detektiv sich in seine Ermittlungen einmischte.

»Du musst jetzt damit leben. Larsen hat ihm eine überaus großzügige Belohnung für Hinweise auf den Täter geboten.«

Gustav seufzte. »Ich werde mich mit Knud unterhalten.«

»Wie du meinst. Wenn ich nicht mit zur Besprechung darf, schau ich im Rathaus vorbei. Überleg' dir das mit dem Mittagessen.«

»Mach ich.«

»Wenn du so schaust, wird das nichts.« Albert stand auf, Gustav ebenso. Sie verabschiedeten sich und Albert verließ das Büro. Kurz darauf klopfte es an der Tür und Petra trat ein.

»Was gibt es?«, fragte Gustav.

»Die Kripo Kopenhagen möchte mit dir sprechen.«

»Stell durch«, antwortete Gustav, er hatte mit dem Anruf gerechnet.

25

Mads hatte die ganze Nacht kein Auge zugetan. Die Nachricht des Mörders hatte ihn kalt erwischt, denn der Fall war dadurch auf eine persönliche Ebene gehoben worden, der Täter hatte Mads in seine kranken Fantasien einbezogen.

Jetzt trat er mit Lena in den Besprechungsraum ihrer Dienststelle. Alle saßen an ihren Plätzen, nur Gustav fehlte, was Mads wunderte. Sein Onkel war niemals unpünktlich, außer ihm kam etwas dazwischen.

»Wo ist Gustav?«, fragte er daher.

»Keine Ahnung«, antwortete Carsten. »Jedenfalls war er noch nicht hier. Du kannst ja schon mal die Leitung zu Tim und Ole aufbauen.«

»Das hatte ich vor«, erwiderte er und setzte sich an den Laptop.

»Möchtest du Kaffee?«, fragte Lena, Mads nickte.

Die Verbindung zu den Kollegen in Lübeck war schnell hergestellt und kurz darauf erschien das Bild von Tim und Ole auf der Leinwand, die an der Wand des Besprechungsraums angebracht war.

»Wo ist der Miesepeter?«, erlaubte sich Ole einen Scherz, nachdem sie sich begrüßt hatten.

»Soeben zur Tür rein«, ließ sich Gustav vernehmen. Ole grinste, doch Gustav sah nicht so aus, als wäre er zu Scherzen aufgelegt, was Mads sehr gut verstehen konnte. Aber Ole war eben jemand, dem immer ein trockener Spruch auf den Lippen lag, egal wie aussichtslos oder grausam ein Fall sein mochte.

»Verzeiht, dass ich zu spät bin, ich wurde aufgehalten. Der

Leiter der Kopenhagener Kriminalpolizei hat mich angerufen. Demnächst wird ein Mitarbeiter von dort zu uns stoßen und uns bei den Ermittlungen unterstützen.«

»Macht das denn Sinn, wenn wir jetzt zwei weitere Tote haben, die keine dänischen Staatsbürger sind?«, fragte Nils.

»Jede helfende Hand ist nützlich. Vielleicht ist es noch nicht zu dir durchgedrungen, aber dieser Fall hat politische Dimensionen angenommen. Wenn darüber hinaus eine Dänin unter den Opfern ist, ist es selbstverständlich, dass wir die Hilfe der dänischen Kollegen annehmen, ebenso wie sie umgekehrt unsere Hilfe annehmen werden. Das macht die Arbeit der Ostseekriminalpolizei aus«, wurde Gustav deutlich. Mads sah ihm an, dass Nils' Frage ihn ärgerte, daher wagte er nicht mehr zu fragen, welcher Kollege aus Dänemark zu ihnen kommen würde.

»Genug über Unsinniges diskutiert. Wir haben drei Tote und ein entführtes Kind zu beklagen. Ole gibt uns jetzt bitte einen aktuellen Bericht über den Stand der Dinge aus der Spurensicherung und den Laboren.« Gustav schnaufte.

»Mach ich. Nur schon mal vorab, viele Spuren sind bislang noch nicht ausgewertet. Ich habe morgen einen Termin in der Rechtsmedizin wegen der beiden anderen Leichen. Was ich aber jetzt schon sagen kann: Es gibt ein paar Besonderheiten, die vor allem die dritte Leiche betreffen«, antwortete Ole und machte eine kurze Gedankenpause.

»Was für Besonderheiten?«, fragte Nils, er war nicht am Tatort gewesen.

»Die dritte Frau wurde nicht mit unzähligen Messerstichen ermordet, auch wurde ihr nicht der rechte Zeigefinger abgetrennt. Stattdessen wurde ihr einmal ins Herz gestochen, danach wurde ihr die Kehle durchgeschnitten.«

»Dann bleibt also die Frage, warum er das nicht getan hat«, sagte Nils weiter.

»Das herauszufinden, ist eure Aufgabe«, erklärte Ole. »Da

die Leiche auf dem Flur lag, gehe ich davon aus, dass die Frau den Täter an der Tür überrascht hat. Es wäre denkbar, dass er nach dem bestialischen Mord die Wohnung verlassen wollte, aber in dem Moment klingelte es. Es spricht vieles dafür, dass nur Yeliz Kara das eigentliche Ziel war.«

Das entsprach auch Mads' Meinung, was den Ablauf der Morde anbelangte.

»Oles Annahme deckt sich mit unserer Vermutung«, meldete sich Lena zu Wort. »Wir haben gestern Abend eine Freundin von Jasmin Lupzig, dem Opfer, kontaktiert, und sie hat uns bestätigt, dass Jasmin Yeliz abholen wollte. Sie waren zum Cocktailtrinken verabredet.«

»Er sucht sich seine Opfer also bewusst aus«, fügte Mads hinzu. Nach welchem Muster der Täter dabei vorging, lag für ihn allerdings noch im Dunkeln.

»Klar, sie sind bisher alle jung und weiblich«, sagte Nils.

»Jasmin war auch jung und weiblich, dennoch wurde sie auf andere Weise ermordet«, gab Mads zu bedenken. »Es muss neben diesen Äußerlichkeiten noch etwas anderes geben. Ich vermute, dass er seinen Opfern hinterherspioniert, bevor er entscheidet, sie zu Hause aufzusuchen und zu ermorden. Nur wenn er sie vorab beobachtet, erfährt er auch, wo sie wohnen.«

»Nicht unbedingt. Heute postet doch jeder allen möglichen Scheiß auf Facebook, TikTok oder Instagram. Daraufhin die Anschrift herauszufinden, ist ein Leichtes«, sagte Nils.

Mads wiegte nachdenklich den Kopf, er konnte sich nicht vorstellen, dass der Täter in den sozialen Netzwerken auf Jagd ging, auch wenn das nicht ausgeschlossen war.

»Vielleicht kann Tim etwas dazu sagen«, schlug Carsten vor.

»Noch ist Ole am Zug«, entgegnete Gustav und sah zur Kamera, die sein Bild zu Ole übertrug. »Habt ihr weitere Hinweise gefunden, die belegen, dass wir es bei diesem Doppelmord mit demselben Täter zu tun haben und nicht mit dem Exfreund, der möglicherweise aus Wut und Eifersucht gehandelt hat?«

»Haben wir. Wir haben Fingerabdrücke sichergestellt, die mit denen vom ersten Tatort identisch sind. Und wir haben Hautpartikel unter den Fingernägeln von Opfer zwei gefunden. Das Ergebnis aus dem Labor steht noch aus, würde mich aber nicht wundern, wenn wir dieselbe DNA identifizieren. Alles spricht für denselben Täter: Yeliz wurde wie Alma mit zwanzig Messerstichen getötet und ihr wurde ebenfalls der rechte Zeigefinger abgeschnitten.«

»Das sehe ich genauso. Ivo hat vor Ort einer Speichelprobe zugestimmt und seine Fingerabdrücke sind auch in unserer Datenbank. Er war es nicht«, ergänzte Mads.

Sein Onkel warf ihm einen kritischen Blick zu und wandte sich dann wieder an Ole: »Was wissen wir über den Todeszeitpunkt?«

»Der wird gut eine Stunde vor eurem Anruf gewesen sein. Wenn wir etwas großzügiger sind, würde ich zwischen 17 und 19 Uhr vermuten. Wann war der Exfreund am Tatort?«

»Das dürfte gegen 19:30 Uhr gewesen sein. Er hat mich um 19:33 Uhr angerufen. Danach sind Gustav und ich sofort los«, antwortete Mads.

»Dann passt es ja«, sagte Ole. »Den Zettel untersuchen wir noch auf weitere Spuren. Im Hinblick auf das Papier und den Toner spricht vieles dafür, dass ein gewöhnlicher Laserdrucker zum Einsatz kam und es sich um handelsübliches Druckerpapier handelt.«

»Das Papier ist eine Sackgasse. Die Spur können wir ignorieren«, wagte sich Mads vor.

»Können wir nicht«, widersprach Gustav. »Wir gehen jedem Hinweis mit derselben Gründlichkeit nach. Ich dulde kein schludriges Arbeitsverhalten.«

»Würde mir auch nicht in den Sinn kommen, zumal das

Labor uns das Ergebnis liefert und wir damit keine wichtigen Ressourcen binden.« Ole gönnte sich einen Schluck aus seinem Kaffeebecher. »Von meiner Seite aus war's das vorerst.«

»Danke dir. Tim, was hast du für uns?«

»Mittlerweile konnte ich mich in Almas Account bei dieser Singlebörse einloggen. Leider habe ich nichts Interessantes gefunden. Sie wurde nicht angeschrieben und ihr Profil war unvollständig ausgefüllt. Möglicherweise hat sie nur mal einen Versuchsballon gestartet, um zu sehen, was auf so einer Plattform los ist, und die Sache dann schnell sein lassen. Die Suche nach dem Skoda dagegen dauert noch an, aber wir haben dank Gustavs Intervention zusätzliches Personal zur Seite gestellt bekommen. Ich hoffe, dass wir bald mit ersten Ergebnissen rechnen können. Wenn ich den Bericht richtig gelesen habe, hat keiner aus der Nachbarschaft einen Skoda in der Nähe des zweiten Tatortes gesehen, korrekt?«

»Das stimmt«, antwortete Lena. »Mads, meine Wenigkeit und die Kollegen von der Streife haben gestern die Anwohner befragt. Niemand hat etwas gesehen oder bemerkt.« Lena seufzte.

Yeliz wohnte in einem Mehrfamilienhaus. Dass dort niemand etwas mitbekommen hatte, war ausgesprochen ärgerlich, da Mads annahm, dass Yeliz nicht sofort tot gewesen sein konnte, sicherlich hatte sie geschrien, ebenso Jasmin.

»Möglicherweise hat der Täter aus seinem Fehler von dem ersten Mord gelernt und das Fahrzeug weiter weg geparkt«, wandte Tim ein.

»Davon gehen wir auch aus. Dass er im Umkreis wohnt, ist doch höchst unwahrscheinlich. Dennoch ist der Skoda sehr wichtig. Je schneller wir den Halter identifizieren können, desto besser«, sagte Gustav.

»Wie gesagt, ich rechne bald mit ein paar aussagefähigen Ergebnissen. Zurück zu Yeliz Kara. Wir haben ihren Laptop, die Auswertung dauert an. Ich lasse gerade eine Software darauf laufen, die prüfen soll, ob Yeliz und Alma in den letzten Wochen von derselben Person und von derselben IP-Adresse aus kontaktiert wurden. Vermutlich wird es einige Treffer geben, die wir nicht in die Wertung miteinbeziehen können, weil sie gemeinsame Freunde haben. Diese muss ich dann manuell aussortieren.«

»Falls du Unterstützung brauchst, gib mir Bescheid. Ich kenne beide und sicherlich auch viele der Freunde«, bot Lena ihre Hilfe an.

»Das wäre super. Wenn Gustav nichts dagegen hat, sehr gerne.«

»Ganz und gar nicht. Das nenne ich wertvolle Eigeninitiative und die unterstütze ich jederzeit. Im Gegensatz zu dem Vorschlag, nicht gründlich zu arbeiten«, erklärte Gustav. Mads verstand die Spitze sofort, behielt den scharfen Konter, der ihm auf der Zunge lag, jedoch für sich.

»Danke. Ich komme dann auf dich zu, falls nötig«, bestätigte Tim.

»Gerne«, sagte Lena.

»Was hast du noch?«, fragte Gustav.

»Ich durchsuche derzeit das Darknet nach Fotos von Ella, allerdings habe ich bisher keine Ergebnisse. Vielleicht spielt uns der Zufall in die Hände.«

»Der Zufall?«

»Heute Morgen konnte dank einer internationalen Polizeiaktion eine Plattform für Kinderpornografie vom Netz genommen werden. Nach ersten Meldungen sprechen wir von knapp 200.000 Konten und Millionen von Bildern und Videos. Ich habe bereits den Zugriff auf diese Daten beantragt. Die Zuständigkeit liegt bei der dänischen Polizei und dem BKA, es gibt aber unterschiedliche Kompetenzen. Die Server für die Fotos und Videos liegen bei der dänischen Polizei, die Kontaktdaten der deutschen Nutzer der Plattform beim BKA. Derzeit brauche ich Zugriff auf die Fotos und Videos.«

»Das ist interessant. Ich bin mit dem Polizeichef in Kopenhagen befreundet. Du kriegst noch heute den Zugang«, versicherte Gustav und Mads sah seinem Onkel an, dass er am liebsten hinzugefügt hätte: *So schließt sich der Kreis*.

»Danke, das würde mir die Arbeit enorm erleichtern«, sagte Tim. »Ansonsten war's das auch von meiner Seite.«

»Gut.« Gustavs Blick wanderte zu Mads. »Möchtest du die Kollegen über den Ermittlungsstand informieren?«

»Wir haben leider nicht viel. Wie Lena bereits erwähnte, haben wir gestern noch die Anwohner kontaktiert. Es gibt keinerlei Hinweise auf irgendeine verdächtige Person«, erklärte Mads. »Heute werden wir uns erneut mit Ivo unterhalten. Er stand gestern deutlich unter Schock. Möglicherweise hat er ja doch noch etwas wahrgenommen. Immerhin muss er die Wohnung kurz nach dem Täter betreten haben.«

»Verstehe.«

»Sollen wir weiter an dem Exmann und den Freunden von Alma dranbleiben?«

»Vorerst nicht. Wir müssen unsere Kräfte optimal einsetzen. Aber falls nötig, werden wir sie wieder in den Fokus nehmen. Trotzdem sollten wir das Umfeld von Yeliz durchleuchten«, sagte Gustav.

Mads nickte. »Da sind wir dran. Tim, Lena und ich erstellen gerade ein Täterprofil.« Er konnte nicht glauben, dass jemand aus Almas oder Yeliz' Umfeld der Serienmörder war.

»Das ist gut. Wenn du nichts weiter hast, sollten wir uns dem Inhalt auf dem Zettel widmen. Die brennendste Frage, die sich mir stellt: Woher kennt der Täter deinen Namen?«

Genau das interessierte auch Mads. »Ich kann mir schwer vorstellen, dass ich den Täter kenne.«

»Das kann ich nachvollziehen. Aber woher weiß er, dass du der leitende Ermittler bist?«

»Vielleicht ein internes Leck«, warf Nils ein.

»Ein internes Leck? In meiner Dienstelle? Ganz sicher

nicht. Ich lege für jeden meiner Mitarbeiter die Hand ins Feuer«, wurde Gustav deutlich. »Er muss anders an diese Information gelangt sein.«

Nur wie?, fragte sich Mads. Die ganze Nacht hatte er sich den Kopf darüber zerbrochen, ohne eine Antwort zu finden.

»Was, wenn er Mads am Tatort gesehen hat?«, schlug Lena vor.

»Woher weiß er dann, wie er heißt?«, fragte Nils.

»Seinen Namen herauszufinden, ist nicht schwer. Der Täter muss doch nur ›Polizei Timmendorfer Strand‹ googeln, dann stößt er auf Gustav und kommt über ihn auf Mads. Er wurde ja auch als Soldat ausgezeichnet, es gibt einige Artikel über ihn.«

»Das wird es sein«, stimmte Mads zu. Er ärgerte sich maßlos, weil er dem Täter sehr nahe gewesen sein musste, sich aber an keine Person erinnern konnte, die ihn beobachtet hatte.

»Werdet ihr auf die Nachricht antworten?«, fragte Ole.

»Nein, werden wir nicht. Wie auch?«, antwortete Gustav.

»Wir könnten über die Ostseezeitung mit ihm kommunizieren«, schlug Lena vor. »Das ist ein neutrales Medium. Vielleicht gelingt es uns damit, ihn aus der Reserve zu locken. Es muss ja einen Grund geben, dass er sich Mads offenbart.«

Gustavs Gesichtsausdruck verriet, dass er von dieser Idee nicht begeistert war.

»Ich stimme Lena zu«, sagte Mads. »Das Ganze könnte uns in die Hände spielen. Wenn der Täter sich so viel Mühe gemacht hat, meine Identität herauszufinden, dann muss er ein besonderes Interesse an mir haben. Warum spiele ich nicht den Köder?«

26

»Da wird einem ja angst und bange«, sagte Amir, als Emma neben ihm Platz nahm und ihren Laptop startete.

»Was ist passiert?«

»Du hast noch nichts davon gehört?«

»Nein.«

»Ich dachte, Tobias oder Mads hätten dich kontaktiert.«

»Nein, keiner hat mich angerufen. Mach's nicht so spannend.«

»Dir ist aber nicht entgangen, dass Mads und sein Onkel es gestern sehr eilig hatten, oder?«

»Ist es nicht. Haben wir eine weitere Leiche?«

»Eine? Zwei!« Amir seufzte. »Drei tote Frauen in wenigen Tagen, das ist mehr, als eine kleine Gemeinde wie Timmendorfer Strand vertragen kann. Eine von ihnen, Yeliz, kenne ich sogar sehr gut. Das ist einfach nur furchtbar.«

»Das tut mir sehr leid«, antwortete Emma. Sie ärgerte sich, dass sie von den beiden Morden nichts mitbekommen hatte, immerhin war es ihre Story. Aber sie hatte sich am vergangenen Abend noch mit Jule getroffen und sie hatten den einen oder anderen Cocktail getrunken, daher hatte sie nicht daran gedacht, Mads zu kontaktieren. Was allerdings nicht bedeutet hätte, dass er ihr sofort die Wahrheit erzählt hätte. Er war zu verschlossen, was seine Ermittlungen anbelangte, und äußerte sich seltsam, wenn er über Emmas Arbeit sprach.

Sie öffnete die Facebookseite der Lübecker Polizei. Es gab einen neuen Eintrag, der sie aber nicht wirklich weiterbrachte.

»Ich muss unbedingt mit Tobias und Mads sprechen. Die Sache nimmt ungeahnte Dimensionen an«, sagte sie.

»Das solltest du tun, aber Tobias würde ich an deiner Stelle gerade nicht stören.«

»Warum?«

»Der Bürgermeister ist vor zwei Minuten in sein Büro gestampft. Soweit ich das mitbekommen habe, kommt er direkt von der Polizei.«

»Wo der ist, ist nur Ärger.«

»Drei Morde in seiner Gemeinde, dazu ein vermisstes Kind. In der Haut von Lange möchte ich nicht stecken.«

»Mein Mitleid mit ihm hält sich echt in Grenzen.«

»Hast du denn endlich ein paar Hinweise bekommen?«

»Nein, niemand hat auf die Artikel reagiert. Oder besser gesagt, niemand, der meiner Story nützlich ist.« Emma schob die Unterlippe vor und tat, als würde sie einen imaginären Pony hochpusten. Amir lachte.

»Was lachst du?«

»Weil du gerade komisch aussiehst«, gestand er. »Egal wie aussichtslos und hoffnungslos manches erscheinen mag, wir sollten nie vergessen, zu lächeln, denn dann gibt es Hoffnung und wir leben noch.«

»Fällt mir gerade schwer.«

»Sag mal, findest du nicht auch, dass das süße Ding neben Mads arg jung war?«

»Du meinst Daniela?«

»Genau.«

»Wenn er auf junge Dummchen steht, ist das sein Problem«, erklärte Emma kühl.

»Das war gemein.«

»Nein, das war eine Feststellung.« Natürlich wurmte es sie, dass sich Mads mit einer deutlich jüngeren Frau traf, und die beiden so vertraut zu sehen, war ein komisches Gefühl gewesen, erst recht, als Daniela ihm einen Kuss gegeben hatte. Das Schlimmste aber war, dass sie Daniela nett fand, und genau das wollte sie nicht.

»Da wird eine von euch die Krallen ausfahren.« Amir grinste. »Hast du dir also doch Gedanken darüber gemacht, mit Mads ein bisschen Spaß zu haben?«

»Nein, habe ich nicht. Ich bin keine Frau für eine Nacht. Findest du es nicht dumm, wenn eine so junge Frau sich einen alten Kerl angelt, statt jemanden in ihrem Alter?«

»Nein, warum sollte ich? Er sieht verdammt gut aus. Ich glaube, er hat sogar an Muskelmasse zugelegt. Warum sollten jüngere Frauen nicht auf ihn stehen? Eigentlich bist du doch gar nicht so spießig.«

»Nein, bin ich auch nicht. Vielleicht fühle ich mich in ihrer Gegenwart nur alt und unattraktiv«, gestand Emma und machte einen Schmollmund.

Amir schob ihr einen Schokoriegel zu. »Das hilft immer.«

»Danke.« Sie nahm den Riegel, riss die Verpackung auf und biss ab. Ihr Blick wanderte zum Büro von Tobias. Die Tür öffnete sich und der Bürgermeister und Tobias traten heraus.

»Wir müssen zusammenhalten. Wir sind jetzt als Gemeinde gefordert«, sagte Lange zu Tobias.

»Du kannst dich auf mich verlassen«, antwortete der Chefredakteur und Lange bedankte sich mit einem Schulterklopfen. Es schien, als würde Tobias an Langes Lippen hängen, was Emma Bauchweh bereitete. Nicht, dass Tobias umkippte und ihr die Story wegnahm.

»Mach dir keinen Kopf«, sagte Amir.

»Wie bitte?«

»Ich sehe doch deine Sorgenfalten. Tobias wird dir die Story nicht wegnehmen.«

»Lange macht mich einfach nervös«, gestand Emma.

»Mag sein, aber Tobias ist kein Umfaller.«

»Wollen wir's hoffen.« Emmas Blick wanderte zu ihrem Laptop, sie öffnete ihr E-Mail-Postfach und las sich die eingegangenen Nachrichten durch.

Tobias betrat das Großraumbüro. »Emma, kommst du bitte mit in mein Büro?«

Emma stand auf und schaute zu Amir. Sollte sich ihr Gefühl bestätigen? Er nickte ihr aufmunternd zu.

»Was gibt es?«, fragte Emma, nachdem sie die Tür hinter sich geschlossen hatte.

»Hast du mitbekommen, dass wir zwei weitere Morde haben?«

»Ja, ich war auf der Facebookseite der Polizei und werde gleich ein Gespräch mit Mads Johannsen führen.«

»Das ist gut. Die Großen berichten auch darüber, wir haben es jetzt mit bundesweiter Aufmerksamkeit zu tun. Das spielt unserer Zeitung in die Hände, das dürfen wir nicht aus der Hand geben. Albert hat mir versprochen, dass er sich bei Gustav für uns stark macht.«

»Und was hat er als Gegenleistung verlangt?«

»Keine Sorge, du behältst deine Story. Ich werde morgen ein kleines Interview mit ihm veröffentlichen, als besorgter Bürgermeister seiner Gemeinde.«

Emma atmete erleichtert aus. Was Tobias mit dem Bürgermeister machte, war ihr herzlich egal, solange sie ihre Story behielt. »Danke.«

»Nichts zu danken. Du solltest dich dringend mit Mads unterhalten.«

»Mach ich.«

Emma verließ das Büro.

»Und, hast du die Story noch?«, fragte Amir gleich.

Emma schmunzelte und nickte.

»Siehste. Tobias ist kein Umfaller.«

Emma fischte ihr Handy aus der Handtasche und wollte Mads anrufen, als sie selbst einen Anruf bekam.

Es war Knud Larsen.

27

»Was hast du damit gemeint, dass du dich als Köder anbieten möchtest?«, fragte Lena, als sie mit ihrem Bruder wieder in ihrem Büro saß.

»Ich möchte mich im Tausch gegen Ella anbieten.«

»Spinnst du?«, entfuhr es Lena.

»Nein, kein bisschen. Wenn ich Ella damit das Leben retten kann, warum nicht?«

»Weil du damit jeden Vorteil aus der Hand gibst. Wer sagt denn, dass er dich nicht eiskalt ermordet?«

»Unterschätze mich nicht, Schwesterherz. Ich bin für so extreme Situationen trainiert.«

Mads' Worte klangen so überzeugt, als wäre es für ihn längst ausgemachte Sache, dass er sich als Geisel anbieten würde.

»Wir haben es hier aber mit einem Psychopathen zu tun und nicht mit den Taliban, die dich als Geisel nehmen und als Druckmittel gegen den Westen verwenden würden«, versuchte Lena zu ihrem Bruder durchzudringen.

»Gerade weil er ein Psychopath ist, bin ich im Vorteil. Der Typ wird von seinen kranken Gedanken komplett beherrscht. Überleg mal, wenn er sich sogar die Mühe macht, meine Identität herauszufinden, und mir diese irren Zeilen schreibt, sagt mir das, dass er mich in seine Gewalt bringen möchte. Soll er doch. Im Tausch möchte ich Ella.«

»Ich halte nichts davon. Wir riskieren damit nur, dich und Ella zu verlieren. Wie soll dieser Tausch stattfinden?«

»Das lass meine Sorge sein. Erst muss er den Köder schlucken.«

Es klopfte an der Tür und Gustav trat ein.

»Hast du dir das gut überlegt?«, fragte er an Mads gerichtet. Lena sah ihrem Onkel an, dass er in Sorge war.

»Nein, hat er nicht. Er möchte sich gegen Ella austauschen lassen. Verbiete ihm das.«

»Mads, hast du dir das gut überlegt?«, wiederholte Gustav.

»Das habe ich. Wir müssen diese Gelegenheit nutzen. Wenn ich damit Ella rette, ist es das allemal wert.«

»Und wenn der Täter dich und Ella tötet?«, fragte Lena verzweifelt. »Hast du überhaupt mal daran gedacht, dass Ella längst tot sein könnte?«

Gustav überging ihren Einwand, er sah sie nicht mal an. »Du hast mein Einverständnis«, sagte er. »Aber ich möchte vorab über jeden Schritt informiert werden. Keine Entscheidung ohne meine Einwilligung. Hast du mich verstanden?«

»Klar und deutlich.« Mads versuchte ein schiefes Lächeln.

»Ihr habt doch beide den Verstand verloren«, schimpfte Lena. »Wir haben es hier mit einem eiskalten Killer zu tun!« Sie konnte nicht begreifen, wie ihr Onkel Mads' dummem Plan zustimmen konnte.

»Es ist die einzige Möglichkeit, an ihn ranzukommen«, entgegnete Mads.

Gustav nickte und sah Lena ernst an. »Das sehe ich genauso, auch wenn ich wünschte, es wäre nicht so. Aber Mads hat recht. Wir stehen mächtig unter Druck. Eine weitere Leiche oder ein totes Kind können wir uns nicht erlauben und Mads ist auf gefährliche Situationen trainiert. Es ist nur wichtig, dass er sich mit mir abstimmt.«

»Das werde ich tun«, bestätigte Mads.

Lena war sprachlos, wie es schien, galt das Ganze unter den Männern bereits als beschlossene Sache, ohne die Konsequenzen auch nur zu diskutieren.

»Dann solltest du jetzt mal deine Emma anrufen«, sagte Gustav.

»Sie ist nicht meine Emma«, korrigierte Mads.

»Du weißt, wie ich das meine. Bei deinem Frauenverschleiß blicke ich eh nicht durch«, knurrte Gustav. Es war ihm deutlich anzusehen, dass er es nicht leiden konnte, wenn Mads mit ihm diskutierte.

»Die einzige Frau, die ich date, ist Daniela«, fügte Mads dennoch hinzu.

Lena gab einen entrüsteten Laut von sich. »Mads riskiert sein Leben und ihr habt nichts Besseres zu tun, als darüber zu streiten, mit wem er datet?« Die ganze Unterhaltung kam ihr wie ein schlechter Scherz vor.

»Hast du eine andere Idee?«, fragte Gustav.

»Die habe ich, allerdings«, antwortete Lena. »Und dafür muss niemand sein Leben leichtfertig aufs Spiel setzen.«

28

Seine Gedanken kreisten weiterhin um Lena. Nachdem er auswärts gefrühstückt hatte, hatte er seine Hausaufgaben gemacht und alles über die Familie Johannsen recherchiert, was es zu recherchieren gab. Die Familie zählte zur dänischen Minderheit und wohnte seit Generationen in Niendorf. Der Großvater war der erste Leiter der Polizeidienststelle in Timmendorfer Strand gewesen und hatte die Leitung seinem Sohn Gustav übertragen. Der Vater von Mads und Lena war bei einem Einsatz ums Leben gekommen und ihre Mutter vor Kurzem vom Krebs dahingerafft worden.

»So eine kleine, verfickte, unsichtbare Zellveränderung, im Anfangsstadium häufig unscheinbar, aber tödlich. Sie fickt dich, da kannst du noch so groß und kräftig, reich oder durchtrainiert sein, diese schleichenden Krankheiten sind stärker.« Seine Mundwinkel hoben sich. Der Gedanke, dass etwas, was man mit bloßem Auge nicht sehen konnte, so mächtig war, gefiel ihm.

»Ist nur eine Frage der Zeit, bis mal ein Virus die Menschen für Jahre in Geiselhaft nimmt, ihr gewohntes Leben massiv einschränkt und sie letztendlich ausrottet.«

Solange er der letzte Überlebende wäre, war ihm das scheißegal. Er war längst zu der Überzeugung gelangt, dass der Mensch sich irgendwann selbst ausrotten würde. Der Gedanke gefiel ihm. Alles, was mit Zerstörung und Tod zu tun hatte, faszinierte ihn. Dabei war er kein Satansanbeter. Er glaubte sowieso nicht an Gott oder irgendeinen Kult. Allein seine Vernunft und seine analytischen Fähigkeiten sagten ihm, dass der Mensch irgendwann ein Virus züchten würde, das er nicht kontrollieren könnte und der Welt Tod und Verderben bringen würde. Ein Blick auf die Weltkarte reichte ihm, um seine Annahme bestätigt zu sehen. Es gab mächtige Länder, die von Despoten regiert wurden, da brauchte es streng genommen kaum noch ein Virus, um die Menschheit auszulöschen, das erledigten sie auch mit Krieg und Hungersnot.

Bei seinen Recherchen über die Johannsens hatte er mehr über die ernste Verletzung gelesen, die Lena davongetragen hatte. Das Ganze war bei einem Einsatz passiert. Sie hatte ein Schädel-Hirn-Trauma erlitten, als sie einer Emma Falk das Leben hatte retten wollen.

Das Internet war schon eine tolle Erfindung. Wenn man sich genug Zeit nahm, fand man alles heraus, was man wissen wollte. Und dann gab es noch das Darknet, seine Lieblingsspielwiese, weil sich dort viele tummelten, die tickten wie er, statt mit dem Finger auf ihn zu zeigen und ihm vorzuhalten, was mit ihm alles nicht stimmte. Auch dort hatte er jede Menge Informationen über die Familie Johannsen gefunden. Informationen, die so nicht frei zugänglich im Internet standen, die aber höchst aufschlussreich waren.

Seine Gedanken wanderten wieder in seine Vergangenheit, seine Kindheit. »Ich bin normal«, rief er. »Weg mit dir, Drecksseelenklempner.« Er machte eine wegwischende Handbewegung und konzentrierte sich wieder auf seine Internetrecherche. Aus purer Neugier suchte er nach Emma Falk. Ihre Fotos waren sehr ansehnlich, nur ihre Augen wirkten traurig, als hätte sie ihren eigenen Tod gesehen.

»Ob ich dich befreien soll?«, murmelte er.

Er fand heraus, dass Emma hier in Niendorf mit ihrem Verlobten Urlaub gemacht hatte. Dummerweise war der ermordet worden und sie vom selben Täter als Geisel genommen.

»Mads, Lena und Emma – alle hängen zusammen«, dachte er laut. Was bedeutete das jetzt für ihn? Würde er alle drei töten müssen? Er kicherte in sich hinein.

»Ich fange mal mit Lena an.«

Die Erfahrung mit Yeliz hatte ihm Mut gemacht und ihn motiviert, da er bei ihrem Tod endlich das langersehnte Gefühl gehabt hatte. Die Nächste sollte etwas ganz Besonderes sein, daher kam nur Lena in Betracht.

»Wobei, zu einem Snack zwischendurch würde ich nicht Nein sagen.« Ein Lächeln schob sich auf seine Lippen.

Schon lange hatte er sich immer wieder die Frage gestellt, warum er so große Freude am Tod hatte. Eine Erinnerung schoss ihm durch den Kopf.

»Du kannst mir alles sagen.«

»Ich vertraue Ihnen aber nicht.«

»Du bist ehrlich, das ist gut. Warum vertraust du mir nicht?«, fragte der Therapeut.

»Weil Sie alles Papa erzählen.«

»Darf dein Papa das denn nicht wissen?«

»Nein, natürlich nicht.«

»Und warum nicht?«

»Weil er dann wüsste, dass ich ihm gerne die Kehle durschneiden möchte, aber ich traue mich nicht.«

Die Erinnerung verblasste. Für einen Moment war er zu keiner Regung fähig, doch dann ließ die Spannung nach und er atmete seine Angst aus. Der Therapeut hatte ihn wirklich nicht verpetzt, ihm jedoch Medikamente verschrieben, die er gehasst hatte. So oft es ging, hatte er sich geweigert, sie zu schlucken, hatte jede List angewendet, damit sie nicht in seinen Körper gelangten.

»Sie wollten dich mundtot machen, dich deiner Identität berauben. Wie kann ein Vater so etwas tun?« Er schüttelte angewidert den Kopf. »Du hast mir jedes Recht genommen, ein Kind zu sein, und du, Mutter, du hast …« Er presste die Hände an seine Schläfen und rief: »Die Vergangenheit interessiert mich nicht mehr!«

Dann versuchte er sich wieder auf seinen Laptop zu konzentrieren und schaute sich die Seite der Ostseezeitung an. Vielleicht gab es etwas Neues über die zwei Toten. Doch sie hatten nur einen kleinen Artikel gepostet mit dem Hinweis, dass abends ein großer Leitartikel erscheinen werde.

»Mehr bin ich denen nicht wert?« Dieser Dämpfer trug nicht gerade dazu bei, seine Stimmung zu bessern. »Was ist mit der Bild?«

Er öffnete die Website und stellte zu seiner Überraschung fest, dass es dort einen etwas längeren Artikel gab, was seine Laune deutlich hob. Er las den Artikel durch und fühlte sich bestätigt, dass die Polizei keine echten verwertbaren Hinweise hatte, die sie zu ihm führen könnten.

»Oder hält die Polizei Hinweise zurück?«

Er überlegte. Es juckte ihn in den Fingern, die Polizei anzurufen und um ein Gespräch mit Mads Johannsen zu bitten, um ihm eine Spur aufzuzeigen.

»Es ist doch langweilig, wenn die noch lange völlig im Dunkeln tappen«, erklärte er sich seinen Drang. Andererseits …

»Möchtest du wirklich, dass sie dich schnappen?«

Er wusste es nicht. Es war diese Zerrissenheit, die ihn manchmal so sehr lähmte, dass er keinen klaren Gedanken fassen konnte.

»Der Junge hat mehrere Persönlichkeiten in sich«, hatte der Therapeut gesagt, dabei hatte er nie das Gefühl gehabt, dass es sich bei ihm so verhielt. Er empfand es eher so, dass er eine stimmungsaktive Persönlichkeit hatte.

Ein Pop-up-Fenster erschien auf seinem Bildschirm. Nutella8 hatte ihm eine Nachricht geschrieben.

Bist du online?

Ja. Was gibt es?

Nichts. Habe nur gesehen, dass du online bist.

Lüg nicht!,

antwortete er, er konnte sich denken, warum Nutella8 ihm schrieb. Das sexuelle Verlangen nach dem Geschenk war zu groß, als dass er sich nicht zum Affen machen würde.

Nein, wirklich nicht, war reiner Zufall. Du erlangst langsam echt Berühmtheit. Alle schreiben über dich.

Deswegen schreibst du mir nicht.

Bist du schlecht gelaunt?

Ist doch egal. Ich hasse es nur, wenn mich Leute belügen.

Ich lüge nicht.

Doch, du willst mich wieder wegen dem Geschenk nerven.

Nein. Du hast doch gesagt, du kommst auf mich zu, wenn du mich für würdig erachtest.

So ist es auch.

Ich frage mich nur, ob es dem Geschenk überhaupt noch gut geht. Wo ist es denn?

Lass das meine Sorge sein. Ihr geht es bei mir besser als bei dir. Ich habe keine Lust, sie zu ficken.

So ganz stimmte das nicht, aber er wollte sich nicht eingestehen, dass Ella gerade Höllenängste durchlitt.

Ich werde mich in Geduld üben und hoffen, dass du mich irgendwann für würdig erachtest,

schrieb Nutella8.

Du wirst die Gelegenheit bekommen. Ich habe da auch schon ein paar Ideen, wie du das unter Beweis stellen kannst.

Ich bin bereit, mein Gott.

Wir werden sehen. Ich muss los.

Du kannst mir vertrauen.

Er klappte den Laptop zu, zog sich an und packte ein paar Sachen in den Rucksack. Etwas fehlte noch. Er ging in die Küche, nahm das Messer und steckte es in die Jackentasche. Da glaubte er, ein Geräusch zu hören.

»Unmöglich.« Er schüttelte den Kopf. Das Geräusch musste er sich eingebildet haben, denn aus dem Raum, in dem das Geschenk war, konnten keine Geräusche kommen.

Wenig später stieg er in seinen Wagen und fuhr los. Sein Ziel war Niendorf. Dort stellte er sein Fahrzeug auf dem Edeka-Parkplatz ab, weil das Parken hier kostenlos war. Ein kalter Wind begrüßte ihn und schnitt ihm ins Gesicht. Es gefiel ihm, auf einen Schlag fühlte er sich lebendig. Er ging Richtung Strand, machte einen kurzen Zwischenstopp beim Bäcker, kaufte sich etwas Süßes und ging anschließend zur Seebrücke. Dort schlenderte er bis ans Ende und schaute auf die Ostsee. Der Ausblick war unbeschreiblich. Wasser so weit das Auge reichte. Wie konnte man die See, die Lübecker Bucht nicht lieben? Hier war er groß geworden und hier würde er sterben, irgendwann. Aber bis dahin würde er jede Menge Spaß haben und viele Frauen töten.

»Mindestens fünfzig!«, schmunzelte er.

Er atmete die frische Ostseeluft mehrmals tief ein und genoss den Moment.

»Das belebt von innen«, hörte er da eine Stimme. Eine ältere Frau war neben ihn ans Geländer getreten.

»Sie haben recht. Ich fühle mich wie neugeboren«, erwiderte er.

Die Frau machte einen freundlichen Eindruck, sie sah aus wie die Oma, die er sich immer gewünscht hatte. Seine Großmutter war ein kaltherziger Drachen gewesen, daher hatte es ihn nie gewundert, dass sein Vater ebenfalls ein herzloser Narzisst war.

»Wohnen Sie hier oder sind Sie im Urlaub?«

»Im Urlaub«, log er. Er wollte dieser freundlich ausschauenden Frau nicht die ganze Wahrheit erzählen. »Und Sie?«

»Ich lebe hier.«

»Da haben Sie sich ein schönes Plätzchen Erde ausgesucht.«

»In der Tat. Was kann man sich mehr wünschen, als da zu leben, wo andere Urlaub machen? Bis heute hat die Ostsee für mich nichts von ihrer Faszination verloren.«

»Kann ich mir gut vorstellen.«

»Wie unhöflich von mir, dass ich mich nicht vorgestellt habe. Mein Name ist Jutta«, sagte sie dann und reichte ihm die Hand. »Jutta Johannsen. Und wie heißen Sie, junger Mann?«

»Ich heiße Björn«, antwortete er und versuchte das breite Grinsen, das sich auf sein Gesicht zaubern wollte, zu unterdrücken, hatte er doch plötzlich das fast unbezwingbare Verlangen, der Oma von Mads ein Messer ins Herz zu rammen.

29

»Schön, dass du dir Zeit genommen hast«, sagte Albert. Gustav hatte sich schließlich doch dafür entschieden, sich mit dem Bürgermeister zum Mittagessen im Portobello zu treffen.

»Ich kann gerade keinen klaren Gedanken fassen«, gestand Gustav seinem alten Freund ein. Der Fall belastete ihn derzeit so stark, dass er es nur Albert gegenüber zugeben mochte.

»Wir finden das Schwein. Ich habe heute ein gutes Gespräch mit Tobias gehabt. Seine Zeitung wird uns mit Artikeln zur Seite stehen. Wenn der Mörder tatsächlich ein Interesse an Mads und an der Öffentlichkeit hat, werden wir das zu nutzen wissen.«

Gustav war leider nicht so optimistisch wie der Bürgermeister. Er wusste, auf was für ein gefährliches Spiel sich sein Neffe einließ.

»Psychopathen wie dieser machen früher oder später einen Fehler, und genau da packen wir ihn. Das Ganze ist vorbei, bevor die Saison startet.« Albert schaute seinen Freund an, als erwartete er eine Bestätigung von ihm. »Was sind die nächsten Schritte?«

»Mads wird sich als Köder anbieten.«

»Als Köder?«

Gustav wollte Albert gerade aufklären, da kam der Kellner und fragte nach ihren Wünschen. Beide bestellten ein Glas Weißwein und gaben ihre Essensbestellung auf. Danach beschrieb Gustav dem Bürgermeister ihren Plan.

»Und das wollt ihr wirklich durchziehen?«

»Du hältst nicht viel davon?«

»Ehrlich gesagt, habe ich starke Bauchschmerzen dabei. Aber welche anderen Möglichkeiten habt ihr?«

»Keine, außer zu hoffen, dass wir irgendwann den Halter des Skodas ermitteln, der hoffentlich unser gesuchter Täter ist.« Gustav zuckte die Achseln, dann sah er auf seine Hände. »Lena hält nichts von unserem Plan. Sie hat vorgeschlagen, dass wir uns nur darauf konzentrieren, den Halter des Skodas ausfindig zu machen. Wir sollten Polizisten in Ausbildung und Studenten der Hochschule mit in die Suche einbeziehen.«

»Das kommt für dich aber nicht infrage, oder?«

Gustav sah auf. »Doch, warum nicht? Trotzdem hat Mads recht. Das alles kostet Zeit, die Ella nicht hat, und Mads als Köder ist die beste Idee, die wir derzeit haben. Er ist ein ausgebildeter Elitesoldat und genau auf solche Situationen trainiert. Das Risiko können wir eingehen.«

»Dann mach es. Mads weiß, worauf er sich einlässt. Und vermutlich hat er recht. Er hat in Afghanistan dreckigen Taliban den Arsch aufgerissen, warum sollte er dann nicht einen durchgeknallten Psychopathen zur Strecke bringen?«

Gustav nickte und fügte hinzu: »Er will sich mit Emma treffen.«

»Mit Emma?« Albert sah ihn erstaunt an.

»Ja, sie soll einen Artikel in der Zeitung positionieren. Wir wollen das nicht über die Polizeikanäle laufen lassen.«

»Dann erfährt es aber die ganze Welt.«

»Wenn der Täter Presseecho möchte, soll er es bekommen.«

»Das halte ich für keine gute Idee.«

»Warum?«

»Weil dann die ganze Welt auf meine Gemeinde schaut. Sollte Mads – was ich nicht hoffen will – versagen, was glaubst du, was dann hier los ist?«

»Der Ruf deiner Gemeinde ist mir scheißegal. Ich spiele gerade mit dem Leben meines Neffen«, wurde Gustav deutlich. Für ihn war es unfassbar, wie Albert hier schon wieder politisch taktierte.

»So meinte ich das doch nicht. Vielleicht ist die Idee mit der Ostseezeitung nicht dumm, aber macht es nicht so offensichtlich.«

»Wie meinst du das?«

30

Das Gespräch mit Knud Larsen hatte ein zwiespältiges Gefühl bei Emma hinterlassen. Sie hatte Bauchweh bei der Sache. Andererseits war es die Gelegenheit, sich bundesweit Beachtung zu verschaffen.

Jetzt war sie am Hafen, sie wollte den Kopf frei bekommen, bevor sie sich mit Rüdiger Schnor treffen würde. Sie waren im *Bistro-Café Lieblingsplatz* verabredet, das zu Fuß knapp fünfzehn Minuten von ihrem Standpunkt entfernt war. Da sie noch reichlich Zeit hatte, schlenderte sie langsam die Promenade am Timmendorfer Strand entlang und beschloss, an der Fisch-Imbissbude von Oli und Ali Halt zu machen.

»Hallo«, grüßte sie Oli, der sich gerade lautstark mit seinem Geschäftspartner Ali unterhielt. Die beiden gehörten zu den letzten Fischern in Niendorf, die noch jeden Morgen mit dem Kutter zum Fischfang ausliefen. Den Fang verkauften sie in ihrem Imbiss.

Oli unterbrach sein Gespräch und wandte sich Emma zu. »Moin! Was führt dich zu dem besten Imbissstand am Hafen?«

»Sicherlich nicht dein hässliches Gesicht«, konnte sich Ali einen Spruch nicht verkneifen.

»Mein Gesicht zeugt von Charakter, während deines langweilig wie ein Plattfisch ist«, entgegnete Oli augenzwinkernd.

»Ich hätte gerne ein Fischbrötchen«, sagte Emma.

»Das sollst du bekommen.« Oli drehte sich zu Ali um. »Statt hohl in die Gegend zu starren, mach mir mal ein Fischbrötchen für Emma fertig.«

»Ich schaue nicht dumm in die Gegend, ich denke nach«, gab Ali betont wichtig zurück.

»Worüber denn? Darüber, wie oft du dich im Schlaf drehst?«

»So ein Quatsch. Ich denke über Philosophie nach, das verstehst du bloß nicht mit deinem einfachen Wesen.« Ali lachte. Oli runzelte die Stirn und grummelte etwas vor sich hin. Dann reichte Ali ihm das Fischbrötchen, das Oli verpackte.

»Möchtest du noch was trinken?«

»Nein danke, den Kaffee hole ich mir im *Ahoi*«, erwiderte Emma.

»Macht Sinn. Unseren Filterkaffee hat Ali heute gebraut, der ist ungenießbar. Damit kann man höchstens Fische aufschrecken«, erklärte Oli lachend.

Emma zahlte, nahm das Brötchen und verabschiedete sich von den beiden, dann ging sie Richtung *Ahoi Kaffee*, um sich einen Latte macchiato zu holen. Auf dem Weg dorthin verspeiste sie das Fischbrötchen und nur wenig später stand sie mit dem warmen Becher Kaffee in der Hand am Hafen und ließ den Blick über die Boote schweifen. Es schien, als würden sie Winterschlaf halten. Eine Möwe kam von links und flog mit lautem Geschrei über sie hinweg.

Vor Schreck hätte Emma fast den Becher fallen lassen.

»Dumme Möwe«, sagte sie und beschloss, Richtung Seebrücke zu gehen. Es war kalt, der Wind wehte schärfer als am vergangenen Tag, dennoch hatte die Ostsee nichts von ihrer Magie verloren. Als sie an der *Seaside Lounge* vorbeischlenderte, sah sie Jule vor der Terrasse stehen, sie steckte ihr Handy gerade in die Hosentasche.

»Moin, Emma«, sagte Jule.

»Hallo!« Emma ging zu ihr. »Hast du Feierabend?«

»Nein, nur kurze Pause. Habe mit einer Freundin telefoniert, wegen Yeliz.«

»Schlimme Sache. Mein Beileid.«

»Ist schon gut. Trotzdem wird einem mulmig bei dem Gedanken, dass ein Psychopath durch unsere Gemeinde fährt und junge Frauen abschlachtet. Gerade nachts.«

»Wenn du magst, kann ich dich nach der Arbeit abholen.«

Jule lachte. »Nein, so ängstlich bin ich dann auch nicht, sehr lieb von dir. Wie war dein Date mit Tobias?«

»Es war kein Date. Aber du glaubst nicht, wem ich dort über den Weg gelaufen bin.«

»Tobias und du würden so gut zusammenpassen«, seufzte Jule und schob sich eine Strähne aus dem Gesicht. »Egal, deine Sache. Wen hast du denn nun gesehen? Mach's nicht so spannend.«

»Mads und diese Daniela. Sie hatten ein romantisches Date.«

»Echt? Hat er das jetzt offiziell gemacht?«

»Warum sollte er das nicht tun? Sein Onkel und der Bürgermeister waren auch da. Ich hatte nicht den Eindruck, dass Mads sich für Daniela schämen würde.«

»Bei Mads weiß man nie. Wenn es ihm nur ums Vögeln geht, achtet er schon darauf, nicht in Locations auszugehen, wo Freunde oder Familie sind.«

»Dann ist sie jetzt offensichtlich seine Freundin«, schlussfolgerte Emma und spürte, wie sich ihr Herz zusammenzog. Sie versuchte aber, es sich nicht anmerken zu lassen.

»Sehr wahrscheinlich«, sagte Jule knapp und Emma bemerkte, wie sich auch die Körpersprache von Mads' Exfreundin veränderte. Sie wirkte plötzlich reservierter, als würde sie diese Tatsache stören.

Manchmal wurde Emma das Gefühl nicht los, das Jule noch immer etwas für Mads empfand, auch wenn sie es jedes Mal vehement verneinte.

»Möchtest du einen Kaffee trinken?«, fragte Jule

»Ich habe hier noch was drin«, antwortete Emma und hob ihren Kaffeebecher.

Jule nickte. »Wohin gehst du denn? Zurück ins Büro?«

»Nein, ich treffe mich gleich mit einem Detektiv.«

»Mit einem Detektiv?«

»Ja, der Vater von Alma hat einen engagiert«, erklärte Emma. Dass er darüber hinaus auch Söldner beauftragt hatte, verschwieg sie. »Ich möchte mich mit ihm für meinen Artikel unterhalten. Du glaubst nicht, welche Summe Larsen für die Ergreifung des Täters ausgeschrieben hat.«

»Schieß los.«

»Eine Million Euro.«

Jule pfiff leise durch die Zähne. »Das ist eine Menge Holz. Hast du mit Mads darüber gesprochen?«

»Ehrlich gesagt nicht. Ich möchte nicht, dass mir die Polizei diese Informationsquelle madig macht. Außerdem hat Larsen es zur Bedingung gemacht, dass ich nicht mit der Polizei spreche. Sonst gibt es keinen Artikel.«

»Tja, wäre schon möglich, dass Mads dir da reingrätscht, aber bei so einer Summe sollte die Polizei Bescheid wissen.«

»Ich muss los«, gab Emma zurück. Sie hatte gerade keine Lust auf eine moralische Diskussion oder Vorwürfe, denn sie hatte längst entschieden, dass ihr die Story mehr wert war als der wahrscheinlich vernünftigere Weg zur Polizei, der ihr möglicherweise einen Nachteil einbringen würde.

»Wollen wir heute Abend was trinken gehen?«

»Klar, gerne. Wann?«

»20 Uhr? Da habe ich Feierabend.«

»Passt. Ich hole dich ab.«

»Super. Freue mich.«

Emma umarmte Jule und ging weiter. Sie dachte an Mads und die unmögliche Vorstellung, dass sie beide ein Paar sein könnten. Jule würde das auf jeden Fall schwer treffen.

Sie ist deine Freundin und er ihr Ex. Das geht nicht.

Emma presste die Lippen zusammen. Andererseits hatte sie zuerst Mads kennengelernt, Jule erst danach. Sie schnaubte leise. Es war müßig, sich über etwas Gedanken zu machen, was niemals eintreten würde. Mads hatte Daniela und die beiden wirkten glücklich miteinander.

Sie erreichte den Vorplatz der Seebrücke. Ein Blick auf die Uhr sagte ihr, dass sie noch ein paar Minuten Zeit hatte, also beschloss sie, auf die Seebrücke zu gehen.

In kurzer Distanz sah sie, dass sich ganz vorne am Geländer eine ältere Frau mit einem Mann unterhielt. Sie ging zu ihr.

»Guten Tag, Frau Johannsen«, machte sie sich bemerkbar. Vor einigen Wochen hatte sie Mads' liebevolle Oma kurz kennengelernt, als Lena mit ihr an der Promenade spazieren gegangen war.

»Ach, wenn das nicht die Emma ist«, antwortete Jutta und reichte ihr gleich die Hand zur Begrüßung. »Wie geht es dir?«

»Danke. Gut. Und Ihnen?«

»Mir auch, Kind. Darf ich dir Björn vorstellen? Er macht hier Urlaub.«

»Freut mich«, antwortete Björn, dann hob er leicht die Hand und machte Anstalten, zu gehen. »Ich möchte Sie beide nicht weiter stören. Haben Sie einen schönen Tag.« Er nickte ihnen zu und entfernte sich.

31

Er hatte Mühe, seine Wut und seine Enttäuschung zu verbergen. Dass Emma plötzlich auf der Seebrücke aufgetaucht war und somit seinen Plan vereitelt hatte, war unentschuldbar.

»Fast wäre sie in meiner Gewalt gewesen«, fluchte er. Er hatte Jutta zum Essen einladen wollen, um sie auf dem Weg zum Restaurant zu betäuben und zu entführen. Sie in seinen Händen zu wissen, wäre von unschätzbarem Wert gewesen, denn damit hätte er Mads und Lena nach Belieben erpressen können. Hätte es eine bessere Ausgangslage geben können?

»Nein!«, entfuhr es ihm wütend. Eine Passantin, die ihm entgegenkam, warf ihm einen merkwürdigen Blick zu. »Guck nicht so, du Miststück«, rief er ihr nach, obwohl er wusste, dass er seine Wut zügeln musste.

Hätte er der Oma doch einfach das Messer ins Herz oder in die Kehle gerammt, dann wäre wenigstens nicht alles vergebens gewesen. Sie auf der Seebrücke zu töten, war sein erster Gedanke gewesen. Nur die Sorge, dass jemand das bemerken könnte, hatte ihn davon abgehalten. Erst kurz danach war ihm der Einfall mit der Entführung gekommen, und jetzt stand er mit nichts da. Nur wegen dieser Emma.

Er hasste sie. Sie war das Paradebeispiel für sensationsgeile Journalisten. Sie mischten sich in Dinge ein, die sie nicht zu interessieren hatten, dabei hatte er noch heute Morgen bei seinen Recherchen geglaubt, dass Emma interessant für ihn sein könnte. So konnte man sich irren.

»Sie ist eine dämliche Lügenpresseschlampe.«

Wütend stieg er in seinen Wagen, setzte sich und schlug immer wieder aufs Lenkrad. Die Wut musste raus, er konnte es nicht stoppen.

»Was mache ich jetzt?«

Er hatte keine Antwort auf diese Frage. Am liebsten wäre er zurück an den Strand gegangen und hätte nicht nur Jutta, sondern auch Emma das Messer ins Herz gerammt.

»Warum eigentlich nicht?« Er schloss kurz die Augen und massierte seine Stirn. *Tu es*, hämmerte es in seinem Kopf.

Er öffnete die Augen und prüfte die Parkscheibe. Zeit hatte er noch, somit stand seinem Plan nichts im Weg.

Da klopfte es an der Fahrertür. Er erschrak und ließ das Fahrerfenster herunter.

»Was?«, fragte er.

»Bitte nicht losfahren«, sagte ein Mädchen, kaum älter als zwölf.

»Warum?«

»Mein Hund ist unter Ihr Auto gekrochen.«

»Das ist doch nicht mein Problem«, antwortete er und wäre am liebsten losgefahren. Er hasste Hunde.

»Bitte, er kann doch nichts dafür.«

»Warum nicht? Wer hat ihm befohlen, unters Auto zu kriechen? Ziemlich dumm, dein Hund.« Er warf dem Mädchen einen etwas genaueren Blick zu und musste an Nutella8 denken. Der hätte Gefallen an dem Mädchen gefunden und sie sicherlich ins Auto gelockt, um seinen kranken Fantasien nachzugehen.

»Bitte, ich krieche runter und hol ihn raus.«

»Kannst du ihn nicht einfach zu dir rufen?«

»Mein Hund ist etwas eigen.«

»Verstehe. Schlecht erzogen«, antwortete er missmutig.

»Jenny, mit wem sprichst du?«, hörte er eine männliche Stimme. Ein Mann war plötzlich neben dem Mädchen aufgetaucht, er war groß und kräftig.

»Bibi ist unters Auto gekrochen und kommt nicht mehr raus«, jammerte das Kind.

»Mensch, Jenny. Wie oft habe ich dir gesagt, dass du Bibi an der Leine halten sollst.« Der Mann beugte sich zu ihm ans Fenster. »Es tut mir sehr leid. Ich werde den Hund unterm Wagen hervorholen.«

»Tun Sie das«, antwortete er, obwohl seine Nerven zum Zerreißen gespannt waren. Er wollte sich lieber nicht mit dem Vater anlegen, der an den Armen und im Gesicht tätowiert war und wirkte, als hätte er eine extrem kurze Zündschnur.

Der Vater beugte sich runter und rief nach dem Hund. Seine Stimme klang verdammt bedrohlich, da wäre jeder herausgekrochen gekommen.

Wenige Sekunden später hörte er ein Hundebellen.

»Bibi, mach das nicht noch mal du hast mir so einen Schrecken eingejagt«, sagte das Mädchen überglücklich, als sie ihren dämlichen Hund in den Armen hielt. Dazu knutschte sie ihn ab, als wäre er ein Wunder.

»Verzeihen Sie die Umstände«, sagte der Vater und entfernte sich.

Dummes Kind und noch dümmerer Hund, dachte er. Dumme Menschen nervten ihn. Immerhin hatte die kleine Ablenkung ihn zu dem Entschluss gebracht, seinen spontanen Plan doch noch umzusetzen. Mit so viel Wut im Bauch konnte er unmöglich nach Hause fahren. Das Messer steckte in seiner Jackentasche und wenn ihm das Glück gnädig wäre, würde es gleich zweimal zum Einsatz kommen.

Wenige Minuten später erreichte er die Seebrücke, aber von Jutta und Emma fehlte jede Spur.

»Wo seid ihr?«, murmelte er. Noch während er dastand und die Promenade entlang schaute, kam ihm plötzlich ein anderer Gedanke. Bereits bei seinen Recherchen war ihm aufgefallen, dass es eine Verbindung zwischen Mads, Lena und Emma gab, und jetzt, wo er den Beweis hatte, dass Emma und Jutta sich kannten, gab es keinen Zweifel mehr.

Etwas verbindet die alle, mal abgesehen von Emmas Entführung. Bislang hatte er jedenfalls von keinem Kriminalfall gehört, bei dem Polizist und Geisel Freunde geworden waren. Oder er hatte das nie mitbekommen, weil es nicht in der Zeitung stand. Außerdem war Niendorf ein Kaff, da kannte jeder jeden.

Er schüttelte den Kopf. »Emma ist aber eine Kölnerin, die in Mannheim gelebt hat. Warum kehrt sie an den Ort zurück, wo sie die schlimmsten Dinge durchgemacht hat?«

Er hatte keine zufriedenstellende Antwort darauf. Das Stockholmsyndrom war die naheliegendste Erklärung, obwohl er nicht viel darüber wusste, es war mehr ins Blaue hinein geraten.

Sollte er Emma wirklich töten? Oder unterschätzte er ihren Einfluss auf Lena und Mads? Er war sich nicht sicher. Klar war nur, dass er jetzt jemanden töten musste, damit er diesen Druck im Kopf loswurde.

Wo konnten Emma und Jutta sein?

Er beschloss, Richtung Hafen zu gehen in der Hoffnung, dass die beiden diesen Weg genommen hatten.

Als er Jutta bald keine fünfzig Meter gemächlich vor sich die Promenade entlang gehen sah, erfasste ihn ein Gefühl der Vorfreude. Die alte Frau schien es nicht eilig zu haben.

Seine Hand wanderte in die rechte Jackentasche, wo das Messer steckte. Er spürte die kalte Spitze der Klinge, sie fühlte sich gut an. Ein Lächeln stahl sich auf seine Lippen.

Mit Emma und ihrem Syndrom beschäftige ich mich später. Das hier ist jetzt für mich.

Das Lächeln wurde zu einem breiten Grinsen, es war, als wäre es in seine Gesichtszüge eingemeißelt. Er erhöhte das Tempo.

Sie ließen ein Kaffeehäuschen hinter sich und mittlerweile hatte er einen Plan, wie er es tun würde. Er würde sich ihr von hinten mit schnellen Schritten nähern, ihr das Messer in den Rücken jagen, es herausziehen und einfach weitergehen. Ob sie sterben würde oder nicht, sollte das Schicksal entscheiden.

»Dabei glaube ich nicht mal an Schicksal!«, lachte er.

32

»Habt ihr den Mistkerl?«, fragte Ivo, als Mads die Trainingsfläche des Fitnessstudios betrat. Er stemmte gerade eine Langhantel.

Mads hatte bei Ivo angerufen und so erfahren, dass er im Gym war. Lena war nicht mitgekommen, weil sie die Berichte für die anderen Abteilungen schreiben musste.

»So schnell geht das nicht, leider. Ich muss mit dir reden«, antwortete Mads.

»Gleich, noch diesen einen Satz. Wenn du schon mal da bist, kannst du auch halten. Ich erhöhe das Gewicht. Ich muss diesen verfickten Muskel reizen, sonst dreh ich durch.«

»Geht klar«, erwiderte Mads und Ivo steckte zwei zusätzliche Gewichte zu je zwanzig Kilo auf die Langhantel. Anschließend legte er sich auf die Bank, Mads stand dahinter, um ihn bei Bedarf zu unterstützen.

Ivo stemmte die Hantel hoch, senkte sie auf den Brustkorb und stemmte sie wieder hoch. Sechs Wiederholungen schaffte er. Bei den letzten zwei half Mads.

»Wenn ich den Wichser vor euch schnappen sollte, kann ich für nix garantieren«, sagte Ivo und stand auf. Seine Muskeln schienen wie aufgepumpt, die Adern schossen beinahe durch die Haut hervor.

»Das will ich nicht gehört haben«, sagte Mads mahnend.

»Du kennst mich. Ich scherze nicht. Verdammt, Mads, dieser Freak hat meine Freundin eiskalt ermordet.«

»Deine Ex«, korrigierte Mads.

»Du kennst Yeliz. Sie ist so temperamentvoll wie ich. Wir wären wieder zusammengekommen, weil wir zusammengehören.«

»Das kann ich nicht beurteilen«, erklärte Mads. »Sie ist tot und es ist allein die Aufgabe der Polizei, den Täter zu fassen. Wenn ich dich bei einer Dummheit erwische, bin ich zum Äußersten bereit.«

»Was würdest du denn tun, wenn es deine Freundin wäre oder deine Schwester?« Ivo richtete sich bedrohlich auf und machte einen Schritt auf Mads zu, doch der wich nicht zur Seite. »Gerade du müsstest mich verstehen. Deine Schwester hat wegen dieses einen Arschlochs fast ihr Leben verloren.«

»Er wurde verhaftet und büßt seine Strafe ab. Selbstjustiz ist der falsche Weg«, gab Mads zurück. Die Bilder, wie er den Psychopathen festgenommen hatte, standen ihm deutlich vor Augen. Dass er den Drecksack nur wegen Gustav nicht erschossen hatte, verschwieg er Ivo.

»Genau das ist der Fehler in Deutschland. Wir behandeln diese Arschlöcher zu gut. Weißt du, wie nett die es im Knast haben? Kostenlose Verpflegung, Gym, Bibliothek und einen Job haben die auch. Dazu kostenlose Krankenversicherung. Davon können viele nur träumen.«

Du musst es ja wissen, wäre es Mads fast herausgerutscht, weil Ivo das ein oder andere Mal selbst mit dem Gesetz in Konflikt geraten war.

»Ich muss wissen, ob du etwas gesehen hast«, sagte er stattdessen.

»Was gesehen?«

»Der Mörder muss den Tatort verlassen haben, kurz bevor du angekommen bist. Ist dir nichts aufgefallen, als du vor Yeliz' Haus geparkt hast?«

»Was sollte mir aufgefallen sein?«

»Mensch, Ivo«, wurde Mads ungehalten. »Woher soll ich das wissen? Du warst doch da. Ein Fahrzeug, eine Person – irgendetwas, was du seltsam fandest, was uns helfen kann, den Täter zu schnappen.«

»Da war nichts.«

»Sicher? Überleg' noch mal. Vielleicht ein Skoda.«

»Da war kein Skoda. Ich habe nichts gesehen. Ihr irrt euch, der Täter war bestimmt deutlich länger vor mir weg.«

»Gut, wenn du meinst. Sollte dir doch noch was einfallen, ruf mich bitte an. Egal wie unwichtig es dir erscheinen mag.«

»Mach ich, versprochen. Ich will ja wie du, dass ihr den Wichser schnappt.« Ivo spannte seine Muskeln an.

»Ich weiß. Trotzdem, mach keine Dummheiten«, erwiderte Mads und verabschiedete sich von ihm.

Kaum saß er wieder in seinem Auto, rief Gustav an. Mads nahm das Gespräch entgegen.

»Wo bist du?«, fragte Gustav.

»Ich war bei Ivo, Yeliz' Exfreund. Er hat nichts gesehen. Ich wollte gerade Emma anrufen.«

»Gut. Albert und ich sitzen im *Portobello* und haben eben gemeinsam eine Idee entwickelt, wie wir das Ganze aufziehen sollten.«

»Albert?«, entfuhr es Mads. Er glaubte, dass der Bürgermeister vor allem zu seinem eigenen Vorteil handelte.

»Du solltest Emma ein Interview geben, aber nicht deutlich zum Ausdruck bringen, dass du dich im Tausch für Ella anbietest«, fuhr Gustav fort.

»Warum nicht?«

»Irgendwelche Trittbrettfahrer könnten darauf eingehen oder der Täter riecht eine Falle. Wir müssen vorsichtig sein.«

»Stimmt, daran hatte ich nicht gedacht. Vielleicht ist der Vorschlag gar nicht so dumm.«

»Das denke ich auch. Unser Täter macht einen intelligenten Eindruck und er scheint sich was bei dem Brief an dich gedacht zu haben. Du solltest auf subtile Weise auf den Inhalt des Briefes eingehen und dann müssen wir abwarten, ob er reagiert.«

»Ja, mach ich.«

»Wenn du möchtest, können wir das Interview gemeinsam führen und Albert zu Rate ziehen. Er ist fit in solchen Dingen.«

»Ich kriege das auch ohne Albert hin«, entgegnete Mads, weil er wusste, dass Emma auf den Bürgermeister nicht gut zu sprechen war.

»Wie du meinst. Melde dich danach.«

»Mach ich.«

»Wo ist Lena?«, erkundigte sich Gustav.

»Im Büro. Es gab keine Veranlassung, sie zu dem Gespräch mit Ivo mitzunehmen.«

»Verstehe.« Gustav verabschiedete sich und Mads wählte Emmas Nummer, aber sie nahm nicht ab, sodass er ihr auf die Mailbox sprach. Anschließend fuhr er nach Niendorf zurück. Emmas Büro war dort und so würde er ihr einen persönlichen Besuch abstatten können, falls sie nicht zurückriefe.

Wenige Minuten später parkte er seinen Wagen in der Nähe des Hafens und ging zum Imbiss von Oli und Ali.

»Moin, Männers«, grüßte er die beiden. Sie grüßten zurück.

»Könnt ihr mir ein Krabbenbrötchen machen? Dazu eine Coke Zero.«

»Das sollten wir bei dem Ansturm gerade noch so hinkriegen«, gab Oli augenzwinkernd zurück, denn es war extrem ruhig. Mads war der einzige Kunde.

»Ermittelst du in den Mordfällen an den jungen Frauen?«, erkundigte sich Oli.

»Das tue ich. Wieso?«

»Schlimme Sache. Drei Tote in so kurzer Zeit und das in unserer Gemeinde«, bekräftigte Ali. Seine Augen wirkten traurig.

»Wir finden das Schwein.«

»Das hoffe ich. Was ist mit Ella?«

»Sie ist noch immer in den Fängen des Psychos.«

»Hat sich denn niemand aus der Bevölkerung gemeldet? Die Mordfälle haben doch für großes Aufsehen gesorgt«, bemerkte Oli.

»Das stimmt, aber niemand will etwas gesehen haben.«

»Ich wünschte, wir könnten dir mit Hinweisen weiterhelfen«, sagte Ali und reichte Mads das Brötchen und die Coke. Mads zahlte und beschloss, das Brötchen vor Ort zu essen.

»Glaubst du, der Täter kommt aus der Region?«, wollte Ali wissen.

»Möglich. Es ist schon ein seltsamer Zufall, dass die Opfer aus unserer Gemeinde stammen.«

»Wahrscheinlich fühlt er sich sicher, weil er die Gegend kennt«, bemerkte Oli.

»Kann sein.«

Jörn Hansen trat zu ihnen. Mads kannte den jungen Mann seit Ewigkeiten, er war geistig etwas zurückgeblieben und bewunderte Mads. Obwohl Jörn dazu neigte, zu übertreiben oder sich Geschichten auszudenken, mochte Mads ihn.

»Moin«, sagte Jörn.

Die drei grüßten zurück.

»Was ist los? Du wirkst so bedröppelt«, stellte Ali fest, weil Jörn etwas verloren dreinschaute. Normalerweise war er gut gelaunt und immer für einen Scherz zu haben.

»Ich habe mein Geld zu Hause vergessen.«

»Und jetzt hast du Hunger?«

Mads schüttelte den Kopf und lächelte. »Jungs, ich lade ihn ein.« Dann wandte er sich an Jörn. »Worauf hast du Hunger?«

»So ein Krabbenbrötchen, wie du es hast, wäre cool. Lädst du mich wirklich ein?«

»Ausnahmsweise.«

»Nicht nötig, das geht auf uns«, entgegnete Oli.

»Sehr cool von euch.«

»Sag mal, du treibst dich doch immer hier in der Gegend rum, oder?«, fragte Mads.

»Na ja, nicht immer. Momentan ist es dafür ein bisschen zu kalt«, antwortete Jörn.

»Kennst du Alma Jöhnck und ihre Tochter Ella?«

»Du meinst die Dänin?«

»Genau. Woher kennst du sie?«

»Vom Strand. Was ist mit ihr?«, fragte Jörn neugierig.

»Weißt du, wo sie wohnt?«

»Ja. Willst du mir nicht sagen, warum du das wissen willst?«

»Ist dir in den letzten Tagen vielleicht ein blauer Skoda mit Lübecker Kennzeichen aufgefallen?«, fragte Mads weiter. Jörn hatte leicht autistische Züge und achtete auf die merkwürdigsten Dinge. Da er keiner festen Arbeit nachging, war er den ganzen Tag am Strand unterwegs, deshalb hatte Mads die leise Hoffnung, dass Jörn den gesuchten Skoda bemerkt haben könnte.

»Ein blauer Skoda? Lass mich mal nachdenken.« Jörn schaute hoch, hielt die Hand unters Kinn und schien zu überlegen.

»Dein Brötchen«, holte Oli ihn aus seinen Gedanken.

»Cool. Ist die Cola auch für mich?«

»Klar doch. Lass es dir schmecken.«

»Danke.« Jörns Augen strahlten und er biss ein großes Stück von seinem Brötchen ab.

»Was ist mit dem Skoda?«, bohrte Mads weiter.

»Kann ich nicht erst zu Ende essen?«

»Nein, kannst du nicht. Das ist sehr wichtig«, wurde Mads deutlich.

»Ich habe aber Hunger und das Brötchen ist richtig lecker.«

»Das ist mir …«

»Lass den Jungen doch zu Ende essen. Die zwei Minuten hast du ja wohl«, bemerkte Oli tadelnd. Mads verdrehte die Augen, erwiderte aber nichts.

Oli behielt recht. Jörn gehörte zu den Menschen, die das Essen in sich hineinstopften, als würde es kein Morgen geben.

Von Genuss konnte da keine Rede sein. Zum Abschluss spülte er das Brötchen mit einem großzügigen Schluck Cola herunter.

»Hast du einen blauen Skoda gesehen?«, wiederholte Mads seine Frage.

Wieder hob Jörn den Kopf und hielt die Hand unters Kinn. »Mit Lübecker Kennzeichen, richtig?«, sagte er langsam.

»Genau.«

»Und wo soll das Auto geparkt haben?«

»In der Straße, wo Alma wohnte.«

»Wann?«

»Am Mittwoch.«

»Da war ich aber nicht dort.«

»Wo warst du denn?«

»In Timmendorfer Strand.«

»Warum hast du mir das nicht gleich gesagt?«, fragte Mads und hatte Mühe, seine Ungeduld zu verbergen.

»Du hast nicht gefragt«, antwortete Jörn mit einer Ruhe, die Mads nervte. Wie es schien, war es eine sehr dumme Idee gewesen, Jörn überhaupt gefragt zu haben.

»Könnt ihr mir einen Espresso machen?«, bat er Oli.

»Klar. Einfach oder doppelt?«

»Einfach.«

»Kriege ich auch einen?«

»Hast du Geld dabei?«, fragte Mads ironisch.

»Nein, sagte ich doch.«

»Dann sollte man auch nicht fragen. Und ihr solltet ihm keinen Espresso ausgeben. Er gewöhnt sich das sonst nur an.«

Oli ignorierte Mads' Worte und reichte beiden eine Espressotasse.

»Oli ist der Coolste, er ist nicht so gemein wie du. Was kann ich denn dafür, dass ich meine Geldbörse zu Hause gelassen habe und nicht in Niendorf war.«

Mads schüttelte den Kopf und leerte seinen Espresso in

einem Zug. »Was schulde ich euch?«, fragte er Oli. »Den Espresso von der Nervensäge zahl ich gleich mit.«

»Geht aufs Haus«, antwortet Oli grinsend. Im Gegensatz zu Mads schien ihn der Wortwechsel zu amüsieren.

»Bist du jetzt sauer auf mich, weil ich nicht in Niendorf war?«, fragte Jörn besorgt.

»Vergiss es einfach.« Mads fischte sein Handy aus der Jackentasche und ließ seinen Blick über den Hafen wandern.

»Aber wir sind noch Freunde, oder?«, vergewisserte sich Jörn.

»Ja, sind wir«, antwortete Mads, da es unfair war, seinen Frust an Jörn auszulassen. Er konnte ja nichts dafür, dass sie dem Täter keinen Schritt näher kamen.

»Super. Vorhin ist übrigens was voll Lustiges passiert.«

»Was denn?«, fragte Oli.

Mads hörte nur mit einem Ohr zu, da er versuchte, Emma anzurufen. Aber erneut nahm sie das Gespräch nicht an.

»Ich war beim EDEKA und da ist so ein süßer kleiner Hund unter einem Auto stecken geblieben.« Jörn lachte.

»Und was ist daran witzig?«, fragte Oli.

»Ich finde das voll lustig. Der Papa von dem Mädchen konnte den kleinen Kläffer unter dem Auto hervorlocken. Da hat sie ganz schön dumm aus der Wäsche geschaut.«

»Das ist nicht witzig, Jörn. Das arme Mädchen hat sich bestimmt große Sorgen gemacht. Du bist schadenfroh«, tadelte Oli.

»Mads fand die Geschichte auch lustig, oder?«

»Nein, finde ich nicht«, korrigierte Mads. »Ich muss los. Wir sehen uns.« Sie verabschiedeten sich und Mads ging Richtung Brücke.

»Ich hoffe, Thor ist wirklich nicht sauer auf mich«, hörte er Jörn sagen.

»Nein, du kennst doch Mads. Er war nur genervt, weil du ihn mit dem blauen Skoda hingehalten hast«, erklärte Ali.

»Ehrlich gesagt weiß ich nicht mal, wie so ein Auto aussieht. Ich kenne die Marke gar nicht.«

Mads konnte sich ein kleines Schmunzeln nicht verkneifen. Es war schon ziemlich naiv von ihm gewesen, zu glauben, dass ausgerechnet Jörn ihm hätte helfen können.

In kurzer Distanz entdeckte er plötzlich eine ihm bekannte Gestalt. Es war Jutta, seine Großmutter.

»Hallo, Oma«, machte er sich bemerkbar. Neben ihr gingen zwei Freundinnen, vermutlich traf sich die muntere Damenrunde zum Kaffeeklatsch.

»Mads, mein Schatz. Was machst du denn hier?« Jutta drückte ihrem Enkel einen Kuss auf die Wange. Mads umarmte sie und begrüßte die beiden anderen Frauen.

»Ich wollte zu Emma, wegen der Arbeit.« Obwohl Jutta von Emma wusste, hatte Mads ihr gegenüber nie erwähnt, dass er Gefühle für Emma hegte. Für Jutta war Emma eine Freundin von Lena und so sollte es auch bleiben.

»Wenn das mal kein Zufall ist. Sie ist mir auf der Seebrücke über den Weg gelaufen.«

»Auf der Seebrücke? Was wollte sie denn da?« Mads horchte auf, er fand das seltsam. Warum ging sie nicht an ihr Handy, wenn sie hier in der Nähe spazieren war? Sie konnte wohl kaum sauer auf ihn sein, es gab keinen Grund dafür.

»Sie wollte sich mit jemandem im *Bistro-Cafe* treffen«, erklärte Jutta. »Es geht um ihre aktuelle Story. Möchtest du uns nicht kurz Gesellschaft leisten?«

»Würde ich sehr gerne, Oma, aber die Pflicht ruft. Ich komme heute Abend vorbei.«

»Sehr schön.«

Mads verabschiedete sich von der Gruppe und eilte Richtung Seebrücke. Er wollte sehen, mit wem sich Emma getroffen hatte, gerade weil es um ihre Story ging – seinen Fall. Hatte Emma vielleicht jemanden ausfindig gemacht, der für seine

Ermittlungen relevant war, und hielt dies vor ihm geheim, weil sie sich einen Vorteil davon versprach?

Mads wollte es nicht hoffen. Für Emma.

Er erreichte das *Bistro-Café Lieblingsplatz* und wollte seinen Augen nicht trauen. Rüdiger Schnor, von Beruf Privatdetektiv, verließ gerade das Lokal. Mads wusste von Gustav, dass Knud Larsen den Mann beauftragt hatte, nach dem Mörder von Alma zu suchen. Aber was hatte Emma mit ihm zu schaffen?

»Warten Sie bitte kurz«, rief er Schnor hinterher. Emma saß sicher noch im Bistro, er würde sie gleich zur Rede stellen. Vorher wollte er allerdings von Schnor wissen, was er mit Emma zu schaffen hatte.

33

Es war zum Haareraufen! Plötzlich waren zwei weitere Greise aufgetaucht, hatten Jutta umarmt und ihm damit einen Strich durch die Rechnung gemacht. Er hatte gerade noch rechtzeitig nach links abbiegen können, ohne dass Mads' Oma ihn erkannte.

Mittlerweile saß er wieder in seinem Wohnzimmer und versuchte, seine Wut in den Griff zu bekommen.

»Jetzt irgendwas töten, das wäre verdammt noch mal gut! Warum habe ich keine Haustiere?« Er knirschte mit den Zähnen. »Und vergiss die alte Schachtel. Die war nie Teil deines Plans.«

Er ballte die Hand zur Faust und schlug sie auf die andere Handfläche, immer wieder.

Was für ein Plan? Du hattest doch gar keinen Plan, du dämlicher Idiot.

»Ich entscheide über die Dinge, das war schon immer meine Stärke, weil ich den Überblick habe.«

Er lachte, lachte über sich selbst.

»Nach Überblick sah das heute nicht aus. Das war Chaos, amateurhaft. Nicht deiner würdig.«

Jetzt schlug er sich mit den Händen gegen den Kopf. »Das hier ist das Einzige, worauf du dich immer verlassen konntest. Nur deswegen bist du nicht in der Irrenanstalt gelandet, so wie dein Vater es wollte. Dieser Bastard.«

Die iWatch an seinem Handgelenk zeigte an, dass er einen deutlich erhöhten Puls hatte. Er musste sich abreagieren. Was gab es da Besseres, als ein paar Runden ein Ballerspiel zu spielen.

Er setzte sich an seinen Spielerechner, streifte seine Kopfhörer über und startete ein Battle.

Knapp eine Stunde später hatte er sich beruhigt. Eine Menge Menschen hatte dran glauben müssen, jetzt ging es ihm deutlich besser.

Er setzte sich an seinen Laptop und sah, dass Nutella8 ihm vor fünf Minuten eine Nachricht geschrieben hatte.

Was machst du?

»Was für eine dämliche Frage. Komischer Vogel. Du hast doch Frau und Kind, was geht es dich an, was ich mache?« Aber natürlich wusste er, warum Nutella8 ihm schrieb. »Er will das Geschenk ficken, dieser kleine Bastard. Hartnäckig ist er ja.«

Nerv mich nicht. Ich bin heute schlecht drauf,

antwortete er.

Warum? Was ist passiert?

Sag mal, kriegt deine Frau das nicht mit, wenn du die ganze Zeit am Rechner sitzt? Gefühlt bist du immer online.

Keine Sorge, die ist strohdumm und naiv. Kennt sich mit Computern null aus. Außerdem schaut sie die ganze Zeit irgendwelche dummen Netflixserien. Warum bist du so genervt?

Weil heute alles, was schieflaufen konnte, schiefgelaufen ist. Dabei dachte ich, dass ich echt Glück hätte.

Wie meinst du das?

Er überlegte kurz, ob er sich bei Nutella8 auskotzen sollte. An sich war er ja eher der verschlossene Typ.

»Warum nicht?«, sagte er dann zu sich. »Er kennt dich

nicht, das ist ja das Schöne an der digitalen Welt. Und hat dieser Dr. Lotze nicht immer gesagt: *Friss nicht alles in dich hinein?* Einer der wenigen guten Ratschläge von diesem Frankenstein.«

Also begann er zu tippen:

Ich hätte fast die Oma von Mads Johannsen und diese Emma Falk kaltgestellt.

Fast?

Wie dämlich bist du eigentlich? Fast bedeutet, dass es nicht geklappt hat.

Das ist mir schon klar, wollte wissen, was schiefgelaufen ist.

Alles. Ist am Ende auch egal.

Wie du meinst. Wenn du trotzdem darüber reden möchtest, ich bin immer für dich da. Es ist gut, jemanden zu haben, um mal seinen Frust rauszulassen.

Wenn du meinst.

Hast du schon ein neues Ziel?

Nein, habe ich nicht.

Ich habe da eine Idee.

Welche?

Er glaubte zwar nicht, dass ausgerechnet Nutella8 eine einfallsreiche Idee hatte, aber er wollte es sich trotzdem mal anhören. So, wie Nutella8 sich hier bisher präsentiert hatte, hielt er nicht viel von seinem virtuellen Bekannten, allerdings hatte er auch noch keine Idee gehabt, wie er ihn für seine Zwecke ausnutzen könnte. Dass Nutella8 ihm hörig war, stand außer Frage. Es war das einzig Gute an ihm.

Wieso postest du deine Taten nicht im Darknet?

Was soll mir das bringen?

Neben Ruhm auch Kohle. Entführ doch eine Frau und quäle sie live. Du würdest dich dumm und dämlich daran verdienen. Letztes Jahr habe ich hundert Euro dafür bezahlt, damit ich zusehen konnte, wie drei Männer ein junges Mädchen verführen durften.

Du bist ein kranker Wichser,

antwortete er.

Ich weiß, aber ich kann nicht anders. Es ist doch am Ende nur Sex, darum geht es aber gerade nicht. Was ich meine: Es gibt Menschen, die gerne dabei wären, wenn du eine Frau tötest.

Er antwortete nicht sofort und überlegte. Schließlich schrieb er:

Und die zahlen hundert Euro?

Garantiert.

Was glaubst du, wie viele sich das anschauen würden?

Wenn du das über ein bestimmtes Portal im Darknet streamst, sicher fünfhundert bis tausend. Das ist leicht verdientes Geld.

»Einhunderttausend Euro, nur um mir dabei zuzuschauen, wie ich mich meiner Lust hingebe?« Er konnte nicht glauben, was er da gerade las. Das Geld würde jedenfalls jede Menge Probleme lösen. Aber wollte er das wirklich?

Und du lügst auch nicht?

Nein, warum sollte ich? Ich habe doch mal selbst dafür bezahlt.

Eine Menge Schotter.

Klar, würde sich lohnen. Wenn du jede Woche eine Frau killst, kommt schnell was zusammen. Kannst dann bald Cocktails auf einer Karibikinsel schlürfen oder dich nach Thailand absetzen und dort so richtig die Sau rauslassen. Da juckt es nämlich niemanden, wenn du Mädels abschlachtest.

Ich schlachte sie nicht ab, es ist mehr, viel mehr als das reine Töten. Aber das kapierst du Kleinhirn nicht.

Verzeih, wollte dir nicht zu nahe treten. Du könntest der Banksy des Darknets werden.

Zugegeben, der Gedanke hatte was. Er mochte Banksy, vor allem seine Geschichte. Der Ausnahmekünstler hielt den reichen Arschlöchern und den Mächtigen dieser Welt einen Spiegel vor, er verarschte sie und machte damit noch Millionen.

»Geld stinkt nicht«, sagte er. Ob er es jedoch schaffen würde, jede Woche eine Frau zu töten, wusste er nicht. Er tötete ja nicht wahllos. Es musste Klick machen und das geschah erst, wenn sie einen bestimmten Duft verströmten, der seinem Verstand nichts anderes übrigließ, als sie in ein Kunstwerk des Todes zu verwandeln.

Wegen der Umsetzung brauchst du dir übrigens keine Sorgen machen, ich kann das alles für dich organisieren. Soll ich dir den Link für das Portal schicken? Das Geile ist, die Server sitzen irgendwo in Sibirien. Da kommt der deutsche Staat niemals ran.

Er atmete tief durch. Dann schrieb er:

Schick mal die Daten. Keine Sorge, ich kriege das auch alleine hin. IT ist mein Spezialgebiet. Aber Sibirien ist gut.

Töten im Abo, schoss es ihm durch den Kopf.

Doch so verlockend das Angebot war, beschlossen war noch nichts, denn tief in ihm flüsterte eine monotone, hohe Stimme ihm zu: »Du tötest nicht, weil du Aufmerksamkeit brauchst oder Geld, du tötest, weil du endlich leben willst.«

Die Stimme, die ihm das zuflüsterte, war die Stimme eines Kindes. Es war seine Kinderstimme.

34

Das Gespräch mit Rüdiger Schnor war höchst informativ gewesen. Der Privatdetektiv musste in sehr kurzer Zeit Knud Larsens Vertrauen gewonnen haben und hatte sich gleich in die Arbeit gestürzt. Er schien bestens vernetzt zu sein und hatte gute Kontakte bei der Polizei, zumindest nach dem zu urteilen, was er Emma erzählt hatte.

Emma war geneigt, ihm zu glauben, auch wenn Schnor rein äußerlich keineswegs den Eindruck eines erfolgreichen Detektivs erweckte. Er wirkte eher wie einer der Klischeedetektive aus den Hollywoodserien der Neunzigerjahre. Emma nahm an, dass er absichtlich im Trenchcoat und mit alter Ledertasche auftrat, um seinen Klienten genau dieses Bild zu vermitteln.

Nachdem er das Bistro verlassen hatte, war Emma noch ein wenig sitzen geblieben, um ihre Gedanken zu sortieren und ihren Tee auszutrinken. Nebenbei checkte sie ihre E-Mails auf dem Handy. Ihr gefiel die Aussicht auf die Ostsee zu gut, als dass es sie zurück ins Büro zog.

»Möchten Sie noch etwas?«, fragte der freundliche Kellner.

»Ich nehme ein Stück Apfelkuchen.«

»Gute Wahl. Der schmeckt ausgezeichnet.«

»Das will ich hoffen. Er sieht auf jeden Fall schon sehr gut aus.«

Der Kellner entfernte sich und Emma schaute ihm kurz hinterher, sie fand ihn irgendwie sympathisch. Er war ungefähr in ihrem Alter und trug keinen Ring am Finger. Etwas, worauf sie immer achtete.

Bei dem würdest du dir sicher keine Sorgen machen müssen, dass er dich mit anderen Frauen betrügt, huschte ihr ein Gedanke durch den Kopf, den sie schnell verdrängte. Sie war ohnehin noch nicht bereit für eine neue Beziehung. Ihre Arbeit beanspruchte einen Großteil ihrer Zeit, vor allem hatte sie Angst vor einer Enttäuschung.

Ihr Blick wanderte den Strand entlang hinaus aufs offene Meer. Die Wellen lagen ruhig, die Sonne schien und verriet nicht, wie kalt es draußen war. Ein paar Möwen segelten durch den blauen Himmel und sie entdeckte ein Pärchen mit Kind und Hund. Der Hund spielte mit dem Jungen.

Vor nicht allzu langer Zeit war das auch ihr Traum gewesen. Ein liebevoller Ehemann, zwei Kinder und ein Hund. Mehr konnte man sich zum Glücklichsein nicht wünschen. Doch der skrupellose Mörder, der ihren Verlobten getötet und sie als Geisel genommen hatte, hatte diesen Traum brutal beendet.

»Einmal Apfelkuchen«, ließ sich der Kellner vernehmen. »Und der geht aufs Haus.« Er reichte ihr einen Espresso.

»Das ist sehr lieb. Vielen Dank.«

»Gerne. Falls Sie noch was brauchen, geben Sie bitte Bescheid.«

»Mach ich.«

Der Kellner entfernte sich und schaute kurz zurück. Er hatte einen intensiven Blick und sanfte braune Augen. Emma spürte eine innere Wärme. Nachdenklich griff sie nach der Gabel und kostete ein Stück von dem Apfelkuchen. Der Kellner hatte nicht übertrieben, er war köstlich. Sie schloss die Augen und ließ ein weiteres Stück in ihrem Mund verschwinden.

»Der Kuchen ist aus eigener Herstellung«, hörte sie plötzlich eine ihr wohlbekannte männliche Stimme. Als sie die Augen öffnete, stand Mads vor ihr.

»Was machst du hier?«

»Stör ich?«

»Nein, ich bin nur überrascht, dich zu sehen.«

Mads nahm ihr gegenüber Platz. »Ich wollte zu dir.«

»Moin, Mads«, grüßte ihn der Kellner.

»Moin, Stefan, kannst du mir auch ein Stück Apfelkuchen bringen und einen …«

»Espresso. Was sonst?«, beendete Stefan den Satz und grinste.

»Woher wusstest du, dass ich hier bin?«, fragte Emma etwas irritiert, nachdem der Kellner sich entfernt hatte.

»Das war nicht schwer. Ich bin eben ein guter Polizist. Es ist mein Job, zu wissen, wo wer ist.«

»Witzig.« Jetzt dämmerte es Emma. »Jutta hat es dir verraten.« Sie hatte Mads' Großmutter auf der Seebrücke getroffen und sich noch kurz mit ihr unterhalten, nachdem der komische Tourist gegangen war.

»Okay, das war nicht schwer.« Mads schien bester Laune.

»Du bist aber sicherlich nicht hier, um mit mir Kuchen zu essen?«, fragte Emma argwöhnisch. So schön der Gedanke war, dass Mads nur ihretwegen hier war, sie kannte ihn mittlerweile gut genug, um zu wissen, dass er meistens einen Hintergedanken hatte.

»Wäre das denn so schlimm?«, fragte er zu ihrer Verwunderung.

»Nein, ehrlich gesagt würde ich mich darüber freuen, aber so gut kenne ich dich schon«, entgegnete sie. Sie wollte endlich wissen, warum Mads sie aufsuchte.

Mads antwortete nicht sofort, er sah sie nur an und ihre Blicke trafen sich. Er hatte wunderschöne blaue Augen, sie wirkten vertrauensvoll. Seine Arme waren muskulös und er strahlte Sicherheit aus. Neben ihm hatte sie keine Angst.

Sie war die Erste, die den Blick abwandte und aus dem Fenster schaute. Sie wollte verhindern, dass Mads glauben könnte, sie wäre seinem Charme verfallen – genauso wie die vielen anderen Frauen in seinem Leben. Auf keinen Fall wollte Emma bloß eine Nummer sein.

»Einmal Apfelkuchen mit Espresso«, machte sich Stefan bemerkbar.

»Danke.«

Stefan schaute kurz zu Emma und sagte dann an Mads gewandt: »Fast hätte ich gedacht, dass deine Freundin eine Touristin wäre.«

»Sie ist nicht meine Freundin. Emma ist Journalistin«, korrigierte Mads. »Aber sie wohnt noch nicht lange in Niendorf.«

»Deswegen habe ich dich hier noch nicht gesehen. Willkommen in Niendorf«, sagte Stefan.

»Danke«, antwortete Emma lächelnd und Stefan entfernte sich. Dann sah sie Mads prüfend an. »Und jetzt raus mit der Sprache. Warum bist du hier?«

»Weil ich mit dir reden muss. Aber zuerst möchte ich wissen, was du mit diesem Schnor zu tun hast.«

»Ich wüsste nicht, was dich das angeht. Vor allem, wie kommst du darauf, dass ich einen Schnor kenne?«

»Das geht mich jede Menge an. Schnor arbeitet für Larsen. Was hast du mit den beiden zu schaffen?«

»Nur weil ich mich mit dem Detektiv getroffen habe …«, entfuhr es Emma, dann brach sie ab, als sie merkte, dass sie sich verplappert hatte.

»Emma, lass das bitte. Ich habe Schnor vor dem Bistro abgefangen und er hat mir erzählt, dass er dir für ein Interview zur Verfügung stand. Das hier ist kein Spiel und nicht der Moment für eine ›Ich bin eine egoistische Journalistin, die für ihre Story über Leichen geht‹-Nummer.«

»Wieso gehe ich über Leichen? Ja, ich habe mich mit Schnor getroffen. Schon mal was von Pressefreiheit und Informantenschutz gehört? In Deutschland ist Pressefreiheit ein hohes Gut und Journalisten genießen ein gesetzliches Zeugnisverweigerungsrecht, das vom Europäischen Gerichtshof für Menschenrechte bestätigt wurde.«

»Wieso holst du immer gleich die Kanonen raus, während

ich nur einen Spatz in der Hand halte? Ich greife dich und deine Arbeit nicht an. Aber kannst du nicht verstehen, dass ich wissen muss, worüber ihr gesprochen habt, weil ich mir Sorgen um Ella mache? Ich möchte das Mädchen lebend finden. Das ist mein einziges Ziel.«

Das saß!

Emma wusste nicht, was sie darauf erwidern sollte. Sie wollte auch, dass man Ella lebend fand, weil sie wusste, wie es war, in der Gewalt eines Psychopathen zu sein, und im Gegensatz zu ihr war Ella noch ein Kind. Für sie musste das alles viel entsetzlicher sein.

»So war das nicht gemeint. Morgen wirst du das Interview sicherlich eh lesen, aber bei dir habe ich immer das Gefühl, dass du mich nur als Informantin ausnutzt und meinen Beruf nicht ernst nimmst.«

»Da irrst du dich, ich nehme deinen Beruf sehr ernst und ich bewundere deinen Ehrgeiz.«

»Echt?« Mit dieser Antwort hatte Emma nicht gerechnet. Mads warf ihr wieder einen langen Blick zu. Seine Augen wirkten beinahe hypnotisierend, daher schaute sie schnell weg.

»Ganz ehrlich, du machst deinen Job sehr gut, und ich glaube, du könntest dich bei jeder großen Zeitung durchsetzen. Aber ich muss wissen, was Larsen vorhat. Er wird doch der Antreiber des Ganzen sein.«

Emma fühlte sich ertappt. »Es wäre möglich, dass Larsen mein Gespräch mit Schnor initiiert hat«, gestand sie.

»Warum?«

»Weil er sich nicht auf die Polizei verlassen möchte.«

»Mist. Gustav hatte schon so eine Befürchtung. Was plant er?«

»Er lobt eine Belohnung über eine Million Euro aus für Hinweise, die zur Ergreifung des Täters führen. Ich werde das morgen veröffentlichen.«

Mads sog die Luft ein und schüttelte den Kopf. »Was, wenn ich dich darum bitte, es nicht zu tun und abzuwarten, bis sich mein Onkel mit Larsen unterhalten hat? Er hat ja keine Ahnung, worauf er sich da einlässt. Es werden sich unzählige Trittbrettfahrer melden, die angeblich etwas gesehen haben wollen, und unsere ohnehin knappen Ressourcen unnötig beanspruchen.«

»Ich werde den Artikel veröffentlichen.«

»Ich bitte dich, es nicht zu tun.«

Sie sah Mads lange an. Auch wenn sich ganz leise ihr schlechtes Gewissen meldete, sah sie keinen Grund, den Artikel nicht zu veröffentlichen. Von Larsens anderem Plan würde sie Mads gar nicht erst erzählen, weil sie ahnte, dass er dann richtig wütend werden würde.

»Mads, es ist mein Job. Wer sagt denn, dass so eine hohe Belohnung nicht hilft, dem Mörder einen Schritt näher zu kommen?«

»Ich und meine Erfahrung als Polizist. Privatpersonen machen nur Ärger, wenn sie sich in Ermittlungen einmischen.«

»Da gibt es jede Menge anderer Beispiele, die das Gegenteil belegen.«

»Welche?«

»Mir fällt gerade keines ein.«

»Weil es keines gibt.«

»Doch, wenn ich danach google, nenne ich dir zehn«, beharrte Emma.

Mads seufzte. »Ist ja auch egal, vermutlich wird sich Larsen einen anderen Journalisten suchen, wenn du ablehnst.«

»Genau.« Emmas Mundwinkel hoben sich und sie ärgerte sich ein wenig, dass sie diesen Satz nicht zuerst gesagt hatte. »Habt ihr denn nichts Neues?«

»Leider nicht. Der Täter ist wie ein Geist. Wenn man bedenkt, dass er einfach so bei alleinlebenden Frauen an der Haustür klingeln und dann wie ein Wahnsinniger auf seine Opfer einstechen kann, ohne dass jemand davon etwas bemerkt haben will …«

»Jedenfalls scheint es dem Täter egal zu sein, ob er gefasst wird.«

»Warum?« Mads schaute von seinem Kuchen auf.

»Sonst würde er nicht so leichtsinnig handeln und sich eher nachts, wenn die Frauen schlafen, Zutritt zur Wohnung verschaffen.«

»Möglich.« Mads legte die Gabel zur Seite. Er machte nicht den Eindruck, als würde er Emmas Gedankengang plausibel finden. »Lass mich raten, auf deine Artikel hat sich auch noch niemand gemeldet.«

»Leider nicht. Ich erhoffe mir aber durch den neuen Artikel einen deutlichen Schub«, gab Emma zu.

»Tust du mir einen Gefallen?«, sagte Mads und schaute sie eindringlich an.

»Welchen?«

»Schreibe bitte, dass die Leute eure Redaktion kontaktieren sollen, nicht die Polizei. Ich habe keine Ressourcen, um mich mit den ganzen Trittbrettfahrern zu befassen. Stellt eine Hotline zur Verfügung, aber bitte keine Weiterleitung an die Polizei. Und im Artikel auch nicht unsere Telefonnummer veröffentlichen.«

»Und wenn doch jemand was Wichtiges gesehen hat?«

»Wenn es seriös ist, werdet ihr euch schon bei mir melden. Kannst du mir diesen Gefallen tun?«

»Das muss ich mit Tobias besprechen.«

»Gut, mach das. Ein kleiner kostenloser Ratschlag: Stellt ein paar Praktikanten ein. Euer Telefon wird die Tage nicht stillstehen.«

»Ist angekommen, dass du nichts von dem Artikel hältst. Aber wie du schon sagtest, wenn ich es nicht mache, macht es jemand anders. Oder macht es dir Spaß, auf mir rumzuhacken?«

»Tut es nicht. Ich ärgere mich nur über Larsen. Wir müssen ihn ganz schnell einfangen. Was weiß ich, was der Idiot noch für dumme Ideen hat.«

Emma schaute kurz zur Seite, da sie fürchtete, Mads könnte aus ihrem Blick herauslesen, dass sie ihm nicht die ganze Wahrheit erzählt hatte, was Larsen anbelangte. Dann sagte sie: »Deine Sache, aber halt mich da raus. Ich brauche Larsen und Schnor.«

»Keine Sorge, deinen Namen erwähne ich mit keiner Silbe. Möchtest du noch was trinken?«

»Würde ich gerne, aber ich muss gleich los. Den Artikel schreiben«, erwiderte Emma.

»Okay. Eine letzte Bitte habe ich noch.«

»Das artet ja langsam aus«, versuchte Emma einen Scherz, auf den Mads nicht einging. Es musste etwas Wichtiges sein. »Und die wäre?«

»Könntest du auch für mich einen Artikel schreiben, vielleicht ein Interview mit mir?«

»Du möchtest ein Interview mit mir führen? Über deine laufenden Ermittlungen?« Emma war völlig überrascht, damit hatte sie überhaupt nicht gerechnet. Was bezweckte Mads?

»Genau. Ich möchte ein paar Botschaften an den Täter schicken, die nur er verstehen kann. Hoffentlich.«

»Warum?«

»Er hat am letzten Tatort einen Zettel liegen lassen, aus dem hervorgeht, dass er meinen Namen kennt. Irgendwie scheint er sich für mich zu interessieren.«

»Worauf willst du hinaus?« Emma bekam ein mulmiges Gefühl in der Magengegend.

»Ich möchte mich gegen Ella eintauschen.«

»Bist du verrückt?«, platzte sie heraus und plötzlich waren die Erinnerungen wieder da. Sie halb verhungert, ohne Lebensmut, in diesem kleinen stinkigen Loch, in dem sie gefangen gehalten worden war. »Das kann nur auf eine Falle hinauslaufen. Er wird dich töten.« Emma sah ihn erschrocken an.

35

16. Januar

Selten hatte sich Gustav so machtlos und ohnmächtig gefühlt wie bei diesen Ermittlungen. Von dem Täter und von Ella fehlte nach wie vor jede Spur und verwertbare Hinweise hatten sie auch nicht. Die Suche nach dem blauen Skoda entwickelte sich zu einem einzigen Albtraum und zu allem Überfluss hatten sie dank Knud Larsen mit Störfeuern zu kämpfen. Dass er eine Million Euro auf die Ergreifung des Täters ausgelobt hatte, beunruhigte Gustav zusehends.

Es klopfte an der Tür und seine Sekretärin trat ein.

»Der Bürgermeister möchte dich sprechen.«

»Dann soll er eintreten«, sagte Gustav. Dass Albert wie er am Sonntag arbeitete, war nichts Ungewöhnliches. Albert war Vollblutpolitiker. Dass aber auch Petra heute in der Dienststelle war, war nicht selbstverständlich, zumal sie noch unzählige Überstunden abzubummeln hatte. Er rechnete ihr das hoch an.

Petra nickte nur, schloss die Tür hinter sich und kurz darauf betrat Albert Lange das Büro. Er grüßte Gustav und nahm ihm gegenüber Platz.

»Hast du das Interview mit Mads gelesen?«, fragte er.

»Habe ich«, seufzte Gustav.

»Es ist wirklich gut geworden, und das sage ich als jemand, der weiß Gott kein Fan von dieser Frau Falk ist. Wenn der Täter tatsächlich Interesse an Mads hat, dürfte er die Botschaft verstehen, und das Risiko, dass irgendwelche Trittbrettfahrer sich melden, dürfte überschaubar bleiben.«

»Hoffentlich.« Gustav schüttelte den Kopf. »Was für einen Blödsinn sage ich da. Ich riskiere das Leben meines Neffen und sage ›Hoffentlich klappt es‹. So weit sind wir schon gekommen.«

»Wir haben das doch alles längst durchgekaut. Es ist die beste Option, die ihr habt. Mads ist sich der Risiken bewusst.«

»Da wäre ich mir nicht so sicher. Mads war schon immer jemand, der größere Risiken eingeht, als es gut für ihn ist. Wie dem auch sei, das ist die Situation, mit der wir nun leben müssen.« Gustavs Blick wanderte zur Wanduhr. »Wir sollten langsam los.«

»Das denke ich auch. Es wäre taktisch unklug, Larsen warten zu lassen.«

»Hast du den gestrigen Artikel gelesen, mit der Belohnung?«

»Habe ich. Keine Sorge, ich bin bestens vorbereitet. Aber Rüdiger Schnor erweist sich als harte Nuss. Larsen hat ihm einen überaus großzügigen Vorschuss gegeben. Er wird die Ermittlungen nicht einstellen.«

»Habe ich mir irgendwie gedacht. Schnor kann nerven wie ein Pickel. Wir müssen Knud überzeugen, dann haben wir auch Schnor.«

»Zusammen sollten wir das doch hinkriegen.«

»Ich wünschte, ich wäre so optimistisch wie du.«

»Mein guter alter Freund, der Tag hat eben erst begonnen, die positiven Nachrichten könnten noch reinflattern.«

»Bei drei toten Frauen und einem entführten Mädchen? Was für gute Nachrichten sollten da reinflattern?« Gustav stand auf, nahm seine Jacke und verließ mit Albert das Büro.

Eigentlich hatte er vorgehabt, Knud allein aufzusuchen, aber Albert hatte ihn davon überzeugt, dass es vernünftiger wäre, wenn er dabei wäre. Als Bürgermeister der Gemeinde könnte seine Stimme den entscheidenden Unterschied machen.

Sie hatten sich zum Kaffee in dem Hotel verabredet, wo Larsen übernachtete.

Keine fünfzehn Minuten später betraten sie das Restaurant des Hotels, Larsen saß bereits am Tisch. Als er die beiden bemerkte, stand er auf und begrüßte sie auf Dänisch: »Hej.«

»Knud, das ist Albert Lange, der Bürgermeister unserer Gemeinde. Wir können Dänisch sprechen und ich übersetze dann ins Deutsche«, sagte Gustav auf Dänisch.

»Wir können auch Englisch sprechen. Als international agierender Unternehmer bin ich das gewohnt.«

»Englisch ist gut«, antwortete Gustav und so führten sie die Konversation auf Englisch fort.

»Vielen Dank, dass du dir Zeit für uns genommen hast. Mein aufrichtiges Beileid zum Verlust deiner Tochter«, sagte Albert. In Dänemark war es üblich, dass sich die Menschen duzten, was im Englischen aber ohnehin nicht ins Gewicht fiel.

»Danke«, antwortete Larsen und räusperte sich. Seine Augen wurden feucht, der Verlust war noch zu frisch. »Wie ist der Ermittlungsstand?«

Der Kellner kam und fragte nach der Bestellung. Knud bestellte einen Kaffee, Gustav und Albert je einen Espresso.

»Leider fehlt uns noch immer jede Spur von dem Täter«, antwortete Gustav, nachdem der Kellner gegangen war. Er wollte Knud gegenüber mit offenen Karten spielen, denn er hoffte, ihn dadurch überzeugen zu können, die privaten Ermittlungen einzustellen.

»Was ist mit dem blauen Skoda?«

»Es gibt unzählige solcher Fahrzeuge mit Lübecker Kennzeichen. Wir sind noch dabei, sie zu überprüfen.«

»Die Polizei ist zu langsam, das ist in Dänemark nicht anders. Während ihr mühsam sucht, befindet sich meine Enkelin in höchster Lebensgefahr.«

»Wir haben jeden Mann mobilisiert …«

»Das ist nicht genug. Der Entführer hat keine Lösegeldforderung gestellt, das kann doch nur heißen, dass er irgendein kranker Perverser ist«, fiel Larsen Gustav ins Wort.

»Ich verstehe deine Wut, und du hast allen Grund, wütend zu sein«, antwortete Albert. »Nur macht es die Sache nicht einfacher, wenn du eine Million Euro als Belohnung ausrufst.«

»Warum? Ihr Deutschen kennt doch den Spruch: Mit Speck fängt man Mäuse. Es gibt Menschen, die sprechen nicht mit der Polizei, aber sie haben beste Kontakte in die Unterwelt. Die wissen, welcher Pädophile sich ein Kind beschafft hat. Und sie werden mich zu dem Täter führen.«

»Wir gehen nicht davon aus, dass wir es mit einem Pädophilen zu tun haben«, entgegnete Gustav.

»Warum?«

»Nun, weil Pädophile keine Mütter töten, um an ihre Opfer zu gelangen. Sie entführen Kinder, wenn ihnen keine Gefahr droht.«

»Was ist er denn dann?« Knuds Stimme wurde lauter.

Der Kellner kam, servierte die Getränke und entfernte sich.

»Vermutlich war Ella eine Zeugin, das eigentliche Ziel war deine Tochter. Er ist kein Kindermörder, deswegen hat er Ella entführt und nicht getötet«, erklärte Gustav. Er hatte keine Beweise für diese Annahme, aber er musste Knud etwas erzählen, um ihn zu beruhigen. »Diese Tatsache stimmt uns optimistisch, dass Ella noch am Leben ist.«

»Aus diesem Grund ist es eben auch wichtig, dass die Polizei geräuschlos operiert«, fügte Albert hinzu. »Alles, was den Täter aufschrecken könnte, wäre gefährlich für Ella. Und bei jedem Respekt, der Detektiv, den du angeheuert hast, dieser Rüdiger Schnor, ist alles andere als diskret. Und die Belohnung auch nicht.« Er beugte sich zu Larsen vor. »Liebst du deine Enkelin?«

»Was für eine dumme Frage. Natürlich«, echauffierte dieser sich.

»Dann pfeif Schnor zurück. Die dänischen Kollegen schicken auch jemanden, um bei den Ermittlungen zu helfen«, erklärte Gustav.

»Könnt ihr mir denn garantieren, dass ihr Ella lebend findet?«, fragte Larsen und sah dabei Gustav an.

»Nein, können wir nicht. Ich wünschte, ich könnte dir eine andere Antwort geben, aber ich möchte dich nicht belügen.« Er wollte die Wahrheit sagen, auch wenn eine Lüge ihm eher in die Hände gespielt hätte.

»Ihr könnt mir also nicht garantieren, dass ihr Ella lebend findet. Wie könnt ihr dann von mir erwarten, dass ich ruhig dasitze und Däumchen drehe?«

»Ich kann dich sehr gut verstehen. Aber du musst mir bitte glauben, jedes Mal, wenn private Personen sich in die Ermittlungen eingemischt haben, wurde das Leben der Geisel gefährdet«, antwortete Gustav.

Larsen schnaubte, er schien nicht überzeugt. Er schaute die beiden an, straffte die Schultern und sagte: »Es tut mir leid. Aber ich werde mich weder auf euch noch auf die dänische Polizei verlassen. Alles bleibt, wie es ist, und ich werde weitere Mittel zur Verfügung stellen, wenn nötig. Ich bin sogar bereit, ein Lösegeld zu zahlen, egal wie hoch es ist. Ella ist alles, was mir von Alma geblieben ist. Sie werde ich nicht auch noch verlieren.« Dann stand er auf. »Die Rechnung geht auf mich.« Mit schnellen Schritten entfernte er sich.

»Das nenne ich mal einen sturen alten Bock«, kommentierte Albert die Szene.

»Und ich dachte, du wärst mir eine Hilfe«, schimpfte Gustav, da er die Bemerkung von Albert alles andere als passend fand.

»Woher soll ich wissen, dass wir es mit jemandem zu tun haben, der seine Meinung in Stein gemeißelt hat«, reagierte Albert gelassen. »Dann müssen wir Schnor eben in unserer Strategie berücksichtigen.«

»Kannst du denn da gar nichts machen? Ihm vielleicht ein Berufsverbot erteilen?«, fragte Gustav hilflos.

»Wie stellst du dir das vor? Wir leben in einem Rechtsstaat.«

»Das ist dir doch sonst auch egal, wenn es um deine Interessen geht.«

»Jetzt wirst du unfair. Ich dehne das Gesetz, ja, aber mehr nicht. Ich kann Schnor nicht verbieten, zu ermitteln. Der Beruf des Detektivs ist nicht rechtlich geschützt, ansonsten könnte ich mir was einfallen lassen.«

»Wie wäre es mit einer Steuerprüfung? Das dürfte ihn doch auf Trab halten«, schlug Gustav vor. Er wusste, das war ein verdammt dünner Strohhalm, aber er wollte Schnor aus seinen Ermittlungen raushalten, koste es, was es wolle.

Albert formte die Augen zu Schlitzen. »Und da sag einer, nur ich wäre mit allen Wassern gewaschen. Vermutlich verstehen wir uns deshalb so gut, weil wir beide bereit sind, sehr weit zu gehen, wenn es unserer Sache dienlich ist.«

»Kannst du das veranlassen?«

Albert lächelte und zeigte dabei seine strahlend weißen Zähne. »Betrachte die Angelegenheit als erledigt. Wir werden Schnor mit Anfragen bombardieren, er wird kotzen.«

»Mir herzlich egal, solange er nur anderweitig beschäftigt ist.«

Gustavs Handy klingelte. Er nahm das Gespräch an.

»Moin, Tim. Was gibt es?«

»Wir haben den Fahrer des Skodas«, teilte Tim mit.

36

»Sie müssen damit leben, dass Ihr Junge nie wie ein normaler Junge sein wird. Er wird immer kalt und sehr ichbezogen sein«, erklärte Dr. Lotze seinem Vater.

»Das heißt, all das Geld, das wir bezahlt haben, war umsonst?«

»Nein, er hat große Fortschritte gemacht. Aber langsam kommt er in ein Alter, wo es schwer ist, ihn weiter zu beeinflussen. Ich habe das Gefühl, dass sein Widerstand zu groß ist. Manchmal wirkt es, als würde er die richtigen Dinge nur tun, damit wir ihn in Ruhe lassen.«

»Ich werde aus ihm nicht schlau. Es war ein Fehler, ihn von Arzt zu Arzt zu schleppen. Für das Geld hätten wir unser Haus abbezahlen können.«

»Da tun Sie den Medizinern und Therapeuten unrecht, den größten Teil hat schließlich die Krankenkasse übernommen. Und sehen Sie es doch mal so: Sie haben einen ganz besonderen Jungen, der überdurchschnittlich intelligent ist. Zählt das nichts?«

»Nein, tut es nicht. Wenn er nicht mal weiß, wann man bei einem Witz lacht, ist das überhaupt nichts wert«, wurde der Vater deutlich. »Haben Sie einen guten Tag.«

Er hatte im Flur gewartet und das ganze Gespräch mitbekommen.

»Hast du gelauscht?«, fragte sein Vater.

»Nein, habe ich nicht«, log er, ohne mit der Wimper zu zucken. Lügen war für ihn wie essen. Ein ganz normaler Vorgang.

»Wohin fährst du?«, fragte er den Vater, als sie im Auto saßen. Es war nicht die Strecke nach Hause.

»Zum Züchter. Wir bekommen Familiennachwuchs.«

Statt darauf einzugehen, überlegte er, wie er diesen neuen Hund töten könnte. Ob er ihn ertränken sollte wie Colt? Der Gedanke daran bereitete ihm große Freude. Ein Lachen fror sich in sein Gesicht ein.

»Warum lachst du?« Sein Vater wirkte überrascht und angewidert zu gleich.

»Weil ich mich auf den Hund freue.«

Er öffnete die Augen. Dieser Traum aus der Vergangenheit hatte sich sehr real angefühlt, so real, dass er sich kurz umschaute, weil er glaubte, in seinem alten Kinderzimmer zu sein. Glücklicherweise war das nicht der Fall.

»Alles gut. Du bist in Sicherheit«, sagte er zu sich und spürte, wie sich ein Lächeln in seinem Gesicht Bahn brach. Natürlich hatte er auch diesen hässlichen, dummen Hund getötet, als er mit ihm im Wald spazieren war. War das eine Freude, wie er ihm das Messer ins Herz gerammt und der Köter vor Schmerzen gewinselt hatte. Sein Vater hatte getobt, weil er glaubte, dass er der Übeltäter wäre, aber er hatte es nicht beweisen können, weil er ein dummer, durchschnittlicher Mensch war. Dumm wie seine Hunde.

Er legte den Kopf schräg. »Nein, das stimmt nicht. Deine Mutter war durchschnittlich und langweilig, aber nicht dein Hurensohn von Vater. Der war kalt und narzisstisch, deswegen wollte er dir auch seinen Willen aufzwingen.«

Seinem Vater war es nie darum gegangen, dass aus ihm ein normaler Junge würde. Er hatte immer nur gewollt, dass er das tat, was er verlangte. Vermutlich hätte er damals vor dem Fernseher einfach lachen sollen, als der Hase vom Zug überfahren wurde. So wie seine Mutter, die hatte sein Vater auch auf Linie gebracht. Leider konnte man als Kind nicht entscheiden, wer die Eltern waren, und manch einer zog eben eine Doppelnull. Sein Vater hatte ständig entschieden, was gut oder schlecht für ihn war, und seine Mutter hatte das Vorgehen seines Vaters nie hinterfragt oder sich gegen ihn gestellt. Nie!

Er schnaufte. »Aber wie kann jemand, der so intelligent ist wie ich, sich von einem Dummkopf Befehle geben lassen?«

Er spürte, wie sein Pulsschlag sich erhöhte, daher stand er

auf. Er wollte sich nicht weiter mit der Vergangenheit beschäftigen. Tatsache war: Er lebte und hatte sich von den unsichtbaren, aber effektiven Fesseln seines Vaters befreit. Jetzt entschied er, was richtig für ihn war, und er hatte entschieden, keine Livetötungen zu streamen. Diese Handlungen waren etwas sehr Intimes, Persönliches für ihn, niemand sollte Zeuge davon sein, weil es nur ihn etwas anging und nur er es für sich allein genießen wollte. Niemand sollte diese Freude mit ihm teilen.

Er ging ins Bad und machte sich frisch, danach bereitete er sich einen Kaffee zu und setzte sich an den Laptop, um ein wenig durch die Nachrichtenportale zu surfen. Häufig war er das Gesprächsthema, was ihm, obwohl er nicht an Ruhm interessiert war, irgendwie gefiel.

Schließlich öffnete er den Onlineauftritt der Ostseezeitung und las den neuesten Artikel von Emma Falk. Dass auf seine Ergreifung eine Belohnung von einer Million Euro ausgelobt worden war, hatte er bereits gestern erfahren. Es berührte ihn nicht. Dieser neue Artikel dagegen schon, es war ein Interview mit Mads Johannsen. Begierig las er es. Als er bei der letzten Zeile angelangt war, schaute er verwirrt auf.

»Habe ich das richtig verstanden? Ist das eine Botschaft an mich, dass Mads sich zum Tausch anbietet? Sein Leben für das vom Geschenk?«

Er ließ sich in seinem Stuhl zurückfallen und atmete tief durch, ein elektrisierendes Gefühl durchströmte ihn. Das war zu schön, um wahr zu sein. Wenn Mads erst in seiner Gewalt wäre, wäre es ein Kinderspiel, ihm das Messer ins Herz zu rammen. Aber vorher würde er ein hoffentlich intensives Gespräch mit ihm führen, bei einem oder zwei Gläschen Wein.

37

Gustav hatte Mads über Tims Anruf informiert und dieser hatte sich nicht lange bitten lassen. Er machte sich sofort auf den Weg Richtung Travemünde, denn dort wohnte der Halter des blauen Skoda, von dem Tim annahm, dass es das gesuchte Fahrzeug sein könnte. Tim hatte ihnen dazu noch einige Informationen über den Halter, Andrej Sokolow, geschickt.

Sokolow wohnte sehr abgeschieden. Felder und Wald waren die direkten Nachbarn des großzügigen Einfamilienhauses.

Mads überkam ein seltsames Gefühl, als er auf die Einfahrt fuhr und parkte.

Ob er hier Ella gefangen hält?, überlegte er. Natürlich durfte er keine voreiligen Schlüsse ziehen, das war klar. Allein die Tatsache, dass jemand in einer einsamen Gegend wohnte, machte ihn noch lange nicht zu einem eiskalten Killer. Dennoch war es ein Indiz, das zu so einem Täterprofil passte. Schließlich musste der Täter Ella irgendwo gefangen halten, und dass er dies in einer Zweizimmerwohnung in der Stadt tat, hielt Mads für so gut wie ausgeschlossen.

Er stieg aus, die Waffe hatte er dabei, eine schusssichere Weste trug er nicht, denn in seinen Augen bestand derzeit kein Grund für übertriebene Wachsamkeit.

An der Haustür gab es keine Klingel, was Mads befremdlich fand, also klopfte er, aber niemand öffnete. Er klopfte erneut, diesmal deutlich lauter.

Wieder keine Reaktion.

Dann schau ich mich mal ein wenig um, dachte er und ging rechts am Haus vorbei auf das auffallend großzügige Grundstück, das von einem Zaun umgeben war.

Wer baut bloß hier ein Haus? Das Anwesen machte nicht den Eindruck, als wäre es einst ein Bauernhof gewesen.

Ziemlich weit hinten stand ein kleines Häuschen aus Stein. Erinnerungen an einen anderen Fall wurden in ihm wach, weil damals ein ganz ähnliches Häuschen ein dunkles Geheimnis verborgen hatte. Mads ging hin und lugte durch das kleine Fenster. Ein paar Gartengeräte, ein Fahrrad und ein altes Mofa standen in dem Raum, mehr nicht. Der einfache Bau bestand nur aus diesem einen Raum.

Da er bis jetzt kein Auto in der Nähe gesehen hatte, vor allem nicht den blauen Skoda, nahm er an, dass Sokolow ausgeflogen war. Zwar hatte er die Mobilfunknummer des Mannes, aber er wollte ihn persönlich sprechen, ihm in die Augen schauen, wenn er ihm Fragen stellte. Sollte er also später noch einmal herkommen oder sich ein wenig gedulden und im Wagen auf Sokolow warten? Vielleicht war er ja gerade einkaufen.

»Oder arbeiten, oder in Hamburg, oder was weiß ich. Du kannst es dir nicht leisten, wie ein Idiot hier rumzusitzen. Du musst ihn wohl oder übel anrufen.«

Mads seufzte und beschloss, sich vorher noch ein wenig weiter auf dem Grundstück umzuschauen und nach einem Zugang zum Haus zu suchen.

Es gab mehrere Eingänge, aber alle waren verschlossen. Vor allem das Schloss der Kellertür hätte er leicht knacken können, da es ein gewöhnliches Buntbartschloss war, doch Mads hatte weder einen Durchsuchungsbeschluss noch einen handfesten Grund, das zu tun, damit war es illegal und er nahm von der Idee Abstand.

»Warten macht keinen Sinn«, sagte er zu sich und beschloss, zu dem einige hundert Meter von hier entfernten Nachbarhaus zu gehen, um sich dort über Sokolow zu erkundigen.

Fünf Minuten später stand er vor der Haustür und klingelte. Ein Hundebellen verriet ihm, dass jemand zu Hause war. Kurz danach wurde die Tür geöffnet. Vor ihm stand ein Mann Ende siebzig.

»Moin. Sind Sie Herr Jürgens?«, fragte er, da dieser Name auf dem Klingelschild stand.

»Das bin ich. Und wer sind Sie?« Neben Jürgens stand ein Schäferhund, der bellte und gleichzeitig mit dem Schwanz wedelte. Er schien Mads interessant zu finden, auf jeden Fall war er neugierig auf ihn.

»Mein Name ist Mads Johannsen, Kriminalpolizei.«

»Kriminalpolizei?« Jürgens wirkte weder nervös noch erschrocken. Seine Stimme klang ruhig und bestimmt. Er hatte etwas von einem Seemann, der lange Jahre auf hoher See verbracht hatte und den so schnell nichts umhauen konnte.

Mads zückte seinen Dienstausweis und zeigte ihn Jürgens, der nur einen kurzen Blick darauf warf. »Kommen Sie doch rein, bei der Schietkälte ist es besser, wenn wir im Warmen reden«, sagte er.

Mads nickte und folgte ihm ins Haus. Der Hund blieb stehen und schaute zu Mads auf, der der Aufforderung nachkam und den Schäferhund streichelte.

»Vorsicht, Hasso mag nicht jeden Fremden«, sagte Jürgens, als er jedoch sah, wie zutraulich der Hund Mads gegenüber war, lachte er. »Wenn Hasso Sie mag, können Sie kein schlechter Kerl sein.«

»Danke. Mein Onkel hat auch einen Schäferhund. Wie alt ist Hasso?«

»Sechs. Ein toller Hund.«

»Das glaube ich Ihnen gerne.« Mads kraulte Hasso noch ein wenig, dann betrat er das Wohnzimmer und Hasso folgte ihm.

»Ehrlich gesagt habe ich Hasso noch nie so zutraulich gesehen. Es ist, als würde er Sie ewig kennen.«

»Irgendwie habe ich wohl ein Händchen für Hunde. Meiko, der Schäferhund meines Onkels, legt sich auch immer vor mir ab, wenn ich bei meinem Onkel bin.« Mads grinste. »Meinem Onkel passt das gar nicht.«

Jürgens lachte. Es war ein lautes und herzhaftes Lachen. »Sie sind aber sicherlich nicht hier, um mit mir über Hunde zu sprechen, oder?« Er legte die Stirn in Falten. »Bin ich etwa zu schnell gefahren?«

»Nein, keine Sorge. Ich bin nicht Ihretwegen hier«, beruhigte Mads den Mann, wobei er nicht den Eindruck hatte, dass das überhaupt nötig war. Es war selten, dass Mads eine Person auf Anhieb sympathisch fand, aber hier war es der Fall und es musste in seinen Augen schon mit dem Teufel zugehen, wenn Jürgens in irgendeiner Weise in die Entführung von Ella verstrickt war.

»Dann schießen Sie mal los, junger Mann, und machen Sie es nicht so spannend.«

»Ich bin wegen Andrej Sokolow hier.«

»Was soll mit ihm sein?«

»Kennen Sie ihn?«, hakte Mads nach.

»Ich kenne ihn und ich kannte seine Eltern. Er wohnt seit seiner Kindheit im selben Haus.«

»Dann gehe ich davon aus, dass die Eltern gestorben sind?«

»Genau. Ist schon einige Jahre her, dass der Vater gestorben ist. Die Mutter ist Jahre zuvor an Krebs verstorben.«

Mads schluckte, er musste an seine Mutter denken, die auch ihrem Krebsleiden erlegen war. Wirklich verarbeitet hatte er ihren Tod noch lange nicht, wollte es sich aber nicht eingestehen.

»Was können Sie mir über die Familie erzählen?«, fragte er.

»Sie sind irgendwann in den Achtzigern nach Travemünde gezogen. Ich glaube, das war zweiundachtzig oder dreiundachtzig. Sie waren Russlanddeutsche, Andrej ist hier geboren.

Die Eltern waren immer hilfsbereit und freundlich. Meine Frau war damals schwer krank und Andrejs Mutter kam regelmäßig vorbei und hat uns Suppe oder Kompott vorbeigebracht. Ich kann nichts Schlechtes über die Eltern erzählen.«

»Und über den Sohn?« Mads nahm an, dass es einen Grund geben musste, warum Jürgens nur die Eltern hervorhob.

Jürgens nickte und zog die Nase hoch. »Andrej war und ist speziell. Ich glaube, seine Eltern waren mit ihm überfordert, vor allem sein Vater.«

»Wie meinen Sie das?«

»Nun, sein Vater war sehr diszipliniert, eben alte Schule der Sowjetunion, und er legte sehr viel Wert darauf, dass man Fremden gegenüber immer freundlich war.«

»Lassen Sie mich raten, Andrej war ein Rebell.«

»Nicht unbedingt, er war halt anders. Ich habe ihn zum Beispiel nie lächeln sehen. Wenn meine Frau ihm Schokolade geschenkt hat, hat er sich zwar bedankt, aber da war keine Freude wie bei anderen Kindern in seinem Alter.«

»Lebt er alleine?«

»Davon gehe ich aus. Ich habe ihn noch nie mit einer Frau gesehen, wobei ich gestehen muss, dass ich ihn seit dem Tod des Vaters sowieso nur selten gesehen habe. Er lebt sehr zurückgezogen. Ein typischer Einsiedler.«

»Ist Ihnen in letzter Zeit etwas aufgefallen, auch wenn Sie ihn selbst nicht gesehen haben?«

»Nein, worauf wollen Sie hinaus?«

»Nur so«, log Mads, er wollte den freundlichen Mann nicht beunruhigen. »Dann gehe ich davon aus, dass Sie ihn auch heute nicht gesehen haben.«

»Nein, habe ich nicht.«

Mads nickte. »Er ist jedenfalls nicht zu Hause. Wissen Sie vielleicht, wo er arbeitet?«

»Soviel ich weiß, ist er selbständig. Ich glaube, er hat Informatik studiert.« Jürgens' Blick wirkte fragend und Mads ahnte, was ihm auf der Zunge lag.

»Seien Sie unbesorgt. Es ist reine Routine, dass ich mit Herrn Sokolow sprechen muss. Es geht um seinen Wagen.« Mads holte kurz Luft. »Ich möchte Ihre Zeit auch nicht weiter in Anspruch nehmen. Vielen Dank.«

»Sie haben nicht gestört, junger Mann. Ehrlich gesagt hat mich ihr Besuch sogar sehr gefreut. In meinem Alter kriege ich nicht oft Besuch und seit dem Tod meiner Frau ist es hier ziemlich einsam geworden.«

In Mads' Gedanken blitzte kurz die Vorstellung auf, den netten Mann seiner Oma vorzustellen, da beide recht allein waren, aber vermutlich war Jutta nicht der Typ dafür.

Er verabschiedete sich von Jürgens, streichelte Hasso zum Abschied und verließ das Haus.

»Sie sind immer herzlich willkommen«, rief Jürgens ihm nach.

Mads winkte ihm zu und ging weiter zu seinem Auto. Der Mann tat ihm leid. Die Einsamkeit war im Alter vermutlich noch unerträglicher als in jungen Jahren. Erst recht, wenn man seinen Lebenspartner verloren hatte. Der Gedanke ans Älterwerden zog ihn runter, auch wenn er selbst noch vergleichsweise jung war. Die Zeit rannte schneller, als ihm lieb war. Er atmete die kalte Luft tief ein und aus. Leben!

Dann fuhr er zurück zum Haus von Sokolow. Zu seiner Überraschung sah er jetzt den blauen Skoda dort parken.

Er stellte sich dahinter, stieg aus und schaute sich das Fahrzeug etwas genauer an. Immerhin war es möglich, dass er Blutspuren oder irgendetwas anderes fände, was ihm verriet, dass Sokolow der gesuchte Täter war. Aber das Auto hatte auf den ersten Blick nichts Verräterisches an sich, was natürlich nichts heißen musste. Mads eilte zur Haustür und klopfte an.

Niemand öffnete.

Mads klopfte ein zweites Mal, diesmal länger und kraftvoller. Sokolow war zu Hause, daran zweifelte er nicht, warum sonst würde das Auto hier stehen?

Noch immer keine Reaktion.

»Will der mich verarschen?«, wurde Mads ungehalten und beschloss, sich erneut auf dem Grundstück umzuschauen, immerhin war es möglich, dass Sokolow sich draußen aufhielt.

Doch seine Suche blieb ohne Erfolg, sodass er zurück zur Haustür ging und noch einmal deutlich kräftiger anklopfte als zuvor.

Diesmal waren Schritte zu hören.

Endlich!

Die Haustür wurde geöffnet und vor ihm stand ein Mann, vermutlich Andrej Sokolow. Tim hatte nur ein älteres Foto von ihm gefunden und es Mads zusammen mit den anderen Unterlagen geschickt.

»Wieso klopfen Sie so laut?«, fragte Sokolow ungehalten und sah ihn aus kalten Augen missgelaunt an. Seine Gesamterscheinung war eher unauffällig. Er hatte kurze dunkelbraune Haare und ein rundes Gesicht, er war von normaler Statur, aber etwas kleiner als Mads. Ein durchschnittlicher Mann, dem man im Alltag wenig Beachtung schenkte.

Perfekt für einen Täter, der unerkannt bleiben will, dachte Mads.

»Verzeihen Sie die Störung, mein Name ist Mads Johannsen«, sagte er. »Ich komme von der Kriminalpolizei.«

»Von der Polizei? Und das gibt Ihnen das Recht, so einen Lärm zu veranstalten?«

»Sie haben auf mein vorheriges Klopfen nicht reagiert und eine Klingel habe ich auch nicht gefunden.«

»Vielleicht war ich kacken.« Sokolow schüttelte den Kopf. Seine Stimme klang monoton, sein gesamtes Verhalten passte nicht so recht zu seiner Erscheinung. Seinem Äußeren nach zu urteilen hätte man eher einen freundlichen, zurückhaltenden Menschen erwartet.

»Ich habe nur ein paar Fragen«, sagte Mads ruhig.

»Wollen Sie mir nicht Ihren Dienstausweis zeigen? Kann ja jeder behaupten, er wäre von der Polizei.«

Mads fischte seinen Ausweis aus der Jackentasche und reichte ihn Sokolow. Im Gegensatz zu Jürgens prüfte er den Ausweis sehr gründlich, er schien ihn beinahe zu studieren.

»Sieht echt aus«, stellte er dann fest und gab ihn zurück.

»Darf ich eintreten?«

»Ja, Sie geben sonst vermutlich eh keine Ruhe.« Sokolow drehte sich um und Mads folgte ihm. »Schuhe ausziehen. Draußen ist es dreckig«, forderte Sokolow.

Mads tat ihm den Gefallen, obwohl er kurz davor war, ihm einen Spruch reinzudrücken.

Das Innere von Sokolows Haus war unglaublich sauber und wirkte penibel geordnet. Nichts lag herum, alles schien seinen festen Platz zu haben. Nicht mal eine Flasche Wasser stand auf dem Tisch.

Sokolow war augenscheinlich ein Ordnungsfanatiker, die Einrichtung wirkte kalt und wenig einladend.

»Wollen Sie mir jetzt den Grund verraten, warum Sie hier sind?«

»Waren Sie die letzten Tage in Niendorf?«, fragte Mads. Er sah keine Veranlassung, das Gespräch künstlich auszudehnen.

»In Niendorf? Wann?« Für einen Moment war es Mads, als würde Sokolow ein Lächeln unterdrücken.

»Ja, in Niendorf. Am 12. Januar.«

Sokolow überlegte. »Nein, war ich nicht.«

»Sind Sie ganz sicher?«

»Bin ich. Das war am Mittwoch, da war ich den ganzen Tag zu Hause.«

»Kann das jemand bezeugen?«, hakte Mads nach.

»Nein, ich lebe allein. Wie kommen Sie darauf, dass ich in Niendorf gewesen sein sollte?«

»Ihr Wagen wurde dort gesehen.«

»Unmöglich. Mein Auto hat die ganze Zeit hier gestanden.« Sokolows Augen funkelten kurz auf. »Warum ist es denn so wichtig, dass mein Wagen in Niendorf gesehen wurde?«

»Wir gehen Hinweisen nach. Möglicherweise sind Sie ein potenzieller Zeuge.«

»Jetzt weiß ich, warum Sie hier sind.«

»Warum?«

»Es geht um den Mord an der Dänin. Ich habe im Internet davon gelesen.«

Sokolow schien schnell Zusammenhänge herzustellen, oder lag es daran, dass er log, weil er eben doch in Niendorf gewesen war?

Er sah Mads prüfend an und fügte hinzu: »Da muss ich Sie leider enttäuschen. Weder mein Auto noch ich waren in Niendorf.«

»Sind Sie sicher? Ihr Wagen wurde dort gesehen. Einen Beamten anzulügen, kann einen Straftatbestand darstellen, gerade wenn es um Mordermittlungen geht.«

»So dumm bin ich nicht. Ich wünschte, ich könnte sagen, es wäre mein Wagen. Zu gerne würde ich eine Diskussion mit Ihnen darüber führen.«

»Dann wird es Ihnen sicherlich nichts ausmachen, wenn ich mich hier ein wenig umschaue, oder?« Irgendetwas gefiel Mads an Sokolow nicht. Er konnte es nicht in Worte fassen, doch das Gefühl, dass Sokolow ihm etwas verheimlichte, ließ sich nicht abschütteln. Er zeigte auch keinerlei Angst oder Nervosität, aber genau das hatte Jürgens von ihm gesagt. Sokolow sei emotional kalt, daher ermahnte Mads sich, nicht zu viel in dessen Worte hineinzuinterpretieren.

»Schauen Sie sich um. Ich habe nichts zu verbergen«, antwortete Sokolow zu Mads' Überraschung.

38

»Vielleicht hätte ich Mads begleiten sollen«, sagte Lena, als sie mit Gustav nach Lübeck fuhr.

»Das hätte keinen Sinn gemacht. Ich brauche dich heute in Lübeck.«

»Und das hat nichts damit zu tun, dass ihr beiden euch immer noch Sorgen um mich macht?«, fragte Lena. Für längere Strecken war sie leider weiterhin auf den Rollstuhl angewiesen, was bei einem Außeneinsatz eher Nachteile verschaffte.

»Quatsch. Wir hatten doch abgemacht, dass du nicht bei jedem Außeneinsatz dabei bist. Ich verstehe dich ja, aber du musst Geduld haben.«

»Leichter gesagt als getan. Wenn man weiß, wie es ist, sich normal zu bewegen, kommt einem jeder Tag, an dem man es nicht tun kann, wie eine Ewigkeit vor.«

»Du wirst wieder vollständig genesen. Hab Geduld.«

Lena nickte nur.

»Hat sich Frau Falk bei dir oder Mads gemeldet?«, lenkte Gustav ab.

»Du meinst wegen des Interviews?«

»Genau.«

»Nein, hat sie nicht. Das wird auch noch zu früh sein. So schnell wird sich der Täter nicht melden.«

»Wenn er sich überhaupt meldet.« Gustav seufzte.

Insgeheim wünschte Lena sich genau das nicht, so egoistisch das klingen mochte. Sie hatte Angst um ihren Bruder und fürchtete, dass er sterben könnte, wenn der Täter auf den Deal einginge.

Ihr Handy leuchtete auf. Sie hatte eine Nachricht bekommen. Sie war von Christian.

»Möchtest du nicht antworten?«, fragte Gustav, der ihren Blick bemerkt hatte.

»Nein, eilt nicht.«

»War das Christian?«

»Ja.« Gustav wusste, dass Lena und ihr Ex sich wieder näherkamen, und wie Mads hielt ihr Onkel nicht viel davon. »Bevor du schimpfst …«, setzte Lena an.

»Das war nicht meine Absicht. Mir geht es nur um dich. Wenn du dich wieder auf ihn einlassen möchtest, werde ich dir keine Steine in den Weg legen. Aber ich werde auch nicht untätig an der Seitenlinie stehen, falls er meiner Nichte erneut das Herz bricht.«

»Keine Sorge, das wird nicht geschehen. Ich bin reif genug, um zu wissen, was ich tue.«

Gustavs Miene verriet ihr, dass er nicht davon überzeugt war. Lena schwieg. Ihre Gedanken kreisten um Christian. Gestern hatten sie sich getroffen und es hatte sich sehr schön angefühlt. Von seiner Alkoholsucht war nichts zu bemerken und sie glaubte ihm, dass die Therapie bei ihm angeschlagen hatte, dass er wieder trocken war. Es war wie früher gewesen, bevor Christian zu diesem unausstehlichen Arschloch geworden war. Fast hätten sie sich sogar geküsst, Lena hatte dem Verlangen jedoch widerstanden. So einfach wollte sie es ihm dann doch nicht machen, so sehr sie sich auch gewünscht hatte, ihn wieder zu küssen. In der vergangenen Nacht hatte sie sogar von ihm geträumt. Davon, dass sie verheiratet waren und ein gemeinsames Kind hatten. Es war ein sehr schöner Traum und insgeheim hoffte sie, dass er irgendwann Realität werden würde. Nur ihre Erinnerungen sagten ihr, dass sie vorsichtig sein sollte, weil kein Mensch ihr jemals so wehgetan hatte wie Christian.

Zwanzig Minuten später betraten Gustav und Lena das Büro von Ole, der gerade am Computer saß. Er stand auf und begrüßte beide.

»Tim stößt gleich dazu, dann müsst ihr nicht noch zu ihm gehen.«

»Das ist sehr gut. Und besten Dank, dass du und Tim euch an einem Sonntag Zeit für uns nehmt«, erwiderte Gustav. »Was hast du für uns?«

»Einiges, es gibt sehr interessante Ergebnisse. Übrigens ist ein Sonntag für uns Polizisten doch nichts anderes als ein Montag«, sagte Ole augenzwinkernd.

»Da hast du recht. Was habt ihr herausgefunden?«

»Alma Jöhnck und Yeliz Kara wurden mit exakt zwanzig Messerstichen ermordet.«

»Zufall?«, fragte Lena.

»Das glaube ich nicht«, antwortete Gustav. »Wenn jemand so oft zusticht, gibt es zwei Optionen: Entweder der Täter handelt im Wahn, dann hätten wir allerdings eher eine unterschiedliche Anzahl von Einstichen, oder er handelt berechnend und die Anzahl der Messerstiche ist geplant. Die Frage ist, welche Bedeutung hat die Zahl Zwanzig für ihn?«

»Ist es vielleicht eine Botschaft an euch? Immerhin hat er auch einen Zettel für Mads dagelassen.«

»Nein, das ergibt keinen Sinn. Ich gehe davon aus, dass er Mads erst nach seinem ersten Mord in seine kranke Welt eingeschlossen hat. Diese Zahl muss etwas mit dem Täter persönlich zu tun haben. Ein tragisches Ereignis in der Kindheit vielleicht. Tim muss sich darum kümmern.«

»Das kannst du ihm gleich selbst sagen.« Kaum hatte Ole ausgesprochen, betrat Tim nach kurzem Anklopfen das Büro. Die Runde begrüßte sich.

»Wir sind uns aber alle einig, dass Jasmin Lupzig kein geplanter Mord war«, führte Lena das Gespräch fort.

»Davon müssen wir ausgehen. Er passt nicht ins Profil.

Alma und Yeliz bringt der Täter mit genau der gleichen Anzahl von Messerstichen um, Jasmin aber nicht. Ich kann mir schwer vorstellen, dass er bei ihr einfach nur schlampig wurde«, bestätigte Gustav.

»Mads hat doch angenommen, dass Jasmin schlicht Pech hatte. Zur falschen Zeit am falschen Ort«, sagte Ole.

»Es spricht einiges dafür. Wir müssen nur herausfinden, warum er sie nicht auf dieselbe Weise getötet hat, was er ohne Zweifel hätte tun können«, führte Gustav weiter aus. »Versetzen wir uns mal in seine Lage: Er hat Yeliz brutal ermordet, nach dem gleichen Muster wie Alma, und er ist voller Adrenalin. Da klingelt Jasmin an der Tür. Er öffnet ihr, verwickelt sie in ein kleines Gespräch und sticht ihr dann ins Herz, anschließend schneidet er ihr die Kehle durch. Wie gesagt, er ist noch voller Adrenalin, warum rammt er ihr nicht das Messer immer wieder in die Brust wie den anderen beiden Frauen? Es wäre doch für ihn ein Leichtes, das zu tun und somit seiner Vorgehensweise treu zu bleiben.«

»Vielleicht habe ich eine Antwort darauf«, meldete sich Tim.

»Dann schieß mal los.«

»Alma Jöhnck war Mutter, Yeliz Kara auch. Sie hat vor zehn Jahren ein Kind bekommen, dieses aber nach der Geburt zur Adoption freigegeben, aufgrund psychischer Probleme.«

»Wusstest du davon?«, fragte Gustav an Lena gerichtet.

»Nein. Ich kenne sie erst ein paar Jahre. Sie müsste vor sieben, acht Jahren nach Groß Timmendorf gezogen sein. Ich glaube, sie hat vorher in Berlin gewohnt.«

»Das stimmt. Das Kind wurde in Berlin zur Adoption freigegeben. Ich bin durch Zufall an diese Information gelangt«, sagte Tim.

»Glaubst du, er sucht sich demzufolge nur junge Mütter aus?«, überlegte Lena laut.

»Es wäre möglich. Allerdings kann das bei zwei Opfern auch erst mal Zufall sein.«

»Bei unserem Täter glaube ich nicht an Zufälle«, entgegnete Gustav. »Jemand, der seine Opfer auf exakt die gleiche Art tötet, wird sich seine Opfer auch nach einem bestimmten Muster aussuchen. Ich nehme an, dass er unter irgendwelchen zwanghaften Störungen leidet.«

»Aber woher soll er wissen, dass Yeliz ein Kind hatte, wenn nicht einmal ihr Freundeskreis das wusste?«, gab Lena zu bedenken.

»Tim, hast du da eine Vermutung?«

»Nicht wirklich. Könnte Zufall sein, oder er hat sich vorher über seine Opfer informiert. Wenn er sich mit dem Internet gut auskennt, wäre er wie ich in der Lage, an diese Information zu gelangen, aber es wäre mit viel Arbeit verbunden.«

»Warum sollte er das nicht tun? Er könnte von Beruf Informatiker sein und sich mit dem Internet sehr gut auskennen«, wandte Gustav ein.

»Damit kämen wir gleich zum nächsten Punkt. Ich hatte euch ja einige Informationen über Andrej Sokolow zukommen lassen, den Halter des blauen Skoda.«

»Mads müsste gerade bei ihm sein«, sagte Lena.

»Gut. Ich habe nämlich zwischenzeitlich noch einiges über ihn herausgefunden.«

»Und das wäre?«

»Sokolow ist Programmierer. Er hat zwar nicht Informatik studiert, aber er hat es sich augenscheinlich selbst beigebracht. Er arbeitet als Freelancer für verschiedene Softwareunternehmen.«

»Und wir haben Mads alleine zu ihm gelassen«, sagte Lena in einem plötzlichen Anflug von Sorge.

»Entspann dich«, erwiderte Gustav. »Wir können nicht einmal mit Gewissheit sagen, dass Sokolows Skoda am Tatort war. Sein Fahrzeug kommt nur am ehesten infrage, weil alle anderen Halter, die bisher ausfindig gemacht werden konnten, eine plausible Antwort auf die Frage hatten, wo sie zur Tatzeit waren. Sokolow wurde zweimal nicht zu Hause angetroffen, nur deshalb hat Mads ihn persönlich aufgesucht.«

Ole hatte die ganze Zeit schweigend zugehört, jetzt meldete er sich zu Wort: »Was, wenn der Täter seine Opfer anhand von Äußerlichkeiten irgendwie aus der großen Masse herausfiltert und gar kein Programmierer sein muss, um sie sich auszusuchen. Vielleicht ist es nur ihr Blick, der Gang, das Verhalten, die Stimme … Möglicherweise riechen sie für ihn auch besonders.«

»Riechen?« Gustav legte die Stirn in Falten. »Ich weiß nicht. Mag sein, dass er auf bestimmte Verhaltensweisen von Frauen im Alltag anspringt, aber ihr Geruch?«

»Warum nicht? Vielleicht haben Alma und Yeliz mit ihrem Verhalten irgendwas bei ihm getriggert, oder eben durch ihren Duft. Kann doch sein, dass er einen überaus feinen Geruchssinn hat und so wahrnehmen kann, wenn eine Frau Mutter ist, weshalb er auf große Recherche eben gar nicht angewiesen ist.«

»Das klingt ziemlich an den Haaren herbeigezogen, davon habe ich noch nie gehört«, blieb Gustav skeptisch. »Du etwa?«

»Ehrlich gesagt kenne ich auch keine Studie, die das mit dem Geruch belegt, aber es gibt Menschen mit einem ungemein sensiblen Geruchssinn. Und es ist wissenschaftlich bewiesen, dass Frauen und Männer unterschiedlich riechen. Warum sollte eine Mutter nicht anders riechen als eine Frau ohne Kind?«

Lena verzog zweifelnd das Gesicht. Für sie hörte sich das alles gerade so an, als würden sie krampfhaft nach einer Erklärung suchen, warum Alma und Yeliz hatten sterben müssen, nur weil sie sich nicht eingestehen konnten, dass sie es mit einem Täter zu tun hatten, der sich gründlich auf seine Taten vorbereitete. Einem eiskalten Sadisten. Ein Gefühl sagte ihr, dass die Spur zu dem Programmierer Sokolow die richtige war.

»Du hast doch selbst gesagt, dass wir es mit einem Mörder zu tun haben, der seine Taten akribisch plant, der selbst die Messereinstiche nicht dem Zufall überlässt …«, begann sie.

»Habe ich. Worauf willst du hinaus?«, unterbrach Gustav seine Nichte.

»Warum sollte er sich dann nicht ebenso akribisch über seine Opfer informiert haben? Es wäre doch möglich, dass er durch Zufall an die Adoptionspapiere von Yeliz' Kind gekommen ist und sie deshalb ausgewählt hat.«

»Und nur deswegen glaubst du, dass es Sokolow war? Weil er als IT-Mensch über ausgezeichnete Recherchemöglichkeiten verfügt?«

»Ich weiß es nicht, es ist nur so ein Gefühl.« Lena erschauerte bei dem Gedanken, dass sie recht haben könnte. »Ich glaube einfach, es war ein Fehler, Mads alleine zu ihm zu lassen. Möglicherweise befindet sich mein Bruder gerade in höchster Gefahr.«

Gustavs Augen weiteten sich, als würde ihm plötzlich etwas große Sorgen bereiten. »Hat er die schusssichere Weste dabei?«, fragte er.

»Ich denke nicht.«

Gustav nahm sein Handy und wählte Mads' Nummer und stellte auf Lautsprecher.

Mads nahm nicht ab.

39

»Was amüsiert Sie so?«, fragte Mads, als er den Keller betrat.

»Die ganze Situation.«

»Inwiefern?« Sokolow reizte Mads zusehends, seine Art wirkte gekünstelt und überheblich, als würde er es genießen, dass Mads sein Haus durchsuchte.

»Die Frage ist ja wohl nicht ernst gemeint?«, erwiderte Sokolow und streckte den Kopf unnatürlich nach vorne.

»Doch.«

»Nun, wenn ich Sie wäre, würde ich mir die Frage stellen, ob der Killer Ihnen gestatten würde, sein Anwesen zu durchsuchen. In meinen Augen spricht vieles dagegen, es sei denn, er hätte alle Spuren verwischt.« Sokolow grinste, aber seine Augen wirkten emotionslos. »Wobei er die Frauen doch alle außerhalb ermordet hat. Auf was für Spuren hoffen Sie hier also?«

»Erstens habe ich Ihnen nie unterstellt, dass Sie der Täter sind, aber wie es scheint, haben Sie sich sehr gut über die Morde informiert, deshalb sollten Sie zweitens wissen, dass Ella Jöhnck von dem kranken Sadisten entführt wurde.«

Sokolows Zähne blitzten kurz auf, ehe er sagte: »Wie kommen Sie darauf, dass er krank ist?«

»Sie machen wohl Witze!«, wurde Mads deutlich. »Jemand, der unschuldige Frauen bestialisch ermordet und ein kleines Mädchen entführt, ist ein kranker Psychopath.«

»Ich bin sehr überrascht über Ihren emotionalen Ausbruch. Sollten Sie als Polizist nicht sachlicher bleiben?«

Mads wollte etwas erwidern, ließ es dann aber sein. Sich von Sokolow provozieren zu lassen, brachte ihm nichts.

»Haben Sie Angst?«, fragte Sokolow.

»Angst?« Mads verstand die Frage nicht.

»Nun, Sie sind hier ganz alleine und Sie tragen keine schusssichere Weste. Wenn ich der Täter wäre, hätte ich gerade jede Möglichkeit, Sie zu überwältigen. Ich hätte Sie die Treppe runterschubsen können.«

»Da Sie nicht der Täter sind, ist diese Frage irrelevant. Und selbst wenn Sie der Täter wären, wären Sie ziemlich dämlich, das zu tun. Meine Kollegen wissen, wo ich bin. Was glauben Sie wohl, was passiert, wenn ich nicht in Kürze wieder in der Dienststelle erscheine?«

»Ich könnte sagen, dass Sie gegangen sind. Ihre Leiche verschwinden zu lassen, wäre ein Leichtes.«

»Was beabsichtigen Sie mit solchen suggestiven und hypothetischen Fragen?«

»Nichts, ich interessiere mich nur für Ihre Ermittlungsarbeit.«

Mads glaubte Sokolow nicht. Dass mit dem Mann etwas nicht stimmte, stand außer Frage. Aber machte ihn das zu einem eiskalten Mörder? Im Keller hatte Mads bisher jedenfalls keine Hinweise gefunden, die darauf hindeuteten, dass Sokolow Ella hier gefangen hielt.

»Wir können wieder hochgehen«, sagte Mads.

»Sicher?«

»Ja, ich habe alles gesehen.«

Sokolow nickte. »Nach Ihnen«, sagte er dann und Mads stieg die Treppe hinauf zurück in den Flur.

»Ich hoffe, dass ich Sie nicht enttäuscht habe«, ließ sich Sokolow vernehmen, als er die Kellertür schloss.

»Inwiefern sollten Sie mich enttäuschen?«

»Weil ich Ihren Ermittlungen nicht dienlich bin. Ich frage mich noch immer, warum ausgerechnet mein Skoda Sie zu dieser unsinnigen Aktion getrieben hat. Liegt es daran, dass Sie nichts Konkretes in der Hand haben?«

»Über Ermittlungsstände spreche ich grundsätzlich nicht«, entgegnete Mads. »Darf ich mir die Küche noch mal ansehen?« Er hatte da eine Idee.

»Wenn es sein muss. Sie scheinen noch immer nicht überzeugt, dass ich unschuldig bin.«

»Ich erledige nur meine Arbeit«, gab Mads zurück.

Sie betraten die Küche. Mads ging zum Kühlschrank und wollte ihn gerade öffnen, da rief Sokolow: »Habe ich Ihnen gestattet, meinen Kühlschrank zu öffnen?«

Mads ignorierte die Worte und zog die Kühlschranktür auf. Immerhin war es möglich, dass er darin Lebensmittel fand, die man typischerweise Kindern gab.

Sokolow lachte, als hätte er Mads' Gedanken erraten und sein Aufbegehren wäre nur Show gewesen.

Tatsächlich gab der Inhalt des Kühlschranks keine Hinweise darauf, dass ein Kind im Haus lebte.

»Wollen Sie nicht auch noch unters Bett schauen?«, fragte Sokolow zynisch.

»Nein, aber ich würde gerne Ihren Skoda von innen sehen.«

»Überstrapazieren Sie meine Freundlichkeit nicht«, drohte Sokolow. »Es ist immer das Gleiche. Reicht man jemandem den kleinen Finger, greift er sofort nach der ganzen Hand.«

»Gestatten Sie mir, dass ich mir Ihren Wagen von innen ansehe?«, wiederholte Mads. Er wollte sich auf keine Diskussion mit diesem Kerl einlassen.

»Sie geben ja doch keine Ruhe.« Sokolow ging voraus und zog sich seine Schuhe an, dann verließen sie gemeinsam das Haus und gingen zum Auto. Sokolow öffnete das Fahrzeug und Mads schaute ins Innere des Wagens. Keine offen sichtbaren Spuren.

Anschließend öffnete er den Kofferraum, aber auch hier gab es keine Hinweise auf eine Entführung. Entweder hatte Sokolow alle Spuren verwischt oder er war nicht der Täter.

»Wäre es möglich, dass jemand Ihren Wagen gestohlen hat?«, fragte Mads.

»Diese alte Kiste? Sehr unwahrscheinlich, aber ausschließen kann man im Leben nichts. Ebenso wenig, dass man manchmal das Offensichtliche nicht sehen möchte, weil man verblendet ist.«

»Danke für Ihre Zeit und Ihr Entgegenkommen«, erwiderte Mads, bemüht, professionell zu bleiben.

»Dafür nicht. Ehrlich gesagt, war Ihr Besuch alles in allem sehr interessant. Zu gerne würde ich mit Ihnen über Ihre Arbeit sprechen, weil ich mich frage, ob Sie ein guter Ermittler sind oder Ihre Position allein Ihrem Aussehen verdanken.«

Mads erwiderte nichts, sondern ging zurück zu seinem Wagen.

»Was für ein Freak«, sagte er zu sich, als er im Auto saß. »Er könnte Ella wirklich entführt haben.«

Er nahm sein Handy, das in der Mittelkonsole des Dienstwagens lag und sah, dass Gustav ihn mehrmals versucht hatte anzurufen. Er wählte seine Nummer.

»Wo bist du?«, fragte Gustav ohne Begrüßung.

»Bei Andrej Sokolow, das wusstest du doch. Was ist los?«

»Und warum gehst du nicht ans Handy?«

»Das hatte ich im Wagen liegen lassen.«

»Mensch, Mads. Wir haben uns Sorgen um dich gemacht«, polterte Gustav.

»Warum das?«

»Vergiss es. Wir treffen uns nachher auf der Dienststelle.« Gustav legte auf.

»Der hat ja eine Laune«, murmelte Mads. Er konnte nicht nachvollziehen, warum sein Onkel gerade so überreagierte.

Als Mads sein Büro betrat, war Lena nicht da, vermutlich war sie noch mit Gustav in Lübeck. Mads setzte sich gleich an seinen Schreibtisch, schrieb den Namen »Sokolow« auf einen

Zettel und ging damit zu dem Whiteboard an der Wand, wo er und Lena alle Hinweise zu den Mordfällen befestigt hatten. Das Gespräch mit dem Halter des blauen Skoda beschäftigte ihn noch immer.

»Ich muss alles über dich wissen«, murmelte er, zog sich einen Stuhl vor das Whiteboard und setzte sich, den Blick auf den neuen Zettel gerichtet. »Warum weißt du so viel über den Fall? Hast du die Frauen ermordet und hältst jetzt Ella gefangen? Möchtest du, dass ich es weiß, weil du dermaßen von dir überzeugt bist, dass du glaubst, dass ich keine Beweise habe, um dich festzunehmen?«

Er traute Sokolow das durchaus zu, es passte auch zu seiner Persönlichkeit, wie Jürgens sie beschrieben hatte, demnach war Sokolow ein emotionsloser Außenseiter.

»Aber warum hat er dir erlaubt, dich bei ihm umzuschauen? Selbst seinen Wagen konntest du überprüfen.«

Mads faltete die Hände und legte beide Zeigefinger unter die Nase, dabei stützte er sich mit den Ellbogen auf den Oberschenkeln ab.

Weil er keine Spuren zurücklässt. Er ist sehr akribisch. Außerdem glaubt er, dass er keine Fehler macht, er erlaubt es sich, mit dir zu spielen, weil er sich dir in allen Belangen überlegen fühlt.

Leider konnte er ihm das nicht beweisen. Er konnte ihm nicht einmal beweisen, dass es ausgerechnet Sokolows Skoda war, der am Tatort gesehen wurde.

»Verdammt. Während ich hier grübele, durchlebt Ella die Hölle«, sagte er bitter.

Er ging zu seinem Schreibtisch, griff zum Hörer und wählte Tims Nummer.

»Moin«, grüßte Tim.

»Moin.«

»Wenn du deinen Onkel sprechen möchtest, der ist vor fünf Minuten mit deiner Schwester zurückgefahren«, erklärte Tim sogleich.

»Danke, aber deswegen rufe ich nicht an. Ich brauche deine Hilfe.«

»Wobei?«

»Ich muss alles über Andrej Sokolow in Erfahrung bringen. Egal wie unwichtig die Information ist, ich muss sie haben.«

»Glaubst du, er war es?«, fragte Tim aufmerksam.

»Möglich. Etwas stimmt mit ihm nicht. Leider habe ich keine Beweise, dass es sein Fahrzeug ist, das am Tatort gesehen wurde, ich habe überhaupt nichts in der Hand, um ihn wenigstens festnehmen zu lassen.«

»Ich kümmere mich darum.«

»Danke dir. Hast du noch etwas für mich?«, fragte Mads.

»Nicht viel. Dein Onkel hat ein Update bekommen.«

Mads bedankte sich, beendete das Gespräch und wählte als Nächstes Emmas Nummer.

40

Mads hatte nicht übertrieben. Das Redaktionstelefon stand nicht still und Tobias war bereits dabei, weitere Aushilfen zu suchen. Bisher waren leider keine verwertbaren Hinweise eingetroffen, die helfen konnten, Ella zu finden. Emma dachte an Mads und seine idiotische und leichtsinnige Idee, sich im Austausch für das Mädchen anzubieten.

»Wo bist du mit deinen Gedanken?«

Emma seufzte. »Ob es eine gute Idee war, den Artikel zu schreiben.«

»Welchen Artikel?«

»Den, in dem es um die Belohnung geht«, log sie Amir an. Sie wollte nicht, dass er erfuhr, dass sie sich wegen Mads Sorgen machte.

»Du bist Journalistin. Es ist dein Job, solche Artikel zu schreiben. Wenn wir bei jedem unserer Texte Gewissensbisse hätten, hätten wir unseren Beruf verfehlt. Uns sollte es immer um die Wahrheit gehen.«

»Und was, wenn wir damit Ellas Leben gefährden?«

»Ich sehe schon, Mads hat ganze Arbeit geleistet.«

»Wie kommst du darauf?«

»Liege ich falsch?«

Emma zögerte. »Ja, gut, vielleicht hast du recht. Er kann sehr überzeugend sein.«

»Mads halt. Dominant bis in die Haarspitzen. Lass dich von ihm nicht einschüchtern. Du bist eine verdammt gute Journalistin. Wenn du es nicht wärst, hätte er das Interview nicht mit dir geführt.«

»Stimmt.« Emma lächelte.

»So will ich meine Süße sehen. Lächelnd und ohne sich ständig zu quälen.« Amir schenkte ihr ein breites Lachen und Emmas Stimmung hellte sich merklich auf. Amirs gute Laune war ansteckend, das mochte sie an ihm.

»Möchtest du einen Kaffee?«, fragte sie.

»Wie könnte ich da Nein sagen?«

Emma stand auf und ging in die Küche. Als sie mit den beiden Kaffeebechern zurückkam, hatte Amir gerade ihren Telefonhörer am Ohr.

»Emma ist wieder da«, sagte er. »Sie war nur kurz Kaffee holen.« Er sah zu Emma und wisperte: »Der Schönling.« Dann reichte er ihr den Hörer.

»Falk«, meldete sich Emma.

»Ich bin's, Mads.«

»Wieso rufst du an?«

»Das hört sich nach einem Vorwurf an.«

»Verzeih, so meinte ich das nicht«, entschuldigte sie sich. Sie hatte nicht damit gerechnet, dass sich Mads bei ihr im Büro melden würde, daher fügte sie schnell hinzu: »Wieso hast du nicht auf dem Handy angerufen?«

»Das habe ich, du bist aber nicht rangegangen.«

»Ich war in der Küche und mein Handy ist gerade auf lautlos«, erklärte Emma. Ein mulmiges Gefühl überkam sie, das ihr sagte, dass irgendetwas vorgefallen war. Warum sonst sollte Mads sich die Mühe machen, sie übers Bürotelefon zu erreichen? Er hätte auch auf ihren Rückruf warten können.

»Ich wollte fragen, ob es eine Reaktion auf das Interview gab«, sagte Mads und Emma entspannte sich.

»Nein, es hat sich noch niemand gemeldet. Bist du dir sicher, dass dein Vorhaben wirklich eine gute Idee ist?«

»Das bin ich. Melde dich bitte, sobald du was hast. Egal zu welcher Uhrzeit.«

»Okay, mach ich.« Das Versprechen hatte sie ihm schon direkt nach dem Interview gegeben und sie würde es halten.

Mads bedankte sich und beendete das Gespräch. Emma ließ ihren Blick auf ihren Bildschirm wandern und stutzte. Sie hatte eine neue Nachricht von einem ihr unbekannten Absender bekommen.

41

»Warum weinst du nicht?«, fragte sein Vater.

»Mama ist tot, da werden sie meine Tränen auch nicht zurückholen.«

»Sie hat dich geliebt, dafür kann man doch weinen.«

»Davon habe ich nie etwas bemerkt.«

»Glaubst du, dass ich dich liebe?«

»Du liebst nur dich.«

Sein Vater antwortete nicht sofort, er sah ihn nur an, als suchte er in seinem Gesicht nach einer Antwort. »Du wolltest nie ein normaler Junge sein. Du hast den Ärzten all die Jahre nur etwas vorgemacht.«

»Ich war ein normaler Junge, nur du warst kein normaler Vater«, entgegnete er und entfernte sich.

Er konnte sich noch sehr gut an das Gespräch erinnern, an jedes Wort. Sein Vater hatte am Grab seiner Mutter geweint, was ihn verwunderte, denn er hatte ihn nie zuvor weinen sehen. Er hatte sich gewünscht, auch zu weinen, weil alle geweint hatten, aber die Tränen hatten ihm nicht gehorchen wollen, zudem hatte er es tief in seinem Herzen für unsinnig gehalten, zu weinen. Der Mensch war tot, damit war das Leben vorbei, für wen also weinen?

In den folgenden Jahren hatte er das Grab seiner Mutter einige Male besucht und gehofft, dass er vielleicht mit den Jahren doch noch eine Träne vergießen würde, aber nichts geschah. Stattdessen hatte er ihr immer wieder dieselbe Frage gestellt: »Warum hast du Papa mehr geliebt als mich?«

Diese bedingungslose Liebe zu seinem Vater musste seine Mutter hörig gemacht haben, dachte er, nur deswegen hatte sie das alles ertragen und zugelassen, dass man ihn von Arzt zu Arzt und von Psychiater zu Psychiater gescheucht hatte. Dabei hätte sie das unterbinden müssen und ihn so akzeptieren sollen, wie er war.

»Am Ende seid ihr schuld, dass ich so bin, wie ich bin. Ich war der Einzige, der sich nicht verstellt hat, nicht wahr, Mutter? Du hast mich und Vater immer wieder getäuscht, aber ihn hast du wenigstens trotzdem geliebt, ich dagegen war überflüssig.« Sein Atem wurde schwerer. Die Erinnerungen erdrückten ihn und schlugen ihm aufs Gemüt.

Er starrte seinen Teebecher an, es war ihm unmöglich, sich zu bewegen, als würde eine fremde Macht ihn runterziehen. Nicht einmal seine Augenlider bewegten sich. Sein Atem wurde langsamer, bis sich sein Brustkorb gar nicht mehr hob und senkte, weil er aufhörte zu atmen. Er konnte es nicht kontrollieren, es geschah einfach.

»Geht es Ihnen gut?«, fragte eine Frau.

Er schreckte hoch, atmete hastig ein und wieder aus.

»Ich wollte Sie nicht erschrecken.«

»Ist schon gut. Das ist das Herz, es setzt manchmal aus«, log er.

»Wie schrecklich. Soll ich einen Arzt rufen?«

»Nein, ich war erst letzte Woche in der Klinik. Da habe ich meinen Elektroschock bekommen, danach hat es wieder normal geschlagen. Sieht dramatischer aus, als es ist.«

»Sicher?« Die Frau schien ihm nicht zu glauben.

»Ganz sicher. Glauben Sie mir«, antwortete er und fast hätte er hinzugefügt: *Was geht dich dämliche Fotze das an. Verpiss' dich.*

Die Frau entfernte sich, aber ihr Gesichtsausdruck verriet ihm, dass sie noch immer skeptisch war.

Die Herzkrankheit und die Therapie mit den Elektrostößen gab es tatsächlich, nur litt er nicht daran. Er war lediglich kurz weggetreten, was ihm leider immer wieder und vor allem unerwartet passierte. Es war, als würde sein Verstand seinen Körper auf Standby schalten.

Er nahm sein Handy vom Tisch und aktivierte das VPN, dann loggte er sich in das W-LAN der Bäckerei ein, in der er gerade saß, und schaute in seinem E-Mail-Postfach, ob Emma Falk ihm geantwortet hatte. Natürlich hatte er für den Kontakt nicht seine private E-Mail-Adresse genommen, die verschlüsselt war, sondern einen Webdienst genutzt, dessen Server in Weißrussland saßen. Auch dieser Dienst war verschlüsselt und konnte nicht zurückverfolgt werden. Die E-Mails von dort wurden wiederum an eine weitere Adresse weitergeleitet bis hin zu einem Mixmaster, über den die Nachricht final in seinem Postfach landete, ebenfalls auf einem Server in Weißrussland, wo die Daten nur vierundzwanzig Stunden gespeichert wurden. Er war sich sicher, dass kein Hacker der Welt seine Nachrichten so zurückverfolgen konnte.

»So ist's brav«, sagte er zu sich, da Emma ihm eine Antwort in den Webserverdienst geschrieben hatte. Er öffnete die Nachricht und las sie.

Herr Johannsen ist bereit, sich mit Ihnen über die Freigabe von Ella Jöhnck zu unterhalten. Seine E-Mail-Adresse lautet: Mads.Johannsen@ostseekriminalpolizei1.de

Ich wusste, dass er anbeißt, dachte er, gleichzeitig erinnerte er sich an das Gespräch, das er vor Kurzem geführt hatte.

»Das verdient doch eine Antwort«, murmelte er und schrieb:

Liebe Frau Falk,

ich habe Ihnen zu danken. Und seien Sie versichert, es soll nicht zu Ihrem Schaden sein, dass Sie die Verbindung hergestellt haben.

Zufrieden schickte er die Nachricht ab.

Das könnte ein sehr interessanter Tag werden, dachte er und spürte, wie Vorfreude auf die Konversation mit Mads in ihm aufstieg.

Sein Blick wanderte aus dem Fenster, über die Promenade zum Wasser. Die See war heute etwas unruhiger und es fiel leichter Nieselregen. Typisches Ostseewetter für diese Jahreszeit, sehr wechselhaft. Von Sonnenschein bis Regen war alles dabei. Dafür war es nicht so kalt wie am vergangenen Tag.

Eine junge Frau betrat mit ihrer Tochter die *Junge Bäckerei.* Sie fiel ihm gleich ins Auge. Die Frau sah kurz zu ihm rüber und er schaute sofort weg, er wollte ihr nicht das Gefühl geben, dass er sie beobachtete. Stattdessen ließ er seinen Blick wieder über das Wasser wandern und entdeckte dabei einen jungen Mann, der jetzt die Straße überquerte und ebenfalls die Bäckerei betrat. Rein äußerlich machte er den Eindruck, als hätte er eine Behinderung.

Er stellte sich in der Schlange an und kam irgendwie mit der Tochter der Mutter ins Gespräch. Nur wenige Sekunden später lachten beide und schienen sich hervorragend zu amüsieren. Es war ihm unverständlich, wie man so leicht in Gelächter ausbrechen konnte.

Etwas Rücksicht auf die anderen Gäste wäre ja wohl angebracht. Er hatte es schon immer gehasst, wenn sich andere Menschen in seiner Gegenwart übermäßig amüsierten und laut loslachten.

Wobei, er ist ein behinderter, geistig beschränkter Junge, deswegen lacht er wie ein Trottel und sie ist ein Kind, leicht beeinflussbar, suchte er nach einer Erklärung, um sich zu beruhigen.

Die Mutter bezahlte, nahm die Bestellung und setzte sich einige Tische von ihm entfernt hin. Dabei geschah etwas, was ihn vollkommen überwältigte. Die Mutter verströmte einen Duft, der ihn beinahe in Ektase versetzte. Er war unbeschreiblich intensiv und die wildesten Gedanken nahmen plötzlich Besitz von ihm. Er wollte diese Frau, er musste sie haben. Zum Glück hatte er seinen Rucksack dabei mit allen Utensilien, die er brauchte. Das Messer steckte in seiner Jackentasche.

Er konnte kaum begreifen, wie viel Glück er hatte. Erst die Antwort von Emma und jetzt dieses wunderbare Geschenk, das nur darauf wartete, dass er ihr sein Messer in die Brust rammte. Wieder und wieder.

Die Bäckerei war sehr gut besucht, das hatte selbst ihn überrascht, weil das Geschäft um diese Zeit, gerade in Niendorf, immer eine sichere Adresse war, wenn man seine Ruhe haben wollte.

Inzwischen hatte auch der junge Mann bezahlt und suchte mit seinem Tablett in der Hand nach einem freien Platz, konnte sich aber nicht entscheiden.

»Möchtest du am Fenster sitzen?«, sprach er den jungen Mann an, denn ihm war plötzlich eine Idee gekommen, wie der Kerl ihm nützlich sein könnte.

»Das wäre schon cool, aber leider sind alle Plätze besetzt.«

»Wenn es dir nichts ausmacht, kannst du dich zu mir setzen.«

»Echt? Das wäre supercool«, antwortete der junge Mann, und bevor er etwas erwidern konnte, setzte er sich ihm gegenüber an den Tisch. »Das sind die besten Plätze, weil man rüber zum Wasser schauen kann«, erklärte der Typ und lachte.

Es kostete ihn einige Mühe, ihm nicht zu sagen, dass er in seiner Gegenwart nicht lachen solle.

»Ich heiße Jörn. Und du?«, quasselte der andere einfach weiter.

»Ich heiße Björn. Freut mich, deine Bekanntschaft zu machen«, antwortete er.

»Mich auch. Jörn und Björn, irgendwie lustig. Bist du oft hier?«

»Ab und zu. Du?«

»Auch ab und zu. Wobei ich mir die meiste Zeit nur was zum Mitnehmen kaufe, wenn ich mal Kohle habe. Hier kann man nämlich nicht anschreiben lassen wie bei Ali und Oli. Die geben einem hier auch keinen aus, weil der Laden nicht den

Mitarbeitern gehört, die arbeiten hier nur, und das ist das Tolle an Oli und Ali. Der Imbiss gehört ihnen, deshalb können sie da machen, was sie wollen. Warst du schon mal da?«

»Nein, war ich nicht.«

Jörn redete wie ein Wasserfall und er wusste, dass er sich die Gesellschaft dieses naiven, dummen jungen Mannes nicht lange antun konnte.

»Musst du unbedingt machen. Die haben richtig leckere Fischbrötchen, vor allem fangen sie den Fisch noch selbst.« Jörn biss in seinen Berliner.

Dass der junge Mann ihn duzte, passte ihm gar nicht und zeigte ihm nur, wie respektlos er war. Er wusste sich einfach nicht zu benehmen.

Was willst du von einem dummen behinderten Kerl auch erwarten?, entschuldigte er Jörns Verhalten.

»Du scheinst hier ziemlich bekannt zu sein«, wagte er einen Vorstoß.

»Kann man so sagen. Ich kenne viele Leute. Aber ich wohne auch nicht weit weg von hier.«

»Dann kennt man natürlich so einige, das liegt aber bestimmt auch daran, dass du sehr freundlich bist und einen netten Eindruck machst.«

»Danke, ich versuche jedenfalls immer, nett zu sein«, antwortete Jörn, er wirkte plötzlich ein wenig schüchtern. Wie es schien, mochte es der Typ, wenn man ihn lobte.

»Das ist auch so«, hakte er deshalb sofort ein. »Mir ist gleich aufgefallen, wie gut du dich mit dem kleinen Mädchen verstanden hast. Schön, wenn man so viel Lebensfreude hat.«

»Das ist Anna. Die ist voll lieb.«

»Habe ich mir schon gedacht. Sie macht einen sehr freundlichen Eindruck und ihre Mama ist bestimmt genauso nett.«

»Das ist sie.«

»Die beiden wohnen auch in Niendorf, oder?«

»Ja, sie sind fast meine Nachbarn.«

Das war eine sehr interessante Information. Mutter und Tochter waren demzufolge sicherlich zu Fuß hergekommen, somit würde er ihnen gleich nur folgen müssen.

Noch besser wäre es, wenn der beschränkte Jörn mir die Anschrift verrät, nur für den Fall, dass sie doch nicht sofort nach Hause gehen, überlegte er.

»Schade, dass es regnet«, lenkte er ab, denn der Regen war inzwischen etwas stärker geworden. Jörn sollte nicht das Gefühl bekommen, dass er zu viel Interesse an der Mutter hatte, auch wenn er es ihm geistig kaum zutraute, dass er das bemerken würde.

»Ja, leider. Ich wollte eigentlich zum Hafen, aber dann habe ich es mir anders überlegt. Hab mir schon gedacht, dass er stärker wird.«

»Dann ist es doch irgendwie gut gewesen, dass du hier bist. Sonst hätten wir uns nicht kennengelernt.«

»Das stimmt«, Jörn nickte. »Ist immer gut, neue Leute kennenzulernen.«

»Sicherlich wohnst du dann näher an der Bäckerei als am Hafen, oder?«, fuhr er fort.

»Ich wohne im Waldweg, nur einen Katzensprung von hier entfernt.«

»Verstehe. Wie Anna auch.«

»Genau. Wobei Anna ja bei ihrer Mama wohnt.« Jörn lachte ein wenig spöttisch, als würde er ihm unterstellen, nicht zu wissen, dass Kinder bei ihren Eltern wohnten.

»Du hast natürlich recht. Anna wohnt bei Mama und Papa.«

»Nein, nur bei Mama. Papa ist woanders.«

Er spürte, wie sich seine Mundwinkel hoben. Dass die Mutter alleinerziehend war, war perfekt.

»Du wohnst aber nicht in Niendorf, oder?«, fragte Jörn.

»Nein, tue ich nicht.«

»Und wo wohnst du?«

»In Timmendorfer Strand, bin aber gerne in Niendorf«, log er.

»Timmendorf ist auch schön, aber ich finde es manchmal zu Schickimicki.«

»Da hast du recht.«

»Mein bester Freund arbeitet da.«

»Schön«, antwortete er, dabei interessierte ihn das überhaupt nicht. Er musste wissen, wie die Frau hieß und wo sie genau wohnte. »Warst du schon mal bei Anna zu Hause?«, fragte er daher.

»Klar, sie wohnt ja in der 21 und ich in der 25, da läuft man sich oft über den Weg.«

Dass es so einfach gehen würde, hatte er nicht erwartet. Jetzt wusste er genau, wo die Mutter wohnte, und musste nur noch ihren Nachnamen in Erfahrung bringen, dann stand einer schönen Überraschung nichts mehr im Wege.

Oder ich folge ihr doch, sobald sie die Bäckerei verlässt.

»Als Nachbarn läuft man sich oft über den Weg«, bemerkte Jörn.

Er nickte zur Bestätigung und beugte sich anschließend ein wenig vor. »Soll ich dir mal was Lustiges erzählen?«

»Klar«, antwortete Jörn.

»Aber du musst es für dich behalten.«

Jörn setzte einen verschwörerischen Blick auf. »Keine Sorge, ich kann gut Geheimnisse für mich behalten. Mein bester Freund kann das bestätigen.«

»Hütest du für ihn auch Geheimnisse?«

»Klar, er ist oft in geheimer Mission unterwegs. Die Leute dürfen nämlich nicht wissen, dass er Thor ist.«

So viel dazu, dass du Geheimnisse für dich behältst, dachte er zufrieden. Laut sagte er: »Wieso Thor?«

Jetzt beugte Jörn sich vor, seine Augen wurden sehr schmal, dann flüsterte er: »Alle kennen ihn unter dem Namen Mads, aber nur ich weiß, dass er Thor ist.«

»Mads? Du meinst doch nicht Mads Johannsen, den Polizisten?« Das Gespräch bekam plötzlich eine sehr bemerkenswerte Wendung.

»Du kennst ihn?«

»Klar, Timmendorfer Strand ist ein Kaff, da weiß man, wer bei der Polizei arbeitet.«

»Stimmt. So wie ich jeden in Niendorf kenne«, lachte Jörn. »Aber behalte das bitte für dich.«

»Klar doch. Dein Geheimnis ist bei mir sicher.«

»Und was ist dein Geheimnis?«

»Ich hatte mal vor Jahren einen Freund, er war mein Nachbar. Ich wusste, dass er Michael hieß, und wollte ihn mal zu Hause besuchen. Aber als ich dann vor der Klingelanlage stand, wusste ich nicht, wo ich klingeln soll, weil ich seinen Nachnamen nicht kannte. Das war sehr peinlich.«

Jörn lachte. »Das war echt dumm.«

»Ja, wem sagst du das. Das kann dir bei Anna ja nicht passieren, weil du ihren Nachnamen kennst.«

»Logisch. Auf dem Klingelschild steht ja auch nicht Anna, sondern Bahr.« Jörn lachte noch immer, dann wandelte sich sein Gesichtsausdruck und er schaute ihn seltsam an. »Ich glaube, ich kenne dich«, sagte er dann.

»Mich? Möglich, vielleicht sind wir uns schon mal über den Weg gelaufen«, antwortete er und fühlte sich plötzlich sehr unwohl. Er wollte nicht, dass diese Tratschtante, die in irgendeiner Beziehung zu Mads stand, seine Identität kannte. Mit einem Mal wurde Jörn zu einem Sicherheitsrisiko.

»Nein, jetzt weiß ich, woher. Ich habe die ganze Zeit so ein Gefühl gehabt, dass ich dich kenne.«

»Und woher?«, fragte er ungeduldig.

»Ich habe dich auf dem EDEKA-Parkplatz gesehen, wo dieser süße Hund unter deinen Wagen gekrabbelt ist. Du warst ziemlich sauer.«

Für einen Moment war er zu keiner Regung fähig, diese

Antwort erwischte ihn eiskalt. »Ich glaube, du verwechselst mich«, antwortete er.

»Nein, ich bin mir ganz sicher.«

»Du musst dich irren. Wann soll das denn gewesen sein?«

»Das war am Samstag. Ich bin mir absolut sicher. Du hast einen blauen Kombi gefahren«, antwortete Jörn und hielt inne, als hätte er gerade einen Einfall. »Fährst du einen Skoda?«

»Warum?«

»Mads sucht einen blauen Skoda. Keine Ahnung, warum. Er war ziemlich sauer, weil ich nicht mal weiß, wie ein Skoda aussieht.« Jörn lächelte schief.

Mit diesen wenigen Sätzen hatte Jörn erreicht, dass der Gedanke, die junge Mutter zu töten, komplett in den Hintergrund trat. Dieser Jörn war eine potenzielle Gefahr für die Geheimhaltung seiner Identität und seine weiteren Pläne.

»Tschüss, Jörn«, holte ihn Anna aus seinen Gedanken. Sie stand plötzlich an ihrem Tisch.

»Geht ihr schon?«

»Ja, wir wollen noch kurz Marie besuchen«, sagte sie. Die Mutter kam nun auch zu ihnen.

»Hallo«, grüßte sie und reichte ihm die Hand. Er erwiderte den Händedruck, und als sich ihre Hände berührten, wurde ihr Duft noch intensiver, beinahe betäubend. Am liebsten hätte er sofort das Messer aus seiner Jackentasche gezogen und es der Mutter ins Herz gerammt. Aber er beherrschte sich.

»Komm, Anna, wir müssen los«, sagte sie.

»Okay. Besuch uns mal wieder, Jörn«, sagte Anna.

»Mach ich. Morgen, wenn du magst.«

»Das wäre toll!« Anna winkte ihm und folgte ihrer Mutter aus der Bäckerei.

»Sie scheint dich sehr zu mögen«, stellte er fest.

»Ich weiß, ich bin ja auch ein netter Kerl. Du hast mir übrigens meine Frage noch nicht beantwortet.«

»Welche Frage?«

»Ob du einen Skoda fährst?«

»Nein, ich fahre einen Golf.«

»Schade, Mads hätte sich sicherlich gefreut, wenn ich einen Skoda gefunden hätte.«

»Du scheinst diesen Mads zu mögen.«

»Logisch. Der ist ein Superheld und ich bin sein Freund, das ist doch voll cool.« Jörn sah aus dem Fenster. »Es regnet nicht mehr, ich geh jetzt an den Strand.«

»Viel Spaß. Hat mich gefreut, deine Bekanntschaft zu machen.«

»Hat mich auch gefreut. Glaube, du bist ganz okay.« Jörn reichte ihm die Hand. Sein Händedruck war schwach und bestätigte nur sein Bild von dem jungen, geistig zurückgebliebenen Mann: Er war nicht sonderlich selbstbewusst, auch wenn er versuchte, das durch Worte zu kaschieren.

Jörn verließ die Bäckerei und ging Richtung Strand. Er sah ihm nach und die Sorge, dass Jörn zur Gefahr für ihn werden könnte, stieg.

War es ein Fehler, dass ich ihn zu mir gebeten habe?, überlegte er. Er konnte nicht einschätzen, wie gut Mads und Jörn sich tatsächlich kannten und ob Jörn das Ganze nicht deutlich ausschmückte, um von Mads' Persönlichkeit und Charisma zu profitieren. Etwas, was Verlierer in seinen Augen gerne taten: sich mit fremden Federn schmücken.

Jörn ist eine Gefahr. Ich muss mir was überlegen. Seine Anspannung stieg, weil sein höchstes Gut, ein unauffälliger Mensch zu sein, den niemand wirklich beachtete, plötzlich zu schwinden drohte.

Um sich abzulenken, widmete er sich wieder seinem Handy, dachte darüber nach, was er Mads schreiben sollte, und beschloss, das zu Hause zu tun, weil seine Gedanken unaufhörlich zu Annas Mutter und Jörn abschweiften.

Knapp eine Stunde nachdem Jörn gegangen war, stand er auf und verließ die Bäckerei mit dem Ziel, Annas Mutter zu töten. Er ging zum Waldweg 21 und trat an die Klingelanlage. Nur vier Parteien wohnten hier, die junge Mutter bewohnte offensichtlich eine Einheit im Erdgeschoss. Er klingelte, aber niemand öffnete ihm. Er klingelte erneut.

Wie es schien, waren die beiden noch bei dieser Marie. Um seinen Ärger wieder unter Kontrolle zu bekommen, beschloss er, ein wenig am Strand spazieren zu gehen und in einer Stunde zurückzukommen. Mit dieser unvollendeten Tat und dem flauen Gefühl im Magen wollte er nicht nach Hause fahren. Er musste sie töten, unbedingt, damit er sich wieder gut fühlte, denn noch immer kreisten seine Gedanken um diesen behinderten Jörn und was er mit ihm anstellen sollte.

Du kannst ihn nicht weiter leben lassen. Wenn Mads über ihn eine Verbindung zum Auto findet, heißt es Game over für dich.

Das beklemmende Gefühl in seinem Magen wurde immer unerträglicher, als würde ihn ein zentnerschweres Gewicht zu Boden ziehen. Er wollte Jörn nicht töten, weil er ein Verlierer, ein Ausgestoßener der Gesellschaft war, genauso wie er in seiner Kindheit. Aber wenn er ihn am Leben ließe, riskierte er, dass er wegen irgendwelcher falscher Ideale in den Knast wanderte. Durfte er es wirklich darauf ankommen lassen?

»Nein!« Er verengte die Augen zu Schlitzen. Er wusste, wo Jörn wohnte. Zuerst würde er also die Mutter besuchen, danach Jörn. Ein Lächeln zauberte sich auf seine Lippen, dieser Plan war gut.

Mittlerweile hatte er den Strand erreicht und lief Richtung Brodtener Steilufer. Das *Bistro-Café Lieblingsplatz* hatte er weit hinter sich gelassen. Während er den Strand entlang blickte, wollte er seinen Augen nicht trauen. Keine hundert Meter vor ihm lief Jörn!

»Manchmal muss man Glück haben!«, sagte er zu sich und seine Stimmung besserte sich sofort.

Jörn schien ihn nicht zu bemerken. Er näherte sich dem jungen Mann mit schnelleren Schritten, doch dann drehte sich

Jörn um und sah ihn. Im selben Moment überkam ihn der Drang, umzudrehen und wegzulaufen, aber er konnte diesem Fluchtreflex widerstehen und ging auf Jörn zu.

»Folgst du mir?«, fragte Jörn ihn frech.

»Nein«, antwortete er und schaute sich kurz um. Da er keine Menschenseele sah, fuhr er fort: »Ich habe eine Überraschung für dich, weil du so nett bist.«

»Was denn?«

»Komm näher.«

Jörn machte einen Schritt vor, seine Augen wurden groß und leuchteten, er lachte. Pure Vorfreude schien ihn zu erfüllen.

Hastig fuhr er mit der Hand in die Jackentasche, zog das Messer heraus und stach es in Jörns Hals. Blut schoss aus der Wunde, Jörn schrie und stürzte zu Boden.

42

Was für ein Sonntag!

Inzwischen war es 19 Uhr und Gustav saß noch immer im Büro. Petra hatte er bereits nach Hause geschickt, und auch er machte sich allmählich fertig, um die Dienststelle zu verlassen, als es an seiner Tür klopfte.

»Ja?«, sagte er etwas verwundert, denn Mads, Lena und die anderen, die mit dem Fall betraut waren, hatten bereits Feierabend gemacht. Nur eine Notbesetzung war noch vor Ort, da die Dienststelle vierundzwanzig Stunden erreichbar sein musste.

Albert Lange trat ein.

»Was machst du denn hier?«, fragte Gustav erstaunt.

»Dich besuchen, du alter Griesgram.« Albert schien guter Laune.

»Wer hat dich reingelassen? Petra ist nicht mehr da.«

»Du vergisst, dass ich der Bürgermeister dieser Stadt bin«, blieb Albert vage. »Warum bist du um 19 Uhr an einem Sonntag noch im Büro?«

»Weil Mörder keine geregelten Arbeitszeiten kennen.«

»Als ob du in der Sache jetzt noch was bewegen könntest. Ohne mich würdest du tatsächlich vereinsamen, ich habe nämlich eine Superidee.«

»Dann schieß mal los«, zeigte sich Gustav wenig begeistert.

»Jede Wette, du hast noch nicht gegessen.«

»Wenn ich die ganze Zeit im Büro bin, liegt das nahe.«

»Sehr gut. Ich nämlich auch nicht. Zieh dich an und wir beide fahren ins *Wullenwever* nach Lübeck.«

»Glaube kaum, dass wir um diese Zeit dort einen Tisch bekommen.«

»Da unterschätzt du aber den Einfluss des Bürgermeisters«, schmunzelte Albert.

»Gib zu, du hast einen Tisch reserviert in der Hoffnung, dass ich nicht Nein sagen könnte.«

»Du kennst mich halt so gut wie ich dich.«

»Na, dann lass uns losgehen, du gibst ja eh keine Ruhe«, entgegnete Gustav. Er war insgeheim positiv überrascht, dass Albert das Sternerestaurant ausgesucht hatte. Gustav hatte noch nie etwas gegen gutes Essen einzuwenden gehabt und bezeichnete sich schon als Gourmet, ebenso wie der Bürgermeister.

»Nichts anderes habe ich von dir erwartet«, sagte Albert und ließ seine weißen Zähne aufblitzen.

Sie verließen das Büro und stiegen in Alberts Wagen ein.

»Was gibt es Neues von den Ermittlungen?«, erkundigte sich Albert.

»Leider nicht viel.«

»Mir ist zu Ohren gekommen, dass der Täter den Kontakt zu Mads sucht.«

»Was du alles weißt«, gab Gustav zurück. Albert hatte die erstaunliche Fähigkeit, an jede Information zu gelangen. »Hat Tobias es dir gesteckt?«

»Hat er. Immerhin ist diese Emma Falk seine Mitarbeiterin und sie war der Mittelsmann. Ich hoffe, wir können ehrlich und offen über den Fall sprechen.«

»Das können wir, keine Sorge. Du kriegst es ja eh raus und bevor du wieder in die Defensive gehst: Ja, ich weiß, du machst das einzig und allein, weil du besorgt um deine Gemeinde bist.«

»Du kannst deinen Sarkasmus einpacken, weil dieser Satz der Wahrheit entspricht. Wir haben Januar, somit noch kaum Touristen vor Ort. Wenn wir den Täter allerdings bis März nicht gefasst haben, sehe ich schwarz für die Saison. Wir müssen ihn noch diesen Monat stellen, dann wird die mediale Präsenz deutlich abnehmen und die Menschen werden keine Sorge haben, bei uns an der Ostsee zu buchen.«

»Wieso ›wir‹ – und wie soll ich dir bitte garantieren, dass der Täter bis Ende Januar eingebuchtet ist? Siehst du nicht, dass er mit uns spielt? Er fühlt sich uns so haushoch überlegen, dass er mit Mads einen Plausch halten möchte.«

»Genau, das ist doch unsere Chance. Er wird leichtsinnig, weil er glaubt, unbesiegbar zu sein.«

»Wollen wir hoffen, dass Mads nicht zu leichtsinnig wird«, entgegnete Gustav.

»Inwiefern?«

»Sein Alter und seine Konstitution lassen ihn glauben, dass er unbesiegbar wäre. Er war alleine und ohne schusssichere Weste bei einem potenziellen Verdächtigen.«

»Du meinst diesen Sokolow?«

»Genau.«

»Aber du hast ihn doch darum gebeten, ihn aufzusuchen. Es klang jedenfalls nicht so, als wäre Sokolow dringend tatverdächtig.«

»Ich habe auch nicht gesagt, dass er dringend tatverdächtig ist, sondern nur, dass er auf der Liste der Tatverdächtigen steht.«

»Entspann dich. Ich sehe schon, du ärgerst dich mehr über dich als darüber, dass Mads allein und ohne schusssichere Weste zu ihm gefahren ist.«

Gustav gab eine Art Knurren von sich, er fühlte sich ertappt. »Mag sein. Trotzdem ist mein Neffe des Öfteren zu leichtsinnig.«

»Möchtest du einen Rückzieher machen?«

»Meinst du wegen des Tausches? Mads gegen Ella?«

»Ja.«

»Nein, so brutal es klingen mag, aber es ist die beste Option, die wir derzeit haben«, gab Gustav zu.

»Und was, wenn es eine Falle ist?«

»Davon müssen wir allerdings ausgehen. Wir werden Vorsorge treffen. GPS-Ortung, Hubschrauber, das volle Programm.«

»Ist das nicht zu riskant? Was, wenn er das entdeckt?«

»Welche Wahl haben wir denn? Mads sich selbst überlassen?«

»Nein, natürlich nicht. Aber einen Hubschrauber finde ich sehr gewagt.«

»Er wird sich in sicherer Entfernung aufhalten. Wir wollen nur aus der Luft sehen, wo er hinfährt, falls das mit dem GPS-Tracker nicht klappt.«

»Du bist der Profi, du wirst schon wissen, was du tust.«

Gustav antwortete nicht und schaute aus dem Beifahrerfenster, denn genau das war der Knackpunkt: Er wusste es nicht. Er hatte keine Idee, was sie tun sollten, vor allem weil sie nicht wussten, ob Ella noch lebte. Und dieses Unwissen setzte ihn und sein gesamtes Team unter Druck.

»Rot oder Weiß?«, fragte Albert.

Wie Gustav bereits geahnt hatte, war das Restaurant bis auf den letzten Platz ausgebucht, Albert hatte mit seiner Reservierung alles richtig gemacht.

»Ich hatte an einen Cabernet Sauvignon gedacht«, antwortete er.

»Gute Wahl. Dann soll es heute ein Steak sein.«

»Das war mein Plan. Schätze mal, das wird das Menü hergeben.«

»Da liegst du richtig. Ich habe das Angebot heute Mittag bereits studiert und dabei an einen guten Roten gedacht. Nehmen wir das Fünf-Gänge-Menü?«, fragte Albert.

»Warum nicht. Wenn wir schon mal hier sind, lassen wir die Kreditkarte glühen.« Gutes Essen half Gustav, zu entspannen und abzuschalten.

Der Kellner kam und nahm ihre Bestellung auf, dann entfernte er sich so lautlos, wie er erschienen war.

»Lass das nicht zu sehr an dich ran«, sagte Albert und faltete die Hände auf dem Tisch.

»Du hast leicht reden. Ich habe drei tote Frauen und ein entführtes Kind«, sagte Gustav und schüttelte den Kopf.

»Ist mir nicht entgangen, aber wenn du dich deswegen nur noch verrückt machst, hilfst du niemandem.«

»Das ist leichter gesagt als getan. Möchte mir gar nicht vorstellen, wie du mir aufs Dach steigen würdest, wenn wir Saison hätten.«

Der Kellner kam mit den Getränken zurück, kurz darauf stießen beide an.

»Eine hervorragende Wahl«, bemerkte Gustav, er kannte den Wein, da er ihn öfter trank.

»Dem kann ich nur zustimmen. Zurück zu dem Fall. Warum ist eigentlich dieser Sokolow dringend …«, Albert korrigierte sich, »… ist er tatverdächtig?«

»Weil er nicht nur einen blauen Skoda fährt, sondern auch ins Profil eines Psychopathen passt. Laut Mads, der mit dem Nachbarn von Sokolow gesprochen hat, ist er ein Einzelgänger und schon seit frühester Kindheit sonderbar. Ein Außenseiter und nicht gerade empathisch.«

»Verstehe. Aber das wird wohl kaum ausreichen, um ihn festnehmen zu lassen.«

»Leider nicht. Vor allem besteht er darauf, nicht in Niendorf gewesen zu sein, und wir haben keinen echten Beweis, dass es sein Auto war, das an der Straße geparkt war. Ich habe mit Knud Larsen gesprochen. Inzwischen ist er sich nicht mal mehr sicher, dass das Kennzeichen mit HL anfing«, sagte Gustav und seufzte. »Ich habe das dumme Gefühl, dass Knud sich gegen eine Zusammenarbeit mit uns komplett sperrt.«

»Da liegst du wohl richtig. Larsen setzt voll auf den Detektiv. Ich hatte übrigens ein persönliches Gespräch mit Schnor.«

»Und?«

»Angeblich hat er noch nicht viel. Und keine Sorge, ich

habe bereits veranlasst, dass er bald Post vom Finanzamt kriegt. Den werden wir mit Formularen bombardieren.«

»Gut. Wenigstens eine Baustelle, um die ich mich nicht mehr kümmern muss«, sagte Gustav und gönnte sich noch einen Schluck von dem vorzüglichen Wein.

»Was ist eigentlich mit dem Anwohner, der den Wagen auch gesehen hat?«, erkundigte sich Albert.

»Mit dem hat sich Mads heute getroffen und ihm das Kennzeichen von Sokolow gezeigt. Leider konnte der Zeuge nicht bestätigen, dass es genau das Kennzeichen war. Es ist echt zum Haareausraufen.«

»Wenn ich dir irgendwie behilflich sein kann, lass es mich wissen. Du weißt, ich bin bestens vernetzt.«

»Derzeit nicht. Durch die große Medienpräsenz haben wir deutlich mehr Ressourcen zur Verfügung gestellt bekommen. Tim ist dabei, Sokolow gründlich zu durchleuchten. Möglicherweise liegt Mads mit seinem Gefühl richtig, dass er unser Mann ist. Vielleicht werde ich Sokolow mal auf die Dienststelle bitten und ihn mir persönlich vorknöpfen.«

»Mach das. Du hast eine gute Menschenkenntnis. Mads lässt sich zu sehr von seinen Gefühlen leiten.«

»Leider.« Gustav verzog das Gesicht. Sein Handy klingelte, er nahm das Gespräch an und hörte einen Moment schweigend zu.

»Ich komme«, sagte er und beendete das Gespräch.

»Was ist los?«, fragte Albert.

»Wir haben eine weitere Leiche.«

43

Mads und Emma saßen in der *Seaside Lounge* in Niendorf. Offiziell wollten sie über den aktuellen Fall und Emmas Story sprechen, doch Mads freute sich in erster Linie darüber, endlich etwas Zeit mit Emma verbringen zu können. Daher hätte er auch lieber ein anderes Restaurant aufgesucht, aber Emma hatte den Vorschlag unterbreitet und er hatte zugestimmt. Sie sollte nicht den Eindruck bekommen, dass er sie daten wollte.

»Hat sich der Täter gemeldet?«, fragte Emma.

»Nein, noch nicht. Hast du ihm die richtige E-Mail-Adresse geschickt?«

»Logisch. Das kriege ich wohl noch hin«, gab sie leicht spöttisch zurück.

»Einmal leckere Cocktails«, sagte Jule, als sie an ihren Tisch trat. »Wenn man es nicht wüsste, könnte man fast meinen, ihr hättet ein Date.«

»Selbst wenn das so wäre, wüsste ich nicht, was dich das angeht«, entgegnete Mads, der Jules Sprüche gerade überhaupt nicht ertragen konnte.

»Du bist ja wieder die Freundlichkeit in Person.« Jule gab einen abwertenden Laut von sich. »Es war doch nur ein kleiner Scherz. Emma würde jemanden wie dich niemals daten.«

»Wie kommst du auf so einen Unsinn?«, erwiderte Mads.

»Weil sie kein naives zwanzigjähriges Dummchen ist. Außerdem weiß sie als eine meiner besten Freundinnen, dass ich mal mit dir zusammen war, und da gehört sich so was nicht«, antwortete Jule.

Mads' Blick wanderte kurz zu Emma und sie schaute verlegen weg. Er konnte ihre Reaktion nicht deuten.

»Wenn du mit zwanzigjähriges naives Dummchen Daniela meinst, finde ich das nicht witzig. Ich wüsste nicht, was sie dir getan hat, dass du so gegen sie stichelst«, entgegnete Mads. »Kannst du überhaupt ein Mal keinen dummen Spruch machen, wenn ich hier bin?«

Jule verdrehte die Augen. »Du hast recht, das war nicht fair von mir. Ich nehme zurück, was ich über Daniela gesagt habe. Darf ich mich kurz zu euch setzen?«

»Damit du weiter einen dummen Spruch nach dem anderen raushaust?«

»Ich werde brav sein, versprochen.«

»Wer's glaubt. Ich muss mit Emma etwas Berufliches besprechen, wegen der aktuellen Ermittlungen. Das ist nichts für deine Ohren.«

»Als ob Mads Johannsen Polizeigeheimnisse verraten würde.« Sie drehte sich zu Emma. »Viel Spaß mit Mr. Ego.« Dann entfernte sie sich.

»Jule kennt ihre Grenzen nicht.«

»Eigentlich ist sie eine ganz Liebe, nur bei dir rutscht ihr schon mal ein dummer Spruch raus. Ich weiß, es geht mich nichts an, aber vermutlich bist du nicht ganz unschuldig daran.«

»Ich? Inwiefern?«

»Na ja, ihr wart zusammen. Sie wird in der Beziehung mit dir sicherlich die ein oder andere Enttäuschung erlebt haben.«

»Hat sie dir das etwa erzählt? So ein Quatsch. Ich war immer ehrlich zu ihr.« Mads schüttelte den Kopf. Er war sich sicher, dass Emma nur die halbe Wahrheit sagte. Sie war mit Jule befreundet und Frauen waren in seinen Augen Tratschtanten. »Ich möchte mir gar nicht vorstellen, was für Lügenmärchen Jule über mich zum Besten gibt.«

»Das tut sie nicht, und sicherlich wirst du Verständnis dafür haben, dass ich dir nicht erzähle, was Jule mir anvertraut.«

»Leider.«

»Wie geht es Lena?«

»Lenkst du ab?«, fragte Mads unwirsch.

»Nein, es interessiert mich. Außerdem bist du gereizt, daher macht es keinen Sinn, über Jule zu sprechen.«

»Lena ist derzeit auch so eine Baustelle.«

»Warum?«

Mads überlegte, ob er ihr die Geschichte erzählen sollte, und entschied sich für die Wahrheit: »Sie hat ein Date mit Christian.«

»Ist doch schön, dass sie sich wieder annähern.«

Mads verzog angewidert das Gesicht. »Ich habe meiner Schwester versprochen, dass ich die Füße stillhalten werde, trotzdem schmeckt es mir nicht, dass sie sich mit diesem Idioten trifft. Ich kann leider nicht aus meiner Haut.«

»Dann musst du lernen, das entspannt zu sehen. Lena ist eine intelligente, smarte und sehr empathische Frau. Sie weiß, was sie tut.«

»Da bin ich mir nicht so sicher«, antwortete Mads. Er vermutete, dass es vor allem an Lenas schwerer Verletzung lag, dem Schädel-Hirn-Trauma, dass sie wieder die Nähe zu Christian suchte. Seine Schwester fand sich nicht mehr attraktiv und sehnte sich nach menschlichem Kontakt. Ihm gegenüber hatte sie das allerdings nicht zugegeben und nur etwas von alten Gefühlen gefaselt.

»Vertrau deiner Schwester. Lena ist eine tolle Frau. Sie braucht aber einen Bruder, der zu ihr steht und ihr nicht in den Rücken fällt.«

»Ich werde immer zu meiner Schwester stehen.« Mads trank einen Schluck aus seinem Cocktailglas und machte eine abwehrende Handbewegung. »Egal, lass uns über deine Story reden.«

»Gerne.« Emma nahm auch einen Schluck. »Der ist echt gut.«

»Cocktails können die hier.« Mads ließ seinen Blick kurz über die Flaschen hinter der Bar wandern, wo Jule stand und ihn beobachtete. Als sie Mads' Blick bemerkte, schaute sie schnell weg. »Der Täter hat sich nicht mehr bei dir gemeldet, oder?«

»Nein, hat er nicht. Kurz bevor ich kam, habe ich noch mal in meinem Laptop nachgeschaut, keine neue Nachricht.«

»Mir antwortet er auch nicht. Ich finde das äußerst merkwürdig. Warum will er meine E-Mail-Adresse, wenn er mir nicht schreibt?«

»Vielleicht ist sie im Spamfilter gelandet oder eure Firewall lässt die Mail nicht durch?«

»Ausgeschlossen. Ich habe Tim gefragt, er hat alles gecheckt, da war nichts.«

»Hat Tim denn die erste Nachricht zurückverfolgen können oder den Webdienst, über den dieser Link verschickt wurde?«

»Tim meint, das wären anonyme Webdienste, die auf Server in Russland oder Weißrussland zugreifen. Die zurückzuverfolgen, ist schier unmöglich oder vielmehr mit sehr viel Aufwand verbunden. Er versucht dennoch, herauszufinden, wer der Absender der Nachricht und des Links für den Webdienst ist. Auch diese technische Raffinesse spricht für Sokolow.«

»Wer ist Sokolow?«, fragte Emma und erst jetzt wurde Mads klar, dass er mehr verraten hatte, als beabsichtigt.

Er warf ihr einen prüfenden Blick zu. »Kann ich mich darauf verlassen, dass du das nicht für deine Story verwenden wirst?«

»Vertraust du mir noch immer nicht?« Emmas Blick wirkte enttäuscht.

»Doch, tue ich. Aber du bist auch eine verdammt ehrgeizige Journalistin.«

»Was hat das damit zu tun? Kann man ehrgeizigen Journalisten nicht vertrauen?«, konterte Emma.

»Sokolow fährt einen blauen Skoda mit Lübecker Kennzeichen«, antwortete Mads, er wollte keine Diskussion mit Emma starten.

»Und er ist ein IT-Nerd?«

»So in etwa. Ein ganz ungemütlicher und kalter Typ.«

»Traust du ihm zu, dass er drei Frauen ermordet hat?«

»Ohne mit der Wimper zu zucken. Er hat sich sehr für die Morde interessiert«, erklärte Mads.

»Dann besorg dir einen Durchsuchungsbeschluss.«

»Wenn das mal so einfach wäre. Wir haben nichts gegen ihn in der Hand, womit wir zum Staatsanwalt oder zum Richter gehen könnten. Außerdem hat er mir widerspruchslos gestattet, mich in seinem Haus umzusehen, ich durfte sogar das Auto von innen prüfen.« Mads machte eine ratlose Handbewegung.

»Lass mich raten, du hast nichts gefunden und das wurmt dich noch mehr.«

»Genau.«

»Und wenn er tatsächlich unschuldig ist und dich hat machen lassen, weil er nichts zu befürchten hat?«

»Das wäre möglich, aber eine Sache war trotzdem seltsam. Er hatte ein gesteigertes Interesse an dem Fall und offensichtlich eine besondere Freude, mit mir darüber zu diskutieren. Er hat mich sogar an den Zettel am Tatort erinnert. Kann das wirklich Zufall sein? Oder ist er dermaßen von sich überzeugt, dass er langsam an Realitätsverlust leidet und sich insgeheim wünscht, mir seine Taten zu gestehen?«

Emma nickte nachdenklich. »Bei psychisch gestörten Serienmördern wäre das sogar möglich. Es gibt Fälle, wo sich emotionslose Sadisten nicht nur gewünscht haben, mit ihren Taten zu prahlen, sondern das auch tatsächlich getan haben und daher überführt werden konnten. Der eitle Mörder.«

»Ich weiß. Diesen Sokolow schätze ich genau so ein. Er sehnt sich nach Aufmerksamkeit und Anerkennung.«

»Narzissmus ist bei Psychopathen ebenfalls weit verbreitet. Wieso lädst du ihn nicht in die Dienststelle vor?«, riet Emma.

»Das werde ich, aber ich muss zunächst die Ergebnisse von Tim abwarten. Ich brauche mehr Futter gegen Sokolow.«

»Wäre für uns alle gut, wenn er der Täter ist.« Emma seufzte. »Dann müssten wir uns wenigstens keine Sorgen machen, dass noch jemand ermordet wird.«

»Genau. Ich will mir das gar nicht ausmalen«, bekräftigte Mads und leerte sein Glas. »Hattest du noch mal Kontakt zu Schnor?«

»Nein«, antwortete Emma, schaute Mads dabei jedoch nicht an.

»Aber?«

»Was aber?«

»Da ist doch noch was«, bohrte er nach.

»Wie kommst du darauf?«

»Ich spüre, dass du mir was verheimlichst. Was hat dir der Detektiv erzählt?«

»Nichts, weil ich mich nicht mit ihm getroffen habe.« Emma saugte an ihrem Strohhalm und sah auf den Tisch.

»Was ist es denn? Hattest du ein Gespräch mit Larsen?«

Emma sah auf und spielte mit dem Strohhalm, dann atmete sie hörbar ein und aus. »Vielleicht ist da was.«

»Und was?«

»Larsen hat ein paar Leute angeheuert.«

»Was für Leute?« Am liebsten hätte Mads hinzugefügt: *Lass dir doch nicht alles aus der Nase ziehen.*

»Ex-Militärs.«

»Söldner?« Mads zog die Augenbrauen hoch.

»So ungefähr. Ich weiß nicht genau, ob es Söldner sind, nur, dass sie vermutlich bei der Bundeswehr waren und sich auf private Geiseloperationen spezialisiert haben.«

»Wieso hast du mir das nicht vorher erzählt?« Es kostete Mads Mühe, die Beherrschung nicht zu verlieren. Dass Larsen einen kleinen Privatkrieg führte, konnte er gerade gar nicht gebrauchen.

»Weil ich es ihm versprechen musste.«

»Versprechen? Weil du anderenfalls deine Story nicht hättest?«

»So funktioniert Journalismus. Exklusivität ist äußerst wichtig«, wurde Emma giftig. »Du siehst natürlich immer nur das, was du sehen möchtest.«

»Tue ich nicht. In Deutschland ermittelt aber immer noch die Polizei und keine private Söldnertruppe, das sollte auch eine überaus ambitionierte Journalistin wie du wissen. Man sollte für eine Story nicht jede Moral über Bord werfen.«

»Was hat das mit Moral zu tun? Ich musste ihm mein Wort geben, dass ich es für mich behalte.«

»Als ob du dir davon nicht einen Vorteil für deine Story erhofft hast. Sei nicht so scheinheilig«, entfuhr es Mads und im selben Augenblick tat es ihm auch schon leid.

»Genau deswegen habe ich es dir nicht erzählt, du kannst immer nur kritisieren. Aber was rege ich mich auf? Es liegt euch Johannsen-Männern eben im Blut, dass ihr keine Journalisten mögt. Zum Glück ist Lena nicht so …«, wurde Emma emotional, sprach das Offensichtliche jedoch nicht aus.

Sie wirkte gereizt und wütend, aber Mads sah auch Enttäuschung in ihren Augen und Verletzlichkeit. In dem Moment war seine Wut plötzlich verflogen. Er konnte ihr einfach nicht böse sein.

»Es tut mir leid«, sagte er daher etwas leiser.

Emma wirkte überrascht. »Es tut dir leid?«

»Ja, ich wollte dich weder ärgern noch einen Streit mit dir lostreten. Das war nicht meine Absicht. Ich stehe einfach so unglaublich unter Druck und ich möchte Ella lebend finden, das ist das Einzige, was mich gerade wirklich beschäftigt.«

Emmas Gesichtszüge entspannten sich und Mads berührte ganz sanft ihre Hand, sie zog sie nicht zurück.

»Ich bin auch etwas übers Ziel hinausgeschossen«, räumte sie dann ein. »Vermutlich hätte ich es dir sagen müssen, aber manchmal steht mir mein Ehrgeiz im Weg.«

Mads lag ein Spruch auf der Zunge, den er sich jedoch verkniff, er wollte die Situation nicht erneut eskalieren lassen. Stattdessen schaute er sie nur an und hätte sie am liebsten in den Arm genommen. Emma wirkte etwas verloren, als wüsste sie nicht, was sie tun sollte.

»Danke, dass du mir das mit der Söldnertruppe …«, begann er.

»Ex-Bundeswehr«, korrigierte Emma.

»Wie auch immer. Mein Onkel hat einen guten Draht zu Larsen, er soll sich der Sache annehmen. Möchtest du noch einen Cocktail?«

»Warum nicht? Du bringst mein Blut jedes Mal in Wallung«, lächelte Emma und zeigte ihre Grübchen, die Mads so gerne sah.

Er winkte Jule zu sich, im selben Augenblick klingelte sein Handy. Es war Gustav. Er nahm das Gespräch an und hörte, wie Emma zwei Cocktails bei Jule bestellte, die neben ihr stand.

»Was ist los?«, fragte Emma, als Mads das Gespräch beendet hatte.

»Ich muss leider los.«

»Warum?«, fragte Jule.

»Wir haben eine weitere Leiche«, antwortete Mads.

»Was? Wie schrecklich!« Jules Augen wurden groß. »Da hat man als Frau ja Angst, überhaupt noch rauszugehen.«

»Ich hole dich gerne nach Feierabend ab«, sagte Emma.

Mads stand auf. »Es tut mir wirklich leid, aber ich muss los.«

Eine weitere Leiche, und dann auch noch eine Person, die er kannte. Die Wut auf den Mörder und auf sich selbst stieg erneut in ihm auf, weil er dem Täter immer noch keinen Schritt näher war.

»Um wen handelt es sich?«, fragte Emma.

»Jetzt nicht«, antwortete Mads. Emma stand auf und Mads verabschiedete sich von ihr und Jule.

»Das hat er dir bestimmt bloß nicht gesagt, weil er glaubt, dass du es sofort posten wirst«, hörte er Jule noch sagen.

»Ich glaube auch. Er muss lernen, dass es mein Job ist, solche Inhalte zu posten«, erwiderte Emma. Mads ging etwas langsamer, da er neugierig war, was Jule noch sagen würde, und prompt kam die Antwort.

»Mads und lernen? Die Johannsen-Männer können sture Esel sein, ganz anders als die Frauen«, sagte Jule abfällig.

Das war ja klar, dachte Mads, öffnete die Tür der *Seaside Lounge* und trat nach draußen. Dass Jule so über ihn sprach, wurmte ihn, gleichzeitig musste er sich eingestehen, dass sie gar nicht so unrecht hatte. Das lag allerdings auch daran, dass er bisher noch nie Gefühle für eine Journalistin gehabt hatte und Pressevertreter in seiner Familie einfach keinen guten Ruf genossen, weil sie zu oft die Wahrheit verdrehten und ihre Ermittlungen behinderten. Dennoch nahm er sich vor, mehr Rücksicht auf Emma und ihren Job zu nehmen, da er nicht wollte, dass sie glaubte, er wäre ein sturer Esel und könne nicht an sich arbeiten.

Der Tatort war nur gut zehn Minuten zu Fuß entfernt. Vor dem Haus erblickte er bereits den Rettungswagen und Fahrzeuge der Polizei, ebenso einige Kollegen von der Streife, die dafür sorgten, dass es keine Schaulustigen gab.

Er betrat die Wohnung und lief Gustav fast in die Arme.

»Der spielt mit uns«, schnaubte Gustav und Mads sah ihm an, dass er kurz vor der Explosion stand. »Er scheint sich für unbesiegbar zu halten! Läuft durch meine Gemeinde und tötet Frauen, als wären sie irgendwelche Schmeißfliegen.«

»Wir finden das Schwein«, antwortete Mads. Was hätte er in diesem Augenblick auch anderes sagen sollen? Sein Onkel hatte recht. Der Täter schien kein Risiko zu fürchten.

»Moin, Mads«, hörte er da eine ihm gut bekannte Stimme. Es war Albert Lange. »Ich glaube, du kanntest das Opfer recht gut, oder?«

»Ja«, antwortete Mads. Dass der Bürgermeister auch hier war, hatte Gustav nicht erwähnt, und in seinen Augen hatte dieser am Tatort nichts zu suchen. Aber die Entscheidungen traf sein Onkel, nicht er. Seine Gedanken waren ohnehin gerade ganz woanders, nämlich bei der Tochter der Toten. »Was ist mit Anna? Wurde sie auch ermordet oder entführt?«

44

17. Januar

»Danke, dass du gekommen bist.«

»Wirst du wirklich sterben?«, fragte er.

»Ja, mein Sohn. Bald werde ich wieder bei Mama sein. Macht dich das traurig?«

»Nein, warum sollte es?«

Sein Vater schaute ihn angewidert an. »Kannst du nicht wenigstens einem Sterbenden das Gefühl geben, dass er geliebt oder zumindest vermisst wird?«

»Ich habe dich nie geliebt. Warum sollte ich dich jetzt anlügen? Was bringt es dir? Du bist bald tot und wirst unter der Erde liegen. Dein Körpergewebe wird sich auflösen, nur das Skelett wird übrig bleiben, und irgendwann werden sich auch deine Knochen dem Zerfall nicht mehr widersetzen können, bis du nichts weiter als Dünger und Erde bist.«

»Wieso habe ich jemanden wie dich gezeugt?« Die Augen seines Vaters stachen hervor. Er sah ihm an, dass er starke Schmerzen hatte und nur die Schmerzmittel sie weitgehend unterdrücken konnten.

»Weil du wie fast alle Menschen ein Opfer der Evolution bist, du fickst einfach zu gerne«, sagte er kalt.

»Du widerst mich an. Hätten wir dich bloß abgetrieben.«

»Dafür wart ihr zu feige, Vater.«

»Ich bin nicht dein Vater. Und ich möchte eine Feuerbestattung. Dir werde ich nicht den Gefallen tun, unter der Erde zu verwesen.«

»Du bekommst eine ganz normale Bestattung wie Mama.« Seine Lippen bildeten ein emotionsloses Lächeln.

»Das findest du wohl witzig.«

»Das tue ich, weil du jetzt weißt, dass ich dir deinen letzten Willen nicht erfüllen werde, und niemand kann das verhindern.«

»Du bist der Teufel«, fluchte sein Vater und bekam einen Hustenanfall, dann spuckte er Blut.

»Leb wohl, Vater.«

Dieses Gespräch lag schon einige Jahre zurück, aber er erinnerte sich noch sehr gut daran, wie glücklich er sich danach gefühlt hatte. Glücklich, dass er seinem Vater noch einen hatte reindrücken können und ihm den letzten Wunsch nicht erfüllt hatte. Er lag unter der Erde wie seine Mutter.

»Am Ende habe ich gewonnen«, sagte er zufrieden.

Seine Tränen hatte sein Vater nicht verdient, dafür hätte er sich mehr Mühe geben und ihm ein echter Vater sein müssen. Stattdessen hatte er ihn durch die medizinische und psychische Hölle geschickt.

Er schaltete seinen Laptop ein und sah, dass er eine neue Nachricht bekommen hatte. Von Nutella8, wem sonst.

Moin. Darf ich dir gratulieren?

Wozu?,

antwortete er Nutella8.

Na, zu deiner nächsten großen Tat. Die Tote in Niendorf, das warst du doch, oder?

Gut erkannt. Woher weißt du das schon wieder?

Steht überall in den Medien. Habe es aus der Ostseezeitung.

Er hatte längst geahnt, dass Nutella8 wie er aus Norddeutschland kam. Dass er die Ostseezeitung las, bestätigte seine Vermutung. Solch ein Regionalblatt las man nicht in Süddeutschland. Noch immer überlegte er, wie er Nutella8 für seine Zwecke nutzen könnte, doch ihm war nichts eingefallen.

Sehr interessant, dass die Presse so schnell ist. Ja, das war ich. Der anonyme Held,

schrieb er und die Worte zauberten ihm ein Grinsen ins Gesicht.

Geil, wirklich geil. Ich wünschte, ich wäre so mutig.

Hindert dich doch keiner.

Doch, meine Frau und meine Tochter. Für sie muss ich mich zurückhalten.

Lügner! Der Einzige, der dich daran hindert, bist du. Auch wenn ich deinen Kinderfetisch abscheulich finde, was hält dich zurück, zu einem Kinderspielplatz zu fahren und dir da ein Mädchen oder einen Jungen zu schnappen? Eltern sind in der Regel äußerst unaufmerksam, weil sie immer nur auf ihr Handy starren.

Das sagt sich so einfach. Eltern sind verdammt aufmerksam.

Quatsch. Du bist nur ein Feigling. Erst letzte Woche habe ich in der Zeitung gelesen, dass in Lübeck eine Fünfjährige auf dem Spielplatz entführt wurde.

Das habe ich auch gelesen. Es hat mich irgendwie erregt und gleichzeitig wütend gemacht, dass ich es nicht war. Momentan ist es nicht leicht für mich, aber die Lust ist einfach zu groß.

Das nennt sich Evolution, du perverse, pädophile Sau. Und wage es nicht, mich nach einem Foto zu fragen, dann werde ich echt sauer.

Das wollte ich gar nicht. In den Lübecker Nachrichten stand, dass die Tote wieder eine junge Mutter ist.

Das stimmt. Warum?,

schrieb er und sah sich erneut bestätigt: Nutella8 kam hier aus der Ecke, da auch die Lübecker Nachrichten eher in der Region gelesen wurden und nicht außerhalb. Nutella8 schien ungemein an ihm interessiert. Warum sonst las er gleich in mehreren Zeitungen über die Tat? Ihm war das recht, zeigte es ihm doch, dass der Kerl ihn sehr bewundern musste.

Was ist mit dem Kind? Es stand nichts darüber in dem Artikel. Es muss doch ein Kind geben,

wollte Nutella8 wissen.

Verstehe, du glaubst, es wäre bei mir.

Der Gedanke erregt mich.

Du bist echt primitiv, bei dir dreht sich alles nur um deinen Schwanz. Du wirst in der Weiterentwicklung des Menschen immer unter mir stehen.

Ich weiß. Und ich schäme mich dafür. Magst du mir trotzdem verraten, was mit dem Kind ist? Ist es bei dir?

Er überlegte, ob er ihm die Wahrheit schreiben oder ihn noch etwas zappeln lassen sollte.

Das Mädchen lebt,

antwortete er kryptisch.

War mir klar, dass du sie nicht ermordet hast, das hätte in der Zeitung gestanden. Also hast du zwei Geschenke zu Hause?

Das habe ich nie behauptet. Kannst du einen einfachen Text nicht richtig lesen, benebelt deine kranke Fantasie deinen Verstand dermaßen?

Verzeih, was hast du denn damit gemeint?

Dass sie noch lebt, du Idiot.

Verstehe. Aber wo ist sie denn?

Woher soll ich das wissen? Jedenfalls ist sie nicht bei mir.

Er schnaufte. Wie sollte ihm so ein dummer Holzkopf helfen können? Er stand auf, ging zum Kühlschrank, holte ein Tetrapak Milch heraus und gönnte sich einen großzügigen Schluck, dabei dachte er an Jörn und den Satz, dass er mit Mads Johannsen befreundet sei.

»Das mit Jörn könnte wirklich ein Fehler gewesen sein«, murmelte er, trank noch einen großen Schluck und wischte sich die Milch von den Lippen.

Egal. Was machte er sich darüber einen Kopf? Er war unbesiegbar. Dieser behinderte Jörn wollte doch bloß prahlen.

Wirklich beruhigt war er durch diesen Gedanken allerdings nicht. Nur, wie sollte er herausfinden, ob Jörn und Mads sich tatsächlich näherstanden? Er konnte Mads kaum danach fragen, denn dann würde er wissen, dass er Jörn kannte, und das wäre noch gefährlicher für ihn.

»Das ist doch alles geradezu idiotisch«, schimpfte er. »Nein, es muss einen anderen Weg geben.«

Da blitzte wieder die Idee in seinem Kopf auf, dass er sich bei der Polizei als Zeuge melden und so tun könnte, als hätte er jemanden in der Nähe der Anschrift der jungen Mutter gesehen.

»Nein, auch nicht clever«, er schüttelte den Kopf. Aber mit einem Mal hatte er einen viel besseren Einfall. Er setzte sich wieder an den Laptop.

Ich brauche deine Hilfe. Jetzt kannst du dich beweisen.

Inwiefern?

Du musst zur Polizei nach Timmendorfer Strand und dich als Zeuge ausgeben. Ich brauche ein paar Antworten.

45

Lena hatte ein wunderbares Date mit Christian gehabt. Am Ende hatten sie sich geküsst und es war fast wie früher gewesen, bevor der Alkohol und all das andere Christian so sehr verändert hatten. Als sie kurz darauf von dem Mord an Susanne Bahr erfahren hatte, hatte sie das schlechte Gewissen gepackt. Sie schwebte im Glück, während eine Frau, die ungefähr in ihrem Alter war, brutal aus dem Leben gerissen und ein kleines Kind ohne Mutter zurückgelassen worden war. Freud und Leid lagen manchmal verdammt nah beieinander, so nah, dass es einem die Luft zum Atmen rauben konnte.

»Wir müssen los«, sagte Mads und stand von seinem Schreibtischstuhl auf.

Lena klappte ihren Laptop zu, setzte sich in ihren Rollstuhl und verließ mit Mads das Büro.

Als sie im Besprechungsraum ankamen, waren alle anderen bereits da. Sie grüßten in die Runde und suchten sich einen Platz.

»Mads, baust du bitte die Leitung zu Tim auf? Ole ist in seinem Büro.«

»Mach ich«, antwortete Mads, drehte sich zu seiner Schwester und flüsterte: »Den Tag möchte ich erleben, wo er das selbst hinkriegt.«

Lena schmunzelte und Gustav warf ihm einen so vernichtenden Blick zu, als hätte er seine Worte verstanden.

»Leitung steht«, sagte Mads und auf der Leinwand erschien das Büro von Tim.

»Moin«, machten sich Tim und Ole bemerkbar. Die Runde grüßte zurück.

»Besten Dank, dass ihr einen Slot in eurem vollen Terminkalender gefunden habt«, sagte Gustav. »Ich möchte auch nicht zu viel Zeit verlieren. Ole, möchtest du direkt übernehmen? Einige Kollegen hier waren gestern nicht am Tatort, nur zu deiner Information.«

»Verstehe. Bei der Toten handelt es sich um Susanne Bahr. Wenn ich das richtig in Erinnerung habe, kennt Mads sie.«

»Genau«, antwortete Mads.

»Die Tote wurde einunddreißig Jahre alt und laut unseren Unterlagen ist sie in Niendorf groß geworden. Sie hat eine achtjährige Tochter.«

»Wenigstens wurde Anna nicht entführt und ist noch am Leben«, ließ sich Carsten zu einem Kommentar hinreißen. Gustav zog die Augenbrauen hoch.

»Sie hat großes Glück gehabt, da sie bei einer Freundin war und die Mutter ihr erlaubt hatte, länger bleiben zu dürfen.«

»Haben die Eltern der Freundin demnach die Polizei alarmiert?«, fragte Carsten weiter.

»Genau. Der Vater. Er hat Anna nach Hause gebracht und als die Mutter weder ans Handy ging noch auf die Türklingel reagierte, wurde ihm mulmig und er rief die Polizei. Die Kollegen von der Streife haben sich Zutritt zur Wohnung verschafft, da sie die Tote auch nicht erreichen konnten. Sie haben ihre Leiche im Wohnzimmer entdeckt.«

»Was ist mit dem Vater des Kindes?«, erkundigte sich Carsten.

»Die Tote war geschieden.«

»Findet ihr es nicht merkwürdig? Alle Opfer lebten allein und waren Mütter. Das kann doch kein Zufall sein«, überlegte Nils laut.

»Ob Zufall oder nicht, kann ich nicht beurteilen«, erwiderte Ole. »Was ich aber bereits sagen kann, ist, dass auch dieses Opfer mit zwanzig Messerstichen übertötet wurde. Außerdem wurde ihr der rechte Zeigefinger abgeschnitten. Wir haben einiges an DNA, Fingerabdrücken und anderen wichtigen Spuren sichergestellt.«

»Zweifelt irgendjemand daran, dass wir es mit demselben kranken Arschloch zu tun haben?«, platzte Mads heraus.

»Nein, das tut niemand, trotzdem müssen wir ordentlich und gründlich arbeiten«, entgegnete Gustav.

»Wie bei den vorherigen Taten gibt es keine Hinweise darauf, dass sich der Mörder gewaltsam Zutritt zur Wohnung verschafft hat.«

»Genau, deswegen kann es gar nicht anders sein, als dass der Täter die Opfer beobachtet hat. Er kann ja schlecht an irgendeiner Tür geklingelt haben und hoffen, dass eine alleinerziehende Mutter ihm öffnet«, bemerkte Nils.

»Das streitet auch keiner ab«, wurde Gustav ungemütlich. »Könntet ihr Ole bitte aussprechen lassen, statt ihn jedes Mal zu unterbrechen?«

»Viel mehr gibt es von mir nicht«, meldete sich Ole wieder zu Wort. »Sollten wir den Täter fassen, haben wir immerhin jede Menge Beweise, um ihn als Serientäter zu überführen.«

Und genau das war das Problem: Der Täter ließ sich nicht fassen, während die Öffentlichkeit langsam den Eindruck bekam, dass er in aller Seelenruhe in Wohnungen marschieren und Frauen ermorden konnte, ohne Konsequenzen fürchten zu müssen. Im Büro hatte Lena ihm einige Online-Artikel von Tageszeitungen vorgelesen, jede größere Zeitung berichtete inzwischen über den Mörder. Niendorf war in aller Munde – und zwar nicht als Urlaubsparadies, sondern als der Ort, wo man lieber keinem Fremden die Tür öffnete.

»Tim, was hast du für uns?«

»Auch nichts wirklich Neues. Mir liegen das Handy und der Laptop von Susanne Bahr vor. Ich lasse gerade ein Programm durchlaufen, um irgendwelche Gemeinsamkeiten mit den anderen Opfern zu finden. Ich fürchte jedoch, dass das Ergebnis genauso ausfallen wird wie bei den anderen beiden

Frauen. Yeliz und Alma wurden in den letzten Wochen nicht von derselben IP-Adresse aus kontaktiert, da wäre es seltsam, wenn es bei Susanne anders ist. Wir müssen davon ausgehen, dass der Täter entweder nicht im Internet unterwegs ist oder es extrem geschickt versteht, seine Spuren zu verwischen.«

»Sprechen denn die E-Mail und der Webdienst, über den er mit Emma kommuniziert, nicht eher für die Theorie, dass er keine Spuren hinterlässt?«, hakte Mads ein.

»Möglich«, antwortete Tim. »Aber gerade, weil er sich so gut mit IT auskennt, wäre es denkbar, dass er die sozialen Medien links liegen lässt, weil sie ein Sicherheitsrisiko für ihn bedeuten, selbst wenn er anonyme Profile benutzt, um private Profile der Frauen auszuspionieren.«

»Bist du in Sachen Webdienst und E-Mail weitergekommen?«

»Bisher nicht. Wie ich dir gegenüber schon angedeutet habe, die Server stehen in Weißrussland und Russland. An die ranzukommen, ist schier unmöglich. Ich habe zwar einen Antrag gestellt, aber bis der genehmigt, bearbeitet und schließlich von deren Seite freigegeben ist, wird es Monate dauern.«

»Zeit, die wir nicht haben. Wenn du Ressourcen brauchst, besorge ich sie«, sagte Gustav.

»Ich habe bereits Lutz Fischer von den Kölner Kollegen kontaktiert. Ich hoffe, das ist okay.« Tim lächelte vorsichtig.

»Selbstverständlich. Wenn Fischer helfen kann, ist uns das sehr willkommen.«

Lena wusste, dass Tim und Fischer befreundet waren und Fischer ebenso wie Tim hervorragende Fähigkeiten besaß, was IT anbelangte. Beiden eilte der Ruf voraus, exzellente Hacker zu sein.

»Danke. Durch seine Hilfe rechne ich mit einem Zeitvorteil. Wir schreiben gerade ein Programm, mit dem wir die Sicherheitssysteme überlisten wollen. Aber ich möchte nicht allzu viel Hoffnung wecken.«

»Einen Versuch ist es wert. Und ganz ehrlich, wenn ihr die Unterstützung von anderen Hackern braucht, holt sie euch, von mir aus auch von Geheimdiensten, dann versuche ich einen Kontakt herzustellen. Wir haben vier tote Frauen und ein vermisstes Mädchen. Dass Anna nicht ermordet oder entführt wurde, ist offenbar lediglich ein glücklicher Zufall. Wir können es uns gerade nicht leisten, jede Vorschrift zu befolgen. Du hast von mir grünes Licht und ich allein übernehme die volle Verantwortung mit allen Konsequenzen.« Gustav presste die Lippen zusammen. Lena spürte, wie sehr ihr Onkel unter Strom stand. Kein Wunder, sie konnte sich zumindest nicht erinnern, dass jemals zuvor in so kurzer Zeit vier Frauen an der Ostsee ermordet worden waren.

»Vielleicht gibt es da noch einen. Er heißt Joe …«

»Kontaktier' diesen Joe. Ich sagte doch, du hast freie Hand.«

»So leicht ist das nicht. Ich habe keine Ahnung, wo er gerade steckt. Aber seine Hilfe wäre ein Quantensprung.«

»Du scheinst ja viel von diesem Joe zu halten«, antwortete Mads.

»Er ist der beste Hacker, den ich kenne.«

»Dann versuch alles, um ihn zu erreichen«, sagte Mads.

Lena wusste, dass ihrem Bruder jedes Mittel recht war, um den Täter zu schnappen, in der Hinsicht war er fast noch konsequenter als Gustav. Sie war da deutlich reservierter, wollte das hier jedoch auf keinen Fall ansprechen.

»Ich bin dran. Fischer hat sogar einen noch besseren Draht zu ihm, aber er hat ihn seit Monaten nicht erreichen können. Wir tun unser Bestes. Es tut mir leid, dass ich keine besseren Nachrichten für euch habe.«

»Was ist mit Sokolow?«, erkundigte sich Mads.

»Ich habe jede Menge Informationen über ihn und seine Familie gefunden«, antwortete Tim. »Ich gebe das alles direkt an dich weiter.« Wie Mads saß Tim am Laptop. Jetzt tippte er etwas in die Tastatur und schaute dann wieder in die Kamera. »Abgeschickt.«

»Danke.«

»Kannst du für uns alle eine kurze Zusammenfassung geben?«, bat Gustav.

»Gern. Andrej Sokolow ist der Sohn von Russlanddeutschen. Seine Eltern sind 1983 nach Deutschland ausgewandert. Der Vater hat auf dem Bau gearbeitet, die Mutter war Hausfrau. Er ist ein Einzelkind und wurde 1986 geboren. Sokolow war nie verheiratet und hat auch keine Kinder. Mit dem Gesetz ist er nie in Konflikt gekommen. Er arbeitet als Programmierer, hat aber nicht Informatik studiert, vermutlich ist er ein Autodidakt, der schon früh Gefallen am Programmieren gefunden hat. Es gibt einige Unterlagen bezüglich psychiatrischer Behandlungen, die er als Kind und Jugendlicher in Anspruch genommen hat. Diese Unterlagen liegen mir noch nicht vor.«

»Die wären sehr wichtig«, sagte Mads.

»Ich bin dran, aber der Datenschutz …« Tim brach ab und hüstelte.

»Ich rufe dich nachher an, Tim«, sagte Gustav.

Lena verstand sofort. Tim war vermutlich dabei, seine Befugnisse als Polizist etwas über Gebühr zu strapazieren, eine Grauzone zu betreten, die nicht unheikel war und im schlimmsten Fall zu disziplinarischen Maßnahmen führen konnte. Als Beamter war er nun mal verpflichtet, sich an die Gesetze zu halten. Tat er das nicht und diese Maßnahme diente dazu, einen Verbrecher zu überführen, konnte das am Ende doch rechtens sein – wenn Staatsanwalt und Vorgesetzte vorher eingeweiht waren. Dieser Spielraum war sehr eng, daher verstand Lena, dass Gustav das lieber mit Tim unter vier Augen besprechen wollte.

»Mach ich. Viel mehr habe ich leider nicht. Sokolow ist in meinen Augen vielversprechend.«

»Er ist unsere heißeste Spur«, bestätigte Mads und schaute auf seinen Laptop. »Deine Unterlagen sind angekommen«, sagte er. Er hatte sich mit seinen Zugangsdaten auf dem Laptop angemeldet, sodass er Zugriff auf seine E-Mails und seinen digitalen Arbeitsplatz hatte.

»Was ist los?«, fragte Lena, weil sie bemerkte, dass Mads kurz abwesend wirkte. Sein Blick fixierte den Bildschirm.

»Der Psycho hat mir geschrieben.«

46

Lieber Mads,

Ihre versteckte Botschaft ist bei mir angekommen. Sollte Ihr Interesse ernsthafter Natur sein, antworten Sie bitte auf diese Nachricht. Weitere Instruktionen werden folgen.

Ihr
anonymer, aber sehr angetaner Gegenspieler,
Mr. X

Er las den Text noch einmal durch. Ein Schmunzeln huschte ihm übers Gesicht, er fand den Text recht gelungen.

»Ob er mich auch als Gegenspieler und ebenbürtig ansieht?«

Angesichts seiner Kunstwerke wäre das wohl mehr als angemessen. Die Frage sollte vielmehr lauten: Sah er ihn als ebenbürtig an?

Er hatte keine Antwort darauf. Er fand Mads spannend und war neugierig auf seine Reaktion, vor allem auf das Gespräch mit ihm. Für die Kommunikation mit dem Bullen hatte er sich etwas ganz Besonderes überlegt, denn die IT der Behörden würde sicherlich versuchen, ihn zu orten. Nervös machte ihn das nicht.

»Das wird ein Spaß. Die finden mich nie.« Sein Blick wurde ernst. »Wenn ich für etwas eine Leidenschaft entwickle, gibt es keine halben Sachen. Und eines muss ich meinem alten Herrn hoch anrechnen: Er hat mir früh einen Computer gekauft.«

Statt wie andere Kinder am Rechner zu spielen, hatte er gelernt, zu programmieren. Sein erstes Programm hatte er mit fünfzehn geschrieben, da er den Rechner erst mit vierzehn geschenkt bekommen hatte. Es war ihm nicht schwergefallen, sich in der Welt der Computer und der IT zurechtzufinden. Der Gebrauch der 1 und der 0 waren ihm so vertraut gewesen wie essen und trinken. Ein Talent, das ihm heute half, Geld zu verdienen und sich in den Weiten des Internets und des Darknets frei zu bewegen.

Wenn du fleißiger wärst, wärst du längst reich, meldete sich ein selbstkritischer Gedanke, denn er arbeitete nicht mehr als nötig. Doch Geld hatte ihm noch nie viel bedeutet. Er hatte nie verstanden, warum die meisten Menschen diesen bunten Papierschnipseln derart nachjagten, sich dafür aufopferten und zu Geldsklaven wurden. Sie gaben etwas viel zu Kostbares dafür her: ihr Leben. Denn nichts konnte einem die Zeit zurückgeben, die man für die Arbeit verlor. Was nützte einem all das Geld, wenn man alt und gebrechlich war?

Auch sein Vater war dem Geld nachgejagt, dabei war von Anfang an klar gewesen, dass er niemals reich werden würde, egal wie sehr er sich anstrengte. Seine Qualifikation und sein Arbeitsplatz gaben das nicht her.

Einmal hatte er seinem Vater gesagt: *»Du bist ganz schön naiv, dass du so hart und lange arbeitest und dich dadurch krank machst.«*

»Was weißt du über Arbeit? Glaubst du, dass das Essen von allein auf den Tisch kommt? Dass das Haus sich von allein bezahlt? Zeig mehr Dankbarkeit, du Idiot.«

Dabei war sein Vater der Idiot gewesen. Seine Arbeit hatte ihn krank gemacht und das hatte ihn am Ende das Leben gekostet. Sein Vater hatte gelebt, um zu arbeiten, ohne das Leben eine Sekunde wirklich genossen zu haben. Deshalb war er stolz auf sich, dass er schon in jungen Jahren entschieden hatte, nicht wie sein Vater und all die anderen Arbeitssklaven zu sein.

»Mein Reichtum sind die Mütter, die ich töten darf«, sagte er zu sich und sah gebannt auf den Monitor.

»Lasst die Spiele beginnen!«

Mads hatte ihm geantwortet.

47

»Was, wenn es nur ein Trittbrettfahrer ist?«, sagte Lena, als sie und Mads in Gustavs Büro saßen. Mads hatte seinen Laptop mitgebracht.

»Undenkbar. Das ist unser Mann«, entgegnete Mads.

»Tim, bist du bereit?«, fragte Gustav.

Mads hatte eigentlich allein mit dem Psychopathen kommunizieren wollen, aber sein Onkel hatte darauf bestanden, dass sie das in seinem Büro taten und dass Tim versuchen sollte, sich in die Kommunikation einzuhacken, um die Spur zum Täter zurückverfolgen zu können. Tim war deshalb extra von Lübeck zu ihnen in die Dienststelle gefahren.

»Ich bin bereit. Aber wie gesagt, der Kerl ist pfiffig. Er verschlüsselt und anonymisiert jede Ebene der Kommunikation, der IP-Übermittlung und der Datenübertragung. Würde mich nicht wundern, wenn er über ein fremdes W-LAN mit uns kommuniziert.«

»Du meinst, er benutzt ein VPN?«, wollte Gustav wissen.

»Nicht nur das. Es gibt weitere spezielle Bundlesoftware, die zum Beispiel der Tor-Browser basierend auf Firefox nutzt. Damit verschleiert er zusätzlich die IP und aktiviert den privaten Modus. Vermutlich hat er außerdem ein eigens dafür erstelltes Programm zwischengeschaltet. Er arbeitet wie gesagt auf mehreren Ebenen. Das ist wie eine Zwiebel. Wenn man zum Kern möchte, muss man viele Schichten abtragen. Und ich habe keine Ahnung wie viele Schichten diese Zwiebel hat. Wenn er nur ein VPN nutzt, kann ich mich reinhacken und mit etwas Mühe seinen Standort lokalisieren. Das ist aber leider nicht der Fall.«

»Verstehe.«

Mads sah seinem Onkel an, dass er in Wirklichkeit nicht verstand, was Tim da sagte. Gustav war, was IT anbelangte, ziemlich hilflos.

»Soll ich ihm antworten?«, fragte Mads.

»Schieß los. Ich bin ready«, antwortete Tim.

Gustav nickte nur, sodass Mads eine Antwort tippte.

Lassen wir die Spiele. Melden Sie sich,

schrieb Mads und schickte die Nachricht ab.

»Ist das nicht etwas zu harsch?«, fragte Lena.

»Warum? Soll ich diesem Wichser noch in den Arsch kriechen?«, rutschte es Mads heraus. Seine Gedanken wanderten zu Susanne, die der Psychopath eiskalt ermordet hatte.

Er kannte Susanne, seit sie Kinder waren, und irgendwann hatte er auch etwas mit ihr gehabt, aber Liebe war nicht daraus geworden. Dennoch hatten sie bis heute ein freundschaftliches Verhältnis gepflegt. Dass sie so hatte sterben müssen, traf ihn härter, als er seiner Familie und den Kollegen gegenüber zeigte. Vor allem Anna tat ihm leid, denn er wusste, was für ein enges und herzliches Verhältnis sie zu ihrer Mutter gehabt hatte.

Eine Weile sagte keiner etwas, alle schauten gebannt auf den Bildschirm, doch die Antwort ließ auf sich warten.

»Wenn er in den nächsten dreißig Minuten nicht antwortet, müsst ihr in eurem Büro weitermachen. Ich habe gleich eine Telko mit der Direktion in Lübeck«, sagte Gustav.

Mads sah ihm seine Ungeduld an. Ihm wäre es nur recht, wenn er die Kommunikation mit dem Täter ohne seinen Onkel fortsetzen könnte, denn er fürchtete, dass Gustav sich zu sehr einmischen würde.

Wieder erfüllte Stille den Raum, die Zeit schien langsamer zu vergehen als sonst und ein Gedankenkarussell setzte sich in seinem Kopf in Gang, mit dem er sich gerade nicht beschäftigen wollte. Was, wenn sie es doch mit einem Trittbrettfahrer zu tun hatten, der sich über sie lustig machte? Was, wenn Ella längst tot war? Was brachte es dem Psychopathen, mit ihm zu kommunizieren? Mads blies die Backen auf und hielt die Luft an.

»Bist du nervös?«, fragte Lena.

»Ein wenig«, gestand er. Lena berührte seine Hand, um ihm zu sagen, dass er nicht allein war. Es war eine kleine Geste, aber sie beruhigte ihn. »Und du?«

»Ich auch.«

»Ich glaube, jeder von uns ist nervös«, sagte Gustav. »Das ist auch gut so. Wir sind Menschen und keine Maschinen. Es geht hier um sehr viel.«

Tim nickte schweigend.

Dann war es so weit. Eine neue Nachricht erschien in seinem Posteingang. Er öffnete sie und las:

Lassen wir die Spiele beginnen. Seien Sie so freundlich und klicken Sie auf den Link unten.

Mads klickte auf den Link und es startete ein kleines Programm mit einer Benutzeroberfläche.

»Was ist das?«, fragte Gustav.

»Er hat ein kleines automatisiertes Programm im Hintergrund gestartet, das uns zu einem Webdienst im Darknet weitergeleitet hat«, antwortete Tim.

»Warum?«

»Weil er davon ausgeht, dass wir ihn zu lokalisieren versuchen.« Tim schaute auf das Display seines Laptops. »Der ist echt gut. Meine Programme spielen verrückt. Laut meinem IP-Tracker kommt das Signal aus Kapstadt.«

»Aus Kapstadt?« Gustav riss die Augen auf. »Verdammt, haben wir keine andere Möglichkeit?«

»Ich bin dran, aber ich sagte ja, der ist echt gut.«

»Jetzt verstehe ich, warum er unbedingt mit Mads kommunizieren wollte«, schimpfte Gustav und zog die Nase hoch. Seine Hand war zur Faust geballt. »Er möchte uns vorführen, uns zeigen, was für ein brillantes Genie er ist. Wir sollen in ihm nicht nur den eiskalten Mörder sehen.«

»Möglich«, antwortete Tim, während Mads weiter gebannt auf den Bildschirm schaute.

Gut gemacht. Ich heiße Sie in meinem privaten Chatroom willkommen,

erschien auf dem Monitor.

Was ist mit Ella?,

schrieb Mads.

Nicht so schnell,

kam als Antwort zurück.

Mads holte tief Luft.

»Entspann dich, du kannst nicht gleich mit der Tür ins Haus fallen. Soll ich ihm antworten?«, fragte Gustav, der von der forschen Art seines Neffen offensichtlich nicht begeistert war.

»Nein, ich mach das. Er will mich, nicht dich.«

Ich hatte Sie so eingeschätzt, dass Sie ein Mann der Taten sind und nicht tratschen wollen wie ein altes Weib.

Gustav warf Mads einen kritischen Blick zu.

»Ich weiß, was ich tue«, bemerkte Mads kühl. Er wollte dem Täter das Gefühl geben, dass nicht er die Führung übernehmen konnte. Er sollte wissen, dass Mads ihm ebenbürtig war, nein, sogar überlegen. Nur unter Druck, so hoffte er, würde der Täter Fehler machen.

Auch im virtuellen Raum, allein mit Worten, werden Sie Ihrem Image gerecht.

Was für ein Image?

Das wissen Sie nicht? Sie enttäuschen mich ein wenig. Mads Johannsen, der hoch dekorierte Ex-Soldat. Der Schönling, dem immer alles in den Schoss gefallen ist. Der gerne mit dem Kopf durch die Wand gehen möchte, selbst wenn die Wand aus Stahlbeton ist. Soll ich fortfahren?

Sie mögen es augenscheinlich doch, zu tratschen. Habe ich Sie falsch eingeschätzt?

Wie haben Sie mich denn eingeschätzt?

Als jemanden, der zum Punkt kommt.

Damit liegen Sie nicht falsch. So jemand bin ich. Aber brennt es Ihnen nicht unter den Nägeln, zu erfahren, warum ich so gut über Sie im Bilde und an Ihnen interessiert bin?

Mads wollte gerade etwas eintippen, als Gustav ihn ermahnte: »Mads, provozier ihn nicht. Er hat Ella. Spiel sein Spiel mit.«

»Gut.« Mads schluckte seine Wut herunter, weil sein Onkel recht hatte.

Warum sind Sie an mir interessiert?,

schrieb er daher. »Tim, Neuigkeiten?«, fragte er gleichzeitig.

»Nein, keine. Ich habe noch ein Programm laufen und versuche herauszufinden, welche Seite er im Darknet für diesen privaten Chat nutzt.«

Indessen erschien schon die Antwort:

Weil Sie so anders sind als ich. Zwischen uns liegen Welten, Universen. Mein Leben ist ganz anders verlaufen als Ihres. Ich hatte es nie leicht im Leben, weil ich in keine Schublade gepasst habe, weil mein Vater mich nicht so akzeptieren wollte, wie ich mich wohlfühlte, und meine Mutter mit anderen Dingen beschäftigt war, als sich um ihren Sohn zu kümmern.

Ehe Mads Zeit hatte, eine Erwiderung zu formulieren, kam schon eine weitere Nachricht:

Aber seien Sie unbesorgt. Ich möchte mich nicht ausheulen und ich suche auch kein Mitleid. In der Tat ist es so, dass ich nie unzufrieden mit mir war. Nur hat die Gesellschaft versucht, mir einzuhämmern, dass ich nicht normal wäre. Was ist schon normal? Das, was die Mehrheit zu einem bestimmten Zeitpunkt als normal definiert? Was gestern normal war, ist heute gestört. Denken Sie nur an die Sklaverei. Kennen Sie die Zehn Gebote?

Warum?

»Der schwafelt doch nur. Warum heult er sich aus und fragt mich, ob ich die Bibel kenne?«, murrte Mads und schüttelte verärgert den Kopf.

»Lass ihn. Gib ihm weiterhin das Gefühl, dass du dich für ihn interessierst. Er war zeitlebens ein Außenseiter und hat vermutlich zu Leuten wie dir aufgeschaut, davon geträumt, dass er so sein könnte wie du. Gib ihm die Aufmerksamkeit, die er sich wünscht. Das könnte uns in die Hände spielen«, erklärte Gustav.

Obwohl das Gespräch nur virtuell stattfand, tat Mads sich

tief in seinem Inneren sehr schwer damit, diesem Psychopathen das Gefühl geben zu müssen, dass er Verständnis für sein krankes Weltbild aufbrachte.

In einem Gebot heißt es, du sollst nicht stehlen. In einem anderen heißt es, du sollst den Sabbat heiligen. An diesem Tag soll nicht mal dein Sklave arbeiten. Das Stehlen wird also gleichermaßen als Todsünde gesehen wie das Arbeiten am Sabbat, das Halten von Sklaven dagegen scheint für Gott keine Sünde zu sein. Stellen Sie sich vor, was es für einen Aufschrei gäbe, wenn wir heute noch Sklaven hätten? Verstehen Sie, worauf ich hinauswill?

Die Moral und die Werte einer Gesellschaft ändern sich in den Jahrhunderten, bedingt durch Bildung.

Gut, sehr gut. Das ist die Botschaft. Das würde dann aber heißen, dass die Bibel nur von Menschen geschrieben worden sein kann. Ein Gott, der so mächtig ist, dass er das Universum erschaffen hat, würde doch sicherlich seinen Geschöpfen verbieten, Sklaven zu halten. Oder warum sonst sollte Gott den Diebstahl als größere Sünde bewerten als das Halten von Sklaven? Ich sage es Ihnen: Weil es Gott nicht gibt. Weil es nicht Gottes Worte sind, die in der Bibel abgedruckt sind. Sind Sie ein gläubiger Mensch?

Ich wüsste nicht, was das gerade zur Sache tut,

antwortete Mads. Laut sagte er: »Der spielt doch mit uns! Was, wenn er überhaupt kein Interesse an einem Tausch hat? Ich sollte direkt auf unseren Vorschlag zurückkommen.«

»Nein, das tust du nicht. Du liest den Mist, den er schreibt, genau wie wir auch. Er soll weiter glauben, dass er die Gesprächsführung innehat«, mahnte Gustav.

Kurz darauf erschien die nächste Nachricht:

Jede Menge. Ich glaube nicht an Gott. Aus einem sehr einfachen Grund: Meine Intelligenz verbietet es mir.

Und warum verbietet es Ihnen Ihre Intelligenz nicht, unschuldige, junge Mütter zu töten? Den Kindern ihre Mütter zu nehmen?

»Verdammt, Mads, was habe ich dir gesagt?«, wurde Gustav laut.

»Der verarscht uns«, entgegnete Mads. »Das führt doch zu nichts.«

»Trotzdem müssen wir das Spiel mitspielen. Er hat Ella. Was, wenn er den Kontakt abbricht? Könntest du dir das verzeihen?«

Mads presste die Lippen zusammen, weil er das nicht konnte.

»Mach's für Ella«, sagte Lena.

Was wissen Sie schon über meine Beweggründe? Sie haben selbst nach der dritten Toten nicht verstanden, warum diese Frauen sterben mussten. Sie sind blind, Mads.

Dann sagen Sie mir, warum sie sterben mussten. Erhellen Sie meinen Verstand.

Nicht heute. Und wenn wir ehrlich sind, interessiert Sie das überhaupt nicht. Sie haben doch nur ein Interesse.

Mads warf Gustav einen Blick zu. Bevor er eine Antwort eintippen konnte, kam eine weitere Nachricht des Täters:

Ella!

Ja! Ich möchte sie und bin bereit, alles dafür zu tun.

Wie sehr möchten Sie sie?

So sehr, dass ich bereit bin, mein Leben gegen ihres einzutauschen. Nehmen Sie mich als Geisel, dann können Sie mit mir machen, was Sie wollen, aber lassen Sie Ella frei.

»Endlich!«, rief Mads. Der Druck fiel von seinen Schultern ab, weil der Täter endlich zu dem eigentlichen Anliegen ihres Gespräches kam. Die Antwort ließ jedoch auf sich warten.

»Wieso antwortet er nicht?«, fragte Mads und er spürte, wie sich sein Nacken verspannte.

48

»Endlich!«, sagte er und ballte die Hand zur Faust. »Ich habe gewusst, dass er sich selbst zum Tausch anbietet.« Ein Grinsen machte sich in seinem Gesicht breit. »Mads Johannsen als meine Geisel, nein, mein Gast. Was für ein schöner Gedanke.«

Er stand auf, ging zum Kühlschrank und trank einen großen Schluck Milch aus dem Tetrapack. *Während ich hier gemütlich stehe, wird er vor Ungeduld platzen,* dachte er zufrieden. Er würde sich bewusst Zeit mit einer Antwort lassen. Mads sollte sich quälen, sonst wäre es ja langweilig.

»Einmal läuft es nicht nach deiner Nase, du Möchtegern-Thor.«

Er stellte die Milchpackung auf seinen Schreibtisch und ging zur Toilette, wusch sich die Hände und schaute sein Spiegelbild an. *Gut siehst du aus. Viel besser als früher. Du hattest dunkle Augenränder, warst blass, blasser als jede weiße Tapete, weil du nicht frei warst. Weil deine Mutter ihren Pflichten als Mutter nicht nachgekommen ist und dein Vater nie verstanden hat, dass er ein Genie als Kind hat.*

Er zog eine Grimasse und sah sich mit einem Mal als verbitterten Menschen, der nie erfahren hatte, was Liebe ist.

»Es gibt keine Liebe«, sagte er laut und wischte über den Spiegel. Dann ging er zurück an seinen Schreibtisch und nahm Platz.

Eine neue Nachricht erschien.

Moin,

schrieb ihm Nutella8

Moin,

antwortete er.

Was machst du?

Möchtest du das wirklich wissen?

Klar, warum nicht.

Was machst du denn?

Ehrlich gesagt, versuche ich nicht an den Streit mit meiner Frau zu denken.

Du streitest dich mit deiner Frau?

Warum sollte ich nicht mit ihr streiten?

Weil du eine Pussy bist. Bei euch hat sicher sie die Hosen an.

Nein, hat sie nicht. Du irrst dich.

Das glaube ich kaum. Sie muss dir ziemlich heftig in die Eier getreten haben, dass du endlich mal zurückbellst.

Sie ist nicht einfach, dabei versuche ich es ihr immer so recht zu machen, wie es nur geht. Ich habe Angst, dass sie es ahnt.

Dass du ein kranker Pädophiler bist?

Wieso schreibst du so etwas? Ich teile dir mein Gefühlsleben mit und du trampelst auf mir herum.

Habe ich denn unrecht?

Nein!

Siehst du. Ich bin nur ehrlich zu dir. So ist das Verhältnis zwischen Meister und Schüler,

antwortete er ihm. »Oder vielmehr zwischen Herr und Hund. Er ist nicht mein Schüler. Mein Schüler könnte in meine Fußstapfen treten, das kann er nicht.«

Stimmt. Verzeih. Mit dir zu schreiben, bedeutet mir viel. Manchmal möchte ich meiner Frau einfach die Wahrheit sagen. Ihr erklären, warum ich auf kleine Kinder stehe.

Und warum stehst du auf Kinder? Findest du nicht, dass du ein krankes Arschloch bist?

Jetzt wirst du wieder gemein. Ich weiß, dass es nicht richtig ist. Aber ich habe mir das nicht ausgesucht. Wenn doch dieser verdammte Tag nie gewesen wäre.

Welcher Tag?

Ich war vierzehn. Ich erinnere mich daran, als wäre es erst gestern gewesen. Wir waren schwimmen am Strand und da war dieses kleine Mädchen. Ich lag auf einem Badetuch. Die Mutter und ihre Tochter lagen neben mir. Irgendwann hat sie ihre Tochter ausgezogen und mich traf fast der Schlag. Das Mädchen lächelte mich dabei an und ich konnte meinen Blick kaum von ihrem Intimbereich lösen. Da war dieses Verlangen, das ich so nie gekannt hatte. Ich wollte sie berühren, streicheln und küssen. Seitdem hat mich dieses Verlangen nicht mehr losgelassen.

Du bist ein kranker Pädophiler. Schneid dir die Eier ab.

Möchtest du das? Für dich würde ich es tun.

Wirklich?

Ja, ich sagte doch, dass ich zu dir aufschaue. Du lebst dein Leben ohne Kompromisse, ich dagegen in ständiger Angst, dass meine kranke Sexualität sehr bald auffliegt und ich alles, was mir je etwas bedeutet hat, verlieren werde.

Glaubst du denn, es ist leicht, ich zu sein?

Bestimmt leichter, als mein Leben zu leben!

Du hast ja keine Ahnung. Wenn du mein Leben gelebt hättest, hättest du dir längst die Pulsadern aufgeschnitten. Der Unterschied zwischen uns ist, dass ich nicht jammere, weil mir bewusst ist, dass ich auf der Evolutionsleiter ganz oben stehe und du nur ein Wurm bist. Mein Wurm.

Das ist okay, solange ich jemandem etwas bedeute.

Was ist mit deiner Tochter? Bedeutest du ihr nichts?

Nicht wirklich. Sie ist ein Mamakind. Meine Frau lässt keine Gelegenheit aus, mich vor ihr schlecht zu machen.

Du bist echt ein Wurm, ein erbärmlicher.

Seine Verachtung für Nutella8 war kaum in Worte zu fassen, aber es gefiel ihm, dass der Typ ihn als Gott ansah und ihm hörig war. Sehr bald würde er auch eine echte Aufgabe für ihn haben, denn die Idee, dass Nutella8 als Zeuge zur Polizei gehen könnte, um Informationen zu sammeln, hatte er verworfen. Er würde eine bessere Verwendung für ihn finden, mit der Nutella8 seine Nützlichkeit unter Beweis stellen könnte.

Soll ich meinem Leben ein Ende setzen?,

schrieb Nutella8 jetzt.

Nein, ich brauche dich noch.

Gut. Ich bin nämlich langsam an dem Punkt, wo ich es tun würde.

Du würdest es niemals tun, weil du ein Feigling bist. Schau mich an, ich bin dein Gott, weil ich mich gerade mit Mads anlege.

Mit dem Bullen?

Genau. Wir schreiben uns.

Echt?

Logisch. Warum sollte ich dich anlügen.

Und warum schreibt ihr euch?

Weil er sich zum Tausch anbietet gegen das Geschenk.

Gegen das Geschenk? Das kannst du nicht machen.

Warum?

Ich dachte, es wäre mein Geschenk.

Das habe ich nie gesagt,

antwortete er und rollte genervt die Augen, weil er plötzlich das Gefühl hatte, dass Nutella8 ihm möglicherweise nur hörig war, weil er hoffte, sich an dem Geschenk austoben zu können. Dabei würde er ihm das Geschenk niemals geben.

»Niemals!« Er schnaufte, beruhigte sich aber schnell wieder. »Soll er doch in dem Glauben bleiben, du brauchst ihn noch.«

Indessen erschien die Antwort von Nutella8:

Ich dachte, das wäre so abgemacht. Ich bin dafür dein Diener, dein Sklave.

Gut, vielleicht lasse ich dich einmal mit dem Geschenk spielen.

Echt?

Würde ich es sonst schreiben?

Würdest du nicht. Soll ich zu dir kommen?

Bestimmt nicht. Ich überlege mir, wo du sie haben kannst.

Gut, ich komme überall hin. Ich brauche auch nicht lange.

Das weiß ich.

Der Gedanke, dass Nutella8 gerade einen Ständer hatte, ekelte ihn zutiefst an. Dennoch war es richtig, ihm das Gefühl zu geben, dass er das Geschenk haben könnte. Es gefiel ihm, seine Machtfantasien bei Nutella8 auszuleben. Er war wie ein Hund, dem man einen Knochen vor die Nase hielt. Kein Wunder, dass dessen Frau ihm mit Freuden in die Eier trat. Er hätte das Gleiche mit ihm getan.

Wann ist es denn so weit?

Bald, sobald Mads mein Gast ist.

Bedeutet diesem Mads das Geschenk so viel?

Nun, es scheint so. Möglicherweise ist es auch seine Polizistenehre und sicherlich bedeutet sie ihm nicht so viel wie seine Schwester.

Du musst vorsichtig sein, nicht, dass dieser Mads dich in eine Falle lockt und du das Geschenk am Ende noch verlierst. Vielleicht ist das Risiko, das du eingehst, zu hoch. Du lebst doch gerade deinen Traum. Warum also ein größeres Risiko eingehen?

Das unterscheidet uns. Deswegen bist du ein Wurm und wirst von deiner Frau unterdrückt, während ich deutlich über dir stehe und dir großzügig erlaube, meine Schuhe zu lecken, nachdem ich damit in Scheiße getreten bin. Außerdem ist mir gerade eine viel geilere Idee gekommen. Du elender Stiefellecker.

Er spürte ein Kitzeln tief in sich, das zu einem Grollen anschwoll, dann lachte er tief, viel tiefer als seine Stimme normalerweise klang. Es war wie das Lachen eines Dämons aus der Hölle. Es klang gut, verdammt gut.

49

»Wieso antwortet er nicht?«, fragte Gustav nervös. »Ist er noch online?«

»Laut meinem Prüfprogramm ist er es«, antwortete Tim. »Ich konnte zwischenzeitlich auch einiges herausfinden. Er benutzt ein geschlossenes Chatprogramm, auf das er eine webbasierte Oberfläche programmiert hat. Leider ist das Programm weder cloudbasiert noch öffentlich. Es werden private Schlüssel benutzt und sobald der Nutzer die Seite schließt, werden alle Daten aus dem Cache gelöscht. Unglaublich tiefes IT-Wissen setzt das voraus.«

»Dann gehe ich davon aus, dass du die IP-Adresse nicht hast?«

»Leider nicht. Das Trackingtool hat mich an jeden Ort dieser Welt geführt. Ich schreibe mit Fischer gerade an einem neuen Tool mit ein paar fixen Annahmen und Parametern.«

»Die da wären?«

»Wir haben einen kleinen Vorteil. Wir gehen davon aus, dass der Täter aus Deutschland stammt, vermutlich sogar aus Schleswig-Holstein, deshalb nehmen wir ein gewisses Risiko in Kauf und grenzen unsere Phising-Parameter auf diese Region ein.«

»Und wenn du es auf die Lübecker Bucht konzentrierst, wäre die Wahrscheinlichkeit noch höher, ihn zu tracken?«, fragte Mads.

»Das wäre sie. Je kleiner der Radius, desto eher kann unser Hack greifen. Wir reden hier aber von einem unteren einstelligen Prozentbereich, maximal fünf Prozent schätze ich.«

»Besser als null«, brummelte Gustav. »Könnt ihr nicht zwei Anfragen laufen lassen, sodass wir einmal die Lübecker Bucht als Anker nehmen und einmal Niendorf plus fünfzig Kilometer?«

»Das geht, dazu müsste ich allerdings auf die Serverpower der Kölner Jungs zugreifen, das müsstest du bitte in die Wege leiten. Fischer hat sich schon sehr weit aus dem Fenster gelehnt. Wäre gut, wenn das von höherer Stelle noch mal offiziell eingetütet wird.«

»Das sollte kein Problem sein«, sagte Mads. »Ich kann Lasse Brandt kontaktieren.«

»Gib mir die Nummer«, sagte Gustav, er stand auf und trat an seinen Schreibtisch.

Mads nannte ihm die Nummer, sein Onkel wählte und schaltete auf Lautsprecher.

»Kriminalpolizei Köln, Apparat Lasse Brandt.«

»Moin, Lasse. Mads am Telefon. Ich hoffe, ich störe nicht.«

»Moin, Mads. Was für eine Frage. Du störst nie. Hoffe, dir geht es gut«, antwortete Brandt. Gustav hörte aus der Stimme des Kollegen heraus, dass seine Freude nicht gespielt war.

»Den Umständen entsprechend«, erwiderte Mads.

»Verstehe. Es geht um den Serientäter an der Lübecker Bucht, vermute ich. Fischer hat mir gestern erzählt, dass er für Tim ein paar kleine Aufgaben erledigt.«

»Genau. Tim, mein Onkel Gustav und Lena, meine Schwester, sind neben mir. Sie hören mit.«

»Moin, Herr Brandt, hier spricht Gustav Johannsen. Ich bin der Leiter der Ostseekriminalpolizei 1 und müsste Sie um einen Gefallen bitten.«

»Um welchen?«

»Wie Sie wissen, arbeiten Tim und Ihr Kollege Lutz Fischer gerade eng zusammen, um einen Serientäter, der über tiefes IT-Wissen verfügt, zu überführen. Leider brauchen wir nun mehr Rechenpower und Tim hatte die Idee, dass die Kölner Polizei uns diese vielleicht zur Verfügung stellen könnte. Leider eilt es sehr.«

»Da hat Tim klug überlegt. Das sollte kein Problem sein. Tim, setz dich bitte mit Fischer in Kontakt und betrachte die Genehmigung als erteilt. Ich werde sofort meine Vorgesetzte Kristina Bender informieren.«

»Danke für die unbürokratische Hilfe«, antwortete Gustav. »Wenn nötig, kann ich Frau Bender noch eine offizielle Nachricht zukommen lassen.«

»Nicht nötig. Ich bin ein Freund von kurzen Wegen. So schätze ich Sie als Mads' Onkel übrigens auch ein.«

Gustav lächelte. Sie hatten in der Tat gerade keine Zeit, irgendwelchen Papierkram oder Anträge auszufüllen. »Sehr gut«, gab er daher zurück.

»Kann ich euch sonst noch helfen?«, erkundigte sich Brandt.

»Nein, das ist schon mehr, als wir erwarten können«, antwortete Mads. »Tut mir leid, dass ich dich nicht aus erfreulicheren Gründen angerufen habe.«

»Ist schon gut. Wenn ihr weitere Unterstützung braucht, lasst es mich wissen.«

»Das werden wir tun. Was macht Emre?«

»Der holt seine Tochter ab. Ich wollte mich gleich mit ihm bei Walters Imbiss treffen.«

»Dann richte ihm und Walter liebe Grüße aus.«

»Mach ich.«

Die Runde verabschiedete sich von Brandt und Gustav beendete das Gespräch. »Scheint ein guter Mann zu sein.«

»Die drei sind voll in Ordnung«, bestätigte Mads.

»Dem kann ich nur zustimmen«, ergänzte Tim. »Wenn ihr mal nach Köln kommt, müsst ihr unbedingt in die Imbissbude von Walter. Der Laden ist sehr unscheinbar, aber ich verspreche euch, ihr habt in eurem Leben noch nie so eine leckere Currywurst gegessen.« Tim geriet geradezu ins Schwärmen.

»Du machst mir den Mund damit ganz schön wässrig. Ich

wünschte, wir könnten die Jungs in Köln sofort besuchen, aber derzeit haben wir ganz andere Probleme«, antwortete Gustav, die anderen nickten.

In dem Moment klopfte es an der Tür und Petra trat ein.

»Was ist los?«, fragte Gustav.

»Jörn Hansen liegt verletzt in der Schön-Klinik in Neustadt.«

»Jörn? Was ist passiert?«, fragte Mads.

»Er wurde gestern am Strand mit einem Messer attackiert und am Hals verletzt. Dass er überlebt hat, hat er vermutlich nur einem Spaziergänger zu verdanken, der gerade in der Nähe war und sofort den Rettungsdienst informiert hat.«

»Verdammt. Spielt denn die ganze Welt verrückt? Noch eine Baustelle können wir momentan gar nicht gebrauchen. Wieso erfahre ich das erst jetzt?«, wurde Gustav laut.

»Als ob Kriminelle je Rücksicht auf unsere Wünsche genommen hätten«, rutschte Petra ein trockener Spruch heraus, den Gustav gerade überhaupt nicht angemessen fand.

»Nils soll ihn besuchen, das hat jetzt keine hohe Dringlichkeit«, erklärte Gustav wieder etwas ruhiger. »Gibt es noch mehr schlechte Nachrichten?«

»Gerade nicht. Möchte jemand etwas trinken?«

»Nein danke«, antwortete Gustav für seine Mitarbeiter und niemand widersprach ihm. Petra verließ das Büro.

»Glaubt ihr, der Angriff steht in Zusammenhang mit unserem Serientäter?«, fragte Lena.

»Unwahrscheinlich. Warum sollte der Mörder plötzlich seine Strategie ändern und versuchen, einen geistig zurückgebliebenen jungen Mann zu töten?«, antwortete Mads.

»Wir warten trotzdem die Nachricht von Nils ab. Derzeit schließe ich gar nichts aus und das Gleiche erwarte ich von meinen Mitarbeitern. Trotzdem muss ich Mads' Einschätzung zustimmen«, sagte Gustav.

»Wir haben jetzt Zugriff auf die Server- und Rechenpower

der Polizei Köln«, meldete Tim und tippte etwas in seinen Laptop.

»Endlich mal gute Nachrichten.« Gustav schaute auf den Bildschirm von Mads' Rechner.

»Auf Lasse ist Verlass«, bestätigte Mads. »Wenn sich der Täter nur wieder melden würde.«

Gustavs Bürotelefon klingelte. Er stand von seinem Platz am Besprechungstisch auf und eilte zum Schreibtisch. »Ich brauche auch am Besprechungstisch ein Telefon. Dieses ewige Aufstehen nervt«, murrte er.

Mads sah ihn so an, als läge ihm ein dummer Spruch auf der Zunge, den er sich jedoch verkniff. Sein Glück, Gustav stand unter Hochspannung, da war es besser, wenn man ihn nicht reizte, das wusste sein Team. Dass sie mit Jörn eine weitere Baustelle hatten, erschwerte die ohnehin komplizierten Ermittlungen dramatisch. Die Medien würden sich auf sie stürzen und kein gutes Haar an ihren Ermittlungen lassen.

Er nahm das Gespräch an, es war Albert Lange.

»Ich habe das mit Jörn gehört«, sagte Albert. »Glaubst du, es war derselbe Täter?«

»Das wissen wir nicht. Ein Mitarbeiter wird Jörn befragen, sollte er vernehmungsfähig sein.«

»Wollen wir es nicht hoffen. Das mit den Frauen ist schon schlimm und dass wir Ella noch immer nicht gefunden haben, ist noch schlimmer. Aber Jörn … Du weißt, wie die Medien über geistig behinderte Menschen denken.«

»Nein, weiß ich nicht«, erwiderte Gustav gereizt.

»Das fliegt uns um die Ohren. So langsam werde ich echt nervös.«

»Verdammt, Albert, ist das dein einziges Problem? Für diesen Mist habe ich wirklich keine Zeit«, wurde Gustav laut.

»Nein, entspann dich. Ich habe nachher eine Telko mit dem Innenminister. Ich werde Verstärkung vom BKA anfordern.«

»Das tust du nicht.«

»Warum?«

»Weil sie uns den Fall dann wegnehmen und das liegt sicherlich nicht in deinem Interesse. Dann hast du nämlich gar keinen Einfluss mehr.«

»Mist, stimmt.«

»Der Täter hat geschrieben«, rief Mads.

»Albert, ich muss Schluss machen. Lass uns später telefonieren.« Gustav beendete das Gespräch und eilte zum Besprechungstisch, um die Nachricht zu lesen.

Verzeihen Sie, dass ich Sie habe warten lassen. Ich war kurzzeitig verhindert.

Lassen Sie uns zum Ende kommen. Ich gegen Ella,

antwortete Mads.

Das ist ein sehr verlockendes Angebot. Aber ich habe ein besseres.

Welches? Wir wollen vorher ein Foto zum Beweis, dass Ella unversehrt ist.

Das sollen Sie haben. Allerdings möchte ich nicht Sie, Mads, verzeihen Sie. Ich möchte Lena. Sie haben 24 Stunden Zeit, mein Angebot zu überdenken.

50

»Das kommt nicht infrage«, rief Mads.

Ich im Tausch für Ella!!!,

schrieb er.

»Er hat sich ausgeloggt«, bemerkte Tim.

»Woher kennt er Lena?«, fragte Gustav, er wirkte ebenso fassungslos wie Mads. »Hat Frau Falk sie in einem Artikel erwähnt?«

»Nein! Emma hat mit all dem nichts zu tun«, reagierte Mads scharf. »Wir können Lena nicht im Tausch für Ella anbieten.«

»Warum nicht?«, fragte Lena, die bisher still zugehört hatte.

»Mads hat recht. Das kommt nicht infrage. Wenn er weiß, dass du Teil der Ermittlungen bist, kann das nur bedeuten, dass er Zugang zu internen Informationen hat«, antwortete Gustav.

»Oder dass er uns beide am Tatort gesehen hat. Es wäre nicht das erste Mal, dass ein Täter heimlich am Tatort ist«, wandte Mads ein.

»Möglich, das erklärt aber nicht, woher er Lenas Namen kennt. Er müsste euch sehr nahe gewesen sein, und ich kann mich nicht daran erinnern, dass sich irgendjemand hinter die Absperrungen getraut hat.«

»Am Ende ist es egal. Was machen wir jetzt?«

»Ich weiß es nicht, aber mir fällt bestimmt noch was ein«, antwortete Gustav.

»Wir haben doch keine Wahl. Wir müssen auf seinen Vorschlag eingehen. Es ist nicht schwer, herauszufinden, dass ich Polizistin bin. Eine Googlesuche reicht dafür aus«, erwiderte Lena.

»Das steht überhaupt nicht zur Debatte«, antwortete Gustav.

»Warum?«

»Wie würdest du dich verteidigen wollen? Du kannst nicht mal zehn Meter eigenständig laufen«, erklärte Mads. »Es wäre dein Todesurteil.«

»Er wird Ella töten.« Lenas Augen funkelten und Mads sah ihr an, dass sie mit seiner Antwort nicht zufrieden war. »Möchtest du wirklich ihr Leben aufs Spiel setzen, weil ich deine Schwester bin?«

Mads antwortete nicht sofort, aber er wusste, dass er tief in seinem Herzen genau das zu tun gedachte.

»Wir finden einen anderen Weg«, sagte Gustav. »Es muss eine andere Lösung geben. Ich verbiete dir als dein Vorgesetzter, dich zum Tausch zur Verfügung zu stellen.«

»Ich schäme mich gerade für euch beide. Ella hat ihr ganzes Leben noch vor sich, und ich bin Polizistin geworden, weil ich den Menschen helfen wollte. Bloß weil ich eine körperliche Behinderung habe, soll ich zuschauen, wie dieser Psychopath ein kleines Mädchen tötet?« Lena standen die Tränen in den Augen und ehe sie sich's versahen, stand sie auf, setzte sich in ihren Rollstuhl und verließ das Büro.

»Ohne euch zu nahe treten zu wollen, aber so unrecht hat sie nicht«, meldete sich Tim.

»Wir finden eine andere Lösung«, beharrte Gustav, und Mads sah ihm an, dass er fest entschlossen war, nicht auf das Angebot des Täters einzugehen. Was ihm sehr entgegenkam.

Eine Nachricht erschien auf dem Bildschirm. Mads öffnete sie, in der Nachricht befand sich ein Link.

»Ich leite dir den Link weiter«, sagte er zu Tim.

»Mach das. Ich check' ihn sofort.«

Mads schickte ihm die Nachricht, dann klickte er auf den Link und ein Foto erschien auf dem Bildschirm.

Ella!

Es war wie ein Stich ins Herz, sie zu sehen. Sie wirkte unsicher und verängstigt, aber ihr Gesicht zeigte keine Spuren äußerlicher Gewalteinwirkung. Selbst Gustav wirkte plötzlich benommen.

»Etwas ist komisch an dem Foto«, sagte Tim.

»Was?«

»Es wurde vergrößert, und wenn ich mir die Metadaten des Fotos anschaue, sagt mir das, dass dieses Foto von einem anderen Foto aufgenommen wurde. Es ist kein original.« Tim zeigte auf seinen Monitor.

»Warum schickt er uns ein Foto von einem Foto?«, überlegte Gustav.

»Was, wenn Ella längst tot ist?«, fragte Mads alarmiert. »Er hat vier Frauen eiskalt ermordet, warum sollte er Ella am Leben lassen?«

»Damit würden wir Lena sehenden Auges in den Tod schicken«, sagte Gustav tonlos.

Mads drehte sich zu Tim. »Kannst du über den Link die IP lokalisieren?«

»Leider nicht. Der Typ macht einfach keine Fehler.«

»Mist.« Mads überlegte einen Moment. »Gustav, wir sollten uns Sokolow schnappen. Wenn er unser Mann ist, werden wir die Software auf seinem Rechner finden.«

»Und wenn er mit all dem nichts zu tun hat?«, hielt Gustav dagegen.

»Dann haben wir Pech gehabt. Wir haben vierundzwanzig Stunden. Wir müssen dieses Risiko eingehen.«

»Antworte dem Täter, dass wir ein Video wollen, das beweist, dass Ella lebt«, antwortete Gustav.

»Wir können ihm nicht antworten, bei der E-Mail handelt

es sich um einen anonymisierten Absender. Eine Antwort ist nicht möglich«, erklärte Tim.

»Kriege ich den Durchsuchungsbeschluss?«, bohrte Mads weiter nach. Er wusste, dass die Sache mit Sokolow ein Risiko war, aber er war die einzige Spur. Sokolow wusste, wer Mads war, und hatte sicherlich über Internetrecherchen herausgefunden, dass auch seine Schwester Lena bei der Polizei arbeitete. Diese Tatsache ermutigte Mads, das Risiko einzugehen.

»Ich habe eine bessere Idee. Bis der Staatsanwalt dem zustimmt, verlieren wir nur Zeit. Wir werden Sokolow gemeinsam einen Besuch abstatten …«

»Der wird uns aber nicht noch mal ins Haus lassen und uns sicherlich auch nicht erlauben, seinen Laptop oder Rechner mitzunehmen«, unterbrach Mads seinen Onkel.

»Doch. Wir werden als Begründung Gefahr im Verzug anwenden und parallel werde ich den Durchsuchungsbeschluss in die Wege leiten.«

»Lass mich alleine zu ihm, kümmere du dich um die Papiere.«

»Bestimmt nicht. Noch bin ich der Leiter dieser Dienststelle und gebe die Marschroute vor.« Gustav stand auf. »Tim, du hast jede Freiheit, die du brauchst. Mich interessiert nicht, ob du dich dafür irgendwo einhacken musst oder mit Fischer irgendwas anstellst, was mehr als das bloße Eintreten in eine Grauzone bedeutet. Besorg' mir nur alle Informationen über diesen Bastard, ich halte für alles den Kopf hin. Du hast freie Hand.«

»Ich bin dran. Kann ich im Büro bleiben? Dann würde ich mich gleich remote mit Fischer kurzschließen.«

»Das darfst du.«

»Danke. Ich bin gerade dabei, das Foto mit den Inhalten von der Pädophilenplattform abzugleichen, die kürzlich hochgenommen wurde. Möglicherweise hat der Täter das Foto im Darknet hochgeladen.«

»Hast du bereits Zugriff auf die Daten?«

»Seit gestern Abend, dank deines Kontaktes in Dänemark.«

»Sehr gut. Informiere mich bitte sofort, solltest du einen Treffer haben.«

»Mach ich.«

Mads stand auf. Dass sein Onkel dabei war, passte ihm nicht, weil er dann nicht so agieren konnte, wie er es für notwendig hielt, um jemanden wie Sokolow zum Sprechen zu bringen. Aber welche Wahl hatte er? Sein Onkel war der Chef.

Gemeinsam verließen sie das Büro.

»Wohin?«, fragte Petra, als sie durch Gustavs Vorzimmer gingen.

»Zu Andrej Sokolow, einem Tatverdächtigen. Kannst du Tim bitte Getränke ins Büro bringen? Und frag ihn, was er essen möchte. Er wird etwas länger in meinem Büro sein.«

»Dann gehe ich davon aus, dass ihr beiden auch nicht gleich wieder da sein werdet.«

»Das weiß ich nicht.«

»Ich kümmere mich darum«, sagte Petra. »Was ist mit Lena? Sie hatte es eben ziemlich eilig.«

»Sie wird sich wieder einkriegen«, erwiderte Gustav und lief weiter.

»Ich muss kurz mit ihr sprechen«, versuchte Mads, seinen Onkel zu bremsen.

»Nein, dafür haben wir jetzt keine Zeit. Sie wird sich beruhigen. Lass ihr etwas Luft zum Atmen.«

Mads hatte ein schlechtes Gewissen, dass er nach ihrem wortlosen Abgang nicht mehr mit ihr gesprochen hatte. Er wollte die Sache geradebiegen, mit ihr reden, aber vermutlich hatte sein Onkel recht. Lena sollte etwas Zeit für sich haben.

»Ich hoffe, dein Gefühl trügt dich nicht«, sagte Gustav, als sie im Auto saßen und auf der Bundesstraße 76 Richtung Travemünde fuhren.

»Es sind mir einfach ein paar Zufälle zu viel. Sokolow ist ein Außenseiter und er arbeitet als Programmierer. Auch unser Täter verfügt über umfangreiches Wissen, was Darknet und IT anbelangt. Alle Taten fanden in unserer Gemeinde statt und Sokolow wohnt in Travemünde, außerdem fährt er einen blauen Skoda. Glaubst du an so viele Zufälle?«

»Ich habe schon Pferde …«

»… kotzen sehen, ich weiß«, beendete Mads den gern zitierten Spruch seines Onkels.

»Genau. Wenn er es nicht ist, stecken wir in großen Schwierigkeiten.«

»Nicht ich, aber du als mein Chef«, konnte sich Mads einen Spruch nicht verkneifen.

Gustav warf ihm einen Seitenblick zu und grinste. »Das ist mir schnuppe. Ich stehe für meine Worte und Taten gerade. Ein Johannsen kneift nicht. Uns rennt einfach die Zeit davon. Der Täter wird morgen eine Entscheidung von uns erwarten, da können wir uns keine Nebenkriegsschauplätze erlauben.«

»Das ist mir klar. Aber wenn wir dieser Spur nicht folgen, welcher dann?«

Gustav murmelte etwas vor sich hin, sicher weil er auch keine Antwort darauf wusste. Sokolow war die einzige heiße Spur, die sie hatten.

»Tim ist an unserer anderen Spur dran.«

»Du meinst das Darknet?«

»Genau. Wir haben ein Foto von Ella nach ihrer Entführung. Tim hat gesagt, dass es die digitale Kopie eines anderen Fotos ist. Es wäre demnach möglich, dass der Täter das Foto im Darknet hochgeladen hat, und wie du weißt, haben Kollegen im Rahmen einer internationalen Operation eine Plattform für Pädophile mit hunderttausenden Daten sichergestellt.«

»Ich weiß nicht. Unser Mann ist kein Pädophiler. Er verhält sich jedenfalls nicht so. Warum sollte er sich neben den brutalen Frauenmorden ausgerechnet mit der Geiselnahme eines Kindes rühmen? Ein kalter Sadist ohne Mitgefühl würde doch eher Fotos seiner Taten ins Darknet stellen, um sich feiern zu lassen, und nicht das Foto eines entführten Kindes.«

»Woher willst du wissen, dass er genau das nicht längst getan hat?«

»Tim hat bisher keine Fotos der Opfer im Darknet gefunden.«

»Das Darknet ist wie ein großes schwarzes Loch. Nur weil Tim keine Fotos gefunden hat, heißt das nicht, dass es keine gibt. Die Wahrheit ist, dass wir beide, mein ganzes Team, im Dunkeln tappen. Irgendjemand hat uns ein paar Krümel hingeworfen und wir betteln darum, dass der Täter uns mit weiteren Krümeln zur großen Torte führt.«

»Torte hin oder her, dass er ein Pädophiler ist, passt einfach nicht in das Täterprofil. Warum hat er Anna nicht entführt?«

»Weil er nicht wissen konnte, dass sie noch bei ihrer Freundin bleibt.«

»Und Yeliz? Sie hatte kein Kind, das bei ihr wohnt. Du bist auf dem Holzweg. Die Kinder interessieren den Täter nicht, für ihn ist nur wichtig, dass die Opfer Mütter sind.« Mads wollte der Argumentation seines Onkels noch immer nicht folgen.

»Aber woher weiß er das, wenn er sein Opfer nicht vorher zufällig mit einem Kind zusammen sieht? Yeliz kann er nicht mit ihrem Kind gesehen haben.« Gustav tippte nachdenklich mit dem Finger aufs Lenkrad. »Moment, meinst du, es könnte an Oles Theorie mit dem Duft etwas dran sein?«

Plötzlich kam Mads eine Idee. »Was, wenn es nicht der Körpergeruch ist, der ihn magisch anzieht, sondern ein besonderes Parfüm?«

»Du meinst, alle Opfer haben das gleiche Parfüm benutzt?«

»Genau. Vielleicht erinnert ihn der Duft an etwas. Eine verschmähte Liebe.«

»Guter Einfall«, antwortete Gustav und wählte über die Freisprechanlage die Nummer von Ole.

Der Leiter der KTU in Lübeck nahm das Gespräch an und grüßte die beiden. »Wie kann ich euch helfen?«

»Mads hat einen gar nicht so abwegigen Einfall. Du hattest doch mal erwähnt, dass Mütter anders riechen könnten als Frauen ohne Kinder.«

»Ich erinnere mich daran. Worauf willst du hinaus?«

»Vielleicht ist es nicht der Körpergeruch, der den Täter anzieht, sondern das Parfüm, das die Opfer benutzt haben? Dass er anhand des Geruchs wirklich zwischen Mutter und Nicht-Mutter unterscheiden kann, erscheint mir doch ziemlich gewagt.«

»Wäre möglich. Ich kann das Labor und die Rechtsmedizin fragen, ob sie das geprüft haben, und wenn nicht, den Auftrag in die Wege leiten. Die Opfer sind noch in den Kühlräumen. Auch wenn beim ersten Opfer mittlerweile einige Tage vergangen sind, könnten wir Glück haben und das Parfüm identifizieren können, sollte sie welches aufgetragen haben. Zumindest die Inhaltsstoffe sollten wir herausfinden. Möglicherweise finden wir dasselbe Parfüm auch in den Wohnungen der Opfer, wenn die Verwandten nicht bereits etwas weggeräumt haben.«

»Sehr gut. Informier uns bitte, sobald Ergebnisse vorliegen«, bat Gustav.

»Mach ich. Habt ihr sonst noch offene Punkte?«

»Jede Menge, aber momentan haben wir keine Zeit, sie zu besprechen. Ich ruf dich später an, wenn ich im Büro bin.«

»Alles klar«, erwiderte Ole und Gustav beendete das Gespräch, dann warf er seinem Neffen einen kurzen Blick zu.

»Die Frage ist jetzt nur, wie uns die Sache mit dem Parfüm helfen kann, den Täter zu überführen.«

»Dafür hast du mich, liebster Onkel, den besten Polizisten weit und breit.« Mads grinste breit.

»Scherzkeks. Raus mit der Sprache.«

»Sollten wir den Duft herausbekommen und sollte Sokolow unser Mann sein, könnten wir das Parfüm im Verhörraum versprühen und Sokolows Reaktion abwarten. Der Geruch müsste seine Sinne benebeln, er müsste darauf anspringen.«

»Das hört sich für mich zu sehr nach Hollywood an«, sagte Gustav zweifelnd.

»Ist es nicht. Das ist Psychologie.«

»Und wenn er nicht auf den Duft reagiert, ist er dann unschuldig?«

»Nein, dann versteht er es, seine Emotionen zu kontrollieren.«

»Ich fürchte, du bist befangen, da musst du wirklich auf der Hut sein«, mahnte Gustav.

»Ich bin nicht befangen.«

»Doch, bist du. Du hast dich zu sehr auf die Möglichkeit, dass Sokolow der Täter ist, versteift. Vielleicht sogar unbewusst, um zu verhindern, dass Lena sich zum Tausch anbietet.«

Mads fühlte sich ertappt, denn Gustav hatte recht. Sollte Sokolow ihr Mann sein, würden sie nicht nur Ella befreien können, falls sie noch lebte, sie müssten auch Lenas Leben nicht aufs Spiel setzen.

Sie sprachen noch eine Weile über die verschiedenen Möglichkeiten, dann bog Gustav in die Zielstraße ein und verlangsamte das Tempo. Ein SUV parkte unweit von Sokolows Haus in einer Seitenstraße, was Mads etwas verwunderte. Gustav drosselte das Tempo erneut.

»Scheint, dass Sokolow Besuch hat«, bemerkte er. »Das schmeckt mir gar nicht.«

Er stellte den Dienstwagen ein wenig von dem SUV entfernt ab und beide stiegen aus.

»Warte«, sagte Gustav zu Mads, öffnete den Kofferraum, holte zwei schusssichere Westen heraus und reichte eine Mads.

»Ist das wirklich notwendig?«

»Das ist es. Weißt du, wem der SUV gehört?«

»Nein.«

»Eben, genau deswegen sichern wir uns ab«, erklärte Gustav.

Mads zog seine Jacke aus, legte die Weste an und zog seine Jacke darüber.

»Waffe entsichern«, forderte Gustav.

»Danke für den Hinweis«, erwiderte Mads trocken.

Beide eilten mit schnellen, aber vorsichtigen Schritten Richtung Haus.

Da ertönte Hundegebell. Mads fuhr herum und erkannte Hasso, der auf ihn zulief. Mads blieb nichts anderes übrig, als stehen zu bleiben. Hasso stoppte vor ihm und holte sich seine Streicheleinheiten ab.

»Moin, wenn das nicht der junge Herr Johannsen ist«, hörte er Herrn Jürgens sagen, der nun zu ihnen trat.

»Moin. Es wäre besser, wenn Sie wieder zurück ins Haus gehen«, sagte Gustav.

»Sagen Sie nicht, dass Sie wegen der Männer hier sind.«

»Wegen welcher Männer?«

»Keine zwanzig Minuten bevor Sie gekommen sind, habe ich den schwarzen SUV da ankommen gesehen. Einige Gestalten saßen da drin, zwei von ihnen trugen Sturmmasken, das fiel mir sofort ins Auge.« Jürgens wies mit der Hand nach vorne. »Das ist das Auto.«

Mads verstand nicht, was hier gerade vor sich ging, befürchtete aber das Schlimmste. »Gehen Sie bitte sofort mit Hasso zurück ins Haus und schließen Sie alle Türen ab. Ich informiere Sie, wenn Sie das Haus wieder verlassen dürfen.«

Jürgens nickte nur mit dem Kopf, aber die Anspannung war nicht zu übersehen. Selbst Hasso schien die Nervosität seines Herrchens zu spüren.

»Keine Sorge. In Ihrer Wohnung sind Sie sicher«, versuchte Gustav Jürgens zu beruhigen.

51

»Herr Larsen, ich weiß nicht, ob das eine gute Idee ist mit dieser geheimen Operation«, sagte Emma auf Englisch. Sie hatte einen Telefontermin mit Almas Vater vereinbart.

»Warum nicht?«

»Was ist, wenn sie den Falschen erwischen?«

»Das werden sie nicht, das sind Profis. Was hat die Polizei denn bisher geleistet? Ella ist noch immer in der Hand dieses Wahnsinnigen.«

»Ich verstehe Ihren Ärger …«

»Nein, das tun Sie nicht. Sie haben keine Kinder«, wurde Larsen laut.

»Woher wissen Sie das?«

»Weil ich mich über die Menschen informiere, die für mich arbeiten.«

»Ich arbeite nicht für Sie.«

»Seien Sie nicht naiv. Sie schreiben die Story, die ich will, und dafür erhalten Sie Informationen.«

Das saß und es kränkte Emma in ihrer Journalistenehre, aber Larsen hatte recht, sie war von ihm abhängig, sie hatte sich auf seine Bedingungen eingelassen.

»Wissen Sie was? Ich beende den Deal mit Ihnen.«

»Das können Sie nicht.«

»Und ob ich das kann. Ich bin niemandes Handlanger. Ich schreibe für die Wahrheit.«

»Sie sind tatsächlich so naiv, wie der Bürgermeister gesagt hat. Er hat mich vor Ihnen gewarnt und erklärt, dass Sie nicht entschlossen genug seien.«

»Weiß der Bürgermeister von Ihren Machenschaften?«

»Er will wie ich, dass Ella lebend gefunden wird«, antwortete Larsen vielsagend.

»Sie sollten Ihre geheime Operation beenden.«

»Und wenn ich das nicht tue? Drohen Sie mir?«

»Nein.«

»Das würde ich Ihnen auch nicht raten. Ich verfüge über ausreichend Mittel, um Ihre Karriere zu ruinieren.«

»Es ist besser, wenn wir das Gespräch jetzt beenden«, hielt Emma dagegen und legte auf.

»Das war eines der Gespräche, die die Welt nicht braucht und einem nur Falten bescheren«, bemerkte Amir, nachdem Emma den Hörer auf den Apparat geknallt hatte.

»Nur weil er steinreich ist, glaubt er, dass er mir Angst machen könnte.«

»Angst?«

»Nein, Druck meinte ich. Mann, bin ich sauer.«

»Dann gehe ich davon aus, dass das Gespräch mit Larsen nicht so erfolgreich war.«

»Nein …« Emma brach ab, korrigierte sich: »Doch, ist es. Ich habe meine Journalistenehre zurück. Den Tag möchte ich erleben, an dem ich mich von den Mächtigen dieser Welt einschüchtern lasse. Ich bin Journalistin geworden, weil ich der Stachel in ihrem Fleisch sein möchte, nicht ihr Handlanger.«

»So liebe ich mein Mädchen.« Amir strich ihr über die Schultern, Emma wurde sofort ruhiger.

»Du bist ein Wunder«, sagte sie.

»Ich?«

»Ja, du schaffst es mit wenigen Worten, dass die dunklen Wolken verfliegen.«

»So was Süßes hat schon lange keiner mehr zu mir gesagt. Du bist ein Schatz.« Amir strahlte übers ganze Gesicht. »Was wirst du jetzt machen ohne diese Quelle?«

»Ich finde einen anderen Weg. Vielleicht sollte ich Mads anrufen.«

»Mads? Ganz schlechte Idee.«

»Warum?« Emma wollte es als Vorwand nutzen, denn wenn sie ehrlich war, ging es ihr gar nicht darum, Informationen über den aktuellen Fall zu erhalten, sie wollte einfach seine Stimme hören. Weil nicht nur Amir es schaffte, sie zu beruhigen, sondern auch Mads. Er vermittelte ihr jedes Mal ein Gefühl von Sicherheit, als könnte sie sich bei ihm fallen lassen, und selbst wenn sie sich hin und wieder über ihn aufregte, überwog das Gefühl von Sicherheit und Zuneigung.

»Du jammerst doch immer, dass er keine Informationen preisgibt. Ruf lieber Lena an. Mit der kannst du gut und sie versteht, warum die Presse Informationen benötigt.«

»Du hast recht«, antwortete Emma. Sie wollte ihre wahren Hintergedanken lieber für sich behalten.

Sie nahm ihr Handy, das auf dem Schreibtisch lag, und wählte Lenas Nummer. Mads' Schwester nahm das Gespräch an.

»Was verschafft mir die Ehre?«, fragte sie.

»Wie schaut es mit Mittagessen aus? Ich weiß, es ist schon etwas spät dafür, aber vielleicht hast du ja noch nicht gegessen. Ich jedenfalls habe einen Bärenhunger. Wir haben uns ja auch länger nicht gesehen«, antwortete Emma. Sie wollte nicht gleich mit der Tür ins Haus fallen.

»Warum nicht. Wohin magst du?«

»Mir egal. Ich kann dich abholen und dann entscheiden wir spontan.«

»Das hört sich gut an. Etwas Ablenkung kann ich gerade gebrauchen.«

»Super. Ich hol dich in zwanzig Minuten ab.«

Etwas später saßen sie im *Peter Pane* an der Timmendorfer Promenade und hatten je ein Burgermenü bestellt.

»Was ist los? Du wirkst, als würde dich etwas wurmen«, begann Emma.

»Ist das so offensichtlich?«, fragte Lena.

»Ja, du bist eine ganz schlechte Schauspielerin.«

Lena lachte kurz auf. »Mads nervt mich.«

»Das wundert mich nicht. Er kann einen manchmal ganz schön reizen. Was hat er denn angestellt?«

Lena schaute sie an, als würde sie prüfen, ob sie ihr vertrauen konnte. »Das muss aber unter uns bleiben.«

»Ich schweige wie ein Grab.«

»Mads ist in Kontakt mit dem Täter.«

»Ich weiß, der Typ hat mir ja geantwortet und ich habe die Nachricht an Mads weitergeleitet.«

»Ja, aber es ging noch weiter. Er hat mit ihm über einen Darknetchat kommuniziert und der Täter hat einen Tausch vorgeschlagen.«

»Der Täter? Ich dachte, Mads wollte das tun?« Emma konnte Lena gerade nicht folgen, gleichzeitig war sie enttäuscht von Mads, dass er sie über diesen Chat nicht informiert hatte, immerhin hatte sie ihm geholfen, dass der Kontakt überhaupt zustande gekommen war. Das war eben seine egoistische Seite.

»Mads hat den Tausch auch zuerst vorgeschlagen, aber der Täter hat seinen Bedingungen nicht zugestimmt. Er möchte mich im Tausch gegen Ella.«

»Und das hat Mads abgelehnt?«

»Genau. Er und Gustav ziehen es nicht mal in Betracht. Der Täter hat uns vierundzwanzig Stunden gegeben, um ihm unsere Entscheidung mitzuteilen, sonst wird er Ella töten.«

»Und wenn Ella längst tot ist? Habt ihr einen Beweis dafür, dass sie lebt?«

»Er hat uns ein Foto von ihr geschickt.«

Emma sah Lena prüfend an. »Möchtest du denn dieses Risiko eingehen?«

»Klar, ich bin Polizistin geworden, um Menschen zu helfen. Wie kann ich Nein sagen, wenn ich durch mein Handeln das Leben eines kleinen Mädchens retten kann?«

»Das ehrt dich sehr«, erwiderte Emma und wiegte den Kopf. »Ich verstehe aber Mads' Reaktion. Er liebt dich und will dich beschützen.«

»Nur weil ich ein Krüppel bin«, platzte Lena heraus.

»So etwas darfst du nicht einmal denken!«, entgegnete Emma bestürzt.

»Es ist die Wahrheit. Schau mich doch an? Ich kann noch immer nicht richtig laufen, aber soll ich deswegen feige zurückschrecken?«

»Nein, das sollst du nicht«, antwortete Emma. Sie verstand Lenas Reaktion. Lena war ehrgeizig wie sie selbst, doch durch ihre Verletzung und das dominante Verhalten ihres Bruders und ihres Onkels fühlte sie sich von deren übermäßiger Fürsorge sicherlich erdrückt.

»Was ist, wenn du noch mal mit deinem Onkel sprichst? Er ist immer noch Mads' Chef. Oder gibt es eine Alternative?«

»Es gibt keine Alternative. Gustav wird dem niemals zustimmen.«

»Das heißt, sie werden akzeptieren, dass der Täter Ella tötet?«

»Nein, sie glauben, einen anderen Weg zu finden, und Mads hat die Befürchtung, dass Ella sowieso längst tot ist, da es für den Täter keine Veranlassung gibt, sie am Leben zu lassen.«

»Soll ich mit Mads reden?«, schlug Emma vor.

»Er wird nicht auf dich hören.«

»Und wenn ich ihn unter Druck setze?«

»Du? Wie willst du Mads unter Druck setzen?« Lena schien nicht überzeugt.

»Ich könnte sagen, dass ich von dem Tausch erfahren habe und es veröffentliche.«

»Bloß nicht. Dann fliegt uns das erst recht um die Ohren. Du musst das, was ich dir gerade gesagt habe, unbedingt für dich behalten.« Lenas Blick wirkte verzweifelt.

»Keine Sorge, ich behalte es für mich. Ich bin nicht wie Mads und falle jemandem in den Rücken, um dadurch einen eigenen Vorteil zu erlangen.«

»Ich weiß, deswegen mag ich dich.«

»Ich dich auch.«

Der Kellner kam mit der Bestellung und servierte.

»Ihr müsst trotzdem eine Lösung finden. Nichts zu tun, weil ihr meint, Ella wäre tot, kann keine Antwort sein«, beharrte Emma.

»Ich weiß. Vielleicht beruhigen sich die beiden bis morgen, wenn sie sich eingestehen müssen, dass es keine andere Lösung gibt.«

Emma nickte und biss von ihrem Burger ab, kurz hing jede ihren Gedanken nach.

»Wir haben gerade zu viele Baustellen«, sagte Lena nach einer Weile.

»Noch mehr Baustellen als den Psycho?«

»Ja. Hast du das mit Jörn nicht gehört?«, fragte Lena.

»Jörn? Du meinst Jörn Hansen, der immer am Strand rumgammelt?«

»Genau. Er wurde gestern mit einem Messer attackiert.«

»Was? Wie kann das sein?« Emma ließ ihren Burger sinken.

»Das weiß ich nicht. Ein Kollege soll ihn heute besuchen.«

»Glaubst du, das hängt mit den Frauenmorden zusammen?«

»Ich denke nicht. Warum sollte der Täter jemanden wie Jörn angreifen?«

»Warum sollte überhaupt jemand Jörn angreifen? Er tut doch keiner Seele was zuleide.«

»Na ja, er kann manchmal ziemlich frech sein, er hat eine große Klappe.«

»Deswegen tötet man doch niemanden.«

»Du glaubst gar nicht, aus welch unsinnigen Gründen Menschen andere töten«, erwiderte Lena bitter.

»Warum fahren wir beide nicht zu ihm? Oder hast du gerade etwas Dringenderes zu tun?«

»Habe ich nicht. Aber Nils wollte zu ihm.«

»Egal, das hindert uns nicht, Jörn auch zu besuchen. Du hast doch einen ganz guten Draht zu ihm«, gab Emma zurück.

»Du hast recht. Warum nicht? Ich glaube zwar nicht, dass er etwas mit unserem aktuellen Fall zu tun hat, aber im Büro sitzen und Däumchen drehen, bis mein Onkel und Mads zurück sind, bringt mich auch nicht weiter.«

»So mag ich dich.« Emma winkte den Kellner zu sich. »Können Sie uns bitte die Rechnung bringen?«

Der Kellner nickte und entfernte sich.

Eine halbe Stunde später betraten sie die Schön-Klinik in Neustadt.

»Moin. Wir sind von der Ostseekriminalpolizei. Auf einer Ihrer Stationen liegt Jörn Hansen«, sagte Lena. Sie saß in ihrem Rollstuhl.

»Das stimmt. Ich schau mal kurz«, sagte die Frau und tippte etwas in die Tastatur. Ihre Ausweise wollte sie gar nicht erst sehen.

Es war eine andere Empfangsdame als die, die Lena und Mads bei ihrem Besuch von Larsen hier gesehen hatten.

»Stimmt«, sagte sie dann. »Er liegt auf Station 7.«

»Wissen Sie, ob ein Kollege bereits bei ihm war?«, erkundigte sich Lena.

»Laut meinen Unterlagen sind Sie die ersten Polizisten.« Sie holte kurz Luft. »Darf ich Ihren Ausweis sehen?«

»Klar.« Lena zückte ihren Ausweis und zeigte ihn der Frau. Diese blickte nur flüchtig darauf und nickte.

»Auf welcher Etage ist die Station?«, fragte Lena.

»Auf der ersten.«

»Danke.«

Emma und Lena gingen zum Fahrstuhl.

»Manchmal ist es von Vorteil, wenn man im Rollstuhl sitzt«, bemerkte Lena.

»Warum?«

»Na ja, sonst hätte sie sicherlich auch nach deinem Ausweis gefragt. Ist dir nicht aufgefallen, wie unsicher sie war?«

»Stimmt«, Emma lächelte. Sie ging allerdings eher davon aus, dass die Mitarbeiterin vorausgesetzt hatte, dass Emma ebenfalls Polizistin war. »Was ich mich frage, warum hat Nils Jörn noch nicht besucht?«

»Der ist mit Arbeit zu, vermutlich misst er der Sache nicht so große Bedeutung bei und wird erst abends herfahren. Nils ist kein einfacher Charakter.«

»Okay.«

Sie betraten den Fahrstuhl, Lena drückte auf den Knopf und im ersten Stock stiegen sie wieder aus.

»Moin«, meldete sich Emma an der Station.

»Moin«, antwortete eine Krankenschwester. »Sind Sie von der Polizei?«

»Ja.«

»Der Empfang hat Sie angekündigt.«

»Wie geht es Jörn Hansen?«, fragte Lena.

»Er hat richtig Glück gehabt. Wäre der Einstich einen Zentimeter weiter rechts erfolgt, wäre er jetzt nicht mehr bei uns.«

Emma nickte betroffen.

»Wir möchten uns kurz mit ihm unterhalten«, bat Lena.

»Fünf Minuten sollten gehen. Er muss sich noch schonen, gerade was das Sprechen anbelangt.«

»Fünf Minuten reichen. In welchem Zimmer finden wir ihn?«

»Zimmer 24. Einfach dem Flur folgen.«

»Danke«, antwortete Lena und entfernte sich mit Emma.

Vor dem Krankenzimmer stoppte sie ihren Rollstuhl und stellte die Bremse fest.

»Was machst du?«, fragte Emma.

»Mit dem Rollstuhl könnte es in dem Zimmer eng werden. Außerdem brauche ich ihn dafür nicht. Ist gut für meine Beine, wenn ich sie etwas bewege.«

»Okay, wenn du Hilfe brauchst, sag bitte Bescheid.«

»Das klappt schon.«

Emma klopfte an und beide traten ein.

Jörn hatte ein Einzelzimmer. Er lag in seinem Bett und schaute aus dem Fenster, er sah die beiden Frauen nicht.

»Moin, Jörn«, machte sich Lena leise bemerkbar.

Jörn drehte sich zu ihnen und seine Miene erhellte sich. Emma sah ihm an, dass er sich über ihren Besuch freute.

»Moin«, antwortete er mit schwacher Stimme und hustete dabei leicht. Ein großer Verband lag um seinen Hals und einige Schläuche und Kabel führten von Apparaten hinter ihm zu seinem Körper, aber rein äußerlich sah er ganz gut aus. Vermutlich war ihm nicht bewusst, welch großes Glück er gehabt hatte.

»Du kennst doch noch Emma, oder?«

»Klar. Wir sehen uns ab und zu am Hafen«, antwortete Jörn.

»Wie geht's dir?«, fragte Emma.

»Bis auf die Schmerzen am Hals ganz gut und ich bin irgendwie sehr müde.«

»Das kommt von den Schmerzmitteln, die dir die Ärzte gegeben haben.«

»Kann sein. Ich glaube, ich habe echt Schwein gehabt.« Seine Augen wurden feucht.

»Das stimmt. Du bist ein Glückspilz«, sagte Lena.

»Nein, kein Glückspilz.«

»Was dann?«, fragte Emma überrascht. Sie hatte Jörn vor einigen Monaten kennengelernt, als sie für eine Story recherchiert hatte, und wusste, dass er geistig etwas zurückgeblieben war, sein Leben aber trotzdem ganz gut allein meisterte.

»Ich habe mich tot gestellt, das hat mir das Leben gerettet.«

»Tot gestellt?«

»Genau. Dieser böse Mann hat mir das Messer einfach so in den Hals gerammt, dann bin ich hingefallen. Es hat furchtbar wehgetan und ich wollte schreien, aber ich wusste, dann sticht er noch mal zu. Also habe ich nicht geschrien, damit er denkt, ich bin tot. Das war sehr mutig von mir. Thor wäre bestimmt stolz auf mich.«

»Das wäre er«, antwortete Lena.

Emma wusste, dass Jörn Mads damit meinte, und dass er in dieser Situation ausgerechnet an ihn dachte, ließ sie ahnen, dass Jörn wohl niemanden hatte, der in dieser schweren Stunde für ihn da war. Es stimmte sie traurig und erinnerte sie an Recherchen, die sie vor Jahren in einem Seniorenheim angestellt hatte. Sie hatte erfahren, wie viele ältere Menschen einsam waren, weil sie niemanden hatten, der für sie da war, geschweige denn sich die Zeit nahm, um sich mit ihnen ein paar Minuten zu unterhalten. Der Gedanke, dass auch sie einmal ein einsamer alter Mensch werden könnte, ließ ihren Magen zusammenkrampfen.

»Wo ist Mads?«, erkundigte sich Jörn.

»Er jagt Verbrecher«, antwortete Lena.

»Wie immer.« Jörns Augen funkelten. »Ich bin jetzt fast so tapfer wie Mads. Er ist mein Freund.«

»Ich weiß, er hat dich auch gern«, antwortete Lena und ihre Augen glänzten nun ebenfalls feucht.

»Wäre schön, wenn er mich besuchen kommt, auch wenn er immer die bösen Männer jagen muss. Ich hoffe, er jagt auch diesen fiesen Mann.«

»Er wird dich besuchen, versprochen. Und er wird den gemeinen Mann jagen, der dich angegriffen hat«, erwiderte Lena. »Hast du den Mann gesehen?«

Jörn antwortete nicht sofort, er sah aus dem Fenster und schien zu überlegen. Emma vermutete, dass er sich fürchtete, weil der Täter möglicherweise noch immer gefährlich für ihn war.

»Du musst keine Angst haben«, sagte sie daher. »Du warst so tapfer, als du dich tot gestellt hast. Jetzt musst du noch mal tapfer sein, damit Mads diesen bösen Mann findet und ins Gefängnis bringt.«

Jörn blickte sie an. »Ich bin tapfer. Mads soll ihn bestrafen, es war sehr gemein und feige, was er getan hat.«

»Also hast du ihn erkannt?«

»Ja, natürlich. Ich kenne ihn.«

»Du kennst ihn?« Lena schien nicht minder überrascht als Emma.

»Klar doch. Er war ganz nett, hat mir sogar beim Bäcker einen Platz neben sich angeboten, damit ich aus dem Fenster schauen konnte.«

»Du meinst die *Junge Bäckerei* in Niendorf an der Brücke?«, fragte Lena.

Emma sah ihn aufmerksam an. Wenn Jörn den Täter tatsächlich kannte, würde es wohl ein Leichtes sein, ihn zu überführen.

»Genau. Ich dachte, er wäre freundlich, also war ich auch nett zu ihm. So nett, dass ich ihm sogar Anna vorgestellt habe.«

»Anna? Du meinst die Tochter von Susanne?«

»Die meine ich.«

Lenas Augen waren plötzlich weit aufgerissen und Emma verstand sofort, warum. War Jörn dem Serienmörder begegnet?

52

»Was sind das für Leute?«, fragte Gustav alarmiert.

»Die hat Knud Larsen angeheuert«, antwortete Mads.

»Knud?«

»Emma hat mir davon erzählt.«

»Und warum weiß ich nichts davon?«, zischte Gustav wütend.

»Bin noch nicht dazu gekommen, es dir zu sagen.«

Gustav warf seinem Neffen einen missbilligenden Blick zu. »Verdammt, Mads, solche Informationen musst du mir sofort weiterleiten. Jetzt haben wir den Salat wegen deiner dummen Gefühlsduselei.«

»Wieso Gefühlsduselei?«

»Du weißt genau, was ich meine. Wenn es nicht diese Journalistin gewesen wäre, die es dir erzählt hat, wärst du damit längst zu mir gekommen.«

»Das hat nichts mit Emma zu tun«, reagierte Mads ungehalten, dabei hatte sein Onkel recht. Er hatte es ihm nicht erzählt, weil er es nicht für nötig befunden und gehofft hatte, dass es nie zu einer Auseinandersetzung darüber kommen würde. Außerdem hatte er sich mit Larsen persönlich darüber unterhalten wollen. Das hatte sich nun erledigt.

»Deine gereizte Reaktion verrät dich. Bekomm' endlich dein Gefühlsleben in den Griff. Wollen wir hoffen, dass diese Söldner keine Dummheit angestellt haben.«

Sie hatten mittlerweile die Haustür erreicht.

»Verschlossen«, stellte Gustav fest.

Mads zog sein Spezialwerkzeug aus der Jackentasche und ein paar Sekunden später war das einfache Standardschloss geöffnet. Langsam betraten sie den Flur.

»Du bleibst dicht hinter mir«, sagte Gustav. Mads sah seinem Onkel an, wie angespannt er war.

»Werde ich hinkriegen.«

»Das hier ist kein Spiel. Du bleibst hinter mir, keine unüberlegten Heldentaten«, wurde sein Onkel deutlich.

Gustav ging offensichtlich wirklich davon aus, dass Mads etwas Unüberlegtes tun würde. Ernsthaft verärgert war Mads aber vor allem über die Tatsache, dass er nicht vorausging, denn er war um Längen fitter als Gustav.

»Ich weiß, was ich zu tun habe. Die werden Sokolow im Keller festhalten, jede Wette. Ich war hier schon mal«, flüsterte Mads.

»Gut, wo ist der Eingang zum Keller?«

»Dahinten.«

Sie liefen mit ihren entsicherten Waffen in der Hand zur Kellertür, bereit, bei der kleinsten Gefahr abzudrücken. Gustav öffnete die Tür, sie stiegen vorsichtig die Treppe hinab und befanden sich kurz darauf in dem großzügigen Keller.

»Wo …«, sagte Gustav, unterbrach sich dann aber, weil jetzt deutliche Geräusche zu hören waren. Es klang eindeutig so, als würde jemand gequält. Sie eilten in die Richtung und standen nun vor der Tür, hinter der die Geräusche laut wurden.

»Bleib hinter mir, als Deckung«, sagte Gustav.

Mads nickte. Dann riss Gustav die Tür auf und machte einen großen Schritt in den Raum, gefolgt von Mads.

»Keine Bewegung. Hier ist die Polizei«, rief Gustav, Mads stand leicht versetzt hinter seinem Onkel. Drei vermummte Männer standen in dem Raum, auf einem Stuhl saß Andrej Sokolow, er war gefesselt, sein Gesicht blutverschmiert.

»Wer sind Sie?«, brüllte einer der Männer.

»Wir sind von der Kriminalpolizei. Und Sie alle machen jetzt einen Schritt zurück«, rief Gustav. Zwei der Männer hatten Waffen und zielten auf Mads und Gustav.

»Wer sagt mir, dass Sie die Wahrheit sagen?«

»Sie scheinen der Rädelsführer zu sein«, sagte Gustav. »Sagen Sie Ihren Männern, dass sie keine Dummheiten machen sollen. Ich zeige Ihnen meine Dienstmarke.«

»Nein, Sie sollten besser gehen«, blieb der Rädelsführer unbeeindruckt. Er hielt ein blutverschmiertes Messer in der Hand.

»Sie verstehen mich offenbar nicht. Sie lassen jetzt die Waffen fallen. Was Sie hier tun, ist eine Straftat.«

»Ach, und dass dieser Wichser vier Frauen und ein kleines Mädchen ermordet hat, ist keine Straftat? Ich weiß doch, was mit solchen Bastarden geschieht. Sie werden von irgendeinem Psychiater für nicht zurechnungsfähig erklärt und landen nicht einmal im Knast«, entfuhr es dem Mann.

»Das Strafmaß haben allein die Gerichte zu entscheiden, nicht Sie oder wir«, entgegnete Gustav unbeeindruckt.

Mads kam die Stimme des Anführers bekannt vor. Er fragte sich, woher der Mann wusste, dass auch Ella tot war. Hatte Sokolow es ihm gestanden? War das der Beweis, dass Mads mit seiner Vermutung die ganze Zeit richtig gelegen hatte? Sokolow selbst gab keinen Ton von sich, er wirkte völlig abwesend.

»Kennen wir uns?«, fragte Mads.

»Ganz sicher nicht«, antwortete der Rädelsführer, aber seine Stimme klang nicht weniger gereizt.

»Sicher?«

»Ganz sicher. Sie beide sollten sich jetzt verpissen oder draußen warten. Geben Sie uns fünf Minuten. Er hat schon fast gesungen.«

»Gehen Sie nicht«, rief Sokolow plötzlich, als wäre er aus seinem Dämmerzustand erwacht. »Ich bin unschuldig.«

»Lüg nicht«, rief der Rädelsführer und gab Sokolow eine schallende Ohrfeige. Er schrie auf.

»Wenn Sie noch ein Mal die Geisel berühren, erschieße ich Sie«, drohte Gustav.

Die beiden bewaffneten Männer warfen ihrem Anführer

einen Blick zu, sie schienen nicht zu wissen, was sie tun sollten. Mads nahm an, dass sie mit der Situation überfordert waren, was ihm sagte, dass nur der Rädelsführer ein ausgebildeter Ex-Soldat war. Die anderen beiden waren vermutlich irgendwelche Jungs, die glaubten, dass sie gefährlich und mutig genug für so einen Job waren, weil sie breite Schultern hatten und eine Waffe in der Hand hielten.

»Lassen Sie endlich die Waffen fallen«, wiederholte Gustav diesmal schärfer.

»Keiner rührt sich«, sagte der Anführer. »Wir erledigen hier die Arbeit, die eigentlich Sie machen müssten. Warum haben Sie diesen Kindermörder nicht längst verhaftet?«

»Waffe fallen lassen. Ich wiederhole mich kein zweites Mal.« Gustav machte einen halben Schritt in den Raum. Mads blieb auf seiner Position. »Verdammt, wollen Sie wirklich wegen diesem Stück Scheiße in den Knast wandern?«, fuhr Gustav fort. »Sie machen es nur noch schlimmer. Oder wollen Sie zusätzlich zwei Polizeibeamte töten?«

Einer der beiden Gehilfen wurde plötzlich nervös, seine Waffenhand zuckte und er schaute zu dem anderen rüber. »Ich will nicht in den Knast«, sagte er.

»Hier kommt keiner in den Knast, wenn ihr genau das tut, was ich sage«, rief der Rädelsführer.

»Hören Sie nicht auf ihn«, insistierte Gustav. »Wollen Sie uns wirklich erschießen? Was glauben Sie, was gleich geschehen wird? Es wird von Polizei nur so wimmeln, und wenn Sie tatsächlich so dumm sind und uns beide erschießen, werden Sie von da an überall gejagt werden. Wollen Sie das für die paar Scheine, die man Ihnen für diesen Job geboten hat?« Gustavs Stimme klang scharf und bestimmt, dennoch in gewisser Weise verständnisvoll.

Mads glaubte, dass es die richtige Taktik war, die Gehilfen direkt anzusprechen. Der Rädelsführer war von sich und seinem Handeln viel zu überzeugt, ihn umzustimmen, war unmöglich, was Mads' Vermutung bestärkte, dass der Mann hauptberuflicher Söldner war.

»Hört nicht auf den Schwachmaten. Wenn wir das Geständnis von Sokolow haben, kann die Polizei uns nichts mehr. Wir sind kurz davor«, mahnte der Anführer.

»Dieses Geständnis ist vor Gericht nichts wert«, hielt Gustav dagegen. »Wir leben in einem Rechtsstaat. Geständnisse unter Folter sind nicht das Papier wert, auf dem sie gedruckt sind. Seien Sie vernünftig und lassen Sie endlich die Waffen fallen.«

»Und was dann? Kommen wir trotzdem in den Knast?«, fragte einer der beiden, der etwas unsicherer wirkte.

»Nein. Sie haben, so weit ich das hier überblicke, nichts getan.«

»Geht einfach«, unterstützte Mads seinen Onkel. »Wie sollen wir bewaffnete, vermummte Personen aufhalten? Uns interessiert nur die Geisel.« Er hoffte, dass die beiden den Wink mit dem Zaunpfahl verstanden.

Der Unsichere zögerte nicht länger und lief an ihnen vorbei aus dem Raum. Sein Mitstreiter sah kurz zu dem Anführer, dann zu Gustav und Mads und lief ebenfalls davon.

»Und Sie lassen jetzt das dämliche Messer fallen«, forderte Gustav und trat einen Schritt auf den Rädelsführer zu. Dieser machte unvermittelt einen Satz nach vorn, schubste Gustav zur Seite und lief aus dem Raum.

Mads drehte sich um.

»Lass sie laufen«, sagte Gustav und trat zu Sokolow.

»Ich hatte auch nicht vor, denen nachzulaufen.«

»Ich werde das mit Larsen regeln«, ergänzte Gustav. »Die kriegen wir.« Er band Sokolow los, dieser wollte sofort aufstehen, als Gustav ihn stoppte.

»Nicht so schnell. Keine Dummheiten. Wir nehmen Sie fest wegen des dringenden Tatverdachts …«

»Ich habe niemanden ermordet«, wurde Sokolow laut. »Wieso laufen Sie nicht den Gangstern nach?«

»Das hat Sie nicht zu interessieren. Aufstehen und Hände hinter den Rücken.«

»Das ist doch ein schlechter Scherz«, beschwerte sich Sokolow.

Mads hatte ein ungutes Gefühl, obwohl sie erreicht hatten, was sie wollten. Alles sprach gegen Sokolow.

»Mads, ruf die Zentrale und die Spurensicherung an. Die sollen das Haus auseinandernehmen.«

»Mach ich.« Mads verließ den Raum und kontaktierte die Kollegen.

Kurz darauf trat sein Onkel mit Sokolow aus dem Raum.

»Ich werde Sie alle verklagen. Sie waren die längste Zeit Bullen«, schimpfte der Verdächtige.

53

Er hätte nicht glücklicher sein können. Die Idee, Ella gegen Lena auszutauschen, war genial. Warum war er nicht früher darauf gekommen?

»Du warst zu sehr auf Mads fixiert. Du kennst ja das dämliche Sprichwort: den Wald vor lauter Bäumen und so.«

Mit dieser neuen Wendung hatte er auch endlich eine Idee, wie er die Dienste von Nutella8 in Anspruch nehmen konnte. Den Gedanken, diesen Nichtsnutz bei der Polizei als Zeugen einzuschleusen, hatte er glücklicherweise schnell verworfen. Sein neuer Plan war viel besser.

»Was soll ich nur mit Lena anstellen, wenn sie erst mal bei mir ist? Ihr das Messer ins Herz rammen und …« Er hielt inne. »Nein, das wäre zu einfach. Ich muss mir was Besonderes einfallen lassen. So einen speziellen Gast hat man nicht alle Tage.« Versonnen stützte er das Kinn auf. »Vielleicht ist das meine Meisterkür und danach höre ich auf«, sinnierte er.

Nein, warum aufhören, wenn es gerade am schönsten ist?

Weil die Schlinge um deinen Hals immer enger wird.

»Quatsch«, sagte er laut. »Welche Schlinge? Es gibt keine Zeugen, niemanden, der dich wiedererkennen könnte.«

Doch! Jörn!

Dieser behinderte Spast ist tot, beruhigte er sich. Ein präziser Messerstich hatte genügt, ihn tot umfallen zu lassen.

Du hast es aber nicht überprüft!

Er drückte die Hände gegen seine Schläfen und schloss die Augen, als könnte er sich so besser an den Moment erinnern.

Er hat sich nicht mehr bewegt, es gab keinen Grund, ihm weitere Messerstiche zu verpassen. Einen Stich in den Hals überlebt niemand.

Er riss die Augen auf. Doch, Jörn vielleicht.

»Albern.« Er schüttelte die irritierenden Gedanken ab. Außerdem war da dieser Passant gewesen, er war mit einem Mal aufgetaucht, deshalb hatte er so oder so schnell weggehen müssen.

»Jörn ist tot.«

Er nickte zufrieden, weil er nicht glauben wollte, dass ausgerechnet jemand wie Jörn eine Gefahr für ihn darstellen könnte, denn gerade einem wie ihm fühlte er sich deutlich überlegen.

»Zeit, Nutella8 zu kontaktieren«, sagte er zu sich.

Er setzte sich an den Laptop und öffnete den Chat.

Moin,

schrieb er.

Diesmal ließ die Antwort auf sich warten, er wurde nervös. Eigentlich war Nutella8 gefühlt immer am Laptop. Aber ihm eine weitere Nachricht zu schreiben, sah er nicht ein. Nutella8 sollte nicht das Gefühl bekommen, dass er wichtig für ihn war. Dabei war er unverzichtbar für seinen Plan.

Er stand auf und ging zum Kühlschrank, trank einen großen Schluck Milch direkt aus der Packung und setzte sich wieder an den Laptop.

Nutella8 hatte ihm noch immer nicht geantwortet.

»Wieso bist du so frech?«

Wut stieg in ihm auf. Trotzdem schrieb er keine zweite Nachricht, sondern starrte weiter auf den Bildschirm.

Endlich kam die befreiende Antwort.

Moin, Meister.

Warum hat das so lange gedauert?

Verzeih, ich war nicht online.

Warum nicht?

Ich war einkaufen.

Du musst immer online sein.

Auch wenn ich einkaufen bin?

Hast du kein sicheres Prepaidhandy mit einem VPN?

Nein.

Dann leg dir eins zu. Ich werde dir ein paar Tipps geben, wie du sicherstellen kannst, dass du auch über dein Handy bedenkenlos mit mir kommunizieren kannst.

Danke, das bedeutet mir sehr viel.

Das sollte es auch. Ich hoffe, das zeigt dir, wie viel du mir wert bist.

Auf jeden Fall. Du bist gerade meine einzige Motivation, aufzustehen.

Sag nicht, der Kinderficker wird depressiv?

Ich möchte dich damit nicht belästigen, aber ich fühle mich seit einiger Zeit nicht mehr gut. Irgendwie fehlt mir der Lebensmut. Wäre es möglich, dass du nicht immer schreibst, dass ich ein Kinderficker bin?

Soll ich Kinderschänder schreiben?

Nein, gar nichts. Ich weiß, dass ich krank bin, süchtig nach kleinen

Kindern. Ich weiß es, aber wieso versteht denn keiner, dass ich machtlos gegen dieses Verlangen bin? Ich schaue mir doch nur Fotos an. Ich tue doch niemandem weh.

Lass das Jammern, damit beißt du bei mir auf Granit. Obwohl du ein Pädophiler bist und ich allen Grund habe, dich zu hassen, schreibe ich dir. Das müsste dich ehren, freu dich drüber, anstatt hier rumzujaulen. Und hör auf, dich selbst zu belügen. Von wegen nur Fotos. Du hast es getan. Steh dazu wie ein Mann. Auch wenn dich die ganze Welt dafür hasst, steh gerade für deine Taten.

Du hast recht. Verzeih. Es ist im Moment alles nicht leicht.

Ich habe immer recht. Du kannst dich übrigens freuen. Ich habe eine Aufgabe für dich.

Welche?

Ich brauche dich morgen.

Morgen? Wann?

Das gebe ich dir noch durch. Halt dir den ganzen Tag frei.

Mach ich. Meine Frau ist morgen vermutlich eh nicht zu Hause. Ich hoffe, es ist nicht zu weit weg. Ich wohne in der Lübecker Bucht.

Ist es nicht. Das Ziel ist die Lübecker Bucht.

Und was soll ich tun?

Du wirst einen Gast empfangen und dich für mich ausgeben.

54

»Wo ist meine Nichte?«, fragte Gustav, als er Petra im Vorzimmer seines Büros begegnete.

»Sie ist mit Emma Falk was essen. Soll ich sie anrufen?«

»Nein, nicht nötig«, antwortete Gustav.

Er fragte sich, warum alle so fasziniert von dieser Emma waren. Er sah es wie Albert: Emma war eher hinderlich als nützlich.

»Haben wir unseren Mörder?«, erkundigte sich Petra.

»Das weiß ich noch nicht. Mads und ich werden Sokolow gleich verhören.«

»Braucht ihr was?«

»Ja, Getränke wären gut.«

»Ich kümmere mich drum.«

»Danke dir.«

Gustav betrat sein Büro und überlegte, woher Larsen den Tipp mit Sokolow gehabt haben könnte. War der Detektiv auf Sokolow gestoßen oder hatte Larsen einen Informanten?

»Emma Falk«, schoss es aus ihm heraus. Ob Mads ihr Informationen weitergab, ohne sich dessen bewusst zu sein? Grundsätzlich war er sicher nicht so naiv und gab Polizeiinterna heraus, aber es war nicht zu übersehen, dass sein Neffe ein persönliches Interesse an dieser Journalistin hatte. Gustav würde sich in einer ruhigen Minute mit ihm darüber unterhalten.

Als sie in der Dienststelle angekommen waren, hatte er am Empfang sogleich dafür gesorgt, dass eine öffentliche Fahndung nach den drei Söldnern in Auftrag gegeben wurde, es konnten in seinen Augen nur Söldner sein. Zwar hatten Mads und er ihre Gesichter nicht gesehen, aber sie hatten das Kennzeichen des SUV, das hatte sich Gustav gemerkt, bevor sie das Haus betreten hatten.

Nach dem Verhör würde er sich Knud Larsen vorknöpfen. Er musste wissen, wer diese drei Männer waren. Für Almas Vater würde das Ganze ein juristisches Nachspiel haben, auch wenn er Knuds Handeln ein wenig verstehen konnte. Sein einziges Kind war ermordet und seine Enkeltochter entführt worden, da konnten schon mal die Nerven mit einem durchgehen. Wie würde er reagieren, wenn jemand seine Mutter töten würde?

Gustav seufzte. An so etwas Schlimmes wollte er gar nicht erst denken.

Er nahm an seinem Schreibtisch Platz, um vor dem Verhör seine Gedanken zu sortieren. Sokolow wollte er im Verhörraum gerne etwas zappeln lassen.

Mads hatte vorgeschlagen, das Verhör ohne Gustavs Unterstützung zu beginnen, doch das hatte er in weiser Voraussicht abgelehnt. Er kannte seinen Neffen. Solange dieser seine Emotionen nicht so kontrollieren konnte, wie Gustav es für nötig erachtete, würde er ihn sicherlich nicht allein ein Verhör führen lassen. Wäre Lena an seiner Seite gewesen, hätte Gustav ihn gewähren lassen.

»Aber nein, Lena geht mit dieser Emma essen«, murrte er. Nun, das war immer noch besser, als wenn sie irgendwelche Dummheiten anstellte.

»Hoffentlich beruhigt sie sich wieder. Ich werde niemals erlauben, dass jemand sie als Geisel nimmt. Niemals.« Er knirschte mit den Zähnen.

Es klopfte an der Tür und Petra trat ein. »Ich weiß, du hast nicht darum gebeten, aber ich sehe ja, wie angespannt du bist. Das wird dir helfen.« Sie stellte ein kleines Tablett mit einer Espressotasse und zwei Keksen auf seinen Tisch und verließ das Büro.

Gustav entlockte diese Geste ein Schmunzeln. Er leerte die Espressotasse, gönnte sich beide Kekse und schloss für einen Moment die Augen.

Vergessen!

Wenn das nur so einfach wäre. Die Augen geschlossen, die Welt um sich herum ausgeblendet und alles Schlechte fiel von einem ab – leider funktionierte das so nicht. Gustav war noch nie ein Träumer gewesen, ganz im Gegensatz zu seinem Bruder. Der hatte geglaubt, dass sich Menschen ändern konnten, dass das Gute irgendwann siegen würde. Gustav hingegen sah die Welt, wie sie war. Es würde immer einen Kampf zwischen Gut und Böse geben, daher mussten die Guten stets wachsam sein, sonst würde die Welt ein dunkler und schmerzvoller Ort werden. Der Mord an seinem geliebten Bruder war der beste Beweis dafür.

Als er die Augen öffnete, klingelte sein Bürotelefon.

Er nahm den Hörer ab, es war der Bürgermeister.

»Was gibt es Neues?«, fragte Albert.

»Ist das ein Spiel von dir?«, konterte Gustav gereizt.

»Wie meinst du das?«

»Komm, Albert, lass das doch. Wir verhaften Sokolow und kurz darauf rufst du an. Woher weißt du, dass wir ihn festgenommen haben?«

»Ist er der Täter?«

»Ich hatte dich etwas gefragt«, blieb Gustav hart.

»Hat mir ein Vögelchen gezwitschert«, erwiderte Albert leichthin.

»Ich hoffe nicht, dass es ein Vögelchen aus meiner Dienststelle war.«

»Da kann ich dich beruhigen. Deine Untergebenen sind dir gegenüber durch und durch loyal.«

»Sie sind nicht meine Untergebenen, sondern meine Mitarbeiter, mein Team«, korrigierte Gustav, der es hasste, wenn Albert so von oben herab sprach.

»Du weißt, wie ich das meine. Ist doch auch egal. Hat Sokolow gestanden? Haben wir endlich Ruhe in der Gemeinde?«

»Nein, hat er nicht. Mads und ich werden ihn gleich verhören.«

»Was ist mit Ella?«

»Ein Team durchsucht derzeit Sokolows Haus, Tim ist auch dort. Er prüft die Computer von Sokolow.«

»Sehr gut. Es kann nur er gewesen sein.«

»Das wissen wir noch nicht. Was mich beunruhigt, ist Knud«, sagte Gustav besorgt.

»Warum?«

»Er hat eine Söldnertruppe angeheuert und die hatte Sokolow in ihrer Gewalt, als wir ankamen. Sie wollten ein Geständnis von ihm erzwingen.«

»Und ihr habt das unterbunden?«

»Selbstverständlich.«

»Hättet ihr die Jungs mal machen lassen.« Leise Ironie schwang in Alberts Worten mit.

»Du spinnst. In Deutschland erzwingen wir keine Geständnisse.«

»Seit wann spielst du den Moralisten?«

»Ich bin Polizist, und wenn ich je einen Verdächtigen unter Druck gesetzt habe, dann nur, weil ich wusste, dass er schuldig ist«, wurde Gustav ungemütlich.

»Entspann dich. Ich stehe auf deiner Seite. Du kennst meine Einstellung, mit Psychopathen wie Sokolow darf man nicht zimperlich sein.«

»Noch mal: Es gibt keinen Beweis, dass er unser Täter ist.«

»Ich wette ein Abendessen mit einem Glas Wein darauf.«

»Du nervst gerade ziemlich.«

Albert schwieg einen Moment, dann fragte er: »Hast du mit Knud gesprochen?«

»Wegen des Informanten?«, antwortete Gustav. »Das hole

ich nach dem Verhör nach. Knud ist mir auf jeden Fall einige Antworten schuldig.«

»Mach das. Würde mich aber nicht wundern, wenn der Tipp von dieser Emma Falk kam.«

»Woher soll sie wissen, dass wir Sokolow verdächtigen?«

»Mads könnte es versehentlich ausgeplaudert haben. Wir sprechen uns. Ich habe jetzt einen Termin.«

Albert beendete das Gespräch unerwartet abrupt. Wollte er damit erreichen, dass Gustav tatsächlich Mads als undichte Stelle verdächtigte? Oder lenkte Albert von sich ab? Immerhin ging der Bürgermeister für das Wohl seiner Gemeinde über Leichen.

Es klopfte an der Tür und Mads trat ein.

»Wollen wir?«, fragte er.

55

Mads saß wie auf heißen Kohlen!

Dass sein Onkel sich so viel Zeit ließ mit dem Verhör, passte ihm nicht. Er wollte Sokolow in die Mangel nehmen und ihn am besten noch heute zu einem Geständnis bringen. Stattdessen wartete er hier im Büro seines Onkels darauf, dass Gustav sich endlich erhob und ihm in den Verhörraum folgte. Doch sein Onkel sah ihn nur fragend an.

»Willst du nicht aufstehen?«, fragte Mads.

»Hast du Emma Falk etwas über Sokolow erzählt?«, reagierte Gustav mit einer Gegenfrage.

»Nein, warum?«

»Weil ich mich frage, woher Knud von Sokolow weiß.«

»Vielleicht hat Schnor gute Arbeit geleistet.«

»Kann ich mir schwer vorstellen. Albert hat dafür Sorge getragen, dass Schnor gerade andere Probleme hat.« Gustav lehnte sich in seinem Stuhl zurück, die Hände vor dem Bauch verschränkt.

»Und deswegen ist Emma jetzt der Sündenbock?«

»Das hat nichts mit Sündenbock zu tun. Ich möchte nur wissen, warum Knud wissen konnte, dass wir Sokolow verdächtigen.«

»Ist dir nie in den Sinn gekommen, dass Albert dahinterstecken könnte? Er weiß immer alles, und ist er je davor zurückgeschreckt, Informationen preiszugeben, wenn es ihm geholfen hat, an sein Ziel zu kommen?«

»Albert war es nicht«, erwiderte Gustav ruhig.

»Warum? Weil er dein Freund ist? Hast du Knud gefragt?«

»Das werde ich noch tun.«

»Dann mach das, bevor du Emma verdächtigst. Ich finde es nicht in Ordnung, dass du und Albert sie auf dem Kieker haben.« Mads musste sich zügeln, um nicht ausfallend zu werden.

»Und wenn sie es doch war?«

»Sie war es nicht«, wurde Mads laut. Er konnte es zwar nicht ausschließen, denn vor allem, wenn ihr Ehrgeiz geweckt war, vergaß Emma manchmal, dass sie eine Frau mit hohen moralischen Grundsätzen war. Dennoch sah er gerade keinen Anlass, an ihr zu zweifeln. Deshalb verriet er seinem Onkel auch nicht, dass er tatsächlich mit Emma über Sokolow gesprochen hatte, denn dann wäre Gustav Emma gegenüber voreingenommen. Bloß weil sie über Sokolow Bescheid wusste, hieß das nicht, dass sie es Larsen sofort verraten hatte.

»Wollen wir uns nicht endlich Sokolow schnappen?«, fügte Mads ungehalten hinzu.

»Gut. Ich führe das Gespräch.«

»War mir klar. Du traust mir das nicht zu.«

»Das stimmt nicht, aber du bist derzeit zu emotional. Jemandem wie Sokolow kann man nicht mit einem herrischen Ton begegnen. Der wird dich belächeln und nicht ernst nehmen. Den müssen wir anders packen.«

»Seit wann bist du denn so feinfühlig?« Mads kannte seinen Onkel, er konnte sehr temperamentvoll sein und über das Ziel hinausschießen.

»Seit eben.« Ein Lächeln stahl sich auf die Lippen seines Onkels und er stand auf, um Mads den Arm um die Schultern zu legen. »Mads, begreif doch, dass ich dich nicht kritisiere, weil ich Spaß daran habe, sondern weil ich dein Potenzial kenne. Du warst nicht umsonst Jahrgangsbester. Du kannst ein verdammt guter Polizist werden, und wenn du in einigen Jahren auf meinem Stuhl sitzt, möchte ich, dass du ein besserer Chef wirst als ich.«

Mit diesen Worten hatte Mads nicht gerechnet, er wusste

nicht so recht, wie er darauf reagieren sollte, und brachte nur ein leises »Danke, ich bemühe mich« heraus.

Sie verließen das Büro und gingen zum Verhörraum.

Sokolow saß hinter dem Tisch, er trug Handschellen, die an dem Tisch befestigt waren.

»Muss das hier sein?«, fragte er als Erstes und hob seine Hände leicht an.

»Standardvorgabe«, sagte Gustav.

Er und Mads nahmen Platz, da klopfte es an der Tür und Petra trat ein. Sie brachte ein Tablett mit Getränken, kleine Dosen und drei Plastikflaschen Wasser. Sie stellte alles auf dem Tisch ab und verließ den Verhörraum.

»Möchten Sie etwas trinken?«, fragte Gustav.

»Nein, ich möchte gehen.«

»So schnell geht das nicht. Wir haben ein paar Fragen an Sie.«

»Sie scheinen da was falsch zu verstehen oder nicht begreifen zu wollen. Ich bin hier das Opfer. Mir wurde Gewalt angetan«, reagierte Sokolow ungehalten.

Sein blutverschmiertes Gesicht hatte er sich waschen können, dafür hatte Gustav noch vor dem Verhör gesorgt.

»Sie sind ganz sicher kein Opfer. Nur zu Ihrer Information, dieses Gespräch wird aufgezeichnet. Und ein kleiner Ratschlag an Sie: Wenn Sie die Wahrheit sagen, sind wir mit den Fragen schnell durch.«

»Warum sollte ich lügen? Ich habe nichts getan.«

Mads glaubte Sokolow kein Wort, doch er verhielt sich ruhig und wartete gespannt ab, wohin sich das Verhör entwickeln würde. Gleichzeitig sagte ihm eine innere Stimme, dass man jemanden wie Sokolow mit harter Hand anfassen musste, um die Wahrheit zu erfahren. Aber er war kein Soldat mehr, sondern Polizist, und da waren die Spielräume so eng, dass er sich fühlte, als würde er in einem Korsett stecken.

»Die Männer haben behauptet, dass Sie kurz davor waren, ein Geständnis abzulegen.«

Sokolow lachte, hob die Schultern und schaute Gustav das erste Mal direkt in die Augen. »Die wollten mich töten, ich hätte alles gestanden.«

»Ich kann Ihnen nur raten, zu kooperieren. Wenn meine Männer in Ihrer Wohnung fündig werden, wird es verdammt eng für Sie.«

»Ohne Durchsuchungsbeschluss dürfen Sie gar nichts.«

»Vielleicht ist es Ihnen entgangen, aber den habe ich bereits auf der Fahrt zurück in die Dienststelle beantragt.«

»Hab da nicht zugehört«, entgegnete Sokolow. »Das Ganze wird Sie auf jeden Fall teuer zu stehen kommen, ich habe nichts zu verbergen.«

»Das werden wir sehen«, blieb Gustav unbeeindruckt. Sein Handy klingelte. Mads sah, dass Tim anrief. Gustav stand auf und verließ den Raum,

»Es sieht sehr schlecht für Sie aus«, sagte Mads. »Das war eben unsere IT. Sicherlich haben die jede Menge krankes Zeug auf Ihrem Rechner gefunden.«

»Was auf meinem Rechner ist, geht Sie nichts an«, platzte Sokolow heraus.

»Wo halten Sie Ella gefangen?«, fragte Mads.

»Ich halte niemanden gefangen!«

»Lassen Sie die Spielchen. Wo ist Ella, oder haben Sie sie bereits ermordet?«

»Noch mal, auch für Sie Unterbelichteten: Ich halte niemanden gefangen und erst recht nicht bin ich ein Kindermörder!«, wurde Sokolow laut.

»Sie haben kein Alibi und Ihr Wagen wurde am Tatort gesehen. Glauben Sie im Ernst, dass die Männer Sie aus purer Freude an der Gewalt aufgesucht haben?« Mads verspürte den starken Drang, Sokolow zu packen und einmal kräftig durchzuschütteln, solange sein Onkel draußen mit Tim telefonierte.

»Sie haben nicht meinen Wagen gesehen, sondern einen blauen Skoda«, korrigierte Sokolow. »Sie können noch so sehr versuchen, mich in die Ecke zu drängen oder unter Druck zu setzen, ich werde mich nicht verplappern«, antwortete er. »Und wissen Sie, warum? Weil ich die Wahrheit sage. Jemand, der die Wahrheit sagt, wird immer dieselbe Antwort geben, egal wie sehr er unter Druck steht.« Sokolows Atem wurde schneller, seine Augen stachen hervor und sein eigentlich rundes und harmloses Gesicht wirkte plötzlich, als hätte jemand es mit Luft aufgepumpt. Es hatte etwas Verstörendes.

Wohl oder übel musste Mads sich eingestehen, dass Sokolow recht hatte. Jemand, der die Wahrheit sprach, konnte sich nicht in Widersprüche verstricken. Aber sagte Sokolow die Wahrheit oder war er nur abgebrüht genug, um sie das glauben zu lassen?

Gustav trat wieder ein.

»Herr Sokolow, wie sind die Zugangsdaten für Ihren Computer?«

»Warum?«

»Weil wir sie brauchen, ansonsten wird der Rechner von unseren Experten gehackt. Wenn Sie sich nichts zuschulden kommen lassen haben, sollten Sie kooperieren.«

»Ich sehe keinen Grund, warum ich das tun sollte. Erstens, und damit wiederhole ich mich zum zigsten Mal: Ich bin unschuldig. Zweitens: Wenn Ihre Ameisen nichts finden, wird Sie das teuer zu stehen kommen.«

»Wie sind Ihre Zugangsdaten?«

Sokolow lachte, dann beugte er seinen Kopf etwas vor, fuhr sich mit der Hand über die Lippen und sah von unten zu Gustav auf: »Vermutlich hat Ihr IT-Spezialist herausgefunden, was für ein nettes Tool ich benutze.« Er lachte und sein Lachen wurde immer lauter. Sokolow kriegte sich gar nicht mehr ein. »Drei Versuche, dann löscht sich die Festplatte. Lassen Sie mich raten, er hatte schon zwei Fehlversuche.«

Gustavs Miene verriet selbst Mads, dass Sokolow ins Schwarze getroffen hatte.

»Ich verrate Ihnen ein kleines Geheimnis. Nicht nur, dass sich die Festplatte löscht, es gibt auch keine Daten auf irgendwelchen externen Servern oder in irgendeiner Cloud. Mein Rechner ist völlig autark. Jede Internetverbindung, jede Kommunikation wird nach Beenden des Vorganges gelöscht, ebenso die Cookies. Ich benutze eine Technologie, die Geheimdienste einsetzen. Begreifen Sie endlich, dass mir niemand ans Bein pinkeln kann, weil ich jede Eventualität bedacht habe.«

»Unterschätzen Sie unsere IT nicht«, entgegnete Gustav. »Wenn jemand so einen Aufwand betreibt, frage ich mich natürlich, warum er das tut. Was hat diese Person zu verbergen?«

»Nichts, ich mag nur keine Spuren im Internet hinterlassen. Das Internet vergisst nämlich nie.«

»Keine Spuren, die Sie als kleinen Perversen outen?«, provozierte Gustav.

»Ich bin kein Perverser«, wurde Sokolow laut. »Das, was Sie hören wollen, werden Sie niemals hören. Weil ich unschuldig bin.«

Mads' Handy vibrierte. Er fischte es aus der Hosentasche und sah, dass Lena ihn anrief. Kurz überlegte er, ob er sie später zurückrufen sollte, entschied sich dann jedoch, das Gespräch anzunehmen. Lena rief bestimmt nicht ohne Grund an.

Er verließ den Raum und nahm ab.

»Was gibt es?«, fragte er.

»Ich bin mit Emma im Krankenhaus.«

»Was machst du im Krankenhaus? Ist was passiert?« Mads' Herz schlug unmittelbar schneller. War seiner Schwester etwas zugestoßen?

»Nein, alles gut. Emma und ich haben Jörn besucht. Du solltest vielleicht herkommen.«

»Warum?«

»Jörn behauptet, dass unser Täter ihn angegriffen hätte.«

»Ich fahre sofort los«, antwortete Mads, legte auf, betrat den Verhörraum und machte ein Foto von Sokolow.

»Was soll der Mist?«, wurde Sokolow laut.

»Gustav, ich muss zu Jörn ins Krankenhaus.«

»Warum?«

»Das erkläre ich dir später.« Bevor sein Onkel etwas erwidern konnte, verließ Mads den Raum. Er hoffte inständig, dass Jörn sich nicht wieder irgendetwas ausdachte, um Mitgefühl oder Aufmerksamkeit zu bekommen.

56

Keine dreißig Minuten später befand sich Mads auf der Station, auf der Jörn lag.

Emma und Lena steuerten auf ihn zu.

»Glaubt ihr ihm?«, fragte Mads, nachdem sie sich begrüßt hatten.

»Warum sollte er lügen?«, erwiderte Emma.

»Du kennst Jörn nicht. Für ein bisschen Aufmerksamkeit tut er so einiges. Er ist ein notorischer Lügner und steht gerne im Mittelpunkt.«

»Ich glaube ihm. Er wirkte sehr authentisch«, sagte Lena.

»Gut, dann rede ich mit ihm.«

»Wir müssen erst die Stationsschwester um Erlaubnis fragen. Jörn hat noch starke Schmerzen.«

Mads passte das gar nicht, am liebsten wäre er sofort in Jörns Zimmer spaziert und hätte ihn direkt zur Rede gestellt.

»Ich glaube, das passt Mads nicht«, sagte Emma, als hätte sie seinen Gedanken erraten.

»Ach was, die werden mir wohl kaum verbieten, Jörn kurz zu befragen«, gab er zurück und ging zum Stationszimmer.

»Moin«, machte er sich bemerkbar. Emma und Lena waren ihm gefolgt.

»Moin«, antwortete ein junger Mann. Er schaute Mads interessiert an.

»Ich bin von der Ostseekriminalpolizei und muss mich kurz mit einem Ihrer Patienten unterhalten.«

»Das haben doch schon Ihre Kolleginnen getan«, hörte Mads eine weibliche Stimme aus dem Hintergrund.

»Ich weiß, trotzdem muss ich mich kurz mit Jörn unterhalten, nicht in erster Linie als Polizist, sondern als sein Freund«, entgegnete Mads.

»Mensch, Ute, lass doch den schönen Mann. Gerade wenn er mit ihm befreundet ist«, ergriff der junge Krankenpfleger Partei für Mads.

Ute grummelte etwas vor sich hin und sagte dann: »Gut, fünf Minuten.«

»Geht doch«, bemerkte der Krankenpfleger und strahlte Mads an.

»Danke.«

Mads ging los, Lena und Emma folgten ihm.

»Ich glaube, der hat heftig mit dir geflirtet«, sagte Lena mit spitzbübischem Lächeln.

»Quatsch, der war nur höflich.«

»Ganz sicher nicht. Der war schwul«, lachte sie.

»Und wenn. Was kann ich dafür, dass mich Männer und Frauen gleichermaßen anziehend finden.« Mads zuckte die Achseln und zwinkerte ihr zu.

»Heb bloß nicht ab«, sagte Lena und kniff Mads in den Oberschenkel. Emma warf ihm einen Blick zu, den Mads nicht so recht deuten konnte. Auf jeden Fall fand er es schön, dass sie hier war und dass sie sich mit seiner Schwester so gut verstand.

Sie erreichten Jörns Krankenzimmer.

»Ich glaube, es ist besser, wenn ich mich kurz allein mit ihm unterhalte.«

»Mach das. Wir warten hier«, stimmte Lena zu.

Er klopfte an die Tür und trat ein. Jörn lag in seinem Bett, er schien zu schlafen, zumindest bemerkte er nicht, dass Mads im Zimmer war.

»Moin«, machte sich Mads vorsichtig bemerkbar. Jörn drehte sich langsam zu ihm und öffnete die Augen.

»Moin, Thor«, kam es leise und etwas müde über Jörns Lippen.

Abgesehen von dem dicken Verband um seinen Hals und den Monitoren mit Kabeln und Schläuchen, die zu seinem Körper führten, wirkte Jörn nicht sonderlich krank. Er sah auch nicht so mitgenommen aus, wie Mads es nach dem Gespräch mit der Schwester erwartet hätte.

»Wie fühlst du dich?«

»Etwas müde und schlapp, sonst ganz gut. Hat Lena dich angerufen?«, sagte Jörn heiser.

»Das hat sie. Ich muss doch nach meinem Buddy schauen.«

»Danke, freut mich, dass du hier bist. Thor kann stolz auf mich sein. Ich war nämlich fast so tapfer wie er.«

»Du warst sogar noch tapferer«, versuchte Mads ihn aufzubauen.

»Meinst du?«

»Klar doch. Möchtest du mir erzählen, was genau geschehen ist?« Lena hatte ihm zwar das Wichtigste erzählt, aber Mads wollte es noch einmal von ihm selbst hören, weil er ihn zu gut kannte. Er wollte ihm in die Augen schauen und sehen, ob er sich die Geschichte nicht ausdachte.

»Das ging alles so schnell. Ich habe nur die kalte Klinge in meinem Hals gespürt, dann hab ich da hingefasst und es fühlte sich ganz warm an. Der Mann hat mich mit seinen kohlschwarzen Augen des Todes angeschaut und ich wusste, wenn ich jetzt nicht schlau bin, schlachtet er mich wie ein Schwein ab. Also habe ich mich sofort zu Boden geworfen und so getan, als wäre ich tot. Dabei habe ich in Gedanken gebetet, dass Thor einen Donner auf diesen bösen Mann werfen und dass der Mann denken soll, ich wäre tot.«

»Und du hast nicht vor Schmerzen geschrien, als der Mann dir in den Hals gestochen hat?«, fragte Mads. Jörns Erzählung klang etwas zu überzogen. »Du weißt, dass du nicht lügen darfst. Wir sind Freunde, da lügt man sich nicht an, und wenn du ein Superheld sein möchtest, erst recht nicht.«

Jörn schaute zur Seite. »Gut, ich habe kurz geschrien. Aber

wer hätte das nicht, wenn er plötzlich ein Messer im Hals stecken hat und das Blut da rausspritzt wie eine Fontäne. Aber ich habe schlau reagiert und mich wirklich tot gestellt. Auch wenn ich ganz dolle Schmerzen hatte, habe ich nicht mehr geschrien. Ich war ganz leise. Mucksmäuschenstill.«

Mads glaubte ihm. »Erzähl mir mehr über den Mann. Lena meinte, du kennst ihn«, sagte er.

»Das tue ich auch. Erst habe ich ihn nicht erkannt, weil ich aus dem Fenster geschaut habe, aber dann habe ich mich an ihn erinnert. Du kennst ihn auch.«

Diese Antwort überraschte Mads, weil er sich schwer vorstellen konnte, dass er den gesuchten Serienmörder kannte. Oder war Jörn am Ende von einer ganz anderen Person angegriffen worden? Von jemandem aus Niendorf, den er und Mads kannten?

Ernüchterung machte sich in Mads breit. Vermutlich sollte er das Gespräch schnellstmöglich beenden und zurück zum Verhör von Sokolow fahren.

»Woher kenne ich ihn?«, fragte er trotzdem.

»Na, von Olis Imbiss.«

»Von Olis Imbiss?« Mads konnte Jörns Gedanken nicht folgen. Er wollte ihm ja wohl kaum erzählen, dass Oli oder Ali dahintersteckten.

Er lügt, er kennt den Täter nicht, meldete sich ein kritischer Gedanke. Vermutlich hatte Lena nur angenommen, dass ihr Täter Jörn verletzt hatte, weil Jörn behauptet hatte, dass er seinem Angreifer zuvor Anna vorgestellt hatte.

Oder war es ein Gast von Oli?

»Genau«, fuhr Jörn da schon fort. »Wir haben uns doch bei Oli getroffen und da habe ich dir von ihm erzählt.«

Mads überlegte kurz, dann wusste er, was Jörn meinte. »Du sprichst von dem Autofahrer auf dem EDEKA-Parkplatz?«

»Ja. Die Sache mit dem süßen Hund.« Jörn lächelte.

Mads sah ihn nachdenklich an. Konnte es wirklich sein,

dass dieser Mann ihr gesuchter Psychopath war? Er wollte sich lieber gar nicht ausmalen, dass er dem Mörder so nahe gewesen und er ihm durch die Lappen gegangen war.

»Aber du hattest nicht erwähnt, dass er einen Skoda fährt«, wandte Mads ein.

»Weil ich dich nicht verärgern wollte. Ich kenne die Marke nicht. Ich weiß nur, dass es ein blaues Auto war. So ein Kombi.«

Jetzt war Mads hellwach. Das konnte nur ihr Täter sein, aber er musste noch mehr über ihn in Erfahrung bringen.

»Dann hast du ihn also in der *Junge Bäckerei* erneut getroffen, richtig?«

»Stimmt. Ich habe mir da einen Berliner und einen Kaffee bestellt. Der Laden war ziemlich voll, aber ich wollte gern aufs Wasser schauen. Da saß dann der böse Mann und hat sich wie eine Schlange verstellt. Er war zuerst richtig nett und hat mir einen Platz angeboten«, erklärte Jörn. Seine Augen wurden schmal. »Hätte ich bloß geahnt, dass er ein Heuchler und Lügner ist.«

»Was ist dann passiert?«, fragte Mads.

»Wir haben uns unterhalten. Dass er mir eiskalt die Kehle durchschneiden will, habe ich da ja nicht gewusst. Aber so sind diese Superschurken doch immer, oder? Sie können einem richtig gut Honig um den Bart schmieren. Ich habe zwar keinen Bart, trotzdem habe ich ihm geglaubt. Ich fand ihn nett.«

»Lena meinte, du hättest ihm Anna vorgestellt. Wie genau war das?« Mads musste das alles exakt wissen.

»Wie man halt jemandem einen anderen vorstellt. Hallo, Mads, das ist Anna. Hallo, Anna, das ist Mads.« Jörn schaute etwas irritiert.

»Ist Anna an euren Tisch gekommen?«

»Ja, mit ihrer Mama. Wir haben uns kurz unterhalten und dann sind sie gegangen.«

»Und was habt ihr anschließend gemacht?«

»Ich hab noch ein bisschen dagesessen, und als es aufhörte zu regnen, bin ich auch gegangen.«

»Und der Mann blieb zurück?«

»Genau.«

Wenn er sitzen geblieben ist, woher wusste er dann, wo Anna und ihre Mutter wohnen?, überlegte Mads. Da hatte er eine Idee.

»Hat er sich mit Namen vorgestellt?«

»Ja, er heißt Björn.«

Sokolow hieß Andrej, aber vermutlich hatte der Mann sich einen Fakenamen ausgedacht. Bevor er zur wichtigsten Frage kam, wollte er noch etwas anderes wissen.

»Hat er dich gefragt, wo Anna wohnt?«

»Das hat er. Er war sehr interessiert daran, er wollte auch wissen, wo ich wohne. Ich dachte erst, dass er mich vielleicht besuchen mag. Einen neuen Freund kann ich gebrauchen, wirklich viele habe ich ja leider nicht. Ich konnte ja nicht ahnen, dass er mich töten will.« Jörn wirkte traurig.

»Ich bin dein Freund«, versuchte Mads ihn aufzubauen.

»Darauf bin ich auch sehr stolz. Bist du denn auch ein bisschen stolz auf mich, dass ich so tapfer war?«

»Aber sicher.«

Jörn lächelte.

»Du musst dich jetzt ganz doll konzentrieren«, fuhr Mads fort. »Du weißt doch, wie der Mann aussah, oder? Immerhin habt ihr euch lange unterhalten.«

»So lange auch nicht. Aber ich denke schon.« Jörn wirkte etwas unsicher.

Mads fischte sein Handy aus der Hosentasche und öffnete die Fotoapp. Dann rief er das Foto von Sokolow auf, das er im Verhörraum gemacht hatte.

»Ist das der Mann, der dich töten wollte?«, fragte er, als er Jörn das Handy reichte.

57

»Wieso dauert das so lange?«, fragte Emma nervös.

»Jörn quatscht ihn sicherlich voll. In seinem Zustand lässt Mads ihn bestimmt gewähren«, erklärte Lena, auch wenn sie Emmas Frage durchaus verstehen konnte. Sie fragte sich nämlich das Gleiche.

»Ich werde aus Mads nicht schlau«, seufzte Emma.

»Was meinst du?«

»Sollte er nicht einen Phantomzeichner rufen, damit wir ein Phantombild von dem Täter haben? Wie kann er da so lange seelenruhig mit Jörn sprechen?«

»Vielleicht möchte er ganz sichergehen, dass Jörn sich nichts ausdenkt.«

»Aber wir haben ihn doch schon gefragt. Jörn hat uns gesagt, dass er sich das nicht ausgedacht hat.«

»Das stimmt. Trotzdem, du erinnerst dich doch daran, dass Jörn ein wenig rumgedruckst hat, als wir gefragt haben, wie der Mann aussah. Einmal war er nur ein bisschen größer als er, dann viel größer. Mal etwas schlanker als er und dann doch kräftiger. Bei Jörn liegt eine Intelligenzminderung vor, außerdem leidet er unter Konzentrationsschwierigkeiten und kann sich manchmal Dinge schlecht merken. Es ist bewundernswert, wie gut er sein Leben dennoch im Griff hat und alles allein meistert.«

»Und du glaubst, Mads kann verwertbare Informationen da herausfiltern?«

»Ja, er hat einen sehr guten Draht zu Jörn. Der Junge wird sich bei ihm mehr Mühe geben als bei uns. Er möchte von Mads gelobt werden. Dir ist sicherlich aufgefallen, dass er uns gegenüber doch eher angeben wollte, weil er glaubt, er wäre ein Checker.«

Emma lachte und nickte, weil sie verstand, was Lena meinte.

»Vermutlich hat Mads ein paar Fotos auf seinem Handy …«, fuhr Lena fort.

»Du meinst von potenziellen Tatverdächtigen?«

»Genau. Er wird sie Jörn zeigen und hoffen, dass einer von ihnen die Person ist, die Jörn angegriffen hat.«

»Das wäre für uns alle zu wünschen, dann hätte sich dieser dämliche Tausch nämlich erledigt.«

»Und wenn nicht?«, sagte Lena leise. Die Frage war eher an sie selbst als an Emma gerichtet.

»Das möchte ich mir gar nicht vorstellen. Hältst du denn an deinem Entschluss fest?«, fragte Emma vorsichtig.

»Ja, sobald der Täter uns beweist, dass Ella lebt, werde ich es tun.«

Emma sah sie skeptisch an. Sicherlich war ihr wie Lena selbst klar, dass sie keinen Fürsprecher für ihren Plan hatte. Aber in Lenas Augen gab es keine Alternative und sie würde bestimmt nicht riskieren, dass der Psychopath Ella tötete, weil sie nicht bereit war, zu handeln.

Lenas Handy klingelte.

»Hallo, Gustav«, nahm sie das Gespräch an.

»Ist Mads bei dir?«

»Ja.«

»Und warum geht er nicht an sein Handy?«

»Weil er gerade bei Jörn im Krankenzimmer ist.«

»Was treibt ihr da überhaupt im Krankenhaus? Wir suchen einen Serientäter und Mads macht einen Krankenbesuch bei Jörn, oder was? Sobald er raus ist, will ich euch beide in meinem Büro sehen«, grollte Gustav.

»Machen wir«, antwortete Lena und Gustav legte auf. Sie hätte ihrem Onkel gerne erklärt, warum Mads und sie bei Jörn waren, aber so aufgebracht, wie er war, und so schnell, wie er das Gespräch beendet hatte, hatte es momentan keinen Sinn, es ihm zu erklären.

»Deinem Gesicht nach zu urteilen, scheint dein Onkel keine gute Laune zu haben«, bemerkte Emma.

»Bei dem Druck, der bei uns herrscht, kann ich es ihm nicht mal verübeln.«

»Sollen wir nicht zu Jörn reingehen? Hier zu warten, ist doch doof«, schlug Emma vor und für einen Moment überkam Lena das Gefühl, dass sie das nicht ganz uneigennützig vorschlug. Als Journalistin interessierte es sie sicherlich, worüber sich Mads und Jörn unterhielten, doch bevor Lena ihr eine Antwort geben konnte, wurde die Tür geöffnet und Mads trat aus dem Zimmer.

58

»Und, Tim, hast du eine Lösung gefunden?«, fragte Gustav, als er den IT-Raum seiner Dienststelle betrat. Tim saß am Schreibtisch. Er hatte den Rechner und den Laptop von Sokolow mit mehreren Kabeln an andere Rechner angeschlossen.

»Leider nicht.«

»Wenn du es für sinnvoll hältst, kannst du die Prüfung auch in Lübeck fortsetzen.«

»Ich werde wohl nicht darum herumkommen. Dieser Sokolow weiß genau, was er tut, und ich habe nur noch einen Versuch. Wenn ich den vergeige, riskieren wir, dass alle digitalen Spuren vernichtet werden. Gibt es denn keine Chance, dass er uns das Passwort doch noch verrät?«

»Gibt es nicht. Was ich nicht verstehe, du hast doch schon öfter passwortgeschützte Zugänge gehackt, warum tust du dich mit diesem so schwer?«

»Die meisten Passwörter beruhen auf einfachen oder relativ leicht zu hackenden Schlüsseln, aber Sokolow hat sein eigenes Passwortsystem geschrieben. Die Verschlüsselung ist unglaublich komplex.«

»Du kriegst das hin. Dass Sokolow nicht mit uns kooperiert, kann doch nur bedeuten, dass er Dreck am Stecken hat.«

»Oder er gehört zu den Nerds, die grundsätzlich nicht mit der Polizei kooperieren.«

»Wir werden sehen. Wenn du was brauchst, lass es mich wissen.«

»Mach ich. Ich versuche noch ein paar Dinge, und falls das nicht klappt, packe ich die Sachen und fahre nach Lübeck.«

»Okay.« Gustav ging hinaus und lief in sein Büro.

Seine Gedanken kreisten um Mads und Lena. Dass sein Neffe wie von der Tarantel gestochen aus dem Verhörraum gerannt war, hatte ihn stutzig gemacht, dennoch hatte er Sokolow allein weiter verhört und Mads nicht hinterhertelefoniert. Nachdem er das Verhör beendet und Sokolow in eine Zelle hatte bringen lassen, war er doch unruhig geworden, da Mads noch immer nicht zurück war oder ihn angerufen hatte. Als er Mads dann nicht hatte erreichen können, hatte er sich Sorgen gemacht, dass ihm etwas zugestoßen sein könnte.

Der Anruf bei Lena hatte allerdings nicht dafür gesorgt, dass er sich beruhigte, weil er kein Verständnis dafür hatte, dass Mads so lange im Krankenhaus bei Jörn war. Er wusste, dass Lena mit Emma Falk unterwegs war, und da Lena ebenfalls im Krankenhaus war, musste auch diese Journalistin dort sein. Eine böse Ahnung flüsterte ihm ein, dass Mads vermutlich wegen dieser Emma im Krankenhaus war.

»Du spinnst«, rief er sich sofort zur Ordnung. »Warum sollte Mads das Verhör wegen Emma abbrechen? Du schätzt deinen Neffen falsch ein.«

»Wieso schätzt du Mads falsch ein?«, fragte Petra.

Gustav hatte kaum bemerkt, dass er bereits im Vorzimmer seines Büros angelangt war und laut Selbstgespräche führte.

»Vergiss es. Ich bin schon genervt genug. Mads hat mal wieder …«

»Hack doch nicht immer auf dem Jungen rum. Dir entgeht wohl nicht, wie sehr er bemüht ist, dir immer alles recht zu machen«, tadelte Petra ihren Chef.

»Sprechen wir beide über denselben Mads?« Gustav verzog das Gesicht, denn der Letzte, der ihm in seinen Augen gefällig sein wollte, war sein Neffe.

»Sehe schon, du bist wieder super drauf.«

»Bin ich auch nicht und das zu recht. Man kann nicht mitten im Verhör einfach aufstehen und weglaufen.«

Bevor Petra etwas erwidern konnte, betrat er sein Büro und ließ die Tür ins Schloss fallen. Er hoffte sehr, dass Mads einen triftigen Grund für sein Verhalten hatte. Das Gespräch mit Lena hatte seine Wut jedenfalls nicht gemildert.

Gustav nahm an seinem Schreibtisch Platz und wählte die Handynummer von Ole, der den Anruf gleich annahm.

»Habt ihr etwas gefunden?«

»Bisher nichts, was darauf hindeutet, dass hier bei Sokolow ein Mädchen gefangen gehalten wird.«

»Wie schaut es mit Frauenkleidung oder Gegenständen aus, die Frauen tragen? Es wäre doch denkbar, dass er Trophäen von seinen Taten hat. Was ist mit den abgeschnittenen Zeigefingern?«, fragte Gustav. Sie hatten an den Tatorten zwar keine Hinweise gefunden, dass Kleidung oder Ähnliches entwendet worden war, das hieß allerdings nicht, dass das nicht geschehen war. Schließlich hatte sich der Täter auch gewaltfrei Zutritt zu den Wohnungen verschafft, und wem würde es auffallen, wenn er eine Kleinigkeit aus dem Schlafzimmer mitgenommen hätte? So schnell erst einmal niemandem!

»Wir haben nichts dergleichen gefunden, aber wir haben auch erst gefühlt siebzig Prozent des Hauses durch. Ich bitte dich also noch um etwas Geduld.«

»Ruf mich an, sobald ihr fertig seid.«

»Wird gemacht.«

Gustav beendete das Gespräch und rieb sich die Stirn. »Was, wenn sich Mads irrt und Sokolow nur ein verschrobener IT-Nerd ist?«

Der Gedanke besserte seine Laune nicht gerade.

Gustav ließ sich gegen die Stuhllehne fallen und ging in Gedanken erneut die brutale Vorgehensweise des Täters durch. Alle Opfer waren Mutter, bis auf Jasmin Lupzig. Sie war einfach zur falschen Zeit am falschen Ort. Alle Opfer wohnten in der Lübecker Bucht, genauer gesagt in der Gemeinde Timmendorfer Strand. Wie passte da Lena in dieses Profil?

Gustav presste die Handflächen gegeneinander und hielt die Zeigefinger vor die Lippen.

»Lena gehört für ihn zu seinem perversen Spiel. Er möchte Mads damit seine Macht demonstrieren«, sagte er dann zu sich.

Er überlegte weiter. Wieso hatte der Täter Ella entführt? Sie passte überhaupt nicht zum Täterprofil, denn er war sicher kein Pädophiler, eben weil er nur Ella entführt hatte.

»Ella war eine Gefahr für ihn, weil sie ihn gesehen hatte.« Gustav nickte. Aber warum hatte er sie dann nicht vor Ort getötet?

Eine Erklärung hatte er dafür nicht.

»Vielleicht hat er sie als Pfand mitgenommen, um sie gegebenenfalls gegen uns ausspielen zu können.«

Genau das hatte er auch getan, aber etwas störte ihn an diesem Gedanken. Der Täter ging berechnend und eiskalt vor, und jemand, der seine Opfer mit je zwanzig Messerstichen übertötete, würde doch mit jeder weiteren Toten eher glauben, dass er unbezwingbar wäre.

»Er sieht in uns keine ebenbürtigen Gegenspieler, sonst würde er nicht mit Mads spielen, uns nicht herausfordern.« Gustav schloss kurz die Augen. Trotzdem musste es einen Grund geben, warum er Ella entführt hatte. Sah er vielleicht das Offensichtliche nicht, weil es zu leicht war?

»Was, wenn er Ella kennt? Wenn er all seine Opfer kennt, weil er aus derselben Gegend stammt? Vielleicht ist er selbst Familienvater?« Gustav überkam eine Gänsehaut. Konnte das wirklich die Antwort sein, warum der Mörder Ella entführt hatte?

»Nein, du verrennst dich.« Gustav lehnte sich zu seinem Schreibtisch vor und stützte das Kinn auf die Hände.

»Ist es nicht seltsam, dass es immer exakt zwanzig Messerstiche sind?«

Bisher hatten sie dieser Tatsache zu wenig Aufmerksamkeit

geschenkt, Gustav hatte allerdings auch keine Ahnung, wie er aus der Anzahl der Messerstiche eine Verbindung zum Täter herstellen sollte.

Er schüttelte den Kopf, als wollte er Ballast abwerfen, und beschloss, Knud Larsen anzurufen, um ihn zu fragen, woher er den Hinweis mit Sokolow hatte.

Kaum hatte er den Hörer in der Hand, klopfte es an der Tür, Mads und Lena traten ein.

59

»Bemüht sich Herr Johannsen auch endlich ins Büro zu kommen«, kommentierte Gustav das Eintreffen von Mads und Lena.

»Entspann dich«, erwiderte Mads. Für ihn war Gustavs Wut kein bisschen gerechtfertigt.

»Entspann dich? Wieso werde ich nicht auf dem Laufenden gehalten, wenn du so plötzlich abhaust? Du bist ja wie von der Tarantel gestochen weggerannt und hast mich mit Sokolow alleine gelassen.«

»Ist das so schlimm? Bist du nicht …«, wollte Mads zu einer Gegenrede ausholen, als Lena ihn am Arm berührte. Er atmete tief durch und fuhr etwas ruhiger fort: »Ich war sicherlich nicht zum Spaß bei Jörn, und wenn du mich ausreden lassen würdest, würde sich deine Wut auch rasch legen.«

»Da bin ich mal gespannt.« Gustav wirkte skeptisch. Mads sah ihm an, dass er nur darauf wartete, einen Grund für eine verbale Abreibung zu finden.

»Es ging um den Mann, der Jörn angegriffen hat«, erklärte Mads.

»Was ist mit ihm?«

»Wir glauben, dass er unser Täter ist.«

»Unser Serienmörder hat Jörn angegriffen? Warum sollte er das tun? Das passt doch überhaupt nicht in sein Täterprofil.«

»Genau das war auch mein Gedanke. Aber Jörn hat ihn durch Zufall beim Bäcker kennengelernt«, antwortete Mads und klärte seinen Onkel auf.

»Und du bist dir sicher, dass Jörn nicht übertreibt? Wir wissen doch alle, dass er gerne Quatsch erzählt, um Anschluss und Zuspruch zu finden«, bemerkte Gustav zweifelnd.

»Ich weiß. Aber es gibt keinen Grund dafür, anzunehmen, dass er lügt. Warum sollte der Fremde fragen, wo Anna und ihre Mutter wohnen, wenn er nicht irgendetwas im Schilde führen würde? Das würde nämlich auch erklären, warum der Täter nicht sofort, nachdem Susanne mit Anna die Bäckerei verlassen hat, ebenfalls aufgebrochen ist. Er musste ihnen nicht nachlaufen, er hatte ja die Anschrift.«

»Aber warum greift er Jörn an? Der Zeitangabe zufolge, die du mir eben genannt hast, hat er zuerst Jörn angegriffen und danach Susanne getötet. Das ergibt doch keinen Sinn.«

»Diese Frage haben sich Lena und ich …«

»Ich glaube, ich hab's«, fuhr Lena dazwischen. »Susanne war mit Anna bei deren Freundin Marie. Es wäre doch denkbar, dass unser Täter sie daher zu Hause nicht angetroffen hat und am Strand spazieren gegangen ist, um die Zeit zu überbrücken. Er musste die Tat vollenden, es hat ihm keine Ruhe gelassen. Am Strand, in einer doch recht einsamen Ecke Richtung Brodtener Steilufer, ist er dann auf Jörn gestoßen. Er ist aufgebracht, die Wut treibt ihn, weil er Susanne noch nicht töten konnte, und er erinnert sich an das Gespräch mit Jörn. Jörn hat ihn auch auf dem EDEKA-Parkplatz gesehen. Plötzlich wächst in ihm die Sorge, dass Jörn zu viel weiß, er nutzt diese Gelegenheit und versucht Jörn zu töten.«

Gustav nickte anerkennend. »Hervorragend, Lena. Das klingt absolut plausibel.« Dann schaute er Mads an. »Lass mich raten, das Foto von Sokolow hast du gemacht, um es Jörn zu zeigen?«

»Genau.«

»Und, ist er unser Mann?«

»Laut Jörn nicht«, antwortete Mads.

»Was, wenn er sich irrt? Wir alle wissen, dass er nicht der Hellste ist und sich Dinge schlecht merken kann.«

»So dämlich ist er auch wieder nicht. Ich habe ihn mehrmals aufgefordert, sich genau zu erinnern. Sokolow ist nicht unser Mann.«

»Wenn denn Jörns Attentäter unser Mann ist. Es wäre genauso gut denkbar, dass es purer Zufall ist.« Gustav schien noch nicht vollends überzeugt.

»Das glaube ich nicht. Warum sonst soll sich jemand nach der Anschrift von Susanne erkundigen? Der Mann, der Jörn töten wollte, ist unser Psycho«, beharrte Mads, alles andere ergab für ihn keinen Sinn, egal wie verpeilt, angeberisch oder geistig zurückgeblieben Jörn sein mochte.

»Das heißt, Sokolow ist tatsächlich unschuldig?«

»Sieht leider danach aus. Was sagt die Spurensicherung? Hat Tim etwas gefunden?«

»Tim sitzt in unserem IT-Raum, er ist noch mit der Analyse beschäftigt, die KTU ist ebenfalls nicht fertig mit der Arbeit, allerdings haben beide bisher nichts Belastendes gefunden.«

»Ich würde vorschlagen, wir behalten Sokolow heute bei uns. Ich gehe mal davon aus, dass er bei uns in der Zelle sitzt«, sagte Mads.

»Korrekt. Die Überführung in die Untersuchungshaft wäre morgen oder am Folgetag.«

»Falls wir keine Hinweise finden, die ihn als Täter verdächtig machen, müssen wir ihn wohl gehen lassen.«

»Wenn sich Jörn und du nicht irren, bleibt uns keine andere Wahl«, antwortete Gustav. »Du vertraust Jörn?«

»Ja, ich vertraue ihm. Alles, was er sagt, klingt nachvollziehbar. Er hat den Täter gesehen, und dieser Mann ist nicht Sokolow, so sehr uns das in die Hände gespielt hätte. Ich wünschte, es wäre anders.«

»Dann brauchen wir ein Phantombild.«

»Ein Phantombildzeichner von der Zentrale in Lübeck ist auf dem Weg zu Jörn ins Krankenhaus nach Neustadt.«

»Gut gemacht«, lobte Gustav seinen Neffen – ganz zu dessen Überraschung. »Es würde uns sehr in die Hände spielen, wenn wir ein gutes Phantombild hätten. Die Uhr tickt für uns.«

»Emma hat den Vorschlag gemacht, das Bild auf der Webseite ihrer Zeitung online zu stellen«, sagte Lena.

»Kommt nicht infrage«, antwortete Gustav.

»Warum?«, fragte Mads.

»Weil wir dieses Foto nur intern verwenden werden. Alle Kollegen werden informiert. Der Täter soll nicht wissen, dass wir diesen kleinen Vorteil haben. Sollte das Bild veröffentlicht werden und er sieht es, riskieren wir, dass er Ella tötet und untertaucht.«

»Wenn er sie nicht längst ermordet hat«, gab Mads zu bedenken. Natürlich wünschte er sich nichts mehr, als dass sie noch am Leben war, aber ein Gefühl sagte ihm, dass der Täter das kleine Mädchen getötet hatte. Dafürsprach in seinen Augen auch das Foto von Ella, das der Psychopath ihnen geschickt hatte. Es war die Vergrößerung eines anderen Fotos, was nicht gerade darauf hindeutete, dass er es nach Aufforderung aufgenommen hatte.

»Solange wir nicht das Gegenteil wissen, gehen wir davon aus, dass sie lebt. Das Phantombild darf unter keinen Umständen in die Hände von Emma Falk gelangen, habe ich mich klar genug ausgedrückt?«

Mads nickte stumm, weil Gustav ihn bei diesen Worten besonders streng anschaute.

»Gut. Dann können wir ja auch diesen dämlichen Tauschvorschlag ablehnen.«

»Warum?«, fragte Lena.

»Weil wir in Kürze wissen werden, wie er aussieht. Es ist nur eine Frage der Zeit, bis Kollegen von der Streife ihn entdecken oder wir ihn vielleicht sogar in einer unserer vielen Datenbanken finden, weil er irgendwann zu schnell gefahren ist. Tim hat doch diese Gesichtserkennungssoftware.«

»Du meinst GES«, sagte Mads.

»Ist mir scheißegal, wie die Software heißt«, wurde Gustav laut, er war technisch nicht so versiert wie Mads und ärgerte sich wohl über den Zwischenruf. »Hauptsache wir finden den Täter. Ihr solltet zu der Bäckerei gehen und die Angestellten befragen, ob sie sich an den Mann erinnern, vielleicht kennt ihn jemand.«

»Das hatten wir eh vor.«

»Was macht ihr dann noch hier?« Wieder schaute Gustav nur Mads an, statt Lena.

»Sind schon weg«, gab Mads zurück und verließ mit Lena das Büro ihres Onkels.

»Ich hoffe, er war nicht zu grob«, sagte Petra, als sie durch das Vorzimmer gingen.

»Wie du siehst, leben wir noch«, erwiderte Mads augenzwinkernd.

»Was, wenn sich Jörn doch irrt?«, fragte Lena im Auto auf dem Weg nach Niendorf.

»Davon gehe ich nicht aus. Es wären ein paar Zufälle zu viel, wenn wir es mit zwei verschiedenen Tätern zu tun hätten«, entgegnete Mads, obwohl ihn dieser Gedanke natürlich auch beschäftigte. »Du hast Gustav ja gehört, die Spurensicherung hat bisher keine belastenden Hinweise gefunden, und ich nehme an, dass sich das nicht ändern wird. Wir sind mit Sokolow auf dem Holzweg.«

»Wäre es dann nicht doch besser, wenn wir mit dem Phantombild an die Öffentlichkeit gehen?«

»Schwesterherz, du hattest eben die Gelegenheit, dich für diesen Vorschlag einzusetzen.«

»Ich bezweifle, dass Gustav sich hätte umstimmen lassen.«

»Das glaube ich auch, aber ich denke, es ist ein Fehler, es nicht zu tun. Gleichzeitig verstehe ich die Argumentation von Gustav.«

Lena sah schweigend aus dem Beifahrerfenster. »Meintest du das eigentlich im Ernst?«

»Was?«

»Dass du davon ausgehst, dass Ella tot ist?«

»Ich befürchte es. Egal wie ich es drehe und wende, der Täter ist meines Erachtens niemand, der Menschen am Leben lässt. Jörn ist das beste Beispiel. Aus Sorge, dass Jörn ihm gefährlich werden könnte, hat er versucht, ihn zu töten, und das, obwohl er sicherlich weiß, dass Jörn geistig zurückgeblieben ist. Unser Täter ist eiskalt, berechnend und skrupellos. Ein Sadist. So jemand lässt niemanden am Leben, weil Empathie und Anstand in seinem Wortschatz nicht vorkommen.«

»Aber Ella ist noch ein Kind«, sagte Lena verzweifelt.

»Interessiert ihn nicht. Er sieht nicht Ella, das unschuldige Kind, er sieht nur Ella, die Gefahr. Auch in Jörn hat er allein die Gefahr für sich gesehen. Bei Sadisten und ichbezogenen Psychopathen erleben wir doch leider immer wieder, dass sie mit jedem weiteren Mord größere Lust am Töten verspüren.«

»Ich möchte mir das gar nicht ausmalen. Im schlimmsten Fall hat er vier Frauen und ein Mädchen ermordet. Wie viele müssen noch sterben, bevor wir ihn endlich zur Strecke bringen? Es geht eine große Angst um in der Gemeinde.«

»Leider.« Mads nickte. »Ich habe Daniela deshalb auch verboten, abends alleine auf die Straße zu gehen.«

»Die Arme wird sich sicherlich viele Sorgen machen.«

»Klar, sie ist noch jung und durch meine Arbeit kriegt sie einiges mit, auch wenn ich ihr nicht alles erzähle.«

»Ich hoffe, es geht ihr trotzdem gut«, sagte Lena und sah Mads forschend an.

»Das tut es, mach dir um sie keine Sorgen.«

»Schön.« Lena strich sich mit den Händen über die Oberschenkel. »Ich sollte Jule bitten, dass sie abends auch nicht allein nach Hause fährt.«

»Sie fährt doch mit dem Fahrrad und wohnt um die Ecke.

Außerdem ist sie keine Mutter, daher schätze ich das Risiko für sie gering ein.«

»Ach, und bei Daniela siehst du ein höheres Risiko?«, entgegnete Lena und schaute Mads enttäuscht an.

»Verzeih, das war dumm von mir. Ruf sie an und sag ihr, dass sie abends nicht mehr allein unterwegs sein sollte«, entschuldigte sich Mads, weil er wusste, dass er gerade übers Ziel hinausgeschossen war.

Kurz darauf waren sie an der Bäckerei angekommen, Mads parkte davor.

Lena zog ihre Krücken von der Rückbank und gemeinsam betraten sie den Verkaufsraum.

»Moin«, sprach Mads eine Verkäuferin an.

»Moin, Lena und Mads«, antwortete diese. »Wollt ihr einen Kaffee oder Kuchen für die Oma?«

»Weder noch. Wir haben ein paar Fragen. Hattest du gestern Schicht?«, erwiderte Mads.

»Nein, hatte ich nicht.«

»Wer war denn hier?«

»Angela, kommst du mal?«, rief sie ihre Kollegin, die sogleich zu ihr an den Tresen kam.

»Was gibt es?«, fragte sie.

»Du hattest doch gestern Schicht.«

»Ja, worum geht es?«

»Hast du gestern Jörn bedient?«, fragte Mads.

»Klar, der war hier. Was hat er wieder verbrochen?«

»Nichts. Neben Jörn saß ein Mann an einem der Tische, neben den Fenstern. Kannst du dich an die Person erinnern?«

Angela überlegte. »Nein, ehrlich gesagt nicht. Es war viel Betrieb, ich habe nicht darauf geachtet. Aber ich frage mal die anderen Kollegen.«

»Danke.«

Angela verschwand kurz und Lena und Mads plauderten ein wenig mit der Kollegin weiter.

»Tut mir leid«, sagte Angela, als sie wieder zurückkam, »niemand kann sich an den Sitznachbarn von Jörn erinnern.«

»Habt ihr eine Kamera in den Verkaufsräumen?«, erkundigte sich Mads.

»Haben wir nicht. Was ist denn passiert?«

»Jemand hat Jörn angegriffen und wir vermuten, dass es der Mann war, der neben ihm saß.«

»O mein Gott! Geht es Jörn gut?«, fragte Angela bestürzt.

»Er schwebt nicht in Lebensgefahr«, antwortete Mads und zückte seine Visitenkarte. »Hier, meine Karte. Falls doch noch jemandem etwas einfallen sollte, ruft mich bitte sofort an.«

»Machen wir«, sagte Angela. »Und richte Jörn ganz liebe Genesungsgrüße von uns aus.«

»Geht klar«, erwiderte Mads und verließ mit Lena enttäuscht die Bäckerei.

Kaum waren sie draußen, klingelte sein Handy. Es war Tim.

»Was gibt es?«

»Einen Volltreffer«, antwortete Tim.

60

»Schieß los, was hast du?«, sagte Mads, er war mittlerweile mit Lena zurück in der Dienststelle, wo Tim im IT-Raum arbeitete. Im selben Augenblick trat auch Gustav ein.

»Es gibt eine digitale Kopie von dem Foto, das uns der Täter geschickt hat«, sagte Tim.

»Wo?«, fragte Gustav.

»Auf einem der Server des Pädophilennetzwerks, welches durch die internationale Operation hochgenommen wurde. Meine Software, die alle Server überprüft, hat vorhin den Treffer ausgespuckt.« Tim klickte auf eine Datei und das Foto von Ella erschien auf dem Bildschirm.

»Das kann er nur bei sich in der Wohnung aufgenommen haben«, sagte Mads. »Er muss es kurz nach der Entführung gemacht haben.«

»Davon ist auszugehen. Jetzt haben wir den endgültigen Beweis, dass wir nur eine Vergrößerung haben«, antwortete Tim.

»Und was bedeutet es, dass das Foto auf solch einer Plattform für Pädophile hochgeladen wurde? Dass wir es mit einem Kinderschänder zu tun haben?«, fragte Lena. Gustav sah seiner Nichte an, dass sie gerade sehr mit sich zu kämpfen hatte.

»Das passt einfach nicht ins Täterprofil«, entgegnete Mads. »Ich habe noch nie von einem sadistischen Serientäter gehört, der Frauen tötet und gleichzeitig sexuell auf Kinder abfährt.«

»Bei Verbrechen gibt es keine Grenzen. Mich interessiert, wer dieses Foto hochgeladen hat«, antwortete Gustav.

»Das war ein Nutella8.«

»Nutella8?« Mads knirschte mit den Zähnen. »Nutella ist

doch das Pseudonym für Typen, die auf Kinder stehen, oder nicht?«

»Genau. Gerade im Darknet nennen sich diese Nutzer oft Nutella, Milchschnitte, Kinderriegel oder Ähnliches«, erklärte Tim.

»Kannst du die Identität von Nutella8 herausfinden?«

»Ich bin dran. Die Kollegen haben bereits sehr gute Arbeit geleistet, immerhin hat die ganze Operation zwei Jahre gedauert, daher wäre es möglich, dass dem BKA Klarnamen und Anschriften vorliegen. Eine Anfrage habe ich vorhin telefonisch gestellt, ich soll noch eine E-Mail schreiben.«

»Wenn sie seine Identität haben, warum haben sie ihn dann nicht längst verhaftet?«, fragte Lena ungehalten.

»Weil es hunderttausende Daten sind, die alle noch juristisch überprüft werden müssen. Das dauert«, erklärte Mads, er schnaubte leise. »Gerade bei so groß angelegten internationalen Operationen kann es locker bis zu einem Jahr dauern, bis jemand festgenommen oder angeklagt wird, obwohl man die Identität bereits kennt.«

»Hast du eine Möglichkeit, die Sache zu beschleunigen, damit wir nicht auf eine Antwort des BKA warten müssen?«, fragte Mads an Tim gerichtet.

»Ich müsste nur die IP-Adresse herausbekommen, dann kann ich den Wohnort bis auf zwanzig Meter einkreisen«, antwortete Tim.

»Ich dachte, wenn man sich übers Darknet anmeldet, wird keine IP übermittelt?«, fragte Gustav.

»Das stimmt. Aber Nutella8 hat einen Fehler gemacht. Er hat laut den Dokumenten, die ich einsehen konnte, an einem Livestream teilgenommen und dafür über PayPal bezahlt. Beim Bezahlvorgang wird im Backend kurz auf die PayPal-Seite weitergeleitet, dabei wird die Vertuschung der IP umgangen, der Nutzer kriegt das aber gar nicht mit. Echte Profis bezahlen daher mit Bitcoins. Das war mit ein Grund, warum man das Netz hochnehmen konnte. Die meisten Nutzer sind ganz normale Bürger, die glauben, dass sie die ganze Zeit im Darknet sicher wären.«

»Zum Glück sind sie das nicht«, sagte Gustav. »Ich kenne jemanden beim BKA, den rufe ich an. Bleib' du hier am Ball. Am besten fährst du auch nicht zurück nach Lübeck. Der Laptop von Sokolow hat keine hohe Prio, ich will die IP, und zwar schnellstmöglich.«

»Okay, ich versuche noch einen anderen Workaround«, sagte Tim.

»Gut. Und ihr beide kommt mit in mein Büro«, sagte Gustav an Mads und Lena gerichtet.

Die drei verabschiedeten sich von Tim und folgten Gustav.

»Irgendetwas passt hier nicht«, sagte Mads, als sie in Gustavs Büro am Besprechungstisch saßen. »Ein Pädophiler, der Frauen tötet … Ich weiß nicht.«

»Das ist mir völlig schnuppe. Wir schnappen uns diesen Mistkerl, dann schauen wir weiter.«

Es klopfte an der Tür und Petra trat ein. »Der Bürgermeister ist da«, meldete sie.

»Lass ihn rein«, antwortete Gustav. Es passte ihm gerade überhaupt nicht, dass Albert hier aufkreuzte, aber ihn zurückzuschicken, war keine Alternative.

»Die ganze Familie beisammen«, grüßte Albert die Runde. »Meine Idee für ein Gespräch auf einen Kaffee können wir wohl begraben.«

»So ist es. Wir haben das Foto von Ella im Darknet gefunden. Ich wollte gerade mit dem BKA telefonieren«, erklärte Gustav. Albert anzulügen, hatte keinen Sinn, er bekam früher oder später doch alles mit.

»Dann komme ich ja genau richtig«, sagte Albert selbstgefällig und setzte sich.

»Wieso?«

»Ich kenne den Präsidenten des BKA.«

»Wie gut?«

»So gut, dass er mir einen Gefallen schuldet. Egal welchen.«

Gustav warf Albert einen prüfenden Blick zu, er wollte sich gar nicht ausmalen, womit Albert den BKA-Präsidenten derart unter Druck setzen konnte. Dass es nur Freundschaft war, konnte er sich bei einem Machtmenschen wie Albert nicht vorstellen. »Rufst du ihn für uns an?«, bat er.

»Für dich und meine Gemeinde tue ich alles, das solltest du wissen.«

Aus dem Augenwinkel sah Gustav, dass Mads müde lächelte, ihm missfiel Alberts Kumpelhaftigkeit augenscheinlich sehr. Zum Glück konnte der Bürgermeister diese unpassende Reaktion nicht sehen.

»Danke dir. Wir müssen die IP von Nutella8 haben«, erwiderte Gustav.

»Wer ist Nutella8?«

Gustav klärte ihn kurz auf, danach griff Albert zum Handy und hatte den BKA-Präsidenten sofort in der Leitung. Das Gespräch dauerte nur wenige Minuten. Der Präsident werde umgehend seine Mitarbeiter daransetzen und die Antwort direkt an Gustav weiterleiten, berichtete Albert, nachdem er aufgelegt hatte.

»Du glaubst gar nicht, was für einen großen Gefallen du uns damit getan hast«, sagte Gustav erleichtert.

»Ich kann es mir gut vorstellen. Aber letztlich sitzen wir doch alle im selben Boot. Mit jeder Woche, die wir verlieren, riskieren wir mehr Stornierungen. Ich will wie ihr den Täter so schnell wie möglich hinter schwedischen Gardinen sehen.«

Gustav nickte nur. Sie sprachen noch eine Weile über andere Themen, bis Gustav, der die ganze Zeit seinen Bildschirm im Blick hatte, den Finger hob.

»Eine Nachricht vom BKA«, sagte er und öffnete die Nachricht. »Unglaublich.«

»Was?«

»Wir haben nicht nur die IP, sondern auch die Anschrift und den Namen.« Gustavs Augen leuchteten. »Der Mistkerl wohnt in Scharbeutz.«

»Zum Glück nicht in meiner Gemeinde«, antwortete Albert.

Ein vollkommen überflüssiger Kommentar. Gustav konnte sich ein Augenrollen gerade noch verkneifen. Stattdessen sagte er: »Mads, wir schnappen uns den Kerl« und stand auf.

»Was ist mit mir?«, fragte Lena.

»Ich leite die E-Mail an Tim weiter. Geh du bitte gleich zu ihm, falls wir doch noch weitere Informationen benötigen.« Er sah seiner Nichte an, dass sie über die Antwort enttäuscht war, aber in ihrem Zustand wäre sie nur eine Gefahr für sie drei und vor allem für sich selbst.

»Meldet euch, wenn ihr meine Unterstützung braucht«, sagte Albert und die drei Männer verließen das Büro. Lena blieb mit niedergeschlagener Miene zurück.

61

»Zum Glück nicht in meiner Gemeinde«, äffte Mads Alberts Worte nach, als sie allein draußen waren. »So ein Spruch geht gar nicht. Es sagt aber viel über Alberts Charakter aus. Was außerhalb seiner Gemeinde passiert, geht ihm am Arsch vorbei.«

»Sei nicht so gemein. Ohne ihn würden wir noch auf ein Ergebnis warten«, entgegnete Gustav. »Ich frage mich, woher das BKA so schnell die Anschrift hat.«

»Durch die Zahlung über PayPal. Wie Tim sagte, die Kollegen sind seit Monaten an dem Netzwerk dran. Die werden sicherlich sehr viele dieser Pseudonyme bereits im Vorfeld identifiziert haben«, erwiderte Mads. »Ist nur eine Frage der Zeit, bis sie verhaftet oder angeklagt werden. Wir waren jetzt nur schneller.«

»Das wird es sein. Egal. Hauptsache er ist unser Täter.« Gustav entriegelte den Dienstwagen per Funkschlüssel und sie stiegen ein.

»Es wird sich noch erweisen müssen, dass er es ist«, antwortete Mads und schnallte sich an. Sein eigenartiges Bauchgefühl, das ihm sagte, dass hier etwas nicht stimmte, hatte sich nicht verflüchtigt.

»Sei nicht so negativ. Albert hat gute Arbeit geleistet. Ich rufe den Staatsanwalt an, damit er einen Haftbefehl ausstellt.«

Mads sagte nichts dazu. Mit seinem Onkel über Albert zu diskutieren, war müßig, denn er sah dem Bürgermeister viel zu viel nach, was vermutlich daran lag, dass sich beide seit Kindheitstagen kannten und charakterlich ähnlich tickten. Der norddeutsche Klüngel hatte in dieser Generation noch immer viel Gewicht.

»Den Haftbefehl kriegen wir bestimmt, wir haben das Ganze ja juristisch sicher eingetütet«, fügte Gustav hinzu.

Als sie die Ostseetherme hinter sich ließen, musste Mads an Brandt, Aydin und Walter denken, denn genau an dieser Stelle hatte Walter einem Tatverdächtigen, dem er gefolgt war, ein Bein gestellt und damit sichergestellt, dass der Mann nicht entwischte. Manchmal war es eben bloß der Zufall, der der Polizei in die Hand spielte, wie gerade eben. Wäre durch die internationale Polizeiaktion das pädophile Netzwerk nicht hops genommen worden, wären sie nie auf das Foto gestoßen und würden sich jetzt nicht auf dem Weg zu dem Tatverdächtigen befinden. Ebenso wäre es möglich gewesen, dass Nutella8 das Foto nur einen Tag später versucht hätte hochzuladen und dann bemerkt hätte, dass der Server nicht mehr online war, wodurch sie das Foto niemals auf dem Server gefunden hätten.

Gevatter Zufall eben, dachte Mads zufrieden.

Der Tatverdächtige wohnte in einem Mehrfamilienhaus im Iltisweg. Mads spähte irritiert zum Hauseingang.

»Hier soll unser Täter wohnen? Glaubst du wirklich, dass er Ella hier versteckt hält?«

»Mensch, Mads, lass uns den Mistkerl verhaften, dann kriegen wir schon unsere Antworten. Wäre doch möglich, dass er irgendwo ein kleines Häuschen hat oder Mitglied in einem Kleingartenverein ist und sie in der Hütte versteckt hält. Zieh deine Weste an.«

Oder sie ist längst tot, meldete sich erneut der Gedanke, den Mads nicht laut aussprach. Sie stiegen aus und zogen jeder eine kugelsichere Weste an, darüber die Winterjacke, anschließend traten sie an die Klingelanlage des Mehrfamilienhauses und Gustav betätigte die Klingel, neben der der Name Kornoth stand. Laut BKA verbarg sich dahinter kein Geringerer als Nutella8.

Der Türsummer brummte und Gustav drückte die Tür auf.

»Zweiter Stock«, sagte er mit einem letzten Blick auf die Klingelanlage. »Waffe noch nicht ziehen.«

Mads folgte seinem Onkel, die rechte Hand an der Waffe in seiner Jackentasche.

Oben sahen sie eine offene Tür und Mads wollte seinen Augen nicht trauen. Ein Mädchen, kaum älter als Ella, stand in der Tür.

Ob das BKA sich irrt und wir an der falschen Anschrift sind?, war Mads' erster Gedanke.

»Hallo. Ist dein Papa da?«, fragte Gustav.

»Der ist gerade einkaufen. Ich dachte, es wäre Papa, der klingelt. Er vergisst nämlich oft den Schlüssel«, antwortete das Mädchen und wirkte deutlich unsicherer.

»Und deine Mama?«

»Die ist beim Friseur. Ich darf eigentlich nicht mit fremden Leuten reden.«

»Das ist auch richtig so. Wir sind von der Polizei«, erklärte Gustav und zeigte seinen Dienstausweis vor. Das Mädchen wusste scheinbar nicht so recht, was es dazu sagen sollte, da hörte Mads jemanden die Treppe hochkommen. Das Mädchen schaute in die Richtung und rief: »Papa, da ist Besuch für dich!«

Kornoth sah die beiden Polizisten an, blieb auf dem Treppenabsatz stehen, ließ die Einkaufstaschen fallen und lief los.

»Den schnappe ich mir«, sagte Mads und sprintete hinterher, dabei wäre er fast über die Einkaufstaschen und das herausgefallene Obst gestolpert. Das verschaffte Kornoth ein paar wichtige Sekunden Vorsprung.

Auf der Straße sah Mads den Flüchtigen in knapp zwanzig Meter Entfernung. Er war hochgewachsen, fast so groß wir Mads, und wirkte sportlich, jedenfalls kam Mads keinen Meter an ihn heran, obwohl er noch einmal das Tempo erhöhte.

»Bleiben Sie stehen. Wir wollen nur mit Ihnen reden!«, rief Mads in der Hoffnung, dass der Familienvater nur vor Schreck davongelaufen war. Aber dieser dachte gar nicht daran, stehen zu bleiben oder langsamer zu laufen, und hielt auf die Promenade zu. Mads blieb ihm dicht auf den Fersen.

Kornoth ließ die Jugendherberge links hinter sich und rannte die Promenade entlang Richtung Haffkrug. Mads folgte ihm, noch immer im gleichen Abstand.

»Den kriegst du nicht«, fluchte er. Langsam bekam er Seitenstiche. Kornoth dagegen machte nicht den Eindruck, als würde er seine Reserven anzapfen.

Da sah Mads einen Radfahrer entgegenkommen und hatte eine Idee. Er stellte sich dem Radfahrer in den Weg, sodass dieser abbremsen musste.

»Spinnen Sie?«, wurde dieser laut.

»Sofort absteigen. Ich bin von der Polizei und verfolge einen Tatverdächtigen«, sagte Mads und half ein wenig nach, indem er den verdutzten Mann zur Seite schubste, sich auf das Rad schwang und losradelte.

»Ich zeige Sie an«, hörte Mads den Radfahrer schimpfen.

Mit dem Fahrrad war er deutlich schneller und holte endlich auf. Kornoth drehte sich um und erkannte, dass Mads ihm näher kam, daher hielt er auf den Strand zu.

»Mist«, fluchte Mads, der nur wenige Meter gut gemacht hatte. Im Sand würde er mit dem Fahrrad einen Nachteil haben. Also stoppte er und lief zu Fuß weiter.

Beiden waren jetzt am Strand angekommen und Mads biss die Zähne zusammen, um weitere Meter gutzumachen.

Endlich holte er auf. War es möglich, dass auch bei Kornoth langsam die Luft raus war?

Das motivierte Mads und er legte einen Sprint ein. Die Schmerzen in der Lunge versuchte er zu ignorieren.

Keine zehn Meter trennten ihn noch von Kornoth, was Mads erneut anspornte.

Und dann blieb Kornoth einfach stehen.

Mads packte ihn, nahm ihn in den Schwitzkasten und riss

ihn zu Boden, drehte seine Arme hinter den Rücken und sagte ein wenig atemlos: »Sie sind festgenommen wegen des Tatverdachtes des mehrfachen Mordes.«

* * *

»Was wird mir vorgeworfen?«, fragte Kornoth. Mads und Gustav hatten ihm gegenüber im Verhörraum der Dienststelle Platz genommen.

»Tun Sie nicht so, das wissen Sie ganz genau.«

»Nein, weiß ich nicht. Ich weiß nur, dass Sie mich wie ein Wahnsinniger verfolgt haben«, tat Kornoth unwissend.

»Hören Sie mit dem Unfug auf«, sagte Gustav. »Bevor wir das Verhör beginnen, sollen Sie wissen, dass dieses Gespräch aufgezeichnet wird. Wir haben einen Haftbefehl gegen Sie und es wird in verschiedenen Punkten Anklage gegen Sie erhoben werden. Wenn Sie mit uns kooperieren, kann sich das strafmildernd für Sie auswirken.«

»Das ist doch lächerlich. Ich habe nichts getan«, spielte Kornoth noch immer den Unschuldigen, aber Mads sah ihm an, wie nervös er war, denn er kaute auf seiner Unterlippe herum.

Rein äußerlich entsprach Kornoth überhaupt nicht dem Klischee, das man gemeinhin von einem Kinderschänder haben mochte. Er sah sportlich aus, war groß gewachsen und wirkte wie jemand, der keine Probleme haben dürfte, Frauen kennenzulernen.

Er steht auf Kinder, nicht auf Frauen, ermahnte sich Mads im Stillen, denn man sollte nie vom Äußeren auf das Innere eines Menschen schließen, erst recht nicht, was dessen Sexualität anbelangte, das war ihm nicht nur als Polizist vollkommen klar. Er musste an den Fall Christoph Metzelder denken, auf dessen Handy kinderpornografische Daten gefunden worden waren, die dieser auch noch weitergeleitet hatte. Ein bekannter ehemaliger Fußballspieler, der augenscheinlich auf der sonnigen

Seite des Lebens stand, finanziell ausgesorgt hatte und angesehen war. Wieso hatte so jemand solches Bildmaterial auf seinem Handy?

Mads hatte keine logische Antwort darauf, aber die gab es auch nicht. Metzelder hatte wie Kornoth eine gestörte sexuelle Neigung.

Mads fixierte den Verdächtigen mit seinem Blick. »Wollen Sie uns also sagen, dass Sie nicht Nutella8 sind?«, fragte Mads und Kornoth zuckte zusammen. Seine Körpersprache verriet ihn sofort.

»Nein, sagt mir nichts«, versuchte er dennoch, abzulenken.

»Sie verstehen noch immer nicht, in was für einer misslichen Situation Sie sich befinden. Ein Kollege von uns wertet gerade Ihren Laptop aus. Wenn wir dort Bilder finden oder einen Chatverlauf mit Ihrem Pseudonym, was glauben Sie, wie eng es dann für Sie wird? Und ich verrate Ihnen noch ein kleines Geheimnis. Was meinen Sie, was die Jungs im Knast mit Kinderfickern machen?«, sagte Mads drohend.

Kornoth starrte Mads regelrecht an, er war zu keiner Regung fähig, vermutlich begriff er erst jetzt, in welch auswegloser Lage er sich befand.

Dann schlug er die Hände vors Gesicht und begann hemmungslos zu weinen.

War das bereits das Geständnis? Hatten sie endlich ihren Täter? Und wenn ja, wo war Ella? Mads' Nerven waren bis aufs Äußerste gespannt.

»Ich weiß, dass ich ein Monster bin«, jammerte Kornoth.

»Lassen Sie es raus«, sagte Gustav.

»Glauben Sie, dass ich gern auf Kinder stehe? Ich habe eine Tochter«, schluchzte Kornoth. »Wenn ich ihr in die Augen schaue, dann schäme ich mich und ekle mich vor mir selbst. Aber ich kann nichts gegen dieses Verlangen tun. Es ist übermächtig.« Kornoth zog die Nase hoch und wischte sich die Tränen vom Gesicht.

Mads hatte kein Mitleid mit ihm, er spürte nur Verachtung gegenüber diesem Mann.

»Und das gibt Ihnen das Recht, Frauen zu ermorden? Wo ist Ella?«

»Ich bin kein Mörder«, entgegnete Kornoth. »Aber ich weiß, wo Ella steckt.«

»Wo?«, fragte Gustav.

»Ich kooperiere mit Ihnen, aber dafür brauche ich Garantien.«

»Was für Garantien?«, kam Gustav Mads mit einer Frage zuvor.

»Dass ich mit einer Bewährungsstrafe davonkomme.«

»Sie haben vier Frauen ermordet. Wie können Sie da mit einer Bewährungsstrafe rechnen?«, fragte Mads zornig. Die Forderung von Kornoth war geradezu lächerlich. Andererseits hatte er Ella als Druckmittel, und wie es schien, hatte sich Mads geirrt und Kornoth war nicht nur ein Pädophiler, sondern auch ein Serienmörder.

»Wir müssen sicherstellen, dass Ella noch lebt, damit ich Ihren Vorschlag dem Staatsanwalt unterbreiten kann«, schaltete sich Gustav ein. »Wo halten Sie Ella versteckt?«

»Ich halte sie nicht versteckt.«

»Lassen Sie die Spiele«, erwiderte Gustav. »Glauben Sie, wir handeln mit Ihnen einen Deal aus, wenn wir nicht sichergehen können, dass Ella noch lebt? Wo halten Sie sie versteckt?«

»Ich weiß es nicht. Ich halte Ella ja gar nicht gefangen. Aber ich weiß, wer sie hat. Ich kenne Ihren Serienmörder.«

»Woher?«

»Wir schreiben uns im Darknet.«

»Warum sollte ein Serienmörder mit Ihnen im Darknet chatten?«

»Weil er jemand ist wie ich, einer, den die Gesellschaft nicht versteht. Aber im Gegensatz zu ihm bin ich mir bewusst, dass es schlimm ist, was ich tue. Dass ich Kinder liebe. Außerdem habe ich etwas zu verlieren. Meine Familie.«

Mads konnte nicht glauben, was er da hörte. Versuchte Kornoth, sie reinzulegen?

Sein Handy klingelte. Es war Tim. Er nahm das Gespräch an, blieb aber sitzen. Tim hatte erstaunliche Neuigkeiten.

»Danke, Tim«, sagte Mads und legte auf, dann wandte er sich wieder an Kornoth: »Meinten Sie IceMan13?« Tim war über den User Nutella8 auf ein weiteres Forum im Darknet gestoßen, wo ein IceMan13 mit seinen Morden an Frauen prahlte, die er mit exakt zwanzig Messerstichen getötet habe. Nuttella8 schien ein großer Bewunderer dieses IceMan13 zu sein, denn er hatte jeden Beitrag von IceMan13 überschwänglich kommentiert.

»Genau. Er prahlt mit den Morden und hat ein besonderes Interesse an Ihnen«, Kornoth sah Mads direkt in die Augen. »Ich weiß auch, dass er Ihre Schwester gegen Ella eintauschen möchte.«

»Wenn das stimmt, gehen wir auf Ihre Bedingungen ein. Vorausgesetzt Sie helfen uns, ihn zu verhaften«, antwortete Gustav.

»Das kann ich«, beteuerte Kornoth hastig.

»Kennen Sie seine wahre Identität?«

»Nein, aber er möchte, dass ich morgen die Übergabe mache. Ich soll Lena in Gewahrsam nehmen und an einen bestimmten Ort bringen, wo er sie übernimmt. Wenn ich Ihre Garantie habe, dass ich Bewährung kriege, kann Ihre Schwester eine Waffe bei sich tragen und den Täter überführen.«

»Wir werden ihn an dem vereinbarten Ort überraschen und überwältigen«, antwortete Mads sofort, ohne Gustavs Reaktion abzuwarten. Endlich hatten sie die berechtigte Hoffnung, den Täter zu schnappen.

62

18. Januar

Heute war es endlich so weit!

Er war aufgeregt wie ein kleiner Junge. In wenigen Stunden sollte Lena seine Geisel werden.

Bist du ganz sicher? Du kannst das alles noch abblasen, meldete sich eine warnende Stimme.

»Das bin ich«, sagte er laut.

Es ist gefährlich. Auch wenn dein Plan genial ist, bleibt es gefährlich.

»Ich brauche diesen Kick. Nur töten ist langweilig. Und ich stehe zu meinem Wort«, sprach er sich Mut zu, er kicherte.

Du könntest später noch andere Frauen töten, einfach weitermachen, ohne dich in Gefahr zu begeben, blitzte ein weiterer Gedanke in seinem Kopf auf.

»Kommt nicht infrage. Ich möchte Lena«, sagte er zu sich. »Nicht nur um sie zu töten, sondern um Mads zu zeigen, dass er die, die er liebt, nicht beschützen kann. Dass ich übermächtig bin.« Er straffte die Schultern. »Und jetzt fort mit den Zweifeln. Meine Entscheidung ist gefallen.«

Er setzte sich an den Laptop und schrieb Nutella8.

Bist du da?

Ja, geschieht es heute?

Genau. Heute um 19 Uhr ist die Übergabe.

Ich fühle mich sehr geehrt, dass du mir dieses Vertrauen schenkst.

Das darfst du auch. Enttäusche mich nicht.

Niemals.

Und halte dich an den Plan. Keinen Millimeter darfst du davon abweichen,

antwortete er. Am vergangenen Tag hatte er Nutella8 über den Chat einen ausführlichen Plan geschickt und jedes noch so kleine Detail aufgeführt, weil er wusste, dass sein Vorhaben nur dann gelingen würde, wenn das schwächste Glied nicht zerbrach. Und Nutella8 war dieses schwache Glied.

Tue ich nicht. Ich habe ihn auswendig gelernt.

Gut, sehr gut. Du möchtest nämlich nicht wissen, wozu ich fähig bin, wenn du mich enttäuschst. Ich weiß alles über dich jämmerlichen Ehemann und Vater. Was glaubst du wohl, was deine Frau denken würde, wenn ich dich oute,

schrieb er. Er wusste, dass er ein gewisses Risiko einging, wenn er Nutella8 damit drohte, ihn vor seiner Frau bloßzustellen, aber so wie er den Schwächling einschätzte, würde der vor lauter Angst, dass er es tun könnte, erst recht parieren. Nutella8 gehörte zu den Menschen, die nur unter Druck funktionierten, denen man immer wieder klarmachen musste, dass sie in der Hackordnung ganz unten standen.

Du musst mir nicht drohen, ich mache das, weil ich dich bewundere und hoffe, dass ich danach mit dem Geschenk belohnt werde.

Gut so, mein Diener. Ich schreibe dir nachher erneut.

Er verließ den Chat und schrieb Mads eine Nachricht, indem er den dafür selbst programmierten Webdienst nutzte.

Lieber Mads,

heute um 19 Uhr findet der Tausch statt. Den genauen Ort gebe ich Ihnen um 18:30 Uhr durch. Bleiben Sie und Ihre Schwester in Timmendorfer Strand, damit Sie sich nicht verspäten. Sobald Ihre Schwester in meiner Obhut ist und ich sicher bin, dass Sie beide keine Dummheiten machen, werde ich Ihnen die Koordinaten durchgeben, wo Sie Ella finden. Sollten Sie die Dreistigkeit besitzen und meinen Anweisungen nicht folgen, werde ich Ihnen den Kopf von Ella schicken.

Ihr

Mr. X

Er lachte, als er den Text noch einmal las.

»Ich bin ein Genie. Wenn er erst so spät den Ort der Übergabe erfährt, werden er und sein dämlicher Onkel keine Gelegenheit haben, den Treffpunkt zu überprüfen oder mir eine Falle zu stellen.« Er griff nach dem Tetrapack Milch, das neben dem Laptop stand, und trank in großen Zügen. »Das Leben ist doch verdammt schön, nicht wahr, Vater? Vor allem, wenn mich alle Welt unterschätzt.«

63

»Der Täter hat mit Lars Kornoth Kontakt aufgenommen«, sagte Tim. Mads hatte bei seinem Anruf sofort auf Lautsprecher gestellt, damit Lena mithören konnte.

»Hat er sich an die Abmachung gehalten?«, fragte Mads.

»Das hat er. Ich denke nicht, dass der Täter weiß, dass Kornoth bei euch in der Zelle sitzt.« Sie hatten Kornoths Laptop geholt, damit er mit dem Täter kommunizieren konnte, nichts sollte darauf hindeuten, dass er festgenommen worden war.

»Er kann auch nicht wissen, dass du den Chat abhörst?«

»Nein. Das ist ja das Gute an diesem privaten Chat im Darknet. Keiner der Teilnehmer weiß, was der andere tut. Die Daten sind sehr stark verschlüsselt. Ich habe einfach den Chat gespiegelt, da ich Zugriff auf Kornoths Laptop und damit den Zugang zum Chat habe.«

»Worum ging es?«, erkundigte sich Mads.

»Er hat Kornoth nur noch mal daran erinnert, wie wichtig die Übergabe ist. Das Chatprotokoll sollte gleich bei dir auf dem Rechner sein. Ich konnte es sichern, bevor es automatisch gelöscht wurde. Der Täter ist sehr clever. Selbst die Kommunikation mit Kornoth wird nach jedem Chat gelöscht.«

»Gut gemacht. Halte uns auf dem Laufenden, wenn du Neuigkeiten hast.«

»Mach ich.« Tim beendete das Gespräch und auch Mads legte auf. Er sah seine Schwester an, die bis jetzt stumm zugehört hatte.

»Mach dir keine Sorgen. Ich kriege das hin«, sagte sie dann, als könnte sie seine Gedanken erraten.

»Trotzdem wäre es mir lieber, wenn ich derjenige wäre …«

»Ich bin doch bewaffnet und bisher deutet nichts darauf hin, dass der Täter ahnt, dass wir ihm eine Falle stellen.«

»Genau so soll es auch bleiben. Wenn Kornoth es wagt, auszuscheren, dann gnade ihm Gott.« Sollte dieser Kinderschänder seine Schwester tatsächlich in Gefahr bringen, wusste Mads, dass es kein Halten für ihn gäbe.

»Das wird er nicht. Er ist ein Weichei und möchte nicht ins Gefängnis.«

»Rein äußerlich sieht man ihm das gar nicht an«, entgegnete Mads.

»Schließe nie vom Äußeren eines Menschen auf dessen Psyche. Es gibt genügend Beispiele von sportlichen, attraktiven oder erfolgreichen Menschen, die psychisch kaputt oder labil sind. Kornoth ist sich der Tatsache bewusst, dass seine Sexualität krank und abartig ist, aber er kommt gegen sein Verlangen nicht an. Genau das macht ihm zu schaffen, deswegen ist er so labil, auch wenn er nicht den Anschein erweckt. Das wiederum hat sich unser Täter zunutze gemacht. Er hat schnell verstanden, sich Kornoth gefügig zu machen.«

»Du hast recht.« Mads schaute auf die Uhr. »Um 13 Uhr werde ich mir den Übergabeort genauer anschauen.«

Die Übergabe sollte in einem Waldgebiet in Scharbeutz stattfinden. Kornoth hatte einen detaillierten Plan für die Übergabe erhalten und ein Team von Gustav war bereits dabei, die Umgebung auszukundschaften, um zu prüfen, wo man sich unbemerkt positionieren konnte, falls der Täter sich in der Nähe befinden sollte.

Es klopfte an der Tür und Gustav trat ein.

»Tim hat euch angerufen?«, fragte er sogleich vollkommen übergangslos. »Ich hatte eben ein Telefonat mit Albert. Was sagt Tim?«

Mads klärte seinen Onkel kurz auf.

»Sehr gut. Auf Tim kann man sich immer verlassen. Wir

müssen nur dafür sorgen, dass wir Kornoth auf Spur halten, damit er keine Dummheiten macht«, sagte Gustav.

»Das wird er nicht. Er hat zu viel zu verlieren. Das Angebot, das wir ihm gemacht haben, ist seine Chance für einen Neuanfang«, entgegnete Mads.

»Lass uns den Plan von diesem Psycho noch mal durchgehen. Es darf uns unter keinen Umständen ein Fehler unterlaufen«, sagte Gustav, dabei sah er besorgt zu Lena und entfaltete den Zettel, den er in der Hand hielt.

»Der Täter hat mir eben geschrieben, dass er mir um 18:30 Uhr den Übergabeort nennen wird, genau so wie er es in seinem Plan an Kornoth angekündigt hat. Es läuft«, sagte Mads.

»Gut, sehr gut. Laut dem Plan soll Kornoth Lena um 19 Uhr in seine Obhut nehmen«, wiederholte Gustav mit Blick auf seine Notizen. »Er wird sie dann an einen uns leider noch unbekannten Ort bringen, den der Täter ihm erst nennen wird, wenn er mit Lena im Auto sitzt. An diesem unbekannten Ort soll Kornoth Lena in ein anderes Auto bringen und anschließend weiterfahren. Der Täter wird dieses zweite Auto vermutlich in Empfang nehmen und ans Ziel fahren. Erst dann wird er uns mitteilen, wo er Ella gefangen hält.« Gustav faltete den Zettel zusammen und seufzte. »Wenn wir doch nur vorher wüssten, wo dieser Ort ist, zu dem Kornoth Lena fahren soll.«

»Vielleicht sollten wir Kornoth bitten, dem Täter zu schreiben und ihn nach dem Ort zu fragen«, schlug Mads vor.

»Kommt nicht infrage. Kornoth wird keinen Millimeter von dem Plan abweichen. Der Täter glaubt, dass Kornoth sein Speichellecker ist, er würde sofort argwöhnisch werden, wenn Kornoth Fragen stellt.«

»Macht euch keine Sorgen. Meine Beine sind zwar nicht die stabilsten, aber der Rest funktioniert noch eins a«, entgegnete Lena. »Sobald ich den Täter im Visier habe, werde ich die Waffe zücken und ihn verhaften. Außerdem seid ihr ganz in meiner Nähe, dank der Peilsender. Es kann nichts schiefgehen.«

Gustavs Blick wirkte noch immer besorgt und skeptisch, Mads konnte das nachfühlen. Bei so einer Geheimoperation konnte ausgesprochen vieles schiefgehen, Lenas Leben stand auf dem Spiel, egal wie sehr Lena versuchte, die Sache abzuwiegeln. Noch immer wünschte sich Mads eine andere Lösung, aber es gab keine. Oder ihm fiel keine ein.

Es klopfte an der Tür und Petra trat ein, mit einem Zettel in der Hand.

»Moin«, grüßte sie in die Runde. »Das kam gerade in mein Postfach. Die Phantomzeichner in Lübeck haben das Phantombild fertig.«

Sie reichte den Zettel Gustav.

»Leite die Datei bitte an Tim weiter, vielleicht kann er etwas mit der Zeichnung anfangen«, bat Gustav seine Sekretärin.

»Mach ich.« Petra verließ das Büro.

»Das ist verdammt gut geworden«, sagte Gustav und zeigte Mads und Lena die realistische Zeichnung.

Auf dem Ausdruck sahen sie einen Mann, etwa Mitte dreißig, mit kurzen dunkelblonden Haaren und einem recht runden Allerweltsgesicht, unauffällig. Genau so hatte sich Mads den Täter vorgestellt, nachdem Jörn ihm in groben Zügen erklärt hatte, wie er ausgesehen hatte.

»Ich werde Kornoth einen Besuch abstatten und ihm noch einmal ganz klar ins Gewissen reden, keine Dummheiten zu machen«, sagte Gustav und atmete hörbar aus. »Wenn wir richtig Glück haben, hilft uns das Phantombild, den Täter noch vor der Übergabe zu finden. Sokolow schicke ich nach Hause. Ich kann mir kaum vorstellen, dass er von der Zelle aus Kontakt mit Kornoth hatte.«

»Kann ich mir auch nicht vorstellen«, bestätigte Mads. Wie erleichternd wäre es gewesen, Sokolow bereits als Täter dingfest gemacht zu haben, denn dann hätten sie Lenas Leben nicht riskieren müssen.

Gustav verabschiedete sich von den beiden und verließ das Büro.

»Das Bild ist unglaublich realistisch. Wahnsinn, was die Technik heute hergibt«, sagte Lena.

»Du hast recht. Ich frage mich, ob es nicht ein Fehler ist.«

»Was?«

»Dass wir das Bild nicht veröffentlichen. Irgendjemand wird diesen Sadisten doch kennen.«

»Dann riskieren wir aber, dass der Plan auffliegt und Ella stirbt.«

»Wenn sie noch lebt. Es gibt keine Veranlassung für den Psycho, Ella am Leben zu lassen. Es erscheint mir unwahrscheinlich, dass er von Anfang an geplant hatte, Ella gegen dich einzutauschen.« Mads verstand Lenas und Gustavs Argumentation, das Leben des Mädchens um jeden Preis zu retten, aber gleichzeitig ging es hier um das Leben seiner Schwester. War es da nicht berechtigt, nach wirklich jedem Strohhalm zu greifen, der sich bot?

»Dieses Risiko müssen wir eingehen, Bruderherz. Wir haben keine Wahl. Was machen wir als Nächstes?«

»Wenn ich das wüsste. Wir sind zum Warten verdammt. Ich wüsste nicht, wen wir noch aufsuchen könnten.«

»Dann lass uns ein letztes Mal alle Hinweise durchgehen. Vielleicht ist da was, was wir bisher übersehen haben.«

Mads nickte und beide setzten sich vor das große Whiteboard, auf dem sie alle bisher gefundenen Informationen befestigt und mit Querverweisen verbunden hatten. Die Fläche war mittlerweile dicht bedeckt mit Zetteln und Fotos.

»Sein vorrangiges Ziel sind junge Mütter: Alma, Yeliz und Susanne«, begann Lena. »Jasmin Lupzig hatte einfach nur Pech, weil sie Yeliz abholen wollte und dem Mörder dabei in die Quere kam.«

»Genau, davon gehe ich auch aus. Ella hatte vermutlich ebenfalls das Pech, ihn gesehen zu haben. Möglicherweise hat sie ihm die Tür geöffnet. Er könnte sie betäubt und Alma ermordet haben, anschließend hat er sie mitgenommen, weil sonst die Gefahr bestand, dass sie ihn identifizieren könnte«, fuhr Mads fort.

»Das sehe ich genauso, nur, wie findet er seine Opfer? Tim ist bisher auf nichts gestoßen, was darauf schließen lässt, dass er sie übers Internet gefunden hat.«

»Kann ich mir irgendwie auch nicht vorstellen.«

»Aber wie sonst? Glaubst du an Oles Theorie mit dem Verhalten oder dem Geruch?«, fragte Lena.

»Warum nicht? Vielleicht hat etwas an ihrer Sprache oder ihrer Art ihn an eine Frau erinnert, die ihn gedemütigt hat. Bei dem Geruch würde ich weiterhin nicht von einem speziellen Körpergeruch ausgehen, den nur Mütter verströmen, sondern davon, dass alle drei Frauen dasselbe Parfüm benutzten, was bei dem Täter eine Reaktion ausgelöst hat. Möglicherweise verbindet er etwas mit dem Duft. Wir müssen abwarten, bis Ole die Ergebnisse aus dem Labor oder von den Wohnungen der Opfer hat.«

»Wenn die Düfte bei der Obduktion denn dokumentiert wurden oder sich die Parfüms der Frauen noch finden lassen. Ich bin gespannt, ob es ihnen im Nachhinein überhaupt gelingen wird, das noch festzustellen«, äußerte Lena. »Aber mal angenommen, es war so, Alma, Yeliz und Susanne haben das gleiche Parfüm benutzt, warum springt er dann so darauf an? Ob seine Exfreundin den Duft benutzte?«

»Wäre möglich, bringt uns dem Mörder trotzdem keinen Schritt näher.« Mads starrte an die Wand. »Das Einzige, was wir sicher wissen, ist, dass er alle Opfer mit exakt zwanzig Messerstichen getötet und ihnen den Zeigefinger abgeschnitten hat. Von dieser Vorgehensweise weicht er nicht ab – abgesehen von Jasmin Lupzig.«

»Die Zahl muss doch was bedeuten«, überlegte Lena, stand auf und machte einen Schritt auf das Whiteboard zu. Sie stand jetzt direkt davor und sah auf den Zettel, auf den Mads die Zahl 20 geschrieben hatte.

»Aber was um Himmels willen soll die Zahl aussagen? Ich mag ja auch nicht glauben, dass es purer Zufall ist«, sagte Mads.

Lena drehte sich um und wollte einen Schritt zurückmachen, als sie die Kontrolle verlor, über ihren rechten Fuß stolperte und zu Boden fiel.

»Alles gut?« Mads eilte zu ihr und half ihr auf die Beine.

»Nichts passiert. Habe nur das Gleichgewicht verloren«, beschwichtigte Lena. Bei ihrer Drehung war der Zettel mit der Zahl heruntergefallen. Sie schaute auf den Zettel und erstarrte.

»Was ist los?« Mads folgte ihrem Blick und sah nichts anderes als Lena: eine Zahl, die auf dem Kopf stand, weil der Zettel sich gedreht hatte.

»Die Zahl ist keine Zahl«, sagte sie und nun sah es auch Mads.

64

»Wenn man die 20 umdreht, haben wir 02, als Buchstaben könnten das ein O und ein L sein«, sagte Lena.

Mads nickte. »Das hieße also, dass er seine Initialen auf den Opfern zurücklässt. Was für eine kranke Scheiße ist das?« Er hob den Zettel auf und hängte ihn umgekehrt an das Whiteboard.

War der Täter wirklich so durchtrieben? Es war nichts Ungewöhnliches, dass Psychopathen eine Trophäe vom Tatort mitnahmen, ein Kleidungsstück des Opfers oder, wie in diesem Falle, den rechten Zeigefinger. Aber dass ein Täter seine Initialen wie einen Stempel auf dem Körper der Opfer zurückließ, war extrem bizarr.

»Wir sollten mit Tim sprechen«, schlug Lena vor.

»Das habe ich auch gerade gedacht.«

Mads rief über das Bürotelefon Tims Nummer an und stellte das Gespräch auf Lautsprecher. Tim nahm sofort ab.

»Wie kann ich euch helfen?«, fragte er.

»Lena ist da auf etwas gestoßen, was wir gerne überprüfen möchten«, sagte Mads.

»Schieß los.«

»Alle Opfer wurden mit zwanzig Messerstichen getötet. Vielleicht steht die umgekehrte Zwanzig für die Initialen des Täters.«

»Du meinst O und L?«

»Genau. Ihr habt doch alle Skoda-Fahrer mit HL-Kennzeichen identifiziert. Kannst du schauen, ob auf einen von denen diese Anfangsbuchstaben passen?«, bat Mads und fragte sich, ob die Lösung wirklich so leicht sein konnte.

»Mach ich. Gib mir fünf Minuten. Ich melde mich.«

Mads bedankte sich und legte auf.

»Jetzt heißt es Daumen drücken«, sagte er, denn er hatte noch immer Zweifel, dass der Täter so dreist und überheblich war. Andererseits passte es zu ihm. Die Arroganz und Überheblichkeit stand diesem Sadisten geradezu ins Gesicht geschrieben. Psychopathen hielten sich häufig für unbesiegbar und fühlten sich anderen Menschen deutlich überlegen. Warum sollte das bei diesem Täter anders sein? Immerhin hatte er Mads direkt kontaktiert, was die Annahme untermauerte, dass er sich tatsächlich für unbezwingbar halten musste.

»Wir sollten Gustav anrufen«, schlug Lena vor.

»Nein, wir brauchen erst Gewissheit. Wenn wir danebenliegen, riskieren wir nur, dass Gustav uns vorwirft, dass wir Tims knappe Ressourcen für Unfug verschwenden.«

»Gut, dann warten wir.«

Lenas Handy klingelte.

»Hallo, Emma, was gibt es?«, sagte sie.

Mads fragte sich, warum Emma seine Schwester anrief und nicht ihn.

»Ich bin im Büro mit Mads«, antwortete Lena. »Warte, ich stell mal auf Lautsprecher.«

»Hallo, Mads«, hörte er Emma sagen.

»Moin. Warum rufst du an?«

»Immer gleich direkt, der Herr Johannsen. Ich wollte Lena fragen, ob ihr nicht doch eine andere Lösung gefunden habt. Heute ist ja die Übergabe.«

»Daran hat sich nichts geändert«, kam Mads seiner Schwester zuvor und warf ihr einen kurzen Blick zu.

»Es klingt vielleicht etwas verzweifelt, aber ich habe mir gestern mit Amir sehr lange den Kopf über den Fall zerbrochen, dabei sind wir auf eine Möglichkeit gestoßen.«

»Was für eine Möglichkeit?«, fragte Lena.

»Was, wenn hinter der Anzahl der Messerstiche etwas Besonderes steckt? Wenn es eine Botschaft ist.«

»Und was für eine Botschaft sollte das sein?«, hakte Mads nach.

»Er könnte auf diese Weise seine Initialen am Tatort hinterlassen haben. Er hat die Opfer wie sein Eigentum gebrandmarkt, wie man das mit seinem Vieh macht. Es wäre doch denkbar, dass die zwanzig für L und O steht oder für O und L, damit es nicht zu offensichtlich ist. Wollt ihr das nicht mal überprüfen?«

»Süße, das ist eine verdammt gute Idee«, erwiderte Lena. Mads gab ihr sofort ein Zeichen, keine weiteren Informationen auszuplaudern, aber Lena redete schon weiter: »Genau diesen Einfall hatten Mads und ich vor fünf Minuten auch. Tim überprüft es gerade.«

»Um ehrlich zu sein, kam dieser Einfall von Lena. Ihr allein gebührt der Dank, wenn wir richtig liegen sollten«, schaltete sich Mads ein.

»Dass Mads mal jemand anderen als sich selbst lobt, überrascht mich.«

»Witzig, Frau Falk. Auch Sie lobe ich gerne«, konterte Mads. »Das ist jedenfalls ein verdammt cleverer Gedankengang. Es wäre aber gut, wenn du diese Information noch zurückhältst und nicht veröffentlichst.«

»Das hatte ich gar nicht vor. Ich würde für die Auflage niemals Lenas Leben aufs Spiel setzen. Aber danke für die Blumen.«

»Du siehst, Mads kann auch nett sein, wenn er will«, lachte Lena und Mads hörte, dass Emma ebenfalls lachte. Sofort erschien das Bild ihrer süßen Grübchen vor seinem geistigen Auge, die entstanden, wenn sie lachte, und die er so sehr mochte.

»Wir telefonieren später, momentan stehen wir leider mächtig unter Druck«, schaltete sich Mads wieder ein, er wollte das Gespräch kurz halten.

»Wenn ihr Hilfe braucht, gebt mir bitte Bescheid. Ich bin den ganzen Tag im Büro.«

»Machen wir«, antwortete Lena und beendete das Gespräch. »Emma ist unglaublich«, sagte sie dann an Mads gewandt.

»Warum?«

»Na, dass sie auf so eine Idee kommt, zeigt, wie gut sie in ihrem Job ist. Ich glaube, sie wäre eine verdammt gute Polizistin.«

»Zum Glück ist sie das nicht«, antwortete Mads, obwohl er zugeben musste, dass Emma ihn mit ihrem Einfall positiv überrascht hatte. Als Polizistin wollte er sie sich dennoch nicht vorstellen, es reichte, dass er sich bei den Einsätzen Sorgen um seine Schwester machte.

Das Bürotelefon klingelte, auf dem Display sah er, dass Tim anrief. Er hob den Hörer ab.

»Hast du was?«

»Tatsächlich habe ich einen Treffer. Die Person heißt Oswald Lohe und wohnt in Travemünde.«

»Wie Sokolow«, platzte Mads heraus. »Wo genau?«

Tim nannte ihm die Anschrift.

»Haben die Kollegen, die ihn aufgesucht haben, denn bei ihm nichts Auffälliges bemerkt?«

»Laut den Daten nicht. Da steht, dass Herr Lohe sich sehr kooperativ gezeigt und für die Tatzeit ein Alibi gehabt habe.«

»Was für ein Alibi?«

»Steht da nicht.«

Mads bemühte sich, seine Wut herunterzuschlucken, denn diese Auskunft sagte ihm, dass die Kollegen nicht sauber gearbeitet hatten. »Hast du ein Foto?«, fragte er.

»Nein, bin aber dran.«

»Schick es mir aufs Handy, sobald du eines hast. Ich werde diesem Lohe einen Besuch abstatten.«

Tim sagte zu und Mads beendete das Gespräch.

»Wir sollten Gustav informieren«, schlug Lena vor. Mads sah, dass sie sich Sorgen machte, weil sie wohl fürchtete, dass er eine Dummheit begehen könnte.

Mads wählte Gustavs Büronummer.

»Petra hier. Dein Onkel ist nicht im Büro.«

»Wo ist er?«

»Er spricht mit Kornoth. Soll ich ihm etwas ausrichten?«

»Nein, ist schon gut. Ist nicht dringend.« Mads legte auf.

»Mads, du wirst doch nicht …?« Lena wirkte verärgert.

»Schwesterherz, wir haben keine Zeit für unnötige Diskussionen. Ich fahre jetzt nach Travemünde. Vielleicht ist Lohe eine Sackgasse.«

»Und wenn nicht?«

»Dann schnappe ich ihn mir und du musst nicht dein Leben riskieren.«

»Aber er weiß, wie du aussiehst. Was, wenn dir was passiert?«

»Ich bin Polizist. Ich bin mir der Risiken bewusst. Dank des Phantombildes weiß ich, wie unser Täter aussieht. Selbst wenn Tim mir kein Foto von Lohe schickt, kann ich anhand des Phantombildes schnell feststellen, ob Lohe unser Mann ist. Sollte er es sein, verhafte ich ihn, sobald er die Haustür öffnet. Ein Kinderspiel.«

»Wir sollten auf Gustav warten, oder ich begleite dich.«

»Das kommt nicht infrage. Du bist noch nicht sicher genug zu Fuß. Lohe könnte dich …« Mads sprach das Offensichtliche nicht aus.

Lena schnaubte missbilligend, aber Mads erkannte, dass sie es verstand.

»Lass uns wenigstens warten, bis Tim ein Foto von Lohe hat«, insistierte sie dennoch. »Dann wissen wir genau, ob es unser Mann ist. Und wenn es so ist, sollten wir mit Gustav und einer Hundertschaft bei ihm anrücken.«

»Und was ist mit Ella? Er hat sie in seiner Gewalt. Er

könnte sie töten, wenn wir mit einer Hundertschaft vor seiner Haustür stehen. Glaub mir, es ist die beste Lösung, wenn ich hinfahre. Lohe ist total von sich überzeugt, er wird nicht wissen, dass ich seine Identität kenne. Immerhin waren vor einigen Tagen die Kollegen bei ihm wegen des Skodas. Er wird annehmen, dass ich deswegen zu ihm komme. Das Überraschungsmoment ist auf meiner Seite. Ich bin vorsichtig, versprochen, Schwesterherz.«

»Ich hoffe, das ist kein Fehler.« Lena wirkte unsicher.

»Ist es nicht. Es ist unsere beste Chance.«

»Und was sage ich Gustav, wenn er fragt, wo du bist?«

»Die Wahrheit.«

Lena presste die Lippen zusammen, dann sagte sie: »Sei vorsichtig und mach nichts Unüberlegtes. Wenn du weißt, dass er unser Mann ist, solltest du dich zurückziehen und Verstärkung anfordern.«

»Ich weiß, was zu tun ist«, entgegnete Mads und umarmte seine Schwester. Dann nahm er seine Waffe, zog seine Jacke an und lief zu seinem Dienstwagen, wo er noch rasch seine schusssichere Weste anzog.

Lohe wohnte im Rönnauer Weg in Travemünde. Keine fünfzehn Minuten später war Mads dort angekommen und parkte den Wagen in kurzer Distanz.

Dass Gustav nicht bei ihm war oder ein anderer Kollege, störte ihn nicht. Er fand es am effektivsten, wenn er allein operierte, so musste er auf niemanden Rücksicht nehmen und musste auch niemanden beschützen. Dass sein Onkel wegen dieses Alleingangs ausrasten würde, sobald er mit Lena sprach, war ihm bewusst. Er hoffte, dass er bis dahin Gewissheit haben würde, ob Lohe ihr Täter war oder nicht, und ihn im besten Falle in Handschellen abführen würde, bevor Gustav anrückte.

Mads stieg aus und näherte sich der Zielanschrift.

65

Etwas war seltsam. Es war nur so ein Gefühl, eine Ahnung?

Er konnte es nicht genau beschreiben, aber das Gespräch mit Nutella8 war irgendwie anders als sonst gewesen. Als wäre Nutella8 verkrampft, als würde ihm jemand über die Schulter schauen, während er seine Antworten tippte. Die bedingungslos hörige Grundstimmung seines Untergebenen fehlte.

»Entspann dich, das ist die Nervosität, dass trotz deines genialen Plans irgendwas schieflaufen könnte«, bemühte er sich, sich zu beruhigen.

Er saß im Schneidersitz auf dem Boden und versuchte zu meditieren.

Nutella8 würde Lena im Wald in Empfang nehmen. Dann würde er mit dem Wagen zu der Autobahnraststätte fahren und Lena in sein Auto setzen. Dort in der Nähe würde er mit seiner Drohne überprüfen, ob jemand Nutella8 folgte.

Er grinste. »Die Idee mit der Drohne ist einfach genial.«

Wenn wirklich niemand da wäre, würde er in den Wagen einsteigen, Lena auf die gleiche Weise betäuben wie damals Ella und losfahren. Zunächst an einen anderen Ort. Dort würde er warten und später nach Hause fahren. Auch dann würde er die Bullen noch zappeln lassen und erst am nächsten Tag würde die Bombe platzen.

»Die Idioten werden nicht schlecht staunen, wenn sie Ella nie zu Gesicht bekommen.« Ein Lachen brach sich aus seinem Inneren Bahn, aber dann ermahnte er sich, sich zu konzentrieren, um aus der Meditation Kraft zu schöpfen.

Er meditierte seit einigen Jahren. Es half ihm, runterzukommen und die bösen Gedanken aus seiner Kindheit zu vertreiben.

Doch gerade wollte es ihm nicht recht gelingen. Seine Gedanken kreisten wie die Geier um die Tatsache, dass er irgendetwas nicht bedacht haben könnte, dass Nutella8 das schwächste Glied in der Kette war und er möglicherweise zu viele Erwartungen in diesen Kinderschänder setzte.

Sollte er also lieber alles abblasen, wie von Nutella8 vorgeschlagen?

Warum nicht? Er könnte immerhin weiter unbemerkt sein Leben führen und hin und wieder eine Frau töten. So glücklich wie die letzten Tage war er die vergangenen fünfunddreißig Jahre nicht gewesen.

»Nein, das entspricht dir nicht. Du tust, wonach es dich verlangt, nämlich diesem Mads gegenüberzutreten und ihm seine Grenzen aufzuzeigen, seine Schwester in deine Gewalt zu bekommen und sie zu brandmarken, damit die ganze Welt weiß, wem sie gehört. Als mein Besitz kann ich mit ihr tun und lassen, was ich will. Selbst wenn ich sie zerstören möchte, kann ich das tun. Es ist mein Recht. Weil sie mein Besitz ist!«, redete er sich ein. Seine Augen weiteten sich mit jedem Satz und sein Kopf begann zu wackeln.

Nur langsam beruhigte er sich, er schloss die Augen und legte sich hin. Plötzlich wurde ihm kalt. Er lag mit nacktem Oberkörper auf dem Laminat.

»Es ist allein deine Schuld, Vater. Und deine, Mutter«, seufzte er. »Ihr habt das aus mir gemacht. Und noch immer legt ihr mir Steine in den Weg. Dabei möchte ich nur glücklich sein und leben. Ist das zu viel verlangt?«

Er zog die Nase hoch und strich sich übers Gesicht.

»Alles wird gut. Nutella8 ist auf Spur und dein restlicher Plan ist perfekt. Seit wann bist du so ein Jammerlappen? Du liebst doch den Kick. Das Spiel.«

Er stand auf, es hatte keinen Sinn, weiter zu meditieren.

Er ging zum Kühlschrank, öffnete ihn und holte die Milchpackung heraus. Seit er denken konnte, liebte er Milch. Vermutlich lag es daran, dass seine Mutter ihn nicht gestillt hatte. Nicht hatte stillen wollen, weil er ihr angeblich beim ersten Anlegen in die Brust gebissen hatte.

»Lächerlich«, platzte er heraus und genehmigte sich einen großzügigen Schluck. »Wie kann ein Baby ohne Zähne jemanden beißen?«

Er wollte nicht an seine Mutter denken und erst nicht an seinen Vater. Er wollte überhaupt nicht an seine Vergangenheit denken.

Das Klingeln an der Haustür holte ihn aus seinen Gedanken.

»Ich erwarte doch keinen Besuch«, sagte er zu sich, eilte zu seinem Laptop und schaute auf den Monitor. An der Außenwand versteckt hatte er eine kleine Kamera angebracht, damit er sehen konnte, wer vor der Tür stand.

»Das kann doch nicht sein! Was macht Mads Johannsen vor meiner Haustür?«, rief er.

War das Zufall oder hatte ihn sein Bauchgefühl doch nicht getäuscht? War Nutella8 hops genommen worden? Aber wie sollten sie über diesen Umweg auf ihn gekommen sein? Nutella8 kannte seine Identität gar nicht.

Der Skoda! Die Bullenkollegen von Mads hatten zwar den Eindruck erweckt, als würden sie ihm glauben, aber möglicherweise war Mads mit deren Arbeit nicht zufrieden und hatte weitere Fragen.

»Ich traue es ihm zu, deswegen finde ich ihn ja so interessant. Er ist kein gewöhnlicher langweiliger Bulle.«

Es klingelte erneut und er überlegte noch immer, was er tun sollte.

66

Kurz hatte Mads überlegt, ob er sich durch eine Hintertür oder ein Fenster Zutritt zum Haus verschaffen sollte, diesen Gedanken aber gleich wieder verworfen. Falls Lohe nicht der gesuchte Mörder war, hätte sich Mads damit nur Ärger eingehandelt.

Er suchte daher die Konfrontation und beschloss, einfach zu klingeln, denn er sah sich klar im Vorteil. Sobald Oswald Lohe die Tür öffnen und er in ihm die Person von dem Phantombild erkennen würde, würde er die Waffe zücken und Lohe festnehmen. Das Überraschungsmoment war auf seiner Seite. Lohe würde gar nicht die Möglichkeit haben, irgendeine Dummheit zu begehen. Vor allem ging Mads davon aus, dass Lohe denken würde, sie wüssten nicht, wer er war. Sicherlich würde er annehmen, dass Mads ihm weitere Fragen zu dem Skoda stellen wollte, der hier auf dem Grundstück parkte.

Wenn er denn unser Täter ist. Bei Jörn muss man leider vorsichtig sein, dachte Mads.

Er drückte auf die Klingel und seine Anspannung stieg. Lohe öffnete nicht, sodass er erneut klingelte. Lohe musste zu Hause sein, immerhin stand sein Auto hier.

Wieder keine Reaktion.

Mads blieb nichts anderes übrig, als ein drittes Mal zu klingeln. Endlich hörte er Geräusche und dann wurde die Tür geöffnet.

Lohe lächelte ihn an und Mads schaute direkt in die Augen des potenziellen Killers. Es gab keinen Zweifel, Lohe war die Person auf dem Phantombild.

Trotzdem zog er nicht die Waffe. Er war wie erstarrt, zu keiner Regung fähig. Doch nicht, weil er jetzt mit großer

Wahrscheinlichkeit wusste, dass Lohe der gesuchte Serientäter war, sondern vielmehr, weil Lohe Ella vor sich gedrückt hielt. Sie hatte einen Knebel im Mund, ihre Hände waren hinter ihrem Rücken, vermutlich hatte er sie gefesselt. Das allerschlimmste aber war: Lohe hielt ihr ein Messer an den Hals.

»Sie glauben gar nicht, wie sehr ich mich freue, Sie zu sehen. Treten Sie doch bitte ein, Herr Johannsen.«

Mads schluckte, er spürte brennende Wut in sich aufsteigen. »Lassen Sie Ella los. Sie hat mit all dem nichts zu tun«, waren die ersten Worte, die er herauspresste. Dass Ella lebte, war eine gute Nachricht, aber sie so zu sehen, ließ sein Herz wie in einem Gewitter erbeben.

»Unmöglich«, erwiderte Lohe ruhig. »Sicherlich haben Sie eine Waffe in der Jackentasche, und wie ich Sie einschätze, haben Sie wohl geglaubt, dass Sie klingeln und mich ohne Gegenwehr festnehmen könnten. Wie dämlich, naiv und überheblich. Sie unterschätzen mich, Herr Johannsen, oder habe ich Sie all die Zeit überschätzt?« Lohes Blick wurde hart. »Sie geben mir jetzt Ihre Waffe. Sonst muss dieses kleine unschuldige Mädchen sterben.« Zur Bekräftigung seiner Worte drückte er das Messer fester an Ellas Hals.

»Halt«, rief Mads, weil er wusste, dass der Wahnsinnige ihr den Hals durchschneiden würde. Er fischte seine Waffe heraus und hielt sie Lohe hin.

»Bessere Idee. Legen Sie sie auf den Boden und treten Sie einen Schritt zurück.«

Mads tat wie befohlen, weil er unter keinen Umständen das Leben von Ella riskieren wollte. Ihm würde noch etwas einfallen, um diesen Sadisten zu überwältigen. Er durfte jetzt nicht ungeduldig sein.

Lohe bückte sich und griff nach der Waffe, nahm sie in die rechte Hand, das Messer in die linke und drückte nun die entsicherte Waffe an Ellas Kopf. »Und jetzt ganz langsam eintreten. Keine dummen Heldentaten, sonst ist sie tot.«

Mads betrat den Flur. Lohe ging rückwärts. Ella sah Mads verstört an. Sie war mit der Situation komplett überfordert, was Mads nicht verwunderte. Sie sah jedoch körperlich unversehrt aus. Ob Lohe ihr dennoch schlimme Dinge angetan hatte, konnte er nicht einschätzen.

»Platz nehmen«, forderte Lohe, als sie im Wohnzimmer waren.

Mads setzte sich an den Holzesstisch. Er fragte sich noch immer, was Lohe beabsichtigte. Sein Gefühl sagte ihm, dass Lohe ihn nicht erschießen würde, dass er einen anderen Plan verfolgte, anderenfalls hätte der Psychopath längst abgedrückt.

»Setz dich«, sagte er zu Ella. Sie nahm Platz und jetzt sah Mads, dass Lohe ihre Hände mit Kabelbinder zusammengebunden hatte. Ihr Blick war auf Mads gerichtet. Sie fixierte ihn geradezu, in ihren Augen stand die flehentliche Bitte, sie zu befreien.

Nur wusste Mads nicht wie. Mit der Waffe in der Hand hatte Lohe einen unüberwindbaren Vorteil. Einfach auf ihn zu springen und ihn zu überwältigen, kam nicht infrage, weil er damit Ellas Leben gefährdete.

»Sie glauben sicherlich, dass ich ein feiger Mann bin, weil ich diese kleine Göre als Pfand gegen Sie einsetze, oder?«

»Würden Sie das an meiner Stelle nicht glauben?«, entgegnete Mads.

»Nein, würde ich nicht. Weil ich über den Tellerrand schaue«, sagte Lohe, legte das Messer außer Reichweite von Mads kurz auf dem Tisch ab, dann zog er zwei Kabelbinder aus seiner Hosentasche und band damit Ellas Hände an dem Stuhl fest. Da er große Hände hatte, konnte er die Kabelbinder einhändig festzurren, doch er war dadurch kurz abgelenkt. Mads überlegte, ob er nicht doch volles Risiko gehen und Lohe niederringen sollte, aber die Gefahr für Ellas Leben war zu groß. Er musste abwarten.

Lohe holte zwei weitere lange Kabelbinder aus der Hosentasche und fesselte damit ihre Unterschenkel an den Stuhlbeinen. »Wirklich sehr effektiv, dieses Stück Plastik«, erklärte er.

»Verdammt, das reicht doch! Sehen Sie nicht, dass sich die Kabelbinder in ihr Fleisch fressen?«, wurde Mads laut.

Lohe nahm wieder das Messer an sich und sagte: »Entspannen Sie sich, Herr Johannsen. Sie sind ein zu emotionaler Mensch, aber das wusste ich bereits bei unserer Begegnung beim Bäcker.«

»Beim Bäcker?« Mads verstand nicht, worauf Lohe hinauswollte.

»Ja, es war unsere erste …« Lohe unterbrach sich und lachte süffisant. »Verzeihen Sie, es war unsere zweite Begegnung. Vorher hatten wir uns schon auf der Straße getroffen, wo diese Dänin wohnte. Aber beim Bäcker waren wir uns sehr nahe, da hatte es sich echter und lebendiger angefühlt. Dank Ihnen konnte ich später dieser Yeliz einen Besuch abstatten.«

Lohes Worte widerten Mads zutiefst an, dennoch beherrschte er sich. Er musste warten, bis sich seine Chance bot. Wie es schien, wollte Lohe plaudern. Das konnte er haben.

»Sie meinen, bei der *Junge Bäckerei* in Timmendorfer Strand?«

»Wo sonst, Dummerchen? Sie waren mit Ihrer bezaubernden Schwester dort«, antwortete Lohe. »Was bin ich nur für ein schlechter Gastgeber, dass ich Ihnen nichts zu trinken anbiete. Trinken Sie gerne Wein?«

»Gegen einen guten Weißwein habe ich nichts einzuwenden«, ging Mads auf Lohes Vorschlag ein. Er würde das Spiel mitspielen. Alkohol war gut. Alkoholisierte Menschen wurden nachlässig, möglicherweise würde sich ihm damit eine bessere Gelegenheit bieten, Lohe zu überwältigen.

»Sie scheinen ein Genießer zu sein, genau wie ich«, antwortete Lohe und machte einen Schritt zurück. Die Waffe hatte er noch immer auf Ella gerichtet. »Glauben Sie nicht, dass ich sie von hier aus verfehlen würde. Sie müssen wissen, dass ich sehr geübt mit der Waffe bin. Mein Vater hatte eine und ich habe heimlich mit ihr gespielt.« Er kicherte. »Ich bin so gut gewesen, dass ich über dem Feld die Vögel vom Himmel geholt habe, öfter mal einen Storch und einmal sogar einen Habicht. Mein Vater hat es nie mitbekommen. Er war doch tatsächlich zu dämlich, die Patronen nachzuzählen. Im Gegensatz zu einem Idioten wie ihm denkt ein intelligenter Mann an alle Eventualitäten.« Lohe legte das Messer weg und öffnete einhändig eine Vitrine, in der mehrere Weinflaschen standen. »Ich wusste, dass Nutella8 ein Sicherheitsrisiko ist. Er wird Sie vermutlich zu mir geführt haben.« Er sah Mads aufmerksam an, dann runzelte er die Stirn. »Sagen Sie bitte nicht, dass Sie wegen weiterer Fragen zu meinem Skoda hier sind.«

»Keineswegs«, erwiderte Mads. »Es war Jörn Hansen, der mich zu Ihnen geführt hat.«

Lohe zog überrascht die Brauen hoch. »Dieser geistig behinderte Mongo? Der sich nicht mal die Schuhe zubinden kann? Ich dachte, ich hätte ihn getötet.«

»Da irren Sie sich. Ihm geht es bestens. Außerdem: Er ist kein Mongo. Jörn ist Ihnen weit überlegen, weil er etwas besitzt, was Sie nie besitzen werden.«

»Und das wäre?«

»Empathie.«

Lohe verzog das Gesicht. »Sie sind mir ein wahrer Menschenfreund. Aber genau das ist das Problem in unserer Gesellschaft. Da wird der Bodensatz der Menschheit hofiert, während man Genies wie mich mit Füßen tritt. Die Welt gerät aus den Fugen. Wir haben die falschen Prioritäten.« Seine Worte klangen scharf und hasserfüllt, er sprach aus voller Überzeugung.

Lohe nahm zwei Weingläser und einen Korkenzieher aus der Vitrine und stellte alles auf den Tisch, dabei wirkte er für den Bruchteil einer Sekunde abgelenkt, doch Mads zögerte erneut, sodass die Gelegenheit für einen Angriff verstrich. Zum Schluss stellte Lohe eine Flasche Wein dazu und setzte sich.

»Wollen Sie bitte«, sagte er und zielte dabei auf Mads. Dieser tat ihm den Gefallen. Er öffnete den Wein, ließ ihn kurz atmen, dann schenkte er Lohe und sich ein.

Die Szene war geradezu surreal. Da saß er hier und trank Wein mit einem Sadisten, den er am liebsten sofort getötet hätte.

Lohe nahm das Glas, hielt es unter die Nase, roch daran, dann gönnte er sich einen kleinen Schluck. »Ich hoffe, er schmeckt Ihnen so gut wie mir.«

Mads nahm ebenfalls einen kleinen Schluck. »Gute Wahl«, lobte er Lohe.

»Ich weiß. Ich gebe mich selten mit weniger zufrieden. So wie ich mich auch nicht damit zufriedengeben werde, allein Lena in meinen Besitz zu bringen, denn jetzt habe ich ja noch Sie dazu.« Er sah Mads mit funkelnden Augen an. »Ganz ehrlich, ich freue mich unglaublich darüber. Vor allem, dass wir jetzt ein Pläuschchen halten. Als ich Sie das erste Mal auf dem Fahrrad gesehen habe, habe ich sofort das Verlangen verspürt, auszuprobieren, wie es wohl wäre, mit Ihnen ein Gläschen Wein zu trinken und über Gott und die Welt zu philosophieren. Ich fragte mich, ob Sie ein gebildeter, belesener und interessierter Mensch sind oder ob Sie nur eine schöne Schale haben.«

»Also wollen Sie doch in Wirklichkeit mich. Bitte, Sie haben mich. Es gibt keinen Grund mehr, Ella weiter gefangen zu halten«, antwortete Mads.

»Sie verdrehen die Wahrheit. Ich habe Ella befreit. Sie ist mein Gast. Ich würde einem Kind niemals wehtun, schließlich war ich auch einmal ein Kind. Ich bin kein Kinderficker wie dieser Nutella8. Ich habe Ella aus den Fängen ihrer bösen Mutter befreit.«

»Alma war keine böse Mutter. Sie hat ihre Tochter geliebt und Ella hat sie geliebt«, erwiderte Mads.

»Wenn Sie sich da mal nicht irren. Was wissen Sie schon über deren Beziehung? Erwachsene sind exzellente Lügner. Damals haben Freunde, Bekannte, Ärzte und Lehrer auch geglaubt, dass meine Eltern gute Eltern wären. Dass ich das Problem sei und nicht ihr Egoismus, ihre Gleichgültigkeit mir gegenüber. Menschen lügen ab dem Moment, in dem sie erwachsen werden.«

»Es tut mir leid, dass Sie eine schwierige Kindheit hatten, trotzdem gibt Ihnen das nicht das Recht Ella gefangen zu halten.«

»Ich halte Sie nicht gefangen«, wurde Lohe laut, beruhigte sich aber sofort wieder. »Ella ist gerne bei mir. Weil ich sie in kein Korsett zwinge, ich verlange von ihr nicht, jemand zu sein, der sie nicht ist. Ich bin ihr mehr Mutter und Vater, als es ihre leiblichen Eltern je sein könnten. Warum hat sich denn der Vater verpisst, wenn die Eltern sie so lieben? Warum lebte sie allein?«

»Ihre Eltern haben sich getrennt, das geschieht manchmal. Außerdem hat sie nicht allein gelebt. Sie lebte bei Alma. Sie sollten besser recherchieren, bevor Sie ein glückliches Kind entführen!«, stellte Mads klar. Er fragte sich, woher Lohe die Information über die Trennung hatte.

Lohe grinste und legte den Kopf etwas schräg. »Wieso recherchiert?«

»Sie werden die Frauen doch nicht vollkommen unüberlegt ermordet haben.«

»Dummerchen.« Lohe schüttelte schulmeisterlich den Kopf. »Ich recherchiere nicht, es sind keine geplanten Taten. Diese Frauen sind dazu bestimmt, durch meine Hand zu sterben. Manche würden es Schicksal nennen, aber ich glaube nicht an Schicksal. Es ist ihr Duft, der mir verrät, dass sie es sind, die ich besitzen muss, die ich als meinen Besitz markieren und zerstören muss. Das ist übrigens kein Verbrechen. Seinen Besitz darf man zerstören.«

Das Ganze wurde immer obskurer. Mads fragte sich, ob Lohe seine Worte tatsächlich glaubte oder ob er sich das alles nur einredete, um seine abscheulichen Taten zu rechtfertigen.

»Deswegen also die zwanzig Stiche«, sagte Mads. »Es sind Ihre Initialen. Sie glauben, dass man Menschen wie Tiere brandmarken kann.«

»Warum nicht? Es gab eine Zeit, in der in Amerika mit dieser Methode Sklaven als Besitz markiert wurden. Aber in meinem Fall ist es viel mehr. Ich signiere mit den Taten meine Identität, ich mache mich dadurch unsterblich.«

»Sie sind ein sehr kranker Mann«, platzte Mads heraus.

»Das habe ich schon oft gehört«, sagte Lohe und lachte. »So oft, dass ich irgendwann begriff, dass nicht ich krank bin, sondern die Gesellschaft. Mein Vater hat mich von Arzt zu Arzt gescheucht, weil ich nicht so war wie er. Statt sich daran zu erfreuen, dass er einen besonderen Sohn hatte, zeigte er Angst vor mir. Und meine Mutter?« Er zog die Nase hoch und seine Augen wurden schmal. »Sollte eine Mutter ihr Kind nicht beschützen? Ist Mutter nicht ein anderer Name für Gott? Ich denke schon. Wenn man an Gott glaubt, sollte man das erkennen. Aber meinen Sie, dass meine Mutter sich meinem egoistischen Vater je in den Weg gestellt hat? Dass sie mich beschützt hat? Nein, sie war viel zu sehr mit sich selbst beschäftigt. Hat es einfach geschehen lassen und sich als Belohnung von anderen Männern ficken lassen, wenn der alte Herr auf Montage war.« In seiner Stimme lag Verachtung, aber auch Enttäuschung und sehr viel Wut.

»Trotzdem hat das alles nichts mit Ella zu tun«, beharrte Mads, er wollte kein Verständnis für Lohe vorheucheln.

»Doch, hat es. Sie wollen es nur nicht kapieren. Ich bin Ella. Ich bin alle Kinder dieser Welt«, brüllte Lohe. Ella zuckte kurz zusammen bei diesem Ausbruch. Die ganze Zeit davor hatte sie komplett teilnahmslos dagesessen.

»Was muss ich tun, damit Sie Ella gehen lassen?«

»Sie wird nicht gehen. Ich brauche sie als Tauschobjekt gegen Lena.«

Mads war fassungslos. Nahm Lohe wirklich an, dass es zu diesem Tausch kommen würde, obwohl er als Polizist ihm gerade gegenübersaß?

Lohe leerte sein Glas, dann fixierte er Mads mit seinem Blick. »Machen Sie mich nicht wütend und enttäuschen Sie mich nicht, sonst puste ich Sie weg. Ihr schönes Gesicht wird nur noch Matsch sein.« Er hielt die Waffe weiterhin auf Mads' Kopf gerichtet.

»Ich möchte Sie nicht wütend machen«, versuchte Mads, den Druck aus dem Gespräch zu nehmen.

»Gut, sehr gut, das wäre nämlich ein sehr großer Fehler. Soll ich Ihnen ein kleines Geheimnis anvertrauen?«

Mads schaute Lohe schweigend an.

»Ich habe Bekanntschaft mit Ihrer Oma gemacht.«

»Mit meiner Oma?«, entfuhr es Mads.

»Genau, mit Ihrer Oma. Die liebe Jutta und ich haben uns auf der Niendorfer Seebrücke kennengelernt. Zu gerne hätte ich ihr das Messer in die Brust gerammt, aber diese Fotze von Journalistin kam dazwischen.« Er lachte abfällig.

Mads kochte innerlich. Zu wissen, dass dieser Wahnsinnige beinahe seine geliebte Großmutter ermordet hätte, ließ eine Wut in ihm aufsteigen, die er schwer kontrollieren konnte. Dass Emma sie gerettet hatte, war nur ein schwacher Trost. Wann würde er endlich die Möglichkeit haben, den Wahnsinnigen zu überwältigen? Er sah zu den Weingläsern, sie waren beide leer.

»Möchten Sie?«, fragt er.

»Zu einem zweiten Gläschen sage ich nicht Nein.«

Mads schenkte nach und Lohe nahm einen kleinen Schluck. Mads tat es ihm gleich.

»Ein Schlückchen Wein kann die Welt zum Stillstand bringen«, stellte er fest. »Ich habe Menschen wie Sie immer zugleich beneidet und gehasst. Beneidet wegen Ihres Genpools. Schön zu sein, ist keine Leistung, es ist allein das Resultat von Genen. Ich hatte leider nicht das Glück, deswegen habe ich schöne Menschen zeitlebens gehasst, weil sie arrogant sind und sich so aufführen, als wären sie bessere Menschen. Sind sie aber nicht. Die wahren Herrscher sind Menschen wie ich. Intelligente Menschen. Schon lange frage ich mich, ob schöne Menschen auch intelligent sein können. Bisher bin ich keinem solchen begegnet, vermutlich kann man eben nicht beides haben. Oder glauben Sie, dass Sie intelligent sind, Herr Johannsen?«

»Das müssen andere entscheiden«, erwiderte Mads. »Das ist mir auch nicht wichtig. Ich versuche, ein empathischer Mensch zu sein. Mein Umfeld gut zu behandeln, Menschen mit Respekt zu begegnen.«

Lohe lachte. »Ein Gutmensch.« Er lachte noch lauter, sein Blick wirkte wirr. »Sie und ein Gutmensch, das kann ich mir schwer vorstellen.« Er lachte immer lauter, dann klatschte er in die Hände. Bei dieser Bewegung drehte sich der Lauf der Waffe nach oben und Mads zögerte keine Sekunde. Er machte sich lang und schlug gegen die Waffenhand von Lohe.

Dieser war von dem Angriff so überrascht, dass ihm die Waffe fast aus der Hand gefallen wäre. Noch ehe er den Lauf wieder auf Mads richten konnte, war dieser aufgesprungen und hieb mit der rechten Faust auf das Gesicht des Psychopathen ein.

Lohe wankte, die Waffe in der Hand. Mads sprang über den Tisch, packte Lohe und stürzte mit ihm zu Boden.

Lohe schoss, verfehlte Mads jedoch und sofort drückte Mads die Hand, in der Lohe die Waffe hielt, zur Seite. Es war, als wäre die Waffe an seinen Fingern festgeklebt. Wieder fiel ein Schuss.

Mads schlug erneut auf die Hand, doch plötzlich durchfuhr ein Schmerz seinen Körper. Lohe hatte es irgendwie geschafft, ihm das Knie in den Intimbereich zu rammen.

Mads war kurz benommen und musste nun selbst ein paar Schläge einkassieren, sodass er nach rechts rollte und Lohe sich befreien konnte. Dieser zögerte nicht und schoss auf Mads' Brust, dann schoss er noch einmal.

Mads lag mittlerweile auf dem Rücken. Auch der zweite Schuss traf.

Lohe lachte und stellte sich über Mads. »Schachmatt!«, rief er mit weit aufgerissenen Augen. »Wirklich schade, dass Sie so sterben müssen, Herr Johannsen. Zu gerne hätte ich Sie und Ihre Schwester gemeinsam in meiner Obhut gehabt. Das ein oder andere Gläschen bei einem weiteren netten Pläuschchen wäre sicher drin gewesen. Aber nein, Sie mussten ja den Helden markieren. Wie dumm von Ihnen. Sie sind kein Held, sondern ein dämlicher Polizist!«

Lohe zielte jetzt auf Mads' Kopf, um ihm den finalen Todesschuss zu verpassen, doch Mads trat, ohne lange zu überlegen, mit dem rechten Fuß gegen Lohes Bein.

Dieser wankte und schoss im Sturz, verfehlte ihn jedoch.

Mads stürzte sich auf Lohe, setzte sich auf seinen Bauch und hielt dessen Hand mit der Waffe fest. »Unterschätzen Sie nie einen Johannsen«, sagte er und landete einen harten Treffer auf Lohes Hand. Endlich ließ dieser die Waffe los.

Wie von Sinnen prügelte Mads auf den am Boden Liegenden ein, seine Fäuste gingen wie ein Platzregen auf Lohes Gesicht nieder.

Lohe lachte. Er lachte wie ein Besessener, während Mads' Zorn nicht abebben wollte, er hieb weiter auf ihn ein.

Irgendwann verstummte Lohe. Mads wollte gerade zu einem weiteren Schlag ausholen, da stoppte er und sammelte sich. »Sie werden hier nicht sterben, so einfach kommen Sie nicht davon. Sie Psychopath. Sie werden leiden im Knast, ich werde dafür sorgen, dass diese Jahre zu einer einzigen Hölle werden.«

»Mads, Mads«, hörte er da eine ihm vertraute Stimme. »Ich habe Schüsse gehört. Geht's dir gut?«

Sein Onkel stand plötzlich vor ihm, die Waffe in der Hand.

»Du kommst zu spät, Onkel«, antwortete Mads schmunzelnd und versuchte, den Schmerz in der Brustgegend zu ignorieren. Er trug zwar eine schusssichere Weste, die ihm das Leben gerettet hatte, aber trotzdem hatte er sicherlich einige Blutergüsse und Prellungen davongetragen, die einige Tage schmerzen würden. Er stand auf. »Keine Sorge, ich habe die kugelsichere Weste an.« Mads lachte, verzog dabei aber vor Schmerz kurz das Gesicht. »Und gib mir bitte keinen Einlauf, dass ich auf dich hätte warten müssen.«

Gustav schaute seinen Neffen nur an, seine Augen waren feucht. »Den wird es nicht geben. Du hast getan, was ein Johannsen tut. Das war klug und mutig von dir. Deswegen sind wir bei der Polizei, um Menschenleben zu retten.« Dann eilte er zu Ella, um sie von den Fesseln zu befreien.

»Lächerlich kitschig«, hörte Mads Lohe unter Schmerzen keuchen. Er schleppte sich Richtung Waffe, kam aber kaum voran.

Mads hielt ihn auf. »Ich nehme Sie fest, Sie Dreckskerl.«

67

Einige Tage später

Oswald Lohe hatte jede Kooperation mit der Polizei und dem Staatsanwalt abgelehnt und seit seiner Verhaftung kein Wort gesagt. Allerdings waren die Beweise gegen ihn dermaßen erdrückend, dass kein Zweifel daran bestand, dass er für sehr lange Zeit hinter Gitter wandern würde.

Mads saß mit Lena in Gustavs Büro. Ihr Onkel beendete gerade sein Telefonat.

»Rasmus Kristiansen und ich sind zu der Übereinkunft gekommen, dass Kopenhagen uns keinen Mitarbeiter mehr schickt, die Kollegin wäre morgen angereist. Da wir den Täter glücklicherweise früher gefasst haben, ist das nicht mehr nötig.«

»Welche Kollegin wäre denn gekommen?«, fragte Lena.

»Rikke Stage.«

Lena grinste verschmitzt und schaute Mads an.

»Habe ich was verpasst?«, fragte Gustav, der Lenas Reaktion augenscheinlich nicht deuten konnte.

»Nein, nichts«, versuchte Lena zu beschwichtigen.

»Sag nicht, dass Mads etwas mit ihr hatte?« Gustav schüttelte verärgert den Kopf.

»Hatte ich nicht, Onkel«, antwortete Mads. »Lena zieht mich nur auf.« Doch das war gelogen. Mads hatte wirklich eine kurze heimliche Affäre mit ihr gehabt, und Lena hatte das zufällig herausgefunden, aber glücklicherweise für sich behalten. Der Gedanke an Rikke bereitete ihm ein Kribbeln im Bauch. Sie war so ganz anders als Daniela. Sie war direkt und hielt sich nicht mit Höflichkeiten auf. Schnell hatte sie gezeigt, dass sie Mads wollte, und am Ende hatte sie ihn auch bekommen.

Insofern war Mads froh, dass sie nicht kam, weil er nicht dafür garantieren konnte, dass er die Finger von ihr lassen würde. Erst recht nicht, wenn sie das Ganze noch forcierte. Und Rikke war eine emanzipierte und selbstbewusste Frau, die kein Problem damit hatte, sich zu nehmen, worauf sie Lust hatte. Ganz anders als Daniela, die eher schüchtern war. Oder Emma, die sich viel zu viele Gedanken machte. Diese Unbeschwertheit von Rikke hatte ihn damals magisch angezogen und wie er hatte auch sie keine Beziehung gewollt.

Das lag mittlerweile ein paar Jahre zurück, und Mads war in einem Alter, wo er sich eine feste Beziehung wünschte, Familie und eigene Kinder. Die perfekte Frau dafür hatte er auch. Es war allerdings nicht Daniela, sondern Emma, doch sie hatte bislang nicht durchblicken lassen, dass sie sich mit Mads etwas Ernstes vorstellen konnte.

»Mads, es ist mir egal, ob du irgendwann mal was mit ihr hattest oder nicht, aber zukünftig möchte ich nicht, dass du eine Affäre mit Kolleginnen anfängst. Du bist doch kein Teenager mehr.«

»Sollte ich hinbekommen.«

Lena lachte.

»Ich meine es ernst«, sagte Gustav mahnend, dann fuhr er fort: »Genug über dein Liebesleben geredet.« Er sah die beiden aufmerksam an. »Das war gute Arbeit, ich bin stolz auf euch. Vor allem, dass wir Ella lebend gefunden haben, ist eine hervorragende Leistung. Ihr könnt euch die nächsten Tage freinehmen. Derzeit fällt eh nicht viel an.«

»Danke«, sagte Lena. Mads nickte nur. »Jörn gebührt aber auch Dank.«

»Da hast du recht. Seinetwegen konnten wir Lohe überhaupt fassen. Trotzdem habt ihr das Lob absolut verdient. Gestern kamen noch ein paar interessante Informationen über Lohe rein. Er leidet seit seiner Kindheit an verschiedenen psychischen Störungen, an einer Form des Aspergersyndroms in

Verbindung mit Persönlichkeitsstörungen aus dem Borderlinebereich. Sein Vater hat ihn von Arzt zu Arzt und zu unzähligen Therapeuten geschleppt, damit er lernte, wie ein kleiner normaler Junge zu funktionieren. Auslöser soll wohl gewesen sein, dass Lohe, als er mit seinem Vater einen Zeichentrickfilm schaute, nicht gelacht habe. Daraufhin begann die Odyssee für den Jungen. Laut den Unterlagen soll er überdurchschnittlich intelligent, aber ein Eigenbrötler sein. Er hat Mathe und Informatik studiert und mit Auszeichnung abgeschlossen.«

»Ist das nicht immer so, dass Autisten Inselbegabungen haben?«, fragte Mads. »Dass sein Vater ein schlechter Mensch war, rechtfertigt übrigens nicht, dass er vier Frauen ermordet hat.«

»Davon war ja auch keine Rede. Es ging nur um seine Krankenakte«, entgegnete Gustav.

»Was ist mit den Söldnern und Knud Larsen?«, fragte Lena.

»Der Halter des SUVs mit dem Hamburger Kennzeichen wurde heute ausfindig gemacht, die Kollegen aus Hamburg nehmen sich der Sache an. Sollten sie eine Zeugenaussage benötigen, werden sie uns kontaktieren. Ich habe morgen ein Gespräch mit Knud, dabei werde ich ihm unmissverständlich klarmachen, dass wir die Daten der Söldner wollen, die er angeheuert hat. Bisher hat zwar nur sein Anwalt geantwortet, aber jetzt hat Knud endlich einem persönlichen Gespräch zugestimmt.«

»Machen wir uns nichts vor. Sobald er zurück in Dänemark ist, wird es auf ein Bußgeld hinauslaufen«, bemerkte Lena. »Oder glaubst du, jemand wie er landet dafür im Gefängnis?«

»Vermutlich nicht. Trotzdem dürfen wir nicht resignieren, und ich werde ihm deutlich zu verstehen geben, dass in Deutschland die Polizei für die Verbrechensbekämpfung zuständig ist.«

»Was ist mit dem Deal für Kornoth? Ich habe heute gehört,

dass er nicht nur Fotos und Videos angeschaut hat, sondern auch dabei war, als ein Kind missbraucht wurde«, sagte Mads. Tim hatte ihm das an diesem Morgen bei einem Telefonat verraten.

»Die Information stimmt«, bestätigte Gustav. »Tim wertet gerade die Dateien aus, auf die er gestern gestoßen ist. Es gibt einige Videos, die ihn genau dabei zeigen. Wie es ausschaut, gibt es eine Verbindung nach Bergisch-Gladbach. Sollten sich die Videos als echt erweisen, ist unsere Vereinbarung nichtig und Kornoth wird hoffentlich für sehr lange Zeit im Gefängnis landen.«

»Am besten gleich kastrieren«, rutschte es Mads heraus. Er hatte mit diesen Menschen kein bisschen Mitgefühl. Tim, der sich die Videos anschauen musste, war nicht zu beneiden.

»Glaubst du, dass du damit das Problem lösen würdest?«, hakte Lena ein.

»Viele würden es sich zweimal überlegen, ob sie sich an einem Kind vergehen, wenn sie wissen, was für Strafen ihnen blühen. Unsere Rechtsprechung ist in der Beziehung ein Witz«, beharrte Mads.

»Das liegt nicht in unserem Einflussbereich. Wir sind Polizisten und konzentrieren uns darauf, diese Mistkerle festzunehmen«, entgegnete Gustav. »Auch wenn ich dich verstehe. Es ist geradezu erschreckend, wie einfach es für solche Menschen ist, sich an Kindern zu vergehen. Ich habe vorhin mit Kristina Bender, der Chefin von Lasse Brandt, telefoniert, die die Ermittlungen in dem Missbrauchsskandal in Bergisch-Gladbach leitet. Dank der Kölner Polizei wurden fünfundsechzig Kinder identifiziert und aus den Missbrauchssituationen befreit. Das jüngste Opfer war drei Monate alt. Der eigene Onkel hatte das Kind nicht nur missbraucht, sondern anderen zum Missbrauch angeboten.« Gustav brach ab, sein Mund war angewidert verzerrt. »Dass Schlimmste ist ja, dass dieser Missbrauch mitten in unserer Gesellschaft stattfindet. Ihr glaubt sicher so wenig wie ich, dass durch solche Ermittlungen eine große Abschreckung erfolgen wird.« Gustav schüttelte den Kopf. »Es wird weiter Missbrauch an Kindern geben, immer wieder, und es wird unser Job sein, diese Bastarde zu erwischen und festzunehmen. Deswegen sind wir alle, die wir hier sitzen, Polizisten geworden.«

Mads sah seinem Onkel an, dass ihn das alles nicht kaltließ, doch welchen normalen Menschen ließ der Missbrauch an Kindern schon kalt? Leider musste er seinem Onkel recht geben. Solange es Menschen gab, würde es auch Missbrauch an Kindern geben.

Gustavs Bürotelefon klingelte. Er nahm das Gespräch an, sprach kurz und legte dann wieder auf.

»Wer war das?«, fragte Mads.

»Das war die JVA. Oswald Lohe möchte sich mit dir und Lena unterhalten.«

»Ich fahre hin. Lena muss sich das nicht antun.«

»Laut dem Direktor möchte er entweder mit euch beiden oder überhaupt nicht sprechen. Er ist bereit, ein Geständnis abzulegen. Trotzdem, ihr müsst das nicht tun. Wir haben genug Beweise, die dafür sorgen werden, dass er nie wieder auf freien Fuß kommt.«

»Doch. Ich fahre mit Mads in die JVA«, sagte Lena.

»Sicher?«, fragte Gustav.

»Ganz sicher. Du hast selbst gesagt, dass wir alle Polizisten geworden sind, um die bösen Jungs festzunehmen. Wie kann ich da kneifen?«

Mads wollte etwas erwidern, aber Gustav fiel ihm ins Wort. »Du hast recht. Fahrt in die JVA und holt euch das Geständnis.« Er sah auf die Uhr an der Wand. »Ich bin gleich mit Albert verabredet. Ihr könnt mich telefonisch erreichen.«

68

Oswald Lohe freute sich. Etwas, was selten in seinem Leben geschah. Er saß im Verhörraum und wartete auf seinen Besuch.

Die Tür wurde geöffnet und die beiden Polizeibeamten traten ein.

Lohe stand von seinem Stuhl auf.

»Es freut mich außerordentlich, dass Sie auf mein Angebot eingegangen sind«, sagte er und spürte, dass er sich unglaublich zügeln musste, denn mit einem Mal war er berauscht, ja wie von Sinnen. Lena verströmte einen Duft, der ihn für einen Moment nicht klar denken ließ. Wie gerne hätte er sich auf sie gestürzt und sie getötet.

Leider war das unmöglich.

»Es ist das Parfüm, nicht ihr Körpergeruch«, stellte Lena fest.

Er musste sich kurz sammeln, augenscheinlich war ihr seine Verwirrung nicht entgangen. »Was für ein Parfüm?«, fragte er dann.

»Das Parfüm, das Sie dazu veranlasst hat, die Frauen auszusuchen. Hat Ihre Mutter das Parfüm getragen?«

»Ich verstehe Sie nicht.« Er spürte eine unangenehme Unsicherheit. Warum erwähnte sie seine Mutter? Woher wusste sie, welches Parfüm sie aufgelegt hatte?

»Trug Ihre Mutter Jil Sander Sun?«, fuhr Lena fort.

»Ich habe Sie nicht zu mir eingeladen, damit wir über den Duft meiner Mutter sprechen«, wurde Lohe laut. Das Gespräch verlief nicht so, wie er sich das vorgestellt hatte.

»Sie wollten ein Geständnis ablegen«, erklärte Mads sachlich und nahm Platz, Lena blieb in ihrem Rollstuhl sitzen. »Zu Ihrer Information, dieses Gespräch wird aufgezeichnet.«

»Es gibt kein Geständnis. Ich wollte Sie nur beide sehen und Ihnen erklären, warum diese Frauen sterben mussten. Ich möchte nicht, dass Sie glauben, ich wäre ein Monster. Bei der einen haben Sie sogar dazu beigetragen, dass ich sie töten musste.«

»Wir? Wie kommen Sie auf diesen Unsinn?«, reagierte Mads aufgebracht.

Wie leicht manipulierbar der Schönling doch war, wie leicht er sich aus der Reserve locken ließ. Seine Emotionen waren seine größte Schwäche.

»Wie Sie wissen, war ich in der *Jungen Bäckerei* in Timmendorfer Strand, als Sie sich mit dieser verlogenen Yeliz unterhalten haben. Es war ein Leichtes, mir Zutritt zu ihrer Wohnung zu verschaffen, ich musste ihr nur sagen, dass ich von Ihnen komme.« Er bewegte seine Mundwinkel nach oben. »Sie waren der Schlüssel«, fügte er hinzu und bemühte sich, seine Lippen in dem festgefrorenen Grinsen verharren zu lassen. Er wollte ihnen zeigen, dass er lachte, dass er sich freute. »Sie glauben gar nicht, wie einfach es ist, sich Zutritt zu den Wohnungen Fremder zu verschaffen. Sie müssen gar nicht einbrechen. Klingeln reicht und Ihnen wird geöffnet.«

»Haben Sie deswegen Ella entführt, weil nicht die Mutter Ihnen die Tür geöffnet hat, sondern Ella, und Sie sie nicht töten wollten?«, fragte Mads.

Lohe applaudierte. »Sie haben einiges von unserem Gespräch behalten, Sie scheinen ein guter Zuhörer zu sein. Trotzdem ist das nicht ganz richtig. Ich sagte Ihnen auch, dass ich Ella aus den Fängen ihrer bösen Mutter befreit habe.«

»Hat Ella Ihnen die Tür geöffnet?«, wiederholte Mads.

»Das hat sie und damit blieben mir nur zwei Möglichkeiten: Ella töten oder sie mitnehmen. Da ich kein Monster bin, habe ich mich für die zweite Option entschieden.« Ein Gackern löste sich aus seiner Kehle. »Ich wiederhole für die Aufzeichnung: Ich habe Ella nicht getötet, weil ich kein Monster und elender Kinderficker wie Nutella8 bin. Mir wurde gezwitschert, dass er mich verraten hat.«

»Wer erzählt Ihnen so einen Unsinn?«, empörte sich Mads.

»Also ist es wahr. Glauben Sie wirklich, dass diese Wände wichtige Informationen vor mir geheim halten können? Richten Sie dem Judas Grüße von mir aus und dass er sehr bald ein toter Mann sein wird.«

»Damit sollten Sie nicht scherzen«, sagte Lena.

»Ich scherze nicht. Was habe ich denn zu verlieren? Mir droht eine Sicherungsverwahrung, dabei habe ich nur das getan, was Menschen, seit sie denken können, tun: ihr Revier und ihre Interessen schützen. Die Menschheitsgeschichte ist doch gepflastert mit Bergen von Leichen. Was glauben Sie, was vier Frauen da noch ausmachen? Nichts. Nicht mal einen Fliegenschiss macht das aus.«

»Haben Sie Jasmin Lupzig ermordet, weil sie Yeliz abholen wollte?«, fragte Lena.

»Gut geschlussfolgert. Was musste diese Trulla auch an der Tür klingeln, bevor ich weg war? Wieder einmal stand ich vor der Wahl: töten oder mitnehmen. Das Schicksal entschied für Tod.« Er hob erneut die Mundwinkel.

»Susanne Bahr konnten Sie nur töten, weil Jörn Ihnen in seiner Gutgläubigkeit verraten hat, wo Anna wohnt. Sie sind zu ihrer Wohnung gegangen und haben sie nicht angetroffen, wollten aber auch nicht nach Hause. Das Verlangen, sie zu töten, war riesig. Es hat Ihnen keine Ruhe gelassen. Sie sind an den Strand gegangen und dort Jörn über den Weg gelaufen, da überkam Sie plötzlich die Panik, dass er Ihnen gefährlich sein könnte, weil er Ihr Gesicht kannte. Sie haben ihm das Messer eiskalt in den Hals gerammt. Danach haben Sie Susanne aufgesucht und sie ermordet.«

»Nun, bis auf die Tatsache, dass ich keine Angst vor einem

Mongo wie Jörn habe, klingt das schon sehr gut. Diese Susanne zu töten, war nicht schwerer als bei den anderen. Ich musste nur an ihrer Tür klingeln, und da sie mich mit Jörn gesehen hat, hat sie überhaupt keinen Verdacht geschöpft. Der Rest ist Geschichte. Ich bin immer wieder überrascht, wie leichtgläubig und naiv die Menschen doch sind.«

»Und das alles nur, weil Sie Ihre Mutter gehasst haben? Weil Sie Ihre Mutter dafür verantwortlich machen, dass Ihr Vater Ihnen keine Liebe geschenkt hat?«, fragte Mads.

»Sie irren sich«, wurde Lohe laut. »Ich habe weder meine Mutter noch meinen Vater gehasst. Ich habe es nur gehasst, ihr Kind zu sein. Sie waren nicht qualifiziert genug, mich zu erziehen. Mein Vater war ein herzloser Mensch, ein Narzisst, der einzig und allein an sich dachte, nur meine Mutter trug Liebe in sich. Ich habe immer wieder gesehen, wie sie sich hübsch machte, sich derart mit diesem Nuttenparfüm von Jil Sander einsprühte, dass ich kaum atmen konnte, damit sie ihre Affären betören und lieben konnte. Und das immer nur, wenn der alte Herr nicht zu Hause war. Sie hat nicht nur ihn betrogen, sondern auch alle guten Mütter dieser Welt!«

Er konnte kaum noch einen klaren Gedanken fassen. Die Erinnerungen an seine Mutter ließen eine Wut in ihm aufsteigen, die er nicht beherrschen konnte.

»Und weil die Frauen das gleiche Parfüm trugen, mussten sie sterben«, ließ sich Lena vernehmen. »Sie wollten damit also Ihre Mutter bestrafen, sich dafür rächen, dass sie Sie im Stich gelassen und nicht geliebt hat.« Lenas Worte klangen weder vorwurfsvoll noch laut oder von oben herab. Ihre Stimme klang wie die von Mads. Sie äußerte lediglich eine Feststellung, die ihm ein Lächeln entlockte.

»Wollen wir nicht alle geliebt werden? Dreht sich am Ende nicht alles nur um die Liebe?«, fragte er und fixierte sie mit seinem Blick.

»Das rechtfertigt nicht, vier Frauen zu ermorden und ein Mädchen gefangen zu halten«, wurde Mads deutlich.

»Sie können viel von Ihrer Schwester lernen, Mads. Sie ruht in sich und ist sehr weitsichtig.«

»Hat es nicht gereicht, sie zu töten, mussten Sie ihnen auch noch den Finger abschneiden, um eine Trophäe zu besitzen?«, entfuhr es Mads.

Lohe lachte müde. Mads war ihm nicht ebenbürtig, Lena schon. Sie schien einen klaren und scharfen Verstand zu besitzen.

»Entspannen Sie sich«, erwiderte er. »Ich glaube, es wird Zeit, dass wir zum Ende kommen. Der wahre Grund, dass ich Sie beide sprechen wollte, war nicht, weil ich ein Geständnis ablegen, sondern weil ich Ihnen einen Gefallen erweisen möchte.«

»Sie müssen uns ganz bestimmt keinen Gefallen erweisen«, giftete Mads.

»Seien Sie nicht so voreilig. Hören Sie sich doch erst mal an, was ich zu erzählen habe. Oder interessiert es Sie nicht, wer Ihren Vater getötet hat?«

»Woher wollen Sie wissen, wer unseren Vater ermordet hat?«, reagierte Mads ungehalten.

Der kleine Johannsen belustigte ihn. Sich so überlegen zu fühlen, war schön. Mads fraß ihm ja regelrecht aus der Hand.

»Sie haben keine Ahnung, was man so alles im Darknet findet. Jemand hat mit dem Mord an Ihrem Vater geprahlt.«

»Wer?«

»Das herauszufinden, überlasse ich Ihnen und Ihrer Schwester. Leben Sie wohl.«

Damit lehnte er sich in seinem Stuhl zurück, um für lange Zeit zu schweigen. Er hatte sein Ziel erreicht. Mads würde keine Ruhe finden, bis er herausbekäme, ob seine Aussage stimmte oder nicht.

69

»Ihr seid über euch hinausgewachsen«, stellte Albert Lange fest. Er saß Gustav gegenüber im Restaurant Wolkenlos.

»Vor allem Lena, Mads und Tim«, korrigierte Gustav.

»Stell dein Licht nicht unter den Scheffel, alter Freund. Du hältst den Laden zusammen und gibst die Marschroute vor. Ich bin sehr erleichtert, dass wir den Mörder so schnell verhaften konnten.«

»Deine Saison ist gerettet«, erwiderte Gustav.

»Höre ich da etwa Sarkasmus heraus?«

Gustav trank einen Schluck Rotwein und blieb Albert die Antwort schuldig. Stattdessen sagte er: »Ich muss dich etwas fragen, und ich möchte, dass du mir die Wahrheit sagst.«

»Ich sage dir immer die Wahrheit.«

Gustav lachte spöttisch und fragte: »Hast du Larsen den Tipp mit Sokolow gegeben?«

»Habe ich nicht. Warum sollte ich?«

»Weil du gehofft hast, dass Sokolow der Täter ist und du damit deine Saison rettest.«

»Traust du mir das wirklich zu?«, fragte Albert und warf ihm einen prüfenden Blick zu.

»Ohne mit der Wimper zu zucken. Gibst du mir dein Wort, dass du es nicht warst?«

»Wen juckt das jetzt noch? Ihr habt Oswald Lohe überführt. Warum bohrst du in der Vergangenheit rum?«, sagte Albert leichthin.

»Vergangenheit? Das Ganze ist erst ein paar Tage her. Warst du es?«

»Nein, war ich nicht. Außerdem geht es dich nichts an, was

Larsen und ich besprechen. Das ist privat. Oder mische ich mich in deine Ermittlungsarbeit ein?«

»Das tust du, und zwar in dem Moment, in dem du Larsen Hinweise aus unseren Ermittlungen weitergibst«, giftete Gustav zurück. Er glaubte Albert nicht.

»Warum fragst du Knud nicht selbst?«

»Das werde ich. Wir treffen uns morgen. Aber wie ich ihn kenne, wird er kein Wort über die Sache verlieren.«

»Weil er wie wir ist. Ein Mann der alten Schule. Mensch, Gustav, wirf diese Last von deinen Schultern ab. Du bist hier als mein ältester Freund und nicht als Leiter der Ostseekriminalpolizei. Wir haben den Mistkerl, und die paar Prügel, die dieser Sokolow bezogen hat, haben ihm sicherlich nicht geschadet.«

»Woher weißt du, dass er zusammengeschlagen …« Gustav brach ab. »Vergiss es. Aber diese Dinge müssen aufhören. Irgendwann bekommen wir beide mächtig Ärger.«

»Lass uns über Angenehmeres sprechen«, versuchte Albert abzulenken. »Schon mal darüber nachgedacht, dass es diese Falk gewesen sein könnte?«

»Sie kann es nicht gewesen sein. Mads hat mit ihr nicht über Sokolow gesprochen.«

»Und du glaubst ihm?«

»Das tue ich.«

»Obwohl wir uns länger kennen?«

»Weil er mein Sohn …«, rutschte es Gustav heraus, doch er korrigierte sich sofort. »… mein Neffe ist.«

»Wir alle tragen Geheimnisse mit uns herum. Auch Mads, du und ich. Wirst du ihm je die Wahrheit erzählen?«

»Er darf die Wahrheit niemals erfahren. Ich werde weder das Andenken an meinen Bruder noch das an meine Schwägerin beschmutzen.«

»Kann ich gut verstehen, aber hast du nicht das Bedürfnis, es ihm endlich zu sagen? Belastet es dich nicht? Vielleicht wird Mads es verstehen.«

»Nein, tut es nicht. Die Zeit heilt alle Wunden, und solange Mads und Lena bei mir sind, weiß ich, dass ich sie beschützen kann und mir keine Sorgen machen muss.«

»Ich glaube, Mads weiß gar nicht zu schätzen, was für ein toller Onkel du bist.«

»Mads weiß das sehr wohl, er ist nur zu emotional und ein ausgemachter Dickkopf.«

»Wie sein Vater«, antwortete Albert und gönnte sich ebenfalls einen Schluck Wein.

Der Gedanke, dass Mads wie er war, gefiel ihm, und tief in sich spürte er den sehnlichen Wunsch, Mads die Wahrheit zu sagen, aber er wusste, welches Erdbeben das auslösen könnte. Mads hatte seinen Vater über alles geliebt und zu ihm aufgeschaut, ebenso zu seiner Mutter. Er wollte dieses Bild nicht zerstören, außerdem hatte er sich längst an die Rolle des Onkels gewöhnt. Mads die Wahrheit zu sagen hieße zugleich, auch andere Geschehnisse anzusprechen. Ein Ding der Unmöglichkeit.

»Wenn das mal kein schöner Zufall ist«, holte Albert ihn aus seinen Gedanken.

»Knud!«, sagte Gustav. Der Däne betrat gerade das Restaurant. Albert winkte ihn an den Tisch, stand auf und begrüßte ihn auf Englisch. Gustav tat es ihm gleich.

»Willst du uns Gesellschaft leisten?«, fragte Albert, um das Gespräch auf Englisch fortzuführen.

»Wenn ich nicht störe, kann ich mich gerne kurz zu euch setzen. Ich wollte mich mit einem alten Freund hier treffen«, antwortete Larsen.

»Du störst kein bisschen.«

Larsen nahm neben Lange Platz.

»Möchtest du ein Glas Rotwein? Der Primitivo ist sehr bekömmlich.«

»Gerne.«

Auf dem Tisch stand noch ein unbenutztes Weinglas, sodass Albert die Flasche nahm und Larsen einschenkte.

»Du hast nicht übertrieben«, sagte Larsen, nachdem er gekostet hatte. »Wie es ausschaut, bist du ein Weinkenner.«

»Nicht nur ich. Gustav und ich sind beide Gourmets.«

»Wenn ihr Tipps für Kopenhagen sucht, lasst es mich wissen«, erwiderte Larsen.

»Danke für das Angebot, ich werde gerne darauf zurückkommen«, stimmte Gustav zu.

Kurz herrschte Stille, dann sagte Albert: »Wir sind alle sehr erleichtert, dass Ella lebt.«

»Dafür werde ich für immer dankbar sein. Gustav, ich muss mich bei dir und dem Bürgermeister bedanken. Ihr habt mir meine Enkelin zurückgebracht.«

»Dafür nicht, das ist unser Job. Die Polizei ist genau für diese Dinge zuständig – im Gegensatz zu einer Söldnertruppe«, konnte sich Gustav eine spitze Bemerkung nicht verkneifen.

»Die Botschaft ist angekommen. Aber was hättest du an meiner Stelle getan? Ella ist alles, was ich habe. Sie ist die Zukunft. Außerdem habe ich keine Söldnertruppe angeheuert, sondern private Ermittler, die sich auf entführte Kinder spezialisiert haben. Das ist völlig legal.«

»Private Ermittler, die einen Unschuldigen fast zu Tode geprügelt haben«, entgegnete Gustav.

»Wofür man mich kaum verantwortlich machen kann«, blieb Larsen unbeeindruckt und gab Gustav damit einen Vorgeschmack auf das Gespräch am kommenden Tag.

»Es gibt für alles Lösungen«, sagte Albert.

»Wie meinst du das?«

»Ich weiß, dass du ein sehr erfolgreicher Bauunternehmer bist.«

»Danke für die Blumen.«

»In meiner Gemeinde stehen einige Veränderungen, Transformationen an. Wir wollen die Gemeinde für eine bestimmte Klientel attraktiver machen. Sagt dir der Name Frank Tackenberg etwas?«

»Du meinst den Investor? Ich habe von ihm gehört, hatte aber noch nicht das Vergnügen.«

»Genau. Er plant ein Fünf-Sterne-Hotel in meiner Gemeinde. Das dürfte dich als Bauunternehmer doch sehr interessieren.«

»Ich hatte Timmendorfer Strand nie so im Fokus. Aber wenn Tackenberg investiert, wäre das in der Tat interessant. Potenzial ist jede Menge vorhanden.«

»Wunderbar. Was hältst du davon, wenn ich ein Kennenlernen organisiere?«

»Das würdest du tun?«

»Selbstverständlich. Für meine Gemeinde sehr gerne sogar.«

»Du bist ein Bürgermeister, wie ich ihn mag. Ungemein pragmatisch. Es wird nicht zu deinem Nachteil sein, wenn du ein Treffen organisierst. Wo ein Hotel dieser Kategorie gebaut wird, ist bestimmt Platz für ein zweites Hotel, ebenso für hochwertige Gastronomie. Ihr habt doch sicherlich noch kein Sternenrestaurant in dieser Gegend, oder?«

»Nein, leider nicht.«

»Da hätte ich eine Idee.«

»Wunderbar.«

Albert war voll in seinem Element und Gustav fühlte sich ziemlich überflüssig.

»Ich muss euch jetzt leider verlassen. Meine Verabredung ist angekommen«, sagte Larsen in diesem Augenblick und stand auf. »Es wäre sehr schön, wenn ich helfen könnte, dass Timmendorfer Strand Sylt den Rang abläuft.«

»Genau das ist mein Ziel.« Albert stand auf, zeigte seine strahlend weißen Zähne und reichte Larsen die Hand zum Abschied. »Und mach dir keine Gedanken wegen dieser Kleinigkeit mit den privaten Ermittlern. Ich werde mich persönlich darum kümmern. Hier klären wir solche Banalitäten mit einem Handschlag.«

»Ich danke dir. Wir verstehen uns.« Larsen schmunzelte.

Gustav stand ebenfalls auf und verabschiedete sich von Larsen. »Du weißt, dass es dumm war, eine private Armee zu beauftragen«, fügte er hinzu. »Du kannst von Glück reden, dass niemand dabei ums Leben gekommen ist und Albert für dich geradesteht.«

»In diesem Moment sprichst du als Polizist, Gustav, aber ich kenne dich. Du bist kein bisschen anders als ich. Ich würde mich freuen, dich und Albert in Kopenhagen begrüßen zu dürfen, vielleicht zu einem Dinner im *Noma*. Ich würde euch sehr gerne einladen, als Dank, dass ihr mir Ella zurückgebracht habt.«

Gustav nickte, er kannte das Dreisternerestaurant, er war vor Jahren dort einmal eingekehrt. Es stand auf Platz eins der fünfzig besten Restaurants der Welt und die Preise waren dementsprechend hoch, doch die Qualität rechtfertigte für einen Genussmenschen wie Gustav diese Investition.

»Du hast dich sehr weit aus dem Fenster gelehnt«, sagte Gustav, nachdem Larsen gegangen war und sie sich gesetzt hatten.

»Ich habe damit soeben einige Jobs für meine Gemeinde geschaffen und jede Menge Steuereinnahmen. Sei nicht so negativ. Du weißt wie ich, dass Larsen am Ende sowieso nur eine Geldbuße bekommen wird. Sobald er in Kopenhagen ist, ist es für den Staatsanwalt schwer, an ihn ranzukommen. Ich verstehe die Aufregung nicht. Larsen wird dank mir Millionen investieren, und wie du eben gesagt hast, ist niemand zu Schaden gekommen.«

Albert hatte recht, das musste Gustav notgedrungen zugeben. Larsen würde mit einer Geldstrafe davonkommen, sich darüber aufzuregen, brachte nichts.

»Wann fahren wir nach Kopenhagen?«, fragte er daher. »Das *Noma* wird dir gefallen. Unglaublich leckeres Essen.«

»So mag ich dich«, antwortete Albert und zeigte wieder seine strahlend weißen Zähne. »Von mir aus nächste Woche.« Der Bürgermeister hob das Glas und stieß mit Gustav an.

70

Einen Tag später

Lena und Mads saßen auf der Terrasse im *Grande Beach Café* in Scharbeutz. Beide hatten einen Cocktail bestellt.

»Den haben wir uns wirklich verdient«, sagte Lena. Die Anspannung der letzten Tage hatte bei beiden Spuren hinterlassen.

»Auf uns«, sagte Mads und stieß mit seiner Schwester an.

»Auf uns.« Lena trank einen Schluck. »Und auf Jörn. Ohne ihn hätten wir Lohe nicht so schnell überführt.«

»Und auf Jörn. Ich möchte mir gar nicht ausmalen, was ohne seine Hilfe hätte passieren können. Morgen werde ich mir einen schönen Tag mit ihm machen und nach Hamburg ins *Miniaturwunderland* fahren. Das wird ihm sicher gefallen.«

»Ganz bestimmt. Er freut sich garantiert riesig darüber.«

»Du kennst Jörn«, lachte Mads. »Auch wenn er manchmal mit seinen Thor-Sprüchen nervt, er hat ein gutes Herz.«

»Ich weiß.« Lena holte kurz Luft, Sie beschäftigte gerade noch etwas ganz anderes. »Glaubst du Lohe, dass er weiß, wer Papa erschossen hat?«

»Das kann ich schwer sagen. Möglicherweise will er uns, oder vielmehr mir, einen reinwürgen, weil ich die Frechheit besessen habe, ihn zu verhaften. Er glaubt, auf der Evolutionsleiter deutlich über mir zu stehen.«

»Wir sollten mit Gustav darüber sprechen. Soviel ich weiß, hat man den Täter nie gefasst.«

»Ja, morgen früh. Nur wage ich zu bezweifeln, dass Lohe reden wird.«

»Was sicherlich seiner Intention entspricht. Solange wir

nicht sicher sind, dass er lügt, werden wir uns an diesen Strohhalm klammern und ständig daran denken.«

»Leider.« Mads schaute aufs Meer.

Lena folgte seinem Blick. Die Ostsee lag ruhig, man hörte ein paar Möwen. Es war dunkel und kalt, aber die Heizstrahler sorgten für ausreichend Wärme. Lena fror ohnehin nicht so schnell, was vermutlich daran lag, dass sie hier im Norden groß geworden war und sich früh an die Kälte gewöhnt hatte, außerdem war sie gerne draußen, ebenso wie ihr Bruder und die ganze Familie.

»Hast du die Story von Emma gelesen?«, fragte sie nach einer Weile.

»Habe ich. Zwei ganze Seiten. Sie versteht es, Tobias um den Finger zu wickeln.«

»Das war gemein. Ich fand die Story richtig gut und exzellent recherchiert. Emma hat unglaubliches Talent.«

»Stimmt«, erwiderte Mads und nickte.

»Und sie hat mit keiner Silbe unsere Namen erwähnt oder die Polizei schlecht dastehen lassen«, fuhr Lena fort.

»Soll ich ihr jetzt einen Dankesbrief schreiben?«, fragte Mads.

»Bist du sauer auf sie?«

»Nein, dazu besteht kein Anlass – ebenso wenig wie dafür, sie überschwänglich zu loben. Ich weiß, dass du Emma sehr gern hast, aber vergiss nicht, dass sie eine Journalistin ist und es ihr nicht ungelegen kommt, dass du sie magst.«

»Du übertreibst, du hörst dich schon fast an wie Gustav. Emma ist nicht so eine. Was ist los?«

»Nichts.«

»Das glaube ich dir nicht«, blieb Lena hartnäckig. »Ich kenne meinen Bruder schon ein paar Jährchen. In Wahrheit denkst du doch ganz anders über sie. Was ist passiert?«

»Wirklich nichts. Ich mag sie noch immer, ich möchte nur, dass du etwas vorsichtiger bist, weil du zu gutmütig bist.«

»Wenn du meinst«, antwortete Lena, aber sie spürte, dass da noch etwas im Busche war. Möglicherweise hatte Mads mit Emma telefoniert und sie hatte etwas gesagt, was ihn wurmte. Oder ihn beschäftigte die Frage, ob Lohe tatsächlich wusste, wer seinen Vater erschossen hatte, mehr, als er zugeben wollte. Mads hatte eine unglaublich enge Bindung zu seinem Vater gehabt.

»Ach, was für ein schöner Zufall«, sagte Lena, als sie Richtung Eingang schaute.

»Das hat mir gerade noch gefehlt«, rutschte es Mads heraus.

Lena winkte die kleine Gruppe zu sich.

»Lock die bloß nicht her.«

»Zu spät«, sagte Lena lächelnd, als Jule, Emma und Stefan zu ihnen traten. »Wie schön, euch hier zu treffen. Setzt euch doch zu uns, wenn ihr mögt.«

»Gerne, wenn es euch nichts ausmacht«, willigte Jule ein und nahm neben Mads Platz, was dieser mit einer unauffälligen Grimasse zu Lena quittierte. Emma setzte sich neben Lena und Stefan nahm am Kopfende Platz.

Lena beobachtete, wie Mads' Blick zu Emma wanderte, dann zu Stefan und langsam begriff sie. Hatte die schlechte Laune ihres Bruders etwas mit Emma und Stefan zu tun oder bildete sie sich das gerade nur ein?

Der Kellner kam und nahm die Getränkebestellung auf, anschließend unterhielten sie sich über Belanglosigkeiten, bis der Kellner mit der Bestellung zurückkam und servierte.

Alle stießen an.

»Mads und ich haben eben über deine Story gesprochen. Uns beiden hat sie sehr gut gefallen, unglaublich gut recherchiert.«

»Danke euch, aber ohne euch wäre das so gar nicht möglich gewesen. Wie war euer Gespräch mit Lohe?«

»Woher weißt du, dass wir bei Lohe waren?«

»Ich hatte vor zwei Stunden ein kurzes Telefonat mit Mads. Wenn ich nicht schon mit Jule und Stefan verabredet gewesen wäre, hätten wir das bei einem Kaffee besprochen«, antwortete Emma und Lena hatte Mühe, sich das Lachen zu verkneifen.

Sie schaute ihren Bruder an, der eisern schwieg. Immerhin wusste sie jetzt, warum er auf Emma nicht so gut zu sprechen war. Er fühlte sich versetzt. Lenas Gefühl, dass Mads mehr für Emma empfand, bekam neue Nahrung. Nur, warum war Mads so reserviert, wenn er wirklich Gefühle für Emma entwickelt hatte? Er war keiner, der schüchtern war oder Angst vor seinen Gefühlen hatte. Wenn ihm eine Frau gefiel, sprach er sie immer an und ergriff die Initiative. Lena konnte sich nicht daran erinnern, dass Mads jemals eine Frau nicht bekommen hatte, wenn er sie wollte. Warum tat er sich dann bei Emma so schwer?

Vielleicht hat sie ihm eine Abfuhr erteilt. Immerhin war sie verlobt und ihr Lebensgefährte ist erst vor einigen Monaten ermordet worden, überlegte sie. *Oder ich irre mich und es nervt ihn nur, dass Emma so ein Dickkopf ist wie er.*

Da Mads noch immer nicht auf Emmas Frage reagierte, antwortete Lena ihr: »Das Gespräch war informativ und spooky.«

»Hat er die Morde gestanden?«

»Das hat er«, bestätigte sie. »Wobei wir auch so genug Beweise haben, aber sein Geständnis noch mal auf Band zu haben, war wichtig.«

»Sehr gut. Hat er euch den Grund erzählt, warum er sich alleinerziehende Mütter als Opfer ausgesucht hat? Ich habe in meiner Story die Parfümtheorie gehabt, aber der endgültige Beweis fehlt noch.«

»Du hattest den richtigen Riecher«, meldete sich Mads zu Wort. Er schien aus seiner Lethargie aufgewacht zu sein. »Nach unserem Telefonat hat mich Ole angerufen. In allen

Wohnungen befand sich das Parfüm Sun von Jil Sander. Lena hatte es zufälligerweise aufgetragen, als wir das Verhör mit Lohe hatten. Er ist sofort darauf angesprungen und dann war es sehr offensichtlich, dass es nur dieser Duft sein konnte und nicht der Körpergeruch, wie er mir zuerst weismachen wollte.«

»Interessant, klingt aber plausibel. Psychopathen, Menschen mit einer schweren emotionalen Persönlichkeitsstörung aus dem Borderlinebereich und dazu mit einem Aspergersyndrom können Realität und Fiktion oft nicht gut voneinander trennen.«

»Kann man denn Borderline und Asperger gleichzeitig haben?«, erkundigte sich Stefan.

»In seltenen Fällen ist das möglich«, erwiderte Emma. »Die Forschung ist da noch nicht weit, aber so wie ich die mir vorliegenden Unterlagen in Rücksprache mit den Medizinern interpretiere, lag und liegt dies beides bei Lohe vor. In der Medizin spricht man in so einem Fall von relevanter Komorbidität zwischen Borderlinestörungen und Autismus-Spektrum-Störungen, zu denen man auch Asperger zählt. Es gibt Hinweise, dass zwischen zehn bis fünfzehn Prozent der Menschen mit einer Borderlinestörung gleichzeitig an besagten Autismus-Spektrum-Störungen leiden.«

»Das ist überaus interessant, wusste ich gar nicht«, nickte Stefan anerkennend. Lena sah ihm an, dass Emmas Wissen ihn beeindruckte, und auch Mads sah sie einen Moment zu lange anerkennend an.

»Oft sind es unbedeutende Trigger, die der Auslöser für Gewaltfantasien sind. Meistens fängt es im Kindesalter an und in den allermeisten Fällen werden diese Gewaltfantasien an Haustieren ausgelebt, weil sie greifbar sind. Dann gibt es noch die richtig Durchgeknallten, die davon träumen, einen Menschen zu töten, und es schließlich wie Lohe tun. Wenn Lena und Mads ihn nicht geschnappt hätten, hätte er weiter gemordet. So lange, bis er verhaftet worden wäre. Er kann nicht anders. Bei Oswald Lohe war das Parfüm der Trigger, das ihn komplett durchdrehen ließ und ihn dazu zwang, seine Mordfantasien Realität werden zu lassen.«

»So ist es«, bekräftigte Lena. »Die KTU hat das Parfüm auch im Schlafzimmer der Eltern von Lohe gefunden, er wohnte weiter im Haus der Eltern, nachdem er es nach deren Tod geerbt hatte. In einem Schlafzimmerschrank lagen noch die Hygieneartikel der Mutter, obwohl sie vor Jahren verstorben ist.«

»Was für ein kranker Typ, da kriegt man eine richtige Gänsehaut«, sagte Jule und schüttelte sich.

»Und das zu recht. Hat er euch verraten, warum er seinen Opfern den rechten Zeigefinger abgeschnitten hat?«, wollte Jule wissen.

»Nein, hat er nicht.«

»Es war seine Trophäe, was sonst«, antwortete Mads. »Am Ende ist es auch nicht relevant, dass er es uns nicht verraten hat.«

»Es muss nicht unbedingt eine Trophäe gewesen sein, ich habe da noch eine andere Theorie«, widersprach Emma.

»Und die wäre?« Mads wirkte neugierig, er fühlte sich durch Emmas Einspruch offensichtlich nicht angegriffen.

»Es ist der rechte Zeigefinger, der Finger, mit dem wir auf Menschen zeigen. Lohe war Zeit seines Lebens ein Außenseiter, seine Eltern haben ihn nicht respektiert oder geliebt, stattdessen hat sein Vater immer mit dem Finger auf ihn gezeigt, weil er in seinen Augen nicht normal war. Auf diese Weise wurde er als Versager gebrandmarkt. Es muss ihn tief gekränkt haben, dass sein Vater ihm Vorwürfe machte, ihm sagte, er sei nichts wert, und jedes Mal mit dem Zeigefinger auf ihn zeigte. Dieser Zeigefinger ist für Lohe deshalb Sinnbild für die Fehler seiner Eltern und dafür, dass er über ihnen steht, über der Gesellschaft. Indem er den Frauen den Zeigefinger abtrennt, können sie nicht mehr auf ihn zeigen, ihm sagen, dass er böse ist, etwas Schlechtes tut«, erklärte Emma.

Mads nickte zustimmend. »Das wäre möglich, auch wenn wir niemals den Beweis dafür haben werden. Ich finde, damit sollen sich andere auseinandersetzen. Ich bin froh, dass dieser Mistkerl im Knast ist und nie wieder einen Fuß in die Freiheit setzen wird.«

»Das möchte ich hoffen. Dass so ein Freak in unserer Nachbarschaft gewohnt hat, ist schon gruselig. Lasst uns über was Angenehmeres reden«, schlug Jule vor.

»Du hast recht. Genug über diesen Sadisten gesprochen. Dank Lena und Mads sitzt er im Knast. Auf euch, würde ich sagen.« Emma hob ihr Glas und alle stießen an.

»Wo ist eigentlich Daniela?«, fragte Jule.

Mads verzog das Gesicht. »Zu Hause. Lena und ich wollten heute einen Bruder-Schwester-Abend verbringen.«

»Schön.« Jule schien in Stichellaune, Lena kannte sie zu gut. »Findest du nicht, dass diese beiden ein hübsches Paar abgeben würden?«, fuhr sie dann auch gleich fort.

»Wer?«

»Na, Emma und Stefan. Sie passen optisch perfekt …«

»Jule«, ermahnte Emma ihre Freundin. Jule schmunzelte und nur Lena registrierte, dass Mads' Mimik für einen Augenblick wie eingefroren war. Das war für sie der letzte Beweis, dass Mads etwas für Emma empfand, egal wie sehr er das ihr gegenüber leugnen mochte.

»Optik ist nicht alles in einer Beziehung. Es kommt auch auf Herz und …«, begann Mads, aber da klopfte Jule ihm schon auf den Oberschenkel und unterbrach: »Das von dir zu hören, ist irgendwie lustig. Gerade du suchst deine Chicks doch ausschließlich aufgrund der Optik aus. Verzeih, nach Optik und Alter.«

»Deswegen war ich auch mit dir Blondchen zusammen. Du hast beide Klischees bestens erfüllt, und wie ich sehe, bist du kein Stück reifer geworden«, giftete Mads zurück. Der Konter traf Jule hart, das sah Lena ihr an. Stefan und Emma schauten peinlich berührt zur Seite.

»Wir sollten nicht über Mads oder sonst welche nicht reale Liebesleben sprechen«, schlug Emma vor.

»Ach, wenn das nicht meine Lieblingskollegin ist«, hörte Lena da jemanden hinter sich rufen. Als sie sich umdrehte, sah sie Amir mit einem Mann auf sie zusteuern. »Ich sehe, ihr habt hier eine feuchtfröhliche Runde.«

Emma stand auf und umarmte Amir, der anschließend jeden begrüßte und zum Abschluss seine Begleitung vorstellte: »Das ist mein Freund Pietro.«

»Wollt ihr euch zu uns setzen?«, fragte Lena.

»Wenn wir nicht stören, sehr gerne«, antwortete Amir. Lena war das nur recht. Amir war ein Spaßvogel, mit ihm am Tisch würde Jule keine Gelegenheit mehr haben, gegen Mads zu sticheln, und Mads würde wohl kein weiterer dummer Spruch Richtung Jule herausrutschen. Lena kannte ihren Bruder, er war hart im Nehmen, aber ebenso hart im Austeilen. Dabei würde Jule den Kürzeren ziehen und irgendwann weinend den Tisch verlassen, so viel war klar. Das wollte Lena um jeden Preis verhindern. Amir und Pietro hätten zu keinem besseren Zeitpunkt kommen können als jetzt.

Beide zogen sich einen Stuhl heran und nahmen Platz.

»Ein Kurzer auf meinen Deckel«, sagte Amir, als der Kellner nach der Bestellung fragte und Lena sah sich sofort bestätigt. Mit Amir wurde der Abend wieder entspannt und locker, und für einen Augenblick vergaß sie sogar, dass sie bis vor Kurzem einen Sadisten gejagt hatten, dass sie noch immer nicht richtig laufen konnte und es vielleicht niemals wieder können würde. In diesem Moment war die Welt in Ordnung, sie hatte ihren Bruder und gute Freunde um sich.

Ihr Handy vibrierte. Sie sah, dass sie eine WhatsApp-Nachricht von einer alten Bekannten erhalten hatte, mit der sie seit

Jahren nicht mehr geschrieben hatte. Komischerweise kam die Nachricht von einer Nummer, die sie nicht kannte. Aber die Bekannte hatte ihren Namen in die Nachricht eingetragen, gleich in die erste Zeile. Lena öffnet die Nachricht und las sie.

Verzeih, dass ich dir schreibe, aber ich habe die neue Nummer von Mads nicht. Kannst du ihm bitte sagen, dass er sich bei mir melden soll? Es wird Zeit, dass er erfährt, dass er Vater ist.

– Ende –

Anmerkungen des Autors

Was für ein abgefahrener Täter, mit dem es die Ostseekriminalpolizei diesmal zu tun hatte. Auch mich hat dieser Krimi viel Schweiß und Nerven gekostet. Band 4 der Reihe ist nicht nur die längste Geschichte, sie war für mich auch am kräftezehrendsten. Allerdings nicht, weil ich mich mit der Geschichte schwertat, die ging mir sehr gut von der Hand, sondern vielmehr, weil ich versucht habe, den Täter so realistisch wie möglich darzustellen. Aus diesem Grund habe ich sehr viel zu ähnlichen Täterprofilen recherchiert, der Mörder sollte so lebendig wie möglich erscheinen. Auf welch furchtbare Geschichten ich dabei gestoßen bin, hätte ich kaum für möglich gehalten, sie sind für eine empathische Person wie mich geradezu verstörend. Man mag kaum glauben, wozu Menschen fähig sind. Aber ein Blick in die Tageszeitung beweist uns jeden Tag, dass es niemals aufhören wird, dass es immer ausgesprochen bösartige und psychisch gestörte Menschen geben wird.

Die Kapitel, die aus der Sicht des Täters geschrieben sind, waren emotional sehr belastend, weil man als Autor nicht darum herumkommt, den Charakter nah an sich heranzulassen. Viele seiner Handlungen haben mich angewidert, aber ich wusste, dass ich sie dennoch beschreiben muss, dass ich nicht kneifen kann, weil sie sonst nicht authentisch genug erschienen wären.

Oswald Lohe hatte viel Pech im Leben. Er kam mit einigen psychischen Problemen auf die Welt, darunter ein Borderline-Asperger, was relativ selten ist. Damit war er schon als Kind nicht in der Lage, echte Gefühle zu zeigen, hinzu kam das Pech, dass er einen narzisstischen Vater hatte, der es nicht ertragen konnte, dass sein Sohn kein „normales“ Kind war und ihn diesen Umstand täglich spüren ließ. Lohe kapselt sich daher mit den Jahren immer mehr ab und entwickelt Gewaltfantasien, die er rasch auch ausleben möchte. Hier kommt ein sehr heikles Thema zutage: Er tötet Colt, den Dackel seines Vaters. Jedoch nicht, weil er Colt abgrundtief hasst, sondern weil er in erster Linie seinem Vater eins auswischen und eben endlich seine Gewaltfantasien ausleben wollte.

Ich weiß aus manchen Reaktionen meiner Leserinnen und Leser zu anderen Büchern, dass ich mich bei der Schilderung von Gewalt gegen Tiere, vor allem Hunde und Katzen, auf einem sehr schmalen Grat bewege. Ich hätte Lohe alternativ auch ein Reh im Wald oder einen Hasen töten lassen können, aber wäre das realistisch gewesen?

Nein, sicherlich nicht, denn es gibt unzählige Fälle, die leider belegen, dass Psychopathen, Sadisten und andere Menschen, die Gewaltfantasien in sich tragen, in den allermeisten Fällen zunächst ihre Haustiere töten. Aus diesem Grund war es für mich als Autor folgerichtig, dass Lohe nur den Hund seines Vaters töten kann. Wichtig ist dabei, dass Sie als Leserinnen und Leser verstehen, dass das rein gar nichts mit dem Denken des Autors, mit meinen Vorstellungen vom Leben, zu tun hat, sondern lediglich die Schilderung der Innensicht und der Handlungen einer erdachten Figur ist, die mit mir persönlich überhaupt nichts zu tun hat.

Einige meiner Stammleserinnen und -leser werden sich nun vermutlich fragen, warum ich das so ausführlich erwähne, weil das an sich logisch ist. Es würde doch auch niemand vermuten, dass ein Journalist, der für die Zeitung über Verbrechen schreibt, diese gutheißen würde. Doch leider scheint das in der Welt der Romane anders zu sein, denn ich bekomme immer wieder Zuschriften von besorgten Tierschützern, die mir vorwerfen, dass ich in meinen Büchern Tiere sterben lasse. Daher noch einmal diese kurze Ausführung.

Genug über die Psyche des Täters. Kommen wir zu Nutella8, dem Pädophilen, der sich seiner Perversion bewusst ist, sich dieser aber nicht entziehen kann. Über Pädophile zu schreiben, ist grundsätzlich ausgesprochen schwierig, da es so ein brisantes Thema ist. Ich hoffe, es ist mir gelungen, diesen Part vernünftig und realistisch in diese Geschichte einzubinden, denn er war wichtig für die Handlung und die Überführung des Täters.

Das Schreckliche ist, dass das Buch von der Realität überholt wurde. Die Szene, in der geschildert wird, wie das BKA eine Bande von Kinderschändern im Darknet überführt hat, war frei erfunden, sie beruhte auf Recherchen der vergangenen Jahre. Aber kaum hatte ich dieses Kapitel geschrieben, musste ich über den aktuellen Missbrauchskomplex in Bergisch Gladbach lesen. Die Ermittler sind dabei auf über 30.000 Verdächtige gestoßen. Unzählige Opfer im Alter von drei Monaten bis vierzehn Jahren wurden aus der Missbrauchssituation gerettet. Dass der Missbrauch so lange und in so großer Zahl geschehen konnte, ist extrem verstörend. Die Täter? Menschen aus der gesellschaftlichen Mitte. Ganz normale Bürger.

Ich möchte an dieser Stelle gar nicht viele Worte über Kindesmissbrauch verlieren, obwohl es ein sehr wichtiges und ernstes Thema ist. Das Bewusstsein für die Gefährlichkeit und die Folgen dieses Komplexes ist gesellschaftlich tief verankert. Genauso wie es Mörder geben wird, solange es Menschen gibt, wird es auch Kindesmissbrauch geben. Daher ist es wichtig, dass wir immer unsere Augen offen halten und genau hinschauen, wenn Missbrauch in unserer Umgebung geschieht. Sich nur auf das Jugendamt zu verlassen, reicht nicht, was der tragische Fall aus England zeigt, den ich im Buch aufgeführt habe.

Nun zur Familie Johannsen und ihrem Freundeskreis. Ich hoffe, der kurze Abschnitt mit Brandt hat Ihnen gefallen. Immer wieder werde ich gefragt, wann der nächste Köln-

Krimi kommt. Ich kann Ihnen versprechen, es wird einer kommen. Es gibt auch schon zwei Ideen, ich muss nur die Zeit haben, sie umzusetzen.

Kommen wir zu Lenas Liebesleben. Wie es scheint, nähern sich sie und ihr Exfreund Christian wieder an. Im nächsten Buch wird es mit den beiden weitergehen. Wie? Lassen Sie sich überraschen.

Viele werden sich fragen, ob Mads je erfahren wird, dass Gustav sein leiblicher Vater ist, oder ob Gustav für immer schweigen wird. Was, wenn Albert es Mads erzählt, weil er sich mit Gustav verkracht hat? Oder ist die Freundschaft zwischen Gustav und Albert trotz aller Streitigkeiten tief genug, dass Albert sein Versprechen halten wird? Vielleicht, weil sich beide doch sehr ähnlich sind?

Es bleibt spannend und den besonders aufmerksamen Leserinnen und Lesern ist sicher nicht entgangen, dass Gustav in einem Nebensatz erwähnt, dass es noch andere Geheimnisse gibt, die ans Tageslicht kommen könnten, wenn Mads die Wahrheit erfährt. Welche? Wird nicht verraten.

Bevor ich auf Mads zu sprechen komme, noch ein paar Worte zu Jörn Hansen. Jörn hat eine geminderte Intelligenz, wodurch bei ihm eine geistige Behinderung vorliegt.

Ich muss Ihnen gestehen, dass Jörn in diesem Buch eigentlich hätte sterben sollen, aber dann hatte ich ein besonderes Erlebnis. Als ich einige Zeit im hohen Norden war, habe ich einen Menschen mit einer solchen Intelligenzminderung kennengelernt. Er hat mich stark an Jörn erinnert, wobei dieser Mann noch eine Spur taktvoller war als Jörn, der gerne mal übers Ziel hinausschießt.

Ich habe ihn fast täglich in Lübeck in dem Café, wo ich gearbeitet habe, getroffen, und er hat mich immer nach meinem Wohlbefinden gefragt, was mich jedes Mal sehr gefreut hat. Wir haben uns freundlich, beinahe freundschaftlich unterhalten. Er wohnt in einer Einrichtung, ist aber den ganzen Tag in der Stadt unterwegs wie Jörn und kann noch alles selbst machen.

Dieser Mann, dessen Namen ich hier nicht erwähnen möchte, hat so großen Eindruck bei mir hinterlassen, dass ich Jörn plötzlich nicht mehr auf diese Weise sterben lassen konnte. Ich denke, die Lösung, dass Jörn zu einem Helden geworden ist, ist doch viel cooler, oder?

Nun final zu Mads Johannsen und Emma. Noch immer gestehen sich beide ihre Gefühle nicht ein und zum Schluss kommt auch noch ein Nebenbuhler ins Spiel. Werden Emma und Stefan sich näherkommen, ist damit der Zug für Mads abgefahren? Nicht unproblematisch ist dabei natürlich die Tatsache, dass Mads Vater sein könnte. Wenn es so ist, wird er das Kind annehmen? Überhaupt wird Mads im nächsten Roman einige Nüsse zu knacken haben: Weiß Lohe tatsächlich, wer Mads' Vater ermordet hat, oder spielt er nur mit ihm?

Sie sehen, es gibt noch jede Menge spannender Fragen, die darauf warten, im nächsten Buch beantwortet zu werden.

In diesem Sinne wünsche ich Ihnen allen eine gute Zeit.

Ihr
Salim Güler

Wichtige reale Orte im Buch

Da Antonio, Niendorf
Johanssens Restaurant, Niendorf
Seaside Lounge, Niendorf
Junge Bäckerei, Timmendorfer Strand
Junge Bäckerei, Niendorf
Portobello, Timmendorfer Strand
Bistro-Café Lieblingsplatz
Wullenwever (Sternerestaurant), Lübeck
Peter Pane, Timmendorfer Strand
Ahoi Kaffee, Niendorf
Wolkenlos, Timmendorfer Strand
Noma (Drei-Sterne-Restaurant), Kopenhagen
Grande Beach Café, Scharbeutz
Miniaturwunderland, Hamburg

Olis und Alis Imbiss sind meiner Fantasie entsprungen.

Christ Karlden

Monströs

Der ehemalige Strafverteidiger Martin Waller reist während der Saisonferien in ein nobles Berghotel, um dort Möbel zu restaurieren. Noch am Abend seiner Ankunft erhält Waller eine E-Mail, die ihn völlig aus der Bahn wirft. Der Absender ist seine Frau Anna, doch die ist auf den Tag genau seit drei Jahren tot. Im Laufe der folgenden Nacht, in der die Zahl der Überlebenden unaufhörlich abnimmt, kommt Martin einem mon-strösen Plan auf die Spur. Nichts ist, wie es scheint.

Taschenbuch, 404 Seiten, € 12,90 [D]
ISBN 978-3-96357-199-2